Die Lakonie der Aussparung, die minimalistischen Details und wortkargen Dialoge von Raymond Carvers Stories prägten eine ganze Generation von Autoren. Was viele jedoch nicht wussten war, dass Carvers Stil extrem geprägt war durch die Eingriffe seines Lektors Gordon Lish: Das gilt vor allem für Carvers berühmtesten Erzählband ›Wovon wir reden, wenn wir von Liebe reden‹. Lish kürzte das Originalmanuskript um fast vierzig Prozent und reduzierte die Stories auf ihr erzählerisches Skelett. Carver litt immens unter diesen Eingriffen in sein Werk und wünschte sich zeitlebens eine Veröffentlichung der ungekürzten Geschichten. Diese Originalfassung liegt nun zum ersten Mal auf Deutsch vor – die Neuentdeckung und Neubewertung eines großen amerikanischen Autors.

Raymond Carver, geb. 1938 in Clatskanie, Oregon, schlug sich jahrelang mit Gelegenheitsjobs durch und konnte sich erst spät ganz dem Schreiben widmen. Sein erster Erzählungsband ›Würdest Du bitte endlich still sein, bitte‹ machte ihn 1976 schlagartig berühmt, ›Wovon wir reden, wenn wir von Liebe reden‹ brachte den endgültigen Durchbruch. Heute gilt Carver als Neubegründer der modernen amerikanischen Short Story. Er starb 1988, kurz vor seiner Aufnahme in die American Academy of Arts and Letters.

Weitere Informationen, auch zu E-Book-Ausgaben, finden Sie bei www.fischerverlage.de

Raymond Carver

BEGINNERS

Uncut

Die Originalversion von

Wovon wir reden, wenn wir von Liebe reden

Aus dem Amerikanischen
von Manfred Allié und Gabriele Kempf-Allié,
sowie Antje Rávic Strubel

FISCHER Taschenbuch

›Sag den Frauen, wir gehen‹
wurde von Antje Rávic Strubel übersetzt,
alle anderen Erzählungen von
Manfred Allié und Gabriele Kempf-Allié

FSC
www.fsc.org
MIX
Papier aus verantwortungsvollen Quellen
FSC® C083411

Erschienen bei FISCHER Taschenbuch
Frankfurt am Main, August 2014
Text established by William L. Stull and Maureen P. Carroll

Druck und Bindung: CPI books GmbH, Leck
Printed in Germany
ISBN 978-3-596-90575-1

INHALT

VORWORT DER HERAUSGEBER

– aber das ist nicht die ganze Geschichte.
R. C., *Fett*

Beginners (Anfänger) ist die Originalversion von siebzehn Kurzgeschichten Raymond Carvers, die in vom Lektorat veränderter Form als *What We Talk About When We Talk About Love (Wovon wir reden, wenn wir von Liebe reden)* im April 1981 bei Alfred A. Knopf erschienen.

Die Quelle für die vorliegende Neuausgabe – der Ausgangstext – ist das Manuskript, das Carver im Frühjahr 1980 an Gordon Lish, seinen damaligen Lektor bei Knopf, schickte. Dieses Manuskript, das Lish in zwei Durchgängen handschriftlich um mehr als fünfzig Prozent kürzte, ist in der Lilly-Bibliothek der Universität Indiana erhalten. Wir haben Carvers Originalstorys wiederhergestellt, indem wir den maschinenschriftlichen Text mitsamt allen von Lish gestrichenen oder veränderten Passagen transkribierten.

Um Vergleiche zu erleichtern und weil Carver kein eigenes Inhaltsverzeichnis erstellt hat, entspricht die Reihenfolge der Geschichten in *Beginners* derjenigen in *Wovon wir reden*. In beiden Fällen gibt die vorletzte Geschichte, auch wenn die Fassungen sich stark unterscheiden, dem ganzen Band den Titel. In Carvers Manuskript heißt diese Geschichte »Beginners«, »Anfänger« (»Also mir kommt es vor, als ob wir alle blutige Anfänger auf dem Gebiet sind.«) Nachdem er »Beginners« um die Hälfte gekürzt hatte, wählte Lish eine andere Textstelle »Wovon wir reden, wenn wir von Liebe reden« als Titel für Kurzgeschichte und Buch.

Drei Monate bevor er im März 1980 sein Manuskript nach New York gab, schrieb Carver an Lish, dass es sich um drei Gruppen von Geschichten handle. Eine waren Storys, die bereits in kleinen Literaturzeitschriften oder Liebhabereditionen erschienen waren, jedoch noch nicht bei einem Publikumsverlag. Eine zweite Gruppe bestand aus solchen, die in größeren Zeitschriften entweder bereits erschienen oder zur Veröffentlichung angenommen waren. Eine dritte Gruppe, mit Abstand die kleinste, waren neue Arbeiten, die nur als Typoskript vorlagen. Aus diesen drei Gruppen setzt sich *Beginners* zusammen.

Als er das Manuskript für Lishs Lektorat vorbereitete, nahm Carver kleinere Änderungen an den Storys vor, die zuvor in Zeitschriften oder Liebhaberausgaben erschienen waren. Diese Revisionen des Autors, darunter handschriftliche Korrekturen, sind im vorliegenden Band erhalten. Offensichtlich fehlende Wörter, Schreibfehler und Inkonsequenzen in der Zeichensetzung wurden stillschweigend korrigiert. Die Anmerkungen enthalten eine kurze Publikationsgeschichte für jede Erzählung.

Wir haben viele Jahre an der Wiederherstellung von *Beginners* gearbeitet. Unser besonderer Dank gilt der Belegschaft der Lilly-Bibliothek an der Universität Indiana, die uns Zugang zu den Papieren von Gordon Lish und den Archiven von Noel Youngs Capra Press gewährte. Danken möchten wir auch den Angestellten der Bibliothek der Ohio State University, ganz besonders Geoffrey D. Smith, Leiter der Abteilung Raritäten und Manuskripte, der die Einrichtung des Raymond-Carver-Archivs im Rahmen der William Chavat Collection of American Fiction betreute. Für die Erlaubnis zum Abdruck von Carvers Schriften danken wir der Dichterin, Essayistin und Verfasserin von Kurzgeschichten Tess Gallagher.

Raymond Carver widmete *Wovon wir reden, wenn wir von Liebe reden* im Jahr 1981 Tess Gallagher mit dem Versprechen, eines Tages würden seine Geschichten noch einmal in ungekürzter Fassung erscheinen. Dazu kam es nicht mehr – Carver starb 1988 mit nur fünfzig Jahren. Seither haben wir an der Restauration von *Beginners* gearbeitet, stets ermuntert durch Ms Gallagher, der wir die Früchte unserer Arbeit widmen.

William L. Stull
Maureen P. Carroll

Universität Hartford
West Hartford, Connecticut
22. August 2008

WARUM TANZT IHR NICHT?

Er stand in der Küche, goss sich noch einen Drink ein und blickte hinaus zu den Schlafzimmermöbeln im Vorgarten. Das Bett war abgezogen, und die gestreiften Laken lagen neben zwei Kissen auf der Kommode. Abgesehen davon stand alles noch fast genauso da, wie es im Schlafzimmer gestanden hatte – Nachttisch und Lampe auf seiner Seite des Bettes, Nachttisch und Lampe auf ihrer. *Seine* Seite, *ihre* Seite. Darüber dachte er nach, während er an seinem Whisky nippte. Die Kommode stand ein wenig abseits vom Fußende des Betts. Den Inhalt der Schubladen hatte er am Morgen in Kartons gepackt, und die Kartons standen im Wohnzimmer. Neben der Kommode stand ein elektrischer Ofen. Vorn vor dem Bett ein Rattansessel mit Zierkissen. Die Küchenmöbel aus mattiertem Aluminium nahmen einen Teil der Auffahrt ein. Ein gelbes Musselin-Tischtuch, viel zu groß, ein Geschenk, bedeckte den Tisch und hing seitlich herunter. Darauf ein Blumentopf mit einem Farn, dann ein Kasten mit Besteck, ebenfalls ein Geschenk. Ein großer Truhenfernseher stand auf dem Couchtisch, ein wenig entfernt ein Sofa, ein Sessel und eine Stehlampe. Er hatte ein Verlängerungskabel vom Haus gelegt, und alles war eingestöpselt, alles funktionierte. Der Schreibtisch war an die Garagentür geschoben. Ein paar Schreibgeräte lagen darauf, eine Wanduhr und zwei gerahmte Drucke. Ebenfalls in der Auffahrt stand ein Karton mit Tassen, Gläsern und Tellern, jedes Stück einzeln in Zeitungspapier gewickelt. Am Morgen hatte er die Schränke ausgeräumt und mit Ausnahme der drei Kartons im Wohnzimmer alles aus dem Haus geschafft. Dann und wann verlangsamte ein Wagen sein Tempo und die Leute schauten. Doch keiner hielt an. Ihm ging durch den Kopf, dass er auch nicht angehalten hätte.

»Meine Güte, die verkaufen ihre Sachen«, sagte das Mädchen zu dem Jungen.

Das Mädchen und der Junge waren gerade dabei, sich eine kleine Wohnung einzurichten.

»Lass uns sehen, was sie für das Bett haben wollen«, sagte das Mädchen.

»Ich frage mal, was der Fernseher kostet«, sagte der Junge.

Er bog in die Auffahrt und hielt direkt vor dem Küchentisch.

Sie stiegen aus und sahen sich um. Das Mädchen fuhr mit dem Finger über das Musselintuch. Der Junge stöpselte den Mixer ein und schob den Regler auf ZERKLEINERN. Sie inspizierte eine Warmhalteplatte. Er schaltete den Fernseher ein und justierte sorgfältig das Bild. Er setzte sich aufs Sofa und sah fern. Er steckte sich eine Zigarette an, blickte sich um und schnippte das Streichholz ins Gras. Das Mädchen setzte sich aufs Bett. Sie streifte ihre Schuhe ab und legte sich hin. Sie konnte den Abendstern sehen.

»Komm her, Jack. Probier mal das Bett aus. Bring eins von den Kissen da mit«, sagte sie.

»Wie ist es?«, fragte er.

»Probier's«, sagte sie.

Er sah sich um. Im Haus brannte kein Licht.

»Ich komm mir komisch vor«, sagte er. »Wir sollten nachsehen, ob jemand zu Hause ist.«

Sie wippte auf dem Bett.

»Erst probieren«, sagte sie.

Er legte sich hin und schob sich das Kissen unter den Kopf.

»Wie fühlt es sich an?«, fragte das Mädchen.

»Schön fest«, sagte er.

Sie drehte sich zu ihm um und schlang ihren Arm um seinen Nacken.

»Küss mich«, sagte sie.

»Lass uns aufstehen«, sagte er.

»Küss mich. Küss mich, Liebling«, sagte sie.

Sie schloss die Augen. Sie hielt ihn fest. Er musste mit Gewalt ihre Finger lösen.

Er sagte: »Ich schau mal, ob jemand zu Hause ist«, aber dann richtete er sich doch nur auf.

Der Fernseher lief nach wie vor. In den Häusern entlang der Straße waren die Lichter angegangen. Er setzte sich auf die Bettkante.

»Wäre das nicht lustig«, sagte das Mädchen und grinste, aber sie sprach den Satz nicht zu Ende.

Er lachte. Er schaltete die Nachttischlampe ein.

Sie wedelte eine Mücke weg.

Er stand auf und steckte sein Hemd in die Hose.

»Ich schaue mal, ob jemand zu Hause ist«, sagte er. »Ich glaube nicht, dass jemand da ist. Aber wenn, dann frage ich mal, was sie für die Sachen haben wollen.«

»Egal was sie verlangen, biete zehn Dollar weniger«, sagte sie. »Die müssen doch in ’ner Notlage sein oder so was.«

Sie setzte sich im Bett auf und blickte auf den Fernsehschirm.

»Mach doch mal lauter«, sagte das Mädchen und kicherte.

»Das ist ein ziemlich guter Fernseher«, sagte er.

»Frag, was er kosten soll«, sagte sie.

Max kam zu Fuß die Straße herauf, mit einer Tragetasche vom Supermarkt. Er hatte Sandwiches, Bier und Whisky gekauft. Den Nachmittag über hatte er immer weitergetrunken und hatte nun einen Punkt erreicht, wo das Trinken ihn anscheinend wieder nüchterner machte. Aber es gab Lücken. Er hatte in der Bar am Supermarkt haltgemacht, hatte sich einen Song aus der Musikbox angehört, und irgendwie war es dunkel geworden, bevor er sich wieder an die Sachen in seinem Vorgarten erinnerte.

Er sah den Wagen in der Auffahrt und das Mädchen auf dem Bett. Der Fernseher lief. Dann sah er den Jungen auf der Veranda. Er ging zu ihnen hin.

»Hallo«, sagte er zu dem Mädchen. »Ihr habt das Bett gefunden. Das ist gut.«

»Hallo«, sagte das Mädchen und stand auf. »Ich hab's gerade ausprobiert.« Sie tätschelte das Bett. »Nicht schlecht, das Bett.«

»Ja, das ist ein gutes Bett«, sagte Max. »Und was sage ich jetzt?«

Er wusste, dass er noch etwas sagen sollte. Er stellte die Einkaufstüte ab und holte Bier und Whisky hervor.

»Wir dachten, es ist niemand zu Hause«, sagte der Junge. »Wir hätten Interesse an dem Bett und eventuell an dem Fernseher. Dem Schreibtisch vielleicht auch. Wie viel wollen Sie für das Bett?«

»Ich dachte an fünfzig Dollar für das Bett«, sagte Max.

»Geben Sie es uns für vierzig?«, fragte das Mädchen.

»Okay, ich gebe es euch für vierzig«, sagte Max.

Er holte ein Glas aus dem Karton, wickelte es aus und schraubte die Whiskyflasche auf.

»Und den Fernseher?«, fragte der Junge.

»Fünfundzwanzig.«

»Geben Sie ihn uns für zwanzig?«, fragte das Mädchen.

»Zwanzig sind okay. Mit zwanzig bin ich zufrieden«, sagte Max.

Das Mädchen sah den Jungen an.

»Wollt ihr einen Drink, ihr zwei?«, fragte Max. »Gläser sind da in dem Karton. Ich muss mich erst mal hinsetzen. Ich setz mich da drüben auf das Sofa.«

Er setzte sich auf das Sofa, lehnte sich zurück und betrachtete die beiden.

Der Junge holte zwei Gläser und goss Whisky ein.

»Wie viel willst du?«, fragte er das Mädchen. Sie waren gerade erst zwanzig, der Junge und das Mädchen, nur ein oder zwei Monate auseinander.

»So viel, wie du da hast«, sagte sie. »Ich glaube, ich hätte meinen gern mit Wasser.«

Sie zog einen Stuhl heraus und setzte sich an den Küchentisch.

»Da drüben an dem Hahn gibt es Wasser«, sagte Max. »Ihr müsst nur aufdrehen.«

Der Junge ließ Wasser in die Whiskygläser laufen, in seins und ihres. Er räusperte sich und setzte sich ebenfalls an den Küchentisch. Dann grinste er. Vögel schwirrten, jagten Insekten.

Max starrte auf den Fernsehschirm. Er trank sein Glas aus. Er reckte sich, um die Stehlampe einzuschalten, und dabei fiel ihm die Zigarette zwischen die Sofakissen. Das Mädchen kam und half ihm suchen.

»Willst du sonst noch was, Schatz?«, fragte der Junge.

Er zückte sein Scheckbuch. Er goss sich und dem Mädchen noch einen Whisky ein.

»Oh, den Schreibtisch hätte ich gern«, sagte das Mädchen. »Was wollen Sie für den Schreibtisch haben?«

Max tat die lächerliche Frage mit einer Handbewegung ab.

»Schlagen Sie etwas vor«, sagte er.

Er betrachtete die beiden, wie sie da am Tisch saßen. Irgendetwas war anders an ihren Gesichtern im Lampenschein. Einen Moment lang hatte ihr Ausdruck etwas Verschwörerisches, dann wurde er *zärtlich* – es gab kein anderes Wort dafür. Der Junge nahm ihre Hand.

»Ich schalte jetzt den Fernseher ab und lege eine Platte auf«, verkündete Max. »Der Plattenspieler hier, der muss auch raus. Billig. Schlagt etwas vor.«

Er goss sich einen neuen Whisky ein und öffnete eine Dose Bier.

»Alles muss raus.«

Das Mädchen hielt das Glas hin, und er goss Whisky nach.

»Danke«, sagte sie.

»Der steigt einem direkt zu Kopf«, sagte der Junge. »Mir ist schon ganz schwummrig.«

Er trank aus, zögerte, dann goss er sich nach. Als Max die Platten gefunden hatte, war er schon mit dem Ausstellen des Schecks beschäftigt.

»Suchen Sie sich eine aus, die Ihnen gefällt«, sagte Max zu dem Mädchen und fächerte die Platten vor ihr auf.

Der Junge schrieb weiter an seinem Scheck.

»Die da«, sagte das Mädchen und zeigte auf eine. Sie kannte keinen der Namen auf den Platten, aber das machte nichts. Es war ein Abenteuer. Sie stand von ihrem Platz am Tisch auf, dann setzte sie sich wieder. Sie wollte nicht stillsitzen.

»Ich schreibe Ihnen einen Barscheck«, sagte der Junge.

»Ist in Ordnung«, sagte Max. Er trank seinen Whisky aus, dann spülte er mit ein wenig Bier nach. Er setzte sich wieder aufs Sofa und schlug die Beine übereinander.

Sie tranken. Sie hörten der Musik zu, bis die Platte zu Ende war. Und dann legte Max eine andere auf.

»Kinder, warum tanzt ihr nicht?«, fragte Max. »Das ist doch eine schöne Idee. Warum tanzt ihr nicht?«

»Also ich lieber nicht«, sagte der Junge. »Willst du tanzen, Carla?«

»Jetzt macht schon«, sagte Max. »Das ist meine Auffahrt. Da könnt ihr tanzen.«

Die Arme umeinandergelegt, die Körper eng umschlungen, bewegten der Junge und das Mädchen sich die Auffahrt hinunter und hinauf. Sie tanzten.

Als die Platte zu Ende war, kam das Mädchen zu Max und forderte ihn auf. Sie war immer noch barfuß.

»Ich bin betrunken«, sagte er.

»Sie sind nicht betrunken«, sagte das Mädchen.

»Na, ich *bin* betrunken«, sagte der Junge.

Max drehte die Platte um, und das Mädchen kam zu ihm hin. Sie begannen zu tanzen.

Das Mädchen blickte zu den Leuten, die auf der anderen Straßenseite am Fenster standen.

»Die Leute da drüben«, sagte sie. »Die sehen uns zu. Macht Ihnen das nichts?«

»Das macht mir nichts«, sagte Max. »Das ist meine Auffahrt. Da können wir tanzen. Die haben geglaubt, sie hätten hier alles gesehen«, sagte er, »aber das hier, das haben sie noch nicht gesehen.«

Nicht lange, und er spürte ihren warmen Atem auf seinem Hals, und er sagte: »Ich hoffe, euch gefällt euer Bett.«

»Mir bestimmt«, sagte das Mädchen.

»Ich hoffe, es gefällt euch beiden«, sagte Max.

»Jack!«, sagte das Mädchen. »Wach auf!«

Jack war das Kinn auf die Brust gesunken, und er sah den beiden schläfrig zu.

»Jack«, sagte das Mädchen.

Sie schloss die Augen und öffnete sie wieder. Sie barg ihr Gesicht an Max' Schulter. Sie drückte sich an Max. Sie zog ihn näher zu sich.

»Jack«, murmelte das Mädchen.

Sie sah das Bett an und verstand nicht, wieso es da im Vorgarten stand. Sie blickte über die Schulter von Max in den Himmel. Sie hielt sich an Max fest. Sie fühlte sich unglaublich glücklich.

Später sagte das Mädchen: »Der Mann war schon älter. Seine ganzen Sachen hatte er da in den Vorgarten gestellt. Ehrlich. Wir haben uns betrunken, und wir haben getanzt. Da in der Auffahrt. Meine Güte. Lacht nicht. Er hat Platten gespielt. Schaut euch den Plattenspieler hier an. Den hat er uns geschenkt. Die alten Platten auch. Jack und ich haben in seinem Bett geschlafen. Jack hatte einen Kater, und am Morgen musste er einen Anhänger mieten. Um die Sachen von dem Mann wegzuschaffen. Einmal bin ich aufgewacht. Da hat er uns gerade mit einer Decke zugedeckt, der Mann da. Mit der Decke hier. Fühlt mal.«

Immer wieder erzählte sie das. Sie erzählte es jedem. Da war mehr gewesen, das wusste sie, aber sie schaffte es einfach nicht, das in Worte zu fassen. Nach einer Weile redete sie nicht mehr davon.

SUCHER

Ein Mann ohne Arme stand vor der Tür und wollte mir ein Foto von meinem Haus verkaufen. Abgesehen von den Chromhaken sah er aus wie ein ganz normaler Mann um die fünfzig.

»Wie haben Sie Ihre Hände verloren?«, fragte ich, nachdem er gesagt hatte, was er wollte.

»Das ist eine andere Geschichte«, antwortete er. »Wollen Sie das Bild von Ihrem Haus oder nicht?«

»Kommen Sie rein«, sagte ich. »Ich habe gerade Kaffee gekocht.«

Ich hatte auch gerade Götterspeise gekocht, aber das sagte ich ihm nicht.

»Vielleicht könnte ich Ihre Toilette benutzen«, sagte der Mann ohne Hände.

Ich war neugierig, wie er mit diesen Haken eine Kaffeetasse halten würde. Wie er die Kamera benutzte, wusste ich. Es war eine alte Polaroidkamera, groß und schwarz. Sie war an Lederriemen montiert, die ihm über die Schultern und um den Rücken liefen und die Kamera vor seiner Brust festhielten. Damit stellte er sich auf den Bürgersteig vor einem Haus, visierte das Haus durch den Sucher an, drückte mit einem seiner Haken auf den Auslöser, und nach ein oder zwei Minuten kam das Bild heraus. Ich hatte ihn vom Fenster aus beobachtet.

»Was haben Sie gesagt, wo ist die Toilette?«

»Da hinten, auf der rechten Seite.«

Mittlerweile hatte er sich unter Beugen und Winden von den Riemen befreit. Er legte die Kamera auf das Sofa und zog seine Jacke zurecht. »Schauen Sie es sich doch mal an, solange ich weg bin.«

Ich nahm ihm das Foto ab. Es zeigte eine kleine, rechteckige Rasenfläche, die Einfahrt, den Unterstand für das Auto, die Eingangstreppe, das Erkerfenster, das Küchenfenster. Was sollte ich mit einem Foto von so viel Elend? Ich sah genauer hin und entdeckte die Umrisse meines Kopfs, *meines Kopfs*, hinter dem Küchenfenster, ein paar Schritte vom Spülbecken entfernt. Ich betrachtete das Foto eine Zeitlang, dann hörte ich die Toilettenspülung. Er kam den Flur entlang, lächelnd und mit geschlossenem Reißverschluss, einen Haken am Gürtel, während er mit dem anderen das Hemd in den Hosenbund stopfte.

»Wie finden Sie es?«, fragte er. »Gefällt es Ihnen? Ich persönlich finde es gut gelungen, aber ich weiß schließlich, was ich tue, und ehrlich gesagt ist es kein Kunststück, ein Haus zu fotografieren. Außer bei schlechtem Wetter, aber bei schlechtem Wetter arbeite ich sowieso nur drinnen. Spezialaufträge, wenn Sie verstehen, was ich meine.« Er nestelte sich am Schritt.

»Hier ist Kaffee«, sagte ich.

»Sie sind allein, stimmt's?« Er sah sich im Wohnzimmer um. Er schüttelte den Kopf. »Schlimm, schlimm.« Er setzte sich neben die Kamera, lehnte sich mit einem Seufzer zurück und schloss die Augen.

»Trinken Sie Ihren Kaffee«, sagte ich. Ich saß in einem Sessel ihm gegenüber. Eine Woche vorher hatten drei Jungs mit Baseballkappen vor der Haustür gestanden. Einer von ihnen hatte gefragt: »Sollen wir Ihre Adresse an den Bordstein schreiben, Sir? Hier in der Straße machen das alle. Kostet nur einen Dollar.« Zwei von den Jungen warteten auf dem Bürgersteig, der eine mit einer Dose weißer Farbe neben sich, der andere mit einem Pinsel in der Hand. Alle drei hatten die Ärmel hochgekrempelt.

»Vor einer Weile waren drei Jungs hier und wollten meine Adresse an den Bordstein schreiben. Sie haben auch einen Dollar verlangt. Sie haben sich nicht zufällig abgesprochen, oder?« Es war nur eine vage Vermutung. Ich behielt ihn trotzdem genau im Auge.

Er beugte sich mit wichtiger Miene vor, balancierte die Tasse zwischen den Haken. Er stellte die Tasse vorsichtig auf den kleinen Tisch. Er sah mich an. »Das ist Unsinn, hören Sie. Ich arbeite alleine. Das war schon immer so und wird auch so bleiben. Was wollen Sie damit sagen?«

»Ich habe versucht, eine Verbindung herzustellen«, sagte ich. Ich hatte Kopfschmerzen. Kaffee hilft da nicht viel, aber manchmal hilft Götterspeise. Ich griff zu dem Foto. »Ich war in der Küche«, sagte ich.

»Ich weiß. Ich habe Sie von der Straße aus gesehen.«

»Wie oft kommt das vor? Dass Sie jemanden zusammen mit seinem Haus auf dem Foto haben? Ich bin meistens hinten im Haus.«

»Das passiert andauernd«, sagte er. »Ist gut fürs Geschäft. Manchmal kriegen sie mit, wie ich das Haus aufnehme, und dann kommen sie raus und bitten mich, es so zu machen, dass sie selbst auch auf dem Bild sind. Die Dame des Hauses vielleicht, die will ein Foto von ihrem Mann beim Autowaschen. Oder der Sohnemann ist mit dem Rasenmäher zugange, und sie sagt, *knipsen Sie ihn, knipsen Sie ihn,* und dann knipse ich ihn. Oder die kleine Familie ist zu einem netten kleinen Mittagessen auf der Veranda versammelt – wenn es mir also nichts ausmacht?« Sein rechtes Bein begann zu zittern. »Und dann haben sie sich einfach aus dem Staub gemacht, stimmt's? Ihre Sachen geschnappt, und weg waren sie. So was tut weh. Von Kindern habe ich keine Ahnung. Nicht mehr. Ich mag Kinder nicht. Nicht mal meine eigenen. Wie gesagt, ich arbeite allein. Das Foto?«

»Ich nehme es«, sagte ich. Ich stand auf, um die Tassen abzuräumen. »Sie sind nicht von hier. Wo wohnen Sie?«

»Zurzeit habe ich ein Zimmer in der Innenstadt. Es ist in Ordnung. Wissen Sie, ich fahre mit dem Bus raus, und wenn ich sämtliche Viertel abgeklappert habe, gehe ich woanders hin. Es gibt Besseres, aber ich komme zurecht.«

»Was ist mit Ihren Kindern?« Ich wartete mit den Tassen und sah zu, wie er sich mühsam von dem Sofa erhob.

»Scheiß auf sie. Und auf ihre Mutter auch! Denen verdanke ich das hier.« Er fuchtelte mir mit den Haken vor dem Gesicht herum. Er drehte sich um und fing an, seine Riemen festzuzurren. »Wissen Sie, ich würde gerne vergeben und vergessen, aber ich schaffe es nicht. Der Schmerz ist immer noch da. Und das ist das Problem. Ich kann weder vergeben noch vergessen.«

Ich sah wieder zu, wie die Haken mit den Riemen hantierten. Es war erstaunlich, wie geschickt er mit diesen Haken war.

»Danke für den Kaffee und dafür, dass ich Ihre Toilette benutzen durfte. Sie machen gerade eine schwere Zeit durch.

Tut mir leid für Sie.« Er hob und senkte seine Haken. »Was kann ich tun?«

»Machen Sie noch mehr Fotos«, sagte ich. »Ich möchte, dass Sie Bilder von mir und dem Haus machen.«

»Das nützt nichts«, sagte er. »Sie kommt nicht zurück.«

»Ich will gar nicht, dass sie zurückkommt«, sagte ich.

Er schnaubte. Er sah mich an. »Ich mache Ihnen einen guten Preis«, sagte er. »Drei für einen Dollar? Wenn ich noch weiter runterginge, käme ich nicht mehr auf meine Kosten.«

Wir gingen nach draußen. Er stellte die Blende ein. Er sagte mir, wo ich mich hinstellen sollte, und dann legten wir los. Wir zogen um das Haus. Wir waren sehr systematisch. Manchmal blickte ich zur Seite. Dann wieder geradewegs in die Kamera. Es tat gut, draußen zu sein.

»Gut«, sagte er. »Das ist gut. Das hier ist wirklich gut gelungen. Mal sehen«, sagte er, nachdem wir das Haus umrundet hatten und wieder in der Einfahrt standen. »Das sind insgesamt zwanzig. Wollen Sie noch mehr?«

»Noch zwei oder drei«, sagte ich. »Auf dem Dach. Ich klettere da rauf, und Sie können mich von hier unten aufnehmen.«

»Meine Güte«, sagte er. Er blickte die Straße auf und ab. »Na meinetwegen, aber seien Sie vorsichtig.«

»Sie hatten recht«, sagte ich. »Sie haben sich wirklich einfach so aus dem Staub gemacht. Mit ihrem ganzen Krempel. Sie haben genau ins Schwarze getroffen.«

Der Mann ohne Hände sagte: »Ich wusste sofort Bescheid. In dem Augenblick, als Sie die Tür aufgemacht haben.« Er fuchtelte mit seinen Haken. »Sie haben das Gefühl, als hätte sie Ihnen den Boden unter den Füßen weggezogen. Und als hätte sie die Beine gleich mitgenommen. Sehen Sie sich das an! So lassen sie einen zurück. Scheiß drauf«, sagt er. »Wollen Sie jetzt da rauf auf das Dach oder nicht? Ich muss weiter«, sagte der Mann.

Ich holte einen Stuhl und stellte ihn unter den Rand des Autounterstands. Es reichte immer noch nicht. Er stand in der Einfahrt und beobachtete mich. Ich holte eine Kiste und stellte die auf den Stuhl. Ich stieg zuerst auf den Stuhl und dann auf die Kiste. Ich kletterte auf den Unterstand, ging von da zum Dach und kroch auf Händen und Knien über die Schindeln zu einer kleinen ebenen Stelle am Schornstein. Ich richtete mich auf und sah mich um. Es war ein bisschen windig. Ich winkte, und er winkte mit beiden Haken zurück. Dann sah ich die Steine. Es sah aus wie ein kleines Nest aus Steinen auf der Abdeckung über dem Kamin. Kinder mussten sie da hingeworfen haben, als sie versuchten, in den Schornstein zu treffen.

Ich nahm einen von den Steinen. »Sind Sie so weit?« rief ich.

Er hatte mich im Sucher.

»Alles klar«, antwortete er.

Ich drehte mich um und riss den Arm nach hinten. »Jetzt!«, rief ich. Ich schleuderte den Stein so weit, wie ich konnte, Richtung Süden.

»Ich bin nicht sicher«, hörte ich ihn sagen. »Sie haben sich bewegt. In einer Minute wissen wir mehr«, und nach einer Minute sagte er: »Meine Güte, es ist gelungen.« Er sah es an. Er hielt es hoch. »Und wissen Sie was«, sagte er, »es ist gut.«

»Noch eins!«, rief ich. Ich nahm einen anderen Stein. Ich grinste. Mir war, als könne ich abheben. Fliegen.

»Jetzt!«, rief ich.

WO STECKEN SIE ALLE?

Ich habe so manches gesehen. Ich ging zu meiner Mutter, wo ich für ein paar Tage unterkommen wollte, aber als ich oben auf dem Treppenabsatz ankam und in die Wohnung blickte, saß sie auf dem Sofa und küsste einen Mann. Es war Sommer, die Tür stand offen, der Farbfernseher lief.

Meine Mutter ist fünfundsechzig und einsam. Sie ist Mitglied in einem Single-Club. Aber obwohl ich das wusste, war es ein Schlag. Ich stand oben auf der Treppe mit der Hand am Geländer und sah zu, wie der Mann sie immer heftiger küsste. Sie erwiderte diesen Kuss, und der Fernseher am anderen Ende des Raums lief dazu. Es war ein Sonntag, ungefähr fünf Uhr nachmittags. Leute aus dem Apartmenthaus waren unten im Schwimmbecken. Ich ging wieder die Treppe hinunter und stieg in mein Auto.

Eine Menge ist passiert seit jenem Nachmittag, und alles in allem sieht die Welt jetzt besser aus. Aber damals, als meine Mutter sich mit Männern einließ, die sie kaum kannte, war ich arbeitslos, ich trank, ich war am Ende. Meine Kinder waren am Ende, und meine Frau war am Ende und hatte was mit einem arbeitslosen Luftfahrtingenieur, den sie bei den Anonymen Alkoholikern kennengelernt hatte. Der war auch am Ende. Er hieß Ross und hatte fünf oder sechs

Kinder, und er hinkte; das kam daher, dass seine erste Frau ihm ins Bein geschossen hatte. Zu der Zeit hatte er keine Frau; er wollte meine. Ich weiß nicht, was wir uns damals alle gedacht haben. Die zweite Frau war gekommen und gegangen, aber es war die erste gewesen, die ihn Jahre zuvor ins Bein geschossen hatte, was der Grund für sein Hinken war, und die ihn immer wieder vor Gericht zerrte und ins Gefängnis stecken ließ, ungefähr jedes halbe Jahr, weil er seine Unterhaltszahlungen nicht leistete. Heute wünsche ich ihm alles Gute. Aber damals war das anders. Mehr als einmal war von Waffen die Rede. Zu meiner Frau sagte ich damals oft oder, besser gesagt, ich brüllte es: »Den bring' ich um!« Aber nichts geschah. Alles schleppte sich weiter. Ich habe den Mann nie kennengelernt; nur am Telefon habe ich ein paarmal mit ihm geredet. Und zwei Bilder von ihm habe ich mal gefunden, als ich die Handtasche meiner Frau durchwühlte. Ein schmächtiger Bursche, aber nicht zu schmächtig, und er hatte einen Schnurrbart und trug einen gestreiften Pullover; er stand da und wartete, dass ein Kind die Rutschbahn runterkam. Auf dem anderen stand er vor einem Haus – meinem? ich konnte es nicht sagen – mit verschränkten Armen, feingemacht, mit Krawatte und allem. Ross, altes Arschloch, ich hoffe, es geht dir gut. Ich hoffe, auch für dich sieht die Welt besser aus.

Das letzte Mal, dass er ins Gefängnis gekommen war, einen Monat vor jenem Sonntag, erfuhr ich von meiner Tochter, dass ihre Mutter hingegangen war, um die Kaution für ihn zu zahlen. Tochter Kate, damals fünfzehn, fand das genauso empörend wie ich. Nicht dass sie in dem Punkt mir gegenüber loyal gewesen wäre – sie kannte keine Loyalität, weder gegenüber mir noch gegenüber ihrer Mutter oder sonst etwas und hätte uns jederzeit gegeneinander ausgespielt. Nein, es ging darum, dass in dem Haushalt Bargeld knapp war, und wenn Geld an Ross ging, gab es entsprechend weniger für ihre eigenen Bedürfnisse. Ross stand also auf ihrer Abschussliste. Außerdem möge sie seine Kinder nicht, hatte sie gesagt; allerdings hatte ich auch von ihr gehört, Ross sei schon in Ordnung, lustig sogar und interessant, wenn er nicht trank. Er hatte ihr sogar aus der Hand gelesen.

Er verbrachte seine Tage damit, dass er Sachen reparierte, jetzt wo er in der Luftfahrtindustrie keine Chance mehr hatte. Aber ich war mal an seinem Haus vorbeigefahren; es war der reinste Müllplatz, mit alten Maschinen und Haushaltsgeräten, alle erdenklichen Geräte und Fabrikate, Sachen, die nie wieder etwas kochen oder waschen oder kühlen würden – all das stand in der offenen Garage herum und in seiner Auffahrt und auf dem Rasen vor dem Haus. Außerdem hatte er ein paar Autowracks, an denen er immer mal bastelte. In den Anfangstagen der Affäre hatte meine Frau erzählt, dass er »Oldtimer sammle«. Das waren ihre Worte. Ich hatte ein paar von seinen Autos vor dem Haus stehen gesehen, als ich vorbeifuhr, um mal einen Blick drauf zu werfen. Wagen aus den Fünfzigern und Sechzigern, zerbeult, mit zerschlissenen Polstern. Schrott, einer wie der andere. Das sah ich sofort. Ich wusste, woran ich war. Wir hatten Dinge gemeinsam, wir fuhren beide alte Autos und wollten beide auf Teufel komm raus dieselbe Frau. Aber obwohl er ja angeblich so geschickt war, brachte er es nicht fertig, das Auto von meiner Frau anständig einzustellen oder unseren Fernseher zu reparieren, als kein Bild mehr kam. Der Ton war noch da, aber kein Bild. Wenn wir die Nachrichten wollten, mussten wir uns abends vor den dunklen Schirm setzen und den Ton anhören. Ich nahm mir einen Drink dazu und machte vor den Kindern Witze über den großen Bastler. Bis heute weiß ich nicht, ob meine Frau wirklich geglaubt hat, was sie da geredet hat, mit den Oldtimern und dem Kram. Aber sie mochte ihn, sie liebte ihn sogar; so viel steht heute fest.

Sie hatten sich in der Zeit kennengelernt, als Cynthia mit dem Trinken aufhören wollte und drei- oder viermal die Woche zu den Treffen ging. Ich war schon seit Monaten bei den Anonymen Alkoholikern, mal ging ich hin, mal gab ich es wieder auf, doch als Cynthia und Ross sich kennenlernten, da war ich im freien Fall und trank alles, was ich in die Finger bekam. Aber wie ich Cynthia auch am Telefon über mich sagen hörte – ich war bei den Anonymen Alkoholikern gewesen und wusste, wo ich Hilfe bekommen konnte, wenn ich sie wirklich wollte. Ross war auch dort gewesen und hatte dann wieder zu trinken begonnen. Ich glaube, Cynthia hatte das Gefühl, dass bei ihm vielleicht mehr Hoffnung bestand als bei mir, und wollte ihm helfen, und deshalb ging sie zu den Treffen und wollte für ihn nüchtern bleiben, und sie ging zu ihm hin und kochte für ihn und putzte ihm das Haus. Seine Kinder waren ihm in solchen Sachen nicht die geringste Hilfe. Niemand rührte in dem Haus einen Finger, außer Cynthia, wenn sie da war. Aber je weniger die Kinder taten, desto mehr liebte sie ihn. Es war schon merkwürdig. Bei mir war es genau umgekehrt. Ich habe meine Kinder damals gehasst. Ich lag zum Beispiel auf dem Sofa, mit einem Glas Wodka und Grapefruitsaft in der Hand, und eins von den beiden kam rein und knallte die Tür zu. Einmal an einem Nachmittag schrie ich meinen Sohn deswegen an.

Cynthia musste dazwischengehen, als ich damit drohte, ihn kurz und klein zu schlagen. Ich habe gesagt, ich würde ihn umbringen. »Von mir hast du das Leben bekommen, ich kann es dir auch wieder nehmen.«

Irrsinn.

Die Kinder, Katy und Mike, haben diese zerrüttete Situation natürlich ausgenutzt, wo sie konnten. Man hatte den Eindruck, dass sie von den Drohungen und Erpressungen gegeneinander und gegen uns regelrecht lebten – von der Gewalt, der Verzweiflung, dem ganzen Durcheinander. Selbst heute noch, wenn ich nach so langer Zeit daran denke, macht mich das wütend auf sie. Ich weiß noch, Jahre vorher, bevor ich zum Vollzeittrinker wurde, da habe ich eine großartige Szene gelesen, in einem Roman von einem Italiener namens Italo Svevo. Der Vater des Erzählers lag im Sterben, und die ganze Familie hatte sich um das Bett versammelt, alle weinten und warteten, dass der alte Mann sein Leben aushauchte, und da schlug er noch einmal die Augen auf, um sie einen nach dem anderen ein letztes Mal anzusehen; als er beim Erzähler angelangt war, rührte er sich plötzlich, und ein seltsamer Ausdruck trat in seine Augen; und mit letzter Kraft richtete er sich auf, warf sich auf dem Bett nach vorn und gab seinem Sohn eine Ohrfeige, so fest, wie er nur konnte. Dann sank er wieder zurück und starb. Damals habe ich mir oft meine eigene Sterbeszene ausgemalt, und ich stellte mir vor, wie ich genau das tun würde; nur hoffte ich, dass meine Kraft noch reichen würde, beiden eine Ohrfeige zu geben, und meine letzten Worte an sie würden Worte sein, zu denen nur ein Sterbender den Mut hatte.

Aber rundum sahen sie nur Verrücktheit, und das nutzten sie aus. Sie gediehen prächtig dabei. Sie gaben gern die Kommandos, hatten die Zügel in der Hand, und wir schleppten uns weiter und ließen zu, dass sie uns ein schlechtes Gewissen machten. Von Zeit zu Zeit war es vielleicht unbequem für sie, aber sie machten, was sie wollten. Sie waren nicht verlegen oder angewidert von dem, was im Haus so vorging. Im Gegenteil. Da hatten sie etwas, worüber sie mit ihren Freunden reden konnten. Ich hatte mit angehört, wie sie ihren Kumpeln die grausigsten Geschichten auftischten, und sie grölten vor Lachen, wenn sie haarklein erzählten, was mit mir und ihrer Mutter geschah. Wenn man einmal davon absah, dass sie finanziell abhängig von Cynthia waren, die irgendwie immer noch einen Lehrerjob mit monatlichem Einkommen hatte, waren sie die Regisseure in dieser Show. Und genau das war es, eine Show.

Einmal hatte Mike seine Mutter ausgeschlossen, nachdem sie die Nacht bei Ross verbracht hatte … Ich weiß nicht, wo ich da war, wahrscheinlich bei meiner Mutter. Manchmal übernachtete ich da. Ich aß bei ihr zu Abend, und sie sprach davon, wie große Sorgen sie sich um uns alle mache; dann sahen wir fern und versuchten, über etwas anderes zu reden, ein normales Gespräch zu führen über etwas anderes als meine Familienverhältnisse. Sie machte dann ein Bett für mich auf dem Sofa zurecht – demselben Sofa, auf dem sie es mit Männern trieb, nahm ich an, aber ich schlief trotzdem da und war dankbar dafür. Cynthia war eines Morgens um sieben Uhr nach Hause gekommen, um sich für die Schule umzuziehen, und Mike hatte sämtliche Türen und Fenster verschlossen und wollte sie nicht ins Haus lassen. Sie stand unter seinem Fenster und flehte ihn an, sie einzulassen – bitte, bitte, damit sie sich anziehen und zur Schule gehen konnte, denn wenn sie ihre Stellung verlor, was dann? Was würde denn dann aus ihm? Was würde aus uns allen? Er sagte: »Du wohnst hier nicht mehr. Warum soll ich dich reinlassen?« Das hat er zu ihr gesagt und stand dabei hinter seinem Fenster mit wutverzerrtem Gesicht. (Später hat sie mir das erzählt, als sie betrunken war und ich nüchtern, und ich hielt ihre Hände und ließ sie reden.) »Du wohnst hier nicht«, hatte er gesagt.

Er ließ sie ein und sie schrie ihn an. Und mir nichts, dir nichts gab er ihr mehrere Fausthiebe auf die Schulter – wupp, wupp, wupp –, ein Schlag auf den Kopf, und dann setzte es Prügel am ganzen Leib. Schließlich konnte sie sich aber doch umziehen, sie machte ihr Gesicht zurecht und dann ab zur Schule.

Das ist alles noch gar nicht so lange her, drei Jahre vielleicht. Damals war das eine große Sache.

Ich ließ meine Mutter mit dem Mann auf dem Sofa zurück und fuhr eine Weile spazieren, denn ich wollte nicht nach Hause, und ich wollte an dem Tag auch nicht in einer Bar sitzen.

Manchmal redeten Cynthia und ich über diese Dinge – »überlegen, wo wir stehen« nannten wir das. Manchmal, in seltenen Fällen, kam es aber auch vor, dass wir über Dinge redeten, die nichts mit der Frage zu tun hatten, wo wir standen. Eines Nachmittags waren wir im Wohnzimmer, und sie sagte: »Als ich mit Mike schwanger war, hast du mich ans Klo getragen, wenn mir so schlecht war, dass ich nicht aufstehen konnte. Du hast mich getragen. Niemand wird das je wieder für mich tun, niemand könnte mich so lieben, so sehr. Das bleibt uns, egal was passiert. Wir haben uns mehr geliebt als jeder andere, keine zwei Menschen werden sich je wieder so lieben.«

Wir sahen uns an. Vielleicht haben wir uns an den Händen gefasst, das weiß ich nicht mehr. Dann fiel mir ein, dass ich noch eine halbe Flasche Whisky oder Wodka oder Gin oder Scotch oder Tequila genau unter dem Sofakissen versteckt hatte, auf dem wir saßen (das waren glückliche Tage!), und ich hoffte, dass sie bald aufstehen und anderswohin gehen würde – in die Küche, ins Bad, die Garage aufräumen.

»Vielleicht könntest du uns Kaffee machen«, sagte ich. »Ein Pott Kaffee, das wäre schön.«

»Möchtest du was essen? Ich könnte eine Suppe aufmachen.«

»Vielleicht kriege ich auch was zu essen runter, aber vor allem hätte ich gerne eine Tasse Kaffee.«

Sie ging in die Küche. Ich wartete, bis ich hörte, wie sie das Wasser aufdrehte. Dann holte ich die Flasche unter dem Sitzkissen hervor, schraubte den Deckel ab und trank.

Diese Sachen habe ich bei den Anonymen Alkoholikern nie erzählt. Ich habe nie viel bei den Treffen gesagt; ich habe »ausgesetzt«. Wenn jeder reihum erzählen musste, dann konnte man auch sagen: »Ich setze heute Abend aus.« Aber ich hörte zu und schüttelte den Kopf und lachte, weil ich mich wiedererkannte in den grässlichen Geschichten, die ich zu hören bekam. Meistens war ich betrunken, wenn ich zu diesen Einsteigertreffen ging. Man hat Angst, und da braucht man mehr als Pulverkaffee und Kekse.

Aber es kam nicht oft vor, dass wir von der Vergangenheit oder von Liebe redeten. Wenn wir redeten, dann redeten wir über Geschäftliches, es ging ums Überleben, um das Grundsätzliche. Geld. Wo sollte das Geld herkommen? Das Telefon war nicht bezahlt, Strom und Gas sollten abgestellt werden. Was ist mit Kate? Sie braucht was zum Anziehen. Ihr Schulzeugnis. Dieser Freund von ihr ist in einer Motorradgang. Mike. Was wird aus Mike? Was wird aus uns allen? »Ach Gott«, sagte sie dann. Aber Gott wollte davon nichts mehr hören. Er hatte seine Hände in Unschuld gewaschen.

Ich wollte, dass Mike zur Army ging, zur Navy oder zur Küstenwache. Er war ein unmöglicher Mensch. Gefährlich. Selbst Ross fand, dass die Army das Richtige für ihn war, hatte Cynthia mir erzählt, und es hatte ihr gar nicht gefallen, dass er das gesagt hatte. Aber ich freute mich zu hören, dass Ross und ich in dieser Frage einer Meinung waren. Damit stieg Ross in meiner Achtung um eine Stufe. Aber Cynthia ärgerte sich; es war schlimm, wenn Mike im Haus war, er hatte eine gewalttätige Art, aber sie war überzeugt, dass es nur eine Phase war und dass es bald vorbei sein würde. Sie wollte nicht, dass er zum Militär kam. Ross dagegen hatte Cynthia gesagt, Mike gehöre zum Militär, da würden sie ihm Respekt und Manieren beibringen. Er hatte ihr das nach einer frühmorgendlichen Rempelei vor seinem Haus gesagt, bei der Mike ihn zu Boden gestoßen hatte.

Ross liebte Cynthia, aber er hatte auch noch was mit einem zweiundzwanzigjährigen Mädchen namens Beverly, das von ihm schwanger war, auch wenn Ross Cynthia schwor, dass er *sie* liebe und nicht Beverly. Sie schliefen überhaupt nicht mehr miteinander, hatte er Cynthia erzählt, aber Beverly erwarte ein Kind von ihm und er liebe alle seine Kinder, selbst die ungeborenen, und da könne er sie doch nicht einfach davonjagen, oder? Er weinte, als er Cynthia das alles erzählte. Er war betrunken. (Einer war damals immer betrunken.) Ich kann mir die Szene ausmalen.

Ross hatte seinen Abschluss am Polytechnischen Institut von Kalifornien gemacht und war von da direkt zur NASA-Dienststelle in Mountain View gekommen. Er hat zehn Jahre lang da gearbeitet, aber schließlich ging alles den Bach runter. Ich habe ihn, wie gesagt, nie kennengelernt, aber wir haben ein paarmal am Telefon miteinander gesprochen, wegen irgendwelcher Sachen. Einmal habe ich ihn angerufen, als ich betrunken war und Cynthia und ich uns wegen irgendwas gestritten hatten. Eins von seinen Kindern war dran, und als Ross dann an den Apparat kam, fragte ich ihn, ob er, wenn ich aufgäbe (ich hatte natürlich nicht vor aufzugeben, ich wollte ihn nur ein bisschen kirre machen), für Cynthia und die Kinder sorgen würde. Er sagte, er schneide gerade den Braten auf, das war seine Antwort, sie hätten sich gerade zum Essen an den Tisch gesetzt, er und seine Kinder. Ob er zurückrufen könne? Ich legte auf. Als er dann ungefähr eine Stunde später anrief, hatte ich meinen eigenen Anruf schon wieder vergessen. Cynthia nahm ab und sagte »Ja« und dann noch einmal »Ja«, und ich wusste, dass es Ross war und dass er fragte, ob ich betrunken sei. Ich riss ihr den Hörer aus der Hand und fragte: »Also, sorgst du für sie oder nicht?« Er antwortete, es tue ihm leid, dass er in diese ganze Sache hineingeschlittert sei, aber sorgen könne er wohl nicht für sie. »Das heißt also: Nein, du sorgst nicht für sie«, sagte ich und sah Cynthia dabei an, als ob damit alles ein für alle Mal geklärt sei. Er sagte: »Ja, das heißt Nein.« Und Cynthia zuckte mit keiner Wimper. Später ging mir auf, dass sie wahrscheinlich längst über die Frage gesprochen hatten, und da war seine Antwort keine Überraschung mehr für sie. Sie wusste es schon.

Er war Mitte dreißig, als er den Boden unter den Füßen

verlor. Ich habe mich bei jeder Gelegenheit über ihn lustig gemacht. Ich habe ihn immer »das Wiesel« genannt, nach dem Foto. »So sieht der Freund von eurer Mutter aus«, habe ich zu den Kindern gesagt, wenn die Kinder mal da waren und wir darüber geredet haben, »wie ein Wiesel«. Wir haben drüber gelacht. Oder »der Bastler«. Das war meine Lieblingsbezeichnung für ihn. Möge Gott sich deiner erbarmen, Ross. Heute hege ich keinen Groll mehr gegen dich. Aber damals, als ich ihn das Wiesel genannt habe oder den Bastler und als ich ihn umbringen wollte, da war er auch so etwas wie ein gestürzter Held für meine Kinder und für Cynthia wahrscheinlich auch, weil er mitgeholfen hatte, Menschen auf den Mond zu bringen. Immer wieder bekam ich zu hören, dass er bei den Mondflügen mitgearbeitet hatte und dass er ein guter Freund von Buzz Aldrin und Neil Armstrong war. Er hatte Cynthia gesagt – und die hatte es den Kindern gesagt, die es mir gesagt hatten –, dass er sie mit den Astronauten bekannt machen werde, wenn sie mal in der Stadt seien. Aber sie waren nie in der Stadt, oder wenn doch, dann haben sie Ross nichts davon gesagt. Bald nach den Mondflügen wendete sich Ross' Schicksal, und er trank immer mehr. Er ging nicht zur Arbeit. Um die Zeit begannen dann die Streitereien mit seiner ersten Frau. Am Ende nahm er die Drinks in einer Thermosflasche mit zur Arbeit. Alles topmodern da draußen, ich hab's selbst gesehen – Cafeteria, Speisezimmer für die Bosse und so weiter, Kaffeemaschine in jedem Büro. Aber er brachte sich seine Thermosflasche mit, und nach einer Weile wussten die Leute Bescheid, und es wurde geredet. Sie haben ihn entlassen, oder er hat gekündigt – da habe ich nie was Eindeutiges erfahren, wenn ich danach gefragt habe. Natürlich hat er weitergetrunken. Das macht man in solchen Fällen. Dann hat er angefangen, alte Haushaltsgeräte zu reparieren, Fernseher, Autos. Er interessierte sich für Astrologie, Auras, I Ging – solche Sachen. Ich zweifle nicht, dass er ein kluger Bursche war und witzig und interessant, wie die meisten von unseren Exfreunden. Cynthia habe ich gesagt, dass sie ihn sicher nicht mögen würde (das Wort »Liebe« habe ich in dem Zusammenhang nie über die Lippen gebracht), wenn er nicht im Grunde seines Herzens ein guter Kerl wäre. »Einer, der zu uns passt«, habe ich gesagt, ich wollte großzügig sein. Das war kein schlechter, kein böser Mensch, dieser Ross. »Keiner ist schlecht«, habe ich mal zu Cynthia gesagt, als wir über meine eigene Affäre sprachen.

Mein Dad ist im Schlaf gestorben, besoffen, vor acht Jahren. Es war ein Freitagabend, und er war vierundfünfzig. Er kam nach Hause, von der Arbeit im Sägewerk, holte ein paar Würstchen für sein Frühstück am nächsten Morgen aus der Kühltruhe, setzte sich an den Küchentisch und machte eine Literflasche Four Roses auf. Damals ging es ihm gar nicht schlecht, er war glücklich, dass er nach drei oder vier Jahren, wo er Blutvergiftung gehabt hatte und dann etwas, weswegen er Elektroschocks bekam, wieder eine Arbeit gefunden hatte. (Ich war damals verheiratet und lebte anderswo. Ich hatte die Kinder und einen Job, da hatte ich meine eigenen Sorgen und nicht ganz so viel Zeit für seine.) An dem Abend zog er mit seiner Flasche und einer Schale Eiswürfel und einem Glas ins Wohnzimmer und trank und sah fern, bis meine Mutter von der Arbeit in dem Imbiss nach Hause kam.

Es gab ein paar böse Worte wegen dem Whisky, wie immer. Sie selbst trank nicht viel. In meinen Jugendjahren habe ich sie nur an Weihnachten, Thanksgiving und Sylvester trinken gesehen – Punsch oder Bowle und selbst davon nicht viel. Das einzige Mal, dass sie wirklich betrunken gewesen war, schon Jahre zuvor (mein Dad hat mir das erzählt, und er lachte dabei), waren sie in einem kleinen Lokal außerhalb von Eureka gewesen, und sie hatte eine Menge Whisky Sours getrunken. Gerade als sie im Auto saßen und abfahren wollten, wurde ihr schlecht, und sie musste die Tür aufmachen. Irgendwie fielen dabei ihre falschen Zähne raus, das Auto war schon angefahren und fuhr über ihr Gebiss. Von da an hat sie nur an Feiertagen getrunken und auch da immer nur mäßig.

Mein Dad hat an dem Freitagabend immer weiter getrunken, hat versucht, sich gar nicht um meine Mutter zu kümmern, die in der Küche saß und rauchte und einen Brief an ihre Schwester in Little Rock schreiben wollte. Schließlich stand er auf und ging zu Bett. Nicht lange darauf, als sie sicher war, dass er schlief, ging auch meine Mutter zu Bett. Später sagte sie, ihr sei nichts Ungewöhnliches aufgefallen, höchstens vielleicht, dass er stärker und lauter geschnarcht habe als sonst, und sie konnte ihn nicht dazu bringen, sich auf die Seite zu legen. Aber sie schlief ein. Sie wurde wach, als bei meinem Dad Schließmuskel und Blase nachgaben. Die Sonne ging gerade auf. Vögel sangen. Mein Dad lag immer noch auf dem Rücken, mit geschlossenen Augen und offenem Mund. Meine Mutter sah ihn an und rief seinen Namen.

Ich fuhr spazieren. Inzwischen war es dunkel geworden. Ich fuhr an meinem Haus vorbei; alle Lichter brannten, aber Cynthias Wagen war nicht da. Ich fuhr zu einer Bar, in der ich manchmal trank, und rief zu Hause an. Katy ging ran und sagte, ihre Mutter sei nicht da und wo ich sei? Sie brauche fünf Dollar. Ich brüllte sie an und legte auf. Dann meldete ich ein R-Gespräch mit einer Frau an, die sechshundert Meilen entfernt war und die ich schon seit Monaten nicht mehr gesehen hatte, eine gute Frau, die, als ich sie das letzte Mal gesehen hatte, gesagt hatte, sie werde für mich beten.

Sie nahm das Gespräch an. Sie fragte, von wo ich anriefe. Sie fragte, wie es mir gehe. »Alles in Ordnung?«, fragte sie.

Wir redeten. Ich fragte sie nach ihrem Mann. Er war ein Freund von mir gewesen und lebte jetzt von ihr und den Kindern getrennt.

»Der ist nach wie vor in Richland«, sagte sie. »Wie ist das nur alles gekommen?«, fragte sie. »Wir waren doch anständige Leute.« Wir redeten eine Weile, dann sagte sie, dass sie mich immer noch liebe und dass sie weiter für mich beten werde.

»Bete für mich«, sagte ich. »Tu das.« Dann verabschiedeten wir uns und legten auf.

Später rief ich noch einmal zu Hause an, aber diesmal nahm keiner ab. Ich wählte die Nummer meiner Mutter. Sie war beim ersten Klingeln dran, ihre Stimme misstrauisch, als erwarte sie Ärger.

»Ich bin's«, sagte ich. »Entschuldige, dass ich anrufe.«

»Nein, nein, Schatz, ich war noch auf«, sagte sie. »Wo bist du? Ist was passiert? Ich dachte, du wolltest heute vorbeikommen. Ich habe auf dich gewartet. Rufst du von zu Hause an?«

»Nein, ich rufe nicht von zu Hause an. Ich weiß nicht, wo alle stecken. Zu Hause habe ich's gerade versucht.«

»Der alte Ken war heute hier«, redete sie weiter, »der alte

Gauner. Kam heute Nachmittag vorbei. Einen ganzen Monat hat er sich nicht blicken lassen, und dann steht er plötzlich in der Tür, der Schlawiner. Ich mag ihn nicht. Der will nichts weiter als über sich reden und mit seinem Leben prahlen, wie er auf Guam gelebt hat und drei Freundinnen gleichzeitig hatte und wie er hierhin und dorthin gereist ist. Ein alter Angeber, sonst nichts. Ich habe ihn bei diesem Tanz kennengelernt, von dem ich dir erzählt habe, aber ich mag ihn nicht.«

»Hast du was dagegen, wenn ich vorbeikomme?«, fragte ich.

»Aber nein, Schatz. Komm her. Ich mache uns was zu essen. Ich bin selbst hungrig. Habe seit heute Nachmittag nichts mehr gegessen. Der alte Ken hatte was von Colonel Sanders mitgebracht. Komm her, und ich mache uns Rühreier. Oder soll ich dich abholen? Alles in Ordnung, Schatz?«

Ich fuhr hin. Sie begrüßte mich mit einem Kuss, als ich zur Tür hereinkam. Ich wandte mich ab. Ich wollte nicht, dass sie den Wodka roch. Der Fernseher lief.

»Wasch dir die Hände«, sagte sie und musterte mich. »Essen ist fertig.«

Später machte sie mir auf dem Sofa ein Bett zurecht. Ich ging ins Bad. Dort hatte sie immer einen Schlafanzug von meinem Dad für mich. Ich holte ihn aus der Schublade, sah ihn an, dann zog ich mich aus. Als ich wieder herauskam, war sie in der Küche. Ich rückte mir das Kissen zurecht und legte mich hin. Sie brachte ihre Arbeit zu Ende, schaltete das Küchenlicht aus und setzte sich ans Fußende des Sofas.

»Schatz, ich sage dir das nicht gern«, sagte sie. »Es quält mich, dass ich dir das sagen muss, aber selbst die Kinder wissen es, und ich habe es von ihnen erfahren. Wir haben darüber gesprochen. Cynthia trifft sich mit einem anderen Mann.«

»Das ist schon in Ordnung«, sagte ich. »Ich weiß das«, sagte ich und blickte zum Fernsehschirm. »Er heißt Ross, und er ist ein Säufer. Genau wie ich.«

»Schatz, so kann das nicht weitergehen«, sagte sie.

»Ich weiß«, sagte ich. Ich blickte weiter auf den Fernsehschirm.

Sie beugte sich vor und umarmte mich. Sie hielt mich eine ganze Weile fest. Dann ließ sie los und wischte sich die Augen. »Ich wecke dich morgen früh«, sagte sie.

»Morgen habe ich nicht viel zu tun. Vielleicht schlafe ich noch eine Weile, wenn du fort bist.« Wenn du aufgestanden bist, dachte ich, wenn du im Bad warst und dich angezogen hast, lege ich mich in dein Bett, und dann liege ich da und döse und höre dem Radio in deiner Küche zu, den Nachrichten und dem Wetterbericht.

»Schatz, ich mache mir solche Sorgen um dich.«

»Das musst du nicht«, sagte ich. Ich schüttelte den Kopf.

»Jetzt ruh dich erst mal aus«, sagte sie. »Du brauchst deinen Schlaf.«

»Das mache ich. Ich bin sehr schläfrig.«

»Lass den Fernseher an, solange du willst«, sagte sie.

Ich nickte.

Sie beugte sich vor und küsste mich. Ihre Lippen kamen mir wund und geschwollen vor. Sie deckte mich mit der Bettdecke zu. Dann ging sie in ihr Zimmer. Sie ließ die Tür offen, und binnen kurzem hörte ich sie schnarchen.

Ich lag da und starrte den Fernsehschirm an. Man sah Bilder von Männern in Uniform, man hörte ein leises Murmeln, dann Panzer und ein Mann mit einem Flammenwerfer. Der Ton war zu leise, aber ich wollte nicht aufstehen. Ich starrte auf den Schirm, bis mir die Augen zufielen. Aber dann fuhr ich hoch, der Schlafanzug feucht vom Schweiß. Ein schneeweißes Licht erfüllte den Raum. Ein Dröhnen, das auf mich zukam. Der ganze Raum war ein einziges Tosen. Ich lag da. Ich rührte mich nicht.

PAVILLON

Am Morgen gießt sie mir Teacher's Whisky auf den Bauch und leckt ihn ab. Am Nachmittag versucht sie aus dem Fenster zu springen. Ich halte das nicht mehr aus und sage es ihr. Ich sage: »Holly, so geht das nicht weiter. Das ist Wahnsinn. Das muss ein Ende haben.«

Wir sitzen auf dem Sofa in einer der Suiten im Obergeschoss. Es gab jede Menge freie Zimmer, aber wir brauchten eine Suite, einen Ort, wo wir uns bewegen und miteinander reden konnten. Also hatten wir das Büro des Motels an diesem Morgen abgeschlossen und waren nach oben in eine Suite gegangen.

Sie sagt: »Es bringt mich um, Duane.«

Wir trinken Teacher's mit Eis und Wasser. Zwischen Morgen und Nachmittag hatten wir ein wenig geschlafen. Dann war sie auf einmal nicht mehr im Bett und drohte, in Unterwäsche aus dem Fenster zu klettern. Ich musste sie festhalten. Wir waren zwar nur im zweiten Stock, aber immerhin.

»Ich kann nicht mehr«, sagt sie. »Ich halte das nicht mehr aus.« Sie legt sich den Handrücken an die Wange und schließt die Augen. Sie dreht den Kopf hin und her, und sie summt dazu. Ich könnte sterben, wenn ich sie so sehe.

»Was hältst du nicht mehr aus?«, frage ich, obwohl ich es natürlich weiß. »Holly?«

»Ich muss dir das nicht alles noch mal erklären«, sagt sie. »Ich habe mich nicht mehr in der Gewalt. Ich habe meinen Stolz verloren. Ich war immer eine stolze Frau.«

Sie ist eine attraktive Frau, knapp über dreißig. Sie ist groß und hat lange schwarze Haare und grüne Augen, die einzige grünäugige Frau, die ich kenne. Früher habe ich oft Bemerkungen über ihre grünen Augen gemacht, und dann hat sie geantwortet, sie sei eben etwas ganz Besonderes. Als ob ich das nicht wüsste. Das macht es doch nur noch schlimmer.

Unten im Büro klingelt wieder das Telefon. Es hat den Tag über immer wieder mal geläutet. Selbst vorhin, als ich eingedöst war, habe ich es gehört. Ich habe die Augen aufgeschlagen und zur Decke geblickt und dem Klingeln zugehört und überlegt, was bloß mit uns los ist.

»Mein Herz ist gebrochen«, sagt sie. »Es ist versteinert. Ich habe keine Achtung mehr. Das ist das Allerschlimmste, dass ich keine Achtung mehr habe. Ich will morgens nicht mal mehr aufstehen. Duane, es hat lange gedauert, bis ich mich zu dieser Entscheidung durchgerungen habe, aber wir müssen getrennte Wege gehen. Es ist vorbei, Duane. Wir sollten uns das endlich eingestehen.«

»Holly«, sage ich. Ich greife nach ihrer Hand, aber sie zieht sie weg.

Als wir frisch hierhergezogen waren und die Leitung des Motels übernommen hatten, da dachten wir, wir wären aus dem Schneider. Eine mietfreie Wohnung ohne Nebenkosten plus dreihundert Dollar pro Monat, das war nicht zu toppen. Holly machte die Buchhaltung, sie konnte gut mit Zahlen umgehen, und sie kümmerte sich meist auch um die Rezeption. Sie mochte Menschen, und die Menschen mochten sie. Ich war zuständig für das Drum und Dran, mähte den Rasen und jätete Unkraut, hielt den Swimmingpool sauber und machte kleine Reparaturen. Im ersten Jahr lief alles bestens. Abends hatte ich noch einen zweiten Job als Schichtarbeiter, und wir kamen gut voran, schmiedeten Pläne. Dann eines Morgens, ich weiß nicht, ich hatte gerade ein paar Fliesen in einem der Badezimmer verlegt, als dieses kleine mexikanische Zimmermädchen zum Saubermachen reinkommt. Holly hatte sie eingestellt. Ich kann eigentlich nicht sagen, dass sie mir vorher aufgefallen war, auch wenn wir ein paar Worte sprachen, wenn wir uns begegneten. Sie nannte mich Mister. Na, wie dem auch sei, wir kamen ins Gespräch. Sie war nicht auf den Kopf gefallen, sie war süß, und sie hatte eine nette Art. Sie lächelte viel, hörte aufmerksam zu, wenn man etwas sagte, und sah einem in die Augen, wenn sie selbst redete. Von diesem Morgen an beobachtete ich sie. Sie war eine hübsche, stämmige kleine Frau mit schönen weißen Zähnen. Ich blickte immer auf ihren Mund, wenn sie lachte. Bald nannte sie mich beim Vornamen. Eines Morgens war ich damit beschäftigt, in einem anderen Bad die Dichtung am Wasserhahn auszutauschen. Sie wusste nicht, dass ich da war. Sie kam herein und schaltete den Fernseher an, wie es Zimmermädchen beim Saubermachen gerne tun. Ich unterbrach meine Arbeit und trat aus dem Bad. Sie war überrascht, mich zu sehen. Sie lächelte und sagte meinen Namen. Wir sahen uns an. Ich ging hinüber und schloss die Tür hinter ihr. Ich schlang meine Arme um sie. Dann legten wir uns aufs Bett.

»Holly, du bist immer noch eine stolze Frau«, sage ich.

»Du bist immer noch die Nummer eins. Jetzt sei doch nicht so, Holly.«

Sie schüttelt den Kopf. »Etwas in mir ist abgestorben«, sagt sie. »Es hat lang gedauert, bis es tot war, aber jetzt ist es tot. Du hast etwas getötet, wie mit einer Axt. Alles ist nur noch Dreck.« Sie trinkt ihr Glas aus. Dann fängt sie an zu weinen. Ich will sie umarmen, aber sie steht auf und geht ins Bad.

Ich fülle unsere Gläser nach und schaue aus dem Fenster. Zwei Autos mit auswärtigen Nummernschildern parken vor dem Büro. Die Fahrer, zwei Männer, stehen vor dem Büro und unterhalten sich. Einer sagt etwas zu dem anderen, blickt hinüber zu den Zimmern und fasst sich ans Kinn. Eine Frau steht mit dem Gesicht ganz nah an der Scheibe, hält sich die Hand über die Augen und schaut nach drinnen. Sie drückt die Türklinke herunter. Im Büro läutet wieder das Telefon.

»Sogar vorhin, als wir uns geliebt haben, hast du an sie gedacht«, sagt Holly, als sie aus dem Badezimmer kommt. »Das tut entsetzlich weh, Duane.« Sie nimmt den Drink, den ich ihr reiche.

»Holly«, sage ich.

»Nein, es stimmt, Duane.« Sie wandert in Höschen und BH im Zimmer auf und ab, das Glas in der Hand. »Du bist fremdgegangen. Du hast das Vertrauen zwischen uns gebrochen. Das klingt vielleicht altmodisch für dich. Ist mir egal. Jedenfalls fühle ich mich jetzt, ich weiß nicht, wie ein Stück Dreck, ja, so fühle ich mich. Ich bin durcheinander. Mein Leben hat keinen Sinn mehr. Du hast meinem Leben Sinn gegeben.«

Diesmal lässt sie zu, dass ich ihre Hand nehme. Ich knie

mich vor ihr auf den Teppich und lege ihre Finger an meine Schläfen. Ich liebe sie, Himmel, ja, ich liebe sie. Aber im gleichen Augenblick denke ich auch an Juanita, an ihre Finger in meinem Nacken. Es ist schrecklich. Ich weiß nicht, wie es weitergehen soll.

Ich sage: »Holly, Schatz, ich liebe dich.« Aber ich weiß nicht, was ich sonst noch sagen soll oder was ich unter diesen Umständen noch anzubieten hätte. Sie fährt mir mit den Fingern über die Stirn, wie eine Blinde, die man aufgefordert hat, mein Gesicht zu beschreiben.

Auf dem Parkplatz drückt jemand auf die Hupe, lässt los und hupt noch einmal. Holly zieht ihre Hand weg und wischt sich über die Augen. Sie sagt: »Mach mir einen Drink. Der hier ist zu schwach. Lass die ruhig hupen, ist mir egal. Ich glaube, ich ziehe nach Nevada.«

»Red keinen Unsinn«, sage ich

»Ich rede keinen Unsinn«, erwidert sie. »Ich habe nur gesagt, dass ich nach Nevada ziehe. Das ist kein Unsinn. Vielleicht finde ich da jemanden, der mich liebt. Du kannst hierbleiben, mit deinem mexikanischen Zimmermädchen. Ich glaube, ich gehe nach Nevada. Entweder das, oder ich bringe mich um.«

»Holly!«

»Von wegen Holly«, sagt sie. Sie setzt sich auf das Sofa und zieht die Knie hoch bis unters Kinn. Draußen und drinnen wird es dunkel. Ich schließe die Vorhänge und schalte die Tischlampe an.

»Ich hab gesagt, du sollst mir einen neuen Drink machen, Arschloch«, sagt sie. »Scheiß auf die mit ihrer Hupe. Sollen sie doch unten an der Straße im Travelodge absteigen. Ist das nicht das Motel, wo deine mexikanische Freundin jetzt arbeitet? Im Travelodge? Ich wette, sie hilft dem kleinen Kuschelbären, den die ihren Gästen schenken, jeden Abend in den Pyjama. Jetzt mach mir endlich einen neuen Drink, und tu diesmal ein bisschen Scotch rein.« Sie kneift die Lippen zusammen und wirft mir einen wütenden Blick zu.

Mit dem Trinken ist das so eine Sache. Wenn ich zurückdenke, haben wir alle wichtigen Entscheidungen in unserem Leben beim Trinken gefällt. Selbst wenn wir darüber geredet haben, dass wir nicht mehr so viel trinken sollten, saßen wir am Küchentisch oder an einem Picknicktisch im Park und hatten einen Sechserpack Bier oder eine Flasche Whisky vor uns. Als wir beschlossen, hierherzuziehen und diesen Job im Motel anzunehmen, als wir beschlossen, unsere Stadt, unsere Freunde und Verwandten und all das zu verlassen, saßen wir die ganze Nacht da und tranken und redeten, wogen die Vor- und Nachteile ab und betranken uns dabei. Aber wir hatten es immer im Griff. Und heute Morgen, als Holly sagt, dass wir uns mal ernsthaft über unser Leben unterhalten müssen, ist das Erste, was ich mache, bevor wir das Büro abschließen und zum Reden nach hier oben gehen, dass ich in den Getränkeladen fahre und den Teacher's hole.

Ich schütte den Rest davon in unsere Gläser und tue noch einen Eiswürfel und etwas Wasser dazu.

Holly steht vom Sofa auf und legt sich quer übers Bett. Sie fragt: »Hast du hier in diesem Bett auch mit ihr geschlafen?«

»Nein.«

»Ach, ist auch egal«, sagt sie. »Ist ja so ziemlich alles egal. Aber ich muss wieder zu mir kommen, so viel steht fest.«

Ich antworte nicht. Ich fühle mich wie ausgelöscht. Ich reiche ihr das Glas und setze mich in den großen Sessel. Ich nippe an meinem Drink und denke: Was jetzt?

»Duane?«, sagt sie.

»Holly?« Meine Finger legen sich um das Glas. Mein Herzschlag hat sich verlangsamt. Ich warte. Holly war meine große Liebe.

Die Sache mit Juanita war fünf Tage die Woche zwischen zehn und elf morgens weitergegangen, sechs Wochen lang. Anfangs richteten wir es so ein, dass wir uns in irgendeinem Zimmer trafen, während sie ihre Runde machte. Ich ging einfach in das Zimmer, in dem sie gerade arbeitete, und schloss die Tür hinter mir. Aber nach einer Weile schien uns das zu riskant, und sie änderte ihre Routine, so dass wir uns regelmäßig in der 22 trafen, einem Zimmer am Ende des Motels mit Blick nach Osten auf die Berge, dessen Eingang vom Büro aus nicht zu sehen war. Wir waren zärtlich zueinander, aber wir machten schnell. Wir waren zärtlich und schnell zugleich. Aber es war schön. Es war völlig neu und unerwartet, so viel mehr Lust. Dann, eines schönen Morgens, wurden wir von Bobbi, dem anderen Zimmermädchen, überrascht. Die beiden Frauen waren Kolleginnen, aber sie mochten sich nicht. Also lief Bobbi ins Büro und erzählte es Holly. Warum sie das getan hat, habe ich nicht verstanden, und ich verstehe es bis heute nicht. Juanita hatte Angst und schämte sich. Sie zog sich an und fuhr nach Hause. Am Ende musste ich die Zimmer an diesem Tag selbst zurechtmachen. Holly blieb im Büro, wo sie vermutlich trank. Ich ging ihr aus dem Weg. Aber als ich kurz vor dem Aufbruch zur Arbeit in unsere Wohnung kam, war sie im Schlafzimmer, und die Tür war zu. Ich lauschte. Ich hörte, wie sie sich bei der Arbeitsvermittlung nach einem neuen Zimmermädchen erkundigte. Ich hörte, wie sie das Telefon auflegte. Dann fing sie an zu summen. Ich war am Boden zerstört. Ich fuhr zur Arbeit, aber ich wusste, dass sie mir die Rechnung präsentieren würde.

Ich denke, Holly und ich hätten das durchstehen können. Obwohl sie völlig betrunken war, als ich in dieser Nacht von der Arbeit zurückkam, und ein Glas nach mir warf und schreckliche Dinge sagte, die wir beide nie vergessen würden. An diesem Abend schlug ich sie zum ersten Mal, und danach flehte ich sie an, mir zu verzeihen, dass ich sie geschlagen und mich mit einer anderen Frau eingelassen hatte. Ich flehte sie an, mir zu verzeihen. Es wurde viel geweint und viel diskutiert und noch mehr getrunken; wir blieben fast die ganze Nacht lang wach. Dann gingen wir erschöpft ins Bett und liebten uns. Wir redeten einfach nicht mehr darüber, über die Sache mit Juanita. Es hatte einen Knall gegeben, und danach machten wir weiter, als sei nichts geschehen. Vielleicht war sie wirklich bereit, mir zu verzeihen, wenn schon nicht zu vergessen, und das Leben konnte weitergehen. Aber mit einer Sache hatten wir nicht gerechnet: dass Juanita mir fehlen würde und ich manchmal nachts nicht schlafen konnte, weil ich an sie dachte. Wenn Holly eingeschlafen war, lag ich im Bett und dachte an Juanitas weiße Zähne, und dann dachte ich an ihre Brüste. Ihre Brustwarzen waren dunkel und fühlten sich warm an, und direkt unter den Warzen sprießten kleine Härchen. Sie hatte auch Haare in den Achselhöhlen. Ich muss verrückt gewesen sein. Nach ein paar Wochen war mir klar, dass ich sie wiedersehen musste, es ging nicht anders. Ich rief sie eines Abends von der Arbeit aus an, und wir verabredeten, dass ich bei ihr vorbeikommen sollte. Sie lebte von ihrem Mann getrennt in einem kleinen Haus mit ihren zwei Kindern. Ich kam kurz nach Mitternacht dort an. Ich fühlte mich unbehaglich, aber Juanita wusste es und sorgte sofort dafür, dass es mir besserging. Wir tranken ein Bier am Küchentisch. Sie stand auf, stellte sich hinter meinen Stuhl und massierte mir den Nacken; ich solle mich entspannen, sagte sie, einfach entspannen und locker lassen. Im Morgenmantel setzte sie sich vor mir auf den Boden und nahm meine Hand und fing an, mir mit einer kleinen Feile die Fingernägel sauberzumachen. Dann küsste ich sie und hob sie auf, und wir gingen ins Schlafzimmer. Nach etwa einer Stunde zog ich mich an, gab ihr einen Abschiedskuss und ging nach Hause ins Motel.

Holly wusste es. Wenn zwei Menschen einander so nahe sind, kann man solche Dinge nicht lang geheim halten. Und man will es auch gar nicht. Man weiß, dass so etwas nicht ewig weitergehen kann, ohne dass es zur Katastrophe kommt. Schlimmer noch: Man weiß, dass man in einem Zustand ständiger Lüge lebt. Das ist kein Leben. Ich behielt meinen Abendjob, jeder Affe hätte diese Arbeit tun können, aber mit dem Motel ging es zusehends bergab. Wir waren einfach nicht mehr mit dem Herzen bei der Sache. Ich machte den Swimmingpool nicht mehr sauber, und Algen sammelten sich darin an, so dass die Gäste ihn nicht mehr benutzen konnten. Ich reparierte keine Wasserhähne mehr, verlegte keine neuen Fliesen und besserte nichts mehr mit Pinsel und Farbe aus. Und selbst wenn wir mit dem Herzen bei der Sache gewesen wären, irgendwie fehlte mir einfach die Zeit, vor allem wegen der Trinkerei. Das Trinken frisst sehr viel Zeit und Energie, wenn man sich ihm voll und ganz widmet. In dieser Zeit fing Holly an, sehr viel und allein zu trinken. Wenn ich von der Arbeit nach Hause kam, egal ob ich vorher bei Juanita gewesen war oder nicht, lag Holly entweder schnarchend im Bett, und das Schlafzimmer stank nach Whisky, oder sie saß am Küchentisch, rauchte ihre Filterzigaretten, ein Glas mit irgendetwas vor sich, und starrte mich aus geröteten Augen an, wenn ich durch die Tür kam. Sie machte auch Fehler bei der Registrierung der Gäste, berechnete ihnen zu viel oder, was noch häufiger vorkam, kassierte nicht genug. Manchmal steckte sie drei Leute in ein Zimmer, in dem es nur ein Doppelbett gab, oder sie gab einem Einzelreisenden eine der Suiten mit einem riesigen Bett und einem Sofa und berechnete ihm nur den Preis für ein Einzelzimmer – solche Sachen eben. Die Gäste beschwerten sich, und hin und wieder kam es zum Streit. Manche packten ihre Sachen und gingen woandershin, nachdem sie ihr Geld zurückgefordert hatten. Es gab einen drohenden Brief von der Geschäftsleitung. Dann einen weiteren Brief, diesmal per Einschreiben. Anrufe. Jemand aus der Stadt würde kommen, um sich die Sache vor Ort anzusehen. Aber ehrlich gesagt war uns das egal. Wir wussten, dass es nicht ewig so weitergehen würde, dass unsere Tage in dem Motel gezählt waren, dass der Wind aus einer anderen Richtung wehte – unser Leben war verpestet, und es musste etwas geschehen.

An diesem Samstagmorgen wachten wir verkatert auf; wir hatten bis tief in die Nacht über unsere Lage geredet und waren kein Stück weitergekommen. Wir schlugen die Augen auf, drehten uns im Bett um und schauten uns an. Wir wussten im selben Augenblick, dass wir einen Schlusspunkt erreicht hatten. Wir standen auf und zogen uns an, tranken Kaffee wie immer, und dann sagte sie, wir müssten reden, jetzt gleich, ungestört, keine Anrufe, keine Gäste. Das war der Zeitpunkt, an dem ich zu dem Getränkeladen fuhr. Als ich zurück war, schlossen wir ab und gingen mit Eis, Gläsern und dem Teacher's nach oben. Wir legten uns aufs Bett, stopften uns die Kissen hinter den Rücken und tranken, aber wir redeten nicht. Wir schalteten den Farbfernseher an und amüsierten uns und ließen das Telefon im Erdgeschoss einfach klingeln. Wir tranken Scotch und aßen Käsechips aus dem Automaten in der Eingangshalle. Es war ein komisches Gefühl, so als ob jetzt, wo wir wussten, dass alles vorbei war, alles möglich war. Wir wussten, dass etwas zu Ende gegangen war, wir mussten es nicht noch einmal sagen, aber wir hatten beide keine Ahnung, was jetzt kommen und an die Stelle des Alten treten sollte. Wir dösten, und irgendwann später am Tag löste Holly sich aus meiner Umarmung. Ich öffnete die Augen bei der Bewegung. Sie setzte sich im Bett auf. Dann schrie sie und rannte zum Fenster.

»Als wir noch ganz jung waren, bevor wir geheiratet haben«, sagt Holly. »Als wir jeden Abend herumgefahren sind und jede freie Minute zusammen verbracht haben, als wir geredet haben und große Pläne und Hoffnungen hatten. Erinnerst du dich daran?« Sie saß mitten auf dem Bett, die Knie umschlungen und mit einem Drink in der Hand.

»Ich erinnere mich, Holly.«

»Du warst nicht mein erster Freund, mein erster Freund hieß Wyatt, und meine Eltern hielten nicht viel von ihm, aber du warst mein erster Liebhaber. Du warst mein erster Liebhaber, damals, und seitdem habe ich keinen anderen gehabt. Stell dir das vor. Ich hab nie das Gefühl gehabt, dass ich viel verpasse. Na, wer weiß, was ich in all den Jahren verpasst habe? Aber ich war glücklich. Ja, das war ich. Du warst mein Ein und Alles, wie man so schön sagt. Aber jetzt weiß ich nicht, was in all den Jahren mit mir nicht gestimmt hat, warum ich nur dich geliebt habe, einfach nur dich. Gelegenheiten gab es schließlich genug.«

»Das weiß ich«, sage ich. »Du bist eine attraktive Frau. Ich weiß, dass es Gelegenheiten gab.«

»Aber ich habe sie nicht ergriffen, darum geht es«, sagt sie. »Ich habe es nicht getan. Ich konnte nicht fremdgehen. Es war einfach – einfach unvorstellbar.«

»Holly, bitte«, sage ich. »Hör jetzt auf damit, Schatz. Wir wollen uns nicht gegenseitig quälen. Was sollen wir jetzt tun?«

»Hör zu«, sagt sie. »Erinnerst du dich an das eine Mal, als wir zu der alten Farm rausgefahren sind, draußen bei Yakima, in der Gegend von Terrace Heights? Wir sind einfach nur rumgefahren, es war ein Samstag, genau wie heute. Da waren Obstplantagen, und dann fuhren wir auf einem kleinen Feldweg, und es war so heiß und staubig. Wir fuhren immer weiter und kamen zu einem alten Farmhaus. Wir hielten an und gingen an die Tür und klopften und fragten, ob wir einen Schluck Wasser haben könnten. Kannst du dir vorstellen, dass wir so etwas heute machen würden, zu einem fremden Haus gehen und um ein Glas Wasser bitten?«

»Die würden uns glatt erschießen.«

»Die alten Leute sind bestimmt längst tot«, sagt sie, »liegen nebeneinander auf dem Friedhof von Terrace Heights. Aber an diesem Tag, da haben der alte Farmer und seine Frau uns nicht nur ein Glas Wasser gegeben, sie haben uns Kuchen angeboten. Wir redeten und aßen Kuchen in der

Küche, und später haben sie gefragt, ob sie uns herumführen dürfen. Sie waren so nett zu uns. Ich habe es nicht vergessen. Diese Art von Freundlichkeit mag ich sehr. Sie haben uns das ganze Haus gezeigt. Sie waren so nett zueinander. Ich erinnere mich genau an das Innere das Hauses. Manchmal träume ich noch davon, von diesem Haus, diesen Zimmern, aber ich habe dir nie von diesen Träumen erzählt. Jeder Mensch braucht ein paar Geheimnisse, nicht wahr? Aber sie haben uns das Hausinnere gezeigt, die schönen, großen Zimmer und ihre Einrichtung. Und dann haben sie uns in den Garten geführt. Wir sind durch den Garten gegangen, und sie zeigten uns dieses kleine – wie haben sie es gleich genannt? Den Pavillon. So etwas hatte ich noch nie gesehen. Er stand auf einer Wiese unter ein paar Bäumen. Er hatte ein kleines, spitzes Dach. Aber die Farbe war abgeblättert und die Treppe von Unkraut überwuchert. Die Frau hat erzählt, vor vielen Jahren, noch vor unserer Geburt, hätten da an Sonntagen Musiker gespielt. Sie und ihre Freunde und Nachbarn hätten in Sonntagskleidern dort gesessen und Musik gehört und Limonade getrunken. Damals hatte ich eine Eingebung, ich weiß nicht, wie ich es anders nennen soll. Aber ich habe die Frau und ihren Mann angesehen und gedacht, eines Tages sind wir auch mal so alt. Alt, aber voller Würde, verstehst du, genau wie die beiden. Und wir lieben uns von Jahr zu Jahr mehr, sorgen füreinander, und die Enkelkinder kommen zu Besuch. All das. Ich weiß noch, dass du an diesem Tag abgeschnittene Jeans anhattest, und ich erinnere mich, dass ich dastand und den Pavillon ansah und an die Musiker dachte, als mein Blick zufällig auf deine nackten Beine fiel. Ich dachte bei mir, ich werde diese Beine lieben, auch wenn sie alt und mager sind und die Haare darauf längst weiß. Ich werde sie auch dann noch lieben, dachte ich, denn sie gehören immer noch zu *mir*. Verstehst du, was ich meine? Duane? Dann haben sie uns zum Auto gebracht und uns zum Abschied die Hand gegeben. Sie haben gesagt, dass wir nette junge Leute sind. Sie haben uns eingeladen wiederzukommen, aber das haben wir natürlich nie gemacht. Sie sind inzwischen tot, das kann gar nicht anders sein. Aber wir sind hier. Ich weiß jetzt etwas, was ich damals nicht wusste. Und wie genau ich das weiß! Es ist wirklich ein Segen, dass ein Mensch nicht in die Zukunft blicken kann, nicht wahr? Aber jetzt sitzen wir hier, in dieser schrecklichen Stadt, zwei Menschen, die zu viel trinken und ein Motel mit einem dreckigen alten Swimmingpool führen. Und du bist verliebt in eine andere. Duane, ich war dir näher als jeder andere Mensch auf der Welt. Ich leide Höllenqualen.«

Ich weiß nicht, was ich sagen soll. Dann sage ich: »Holly, diese Dinge, eines Tages, wenn wir alt sind, werden wir uns daran erinnern, und wir werden zusammen alt sein, glaub es mir, und wir werden sagen: ›Weißt du noch, das Motel mit dem ekligen Swimmingpool?‹, und dann lachen wir über den Unsinn, den wir damals gemacht haben. Glaub es mir. Alles wird gut. Holly?«

Aber Holly sitzt auf dem Bett mit ihrem leeren Glas und sieht mich nur an. Dann schüttelt sie den Kopf. Sie weiß es.

Ich gehe hinüber zum Fenster und spähe hinter dem Vorhang nach unten. Unten sagt jemand etwas und rüttelt an der Tür zum Büro. Ich warte. Meine Finger schließen sich um das Glas. Ich bete um ein Zeichen von Holly. Ich bete mit offenen Augen. Ich höre ein Auto anfahren. Dann noch eins.

Die Autos schalten die Scheinwerfer ein, und der Strahl schweift an dem Gebäude vorbei; dann fahren sie, zuerst das eine, dann das andere, davon, hinaus auf die Straße.

»Duane«, sagt Holly.

Und da hatte sie, wie in den meisten Fällen, recht.

WILLST DU MAL WAS SEHEN?

Ich lag im Bett, als ich hörte, wie jemand das Gartentor aufmachte. Ich horchte. Ich hörte nichts weiter. Aber das eine hatte ich gehört. Ich wollte Cliff wecken, aber der war völlig weggetreten. Also stand ich auf und ging ans Fenster. Ein großer Mond schwebte über den Bergen, von denen die Stadt ganz umgeben war. Es war ein weißer Mond voller Narben, man konnte sich leicht ein Gesicht dort oben vorstellen – Augenhöhlen, Nase, Lippen sogar. Es war hell genug, dass ich alles im Garten sehen konnte, die Stühle auf dem Rasen, die Weide, die Wäscheleine zwischen ihren Pfosten, meine Petunien und den Gartenzaun, dessen Tor offen stand.

Aber nichts regte sich draußen. Keine schwarzen Schatten. Alles lag im hellen Mondlicht, und ich konnte jede Einzelheit erkennen. Die Wäscheklammern zum Beispiel, die in säuberlichen Reihen auf der Leine steckten. Die zwei leeren Liegestühle. Ich legte die Hände auf das kühle Glas, verdeckte den Mond und spähte noch eine Weile. Ich horchte. Dann ging ich wieder ins Bett. Aber ich konnte nicht schlafen. Ich wälzte mich hin und her. Ich malte mir aus, wie das Tor jetzt offen stand, eine Aufforderung für jeden. Cliffs Atem ging ungleichmäßig. Sein Mund stand offen, die Arme hatte er über der blassen, nackten Brust verschränkt. Er nahm seine Seite des Bettes ein und den größten Teil von meiner dazu. Ich versuchte immer wieder, ihn rüberzuschubsen. Er grunzte nur. Ich blieb noch eine Weile im Bett, dann beschloss ich, dass es keinen Zweck mehr hatte. Ich stand auf und schlüpfte in meine Hausschuhe. Ich ging in die Küche und machte mir eine Tasse Tee und setzte mich damit an den Küchentisch. Ich rauchte eine von Cliffs filterlosen Zigaretten. Es war schon spät. Ich wollte die Uhrzeit gar nicht wissen. Noch ein paar Stunden, dann musste ich zur Arbeit. Cliff musste auch raus, aber der war schon vor Stunden ins Bett gegangen, dem würde es schon gut genug gehen, wenn der Wecker klingelte. Ein Kater vielleicht. Aber er würde Unmengen Kaffee in sich reinschütten und sich viel Zeit im Bad lassen. Vier Aspirin, dann war er wieder fit. Ich trank den Tee und rauchte noch eine Zigarette. Nach einer Weile beschloss ich, dass ich hinausgehen und das Tor zumachen würde. Also nahm ich meinen Bademantel. Dann ging ich zur Hintertür. Ich blickte zum Himmel und konnte Sterne sehen, doch der Mond beschäftigte mich mehr, und er beleuchtete alles – Häuser und Bäume, Strommasten und Kabel, die ganze Umgebung. Ich spähte hinaus in den Garten, bevor ich die Stufen von der Veranda hinunterging. Ein leichter Wind kam, und ich zog den Bademantel fester zu. Ich ging auf das offene Tor zu.

Ein Geräusch kam von dem Zaun zwischen unserem Grundstück und dem von Sam Lawton. Ich blickte in die Richtung. Sam stand da, die Arme auf den Zaun gestützt, und beobachtete mich. Er hob die Hand an den Mund und hustete einmal trocken.

»'n Abend, Nancy«, sagte er.

Ich sagte: »Sam, du hast mir einen Schrecken eingejagt. Was machst du denn noch so spät, Sam? Hast du was gehört? Ich habe gehört, wie bei uns jemand das Tor aufgemacht hat.«

»Ich bin schon eine Weile hier draußen«, sagte er. »Aber ich hab nichts gehört. Auch nichts gesehen. Vielleicht war es der Wind. Das wird's gewesen sein. Aber wenn das Tor zu war, hätte es davon nicht aufgehen sollen.« Er kaute irgendwas. Er blickte zu dem offenen Tor, dann sah er wieder mich an und zuckte mit den Schultern. Sein Haar schimmerte silbern im Mondlicht und stand in die Höhe. Es war so hell draußen, dass ich seine lange Nase erkennen konnte, sogar die tiefen Furchen in seinem Gesicht.

Ich fragte: »Was machst du denn noch so spät, Sam?« und trat näher an den Zaun heran.

»Auf der Jagd«, sagte er. »Ich bin auf der Jagd. Willst du mal was sehen? Komm mal hier rüber, Nancy, dann zeige ich dir was.«

»Ich komme«, sagte ich und ging am Haus entlang zum vorderen Tor. Ich trat hinaus auf den Bürgersteig. Ich kam mir seltsam vor, draußen auf der Straße in Nachthemd und Bademantel. Ich nahm mir vor, dass ich mir das merken wollte, wie ich draußen im Nachthemd spazieren gegangen war. Ich sah Sam, wie er nicht weit von seinem Haus ebenfalls im Bademantel stand, und die Hosenbeine des Schlafanzugs reichten bis knapp über die braun-weißen Halbschuhe. In der einen Hand hatte er eine große Taschenlampe und in der anderen eine Dose mit irgendwas. Er winkte mich mit der Lampe heran. Ich machte das Tor auf.

Früher waren Sam und Cliff Freunde gewesen. Dann eines Abends hatten sie zu viel getrunken. Sie stritten sich. Daraufhin hatte Sam einen Zaun zwischen den beiden Häusern errichtet. Und Cliff hatte seinen eigenen danebengestellt. Das war nicht lange nachdem Millie gestorben war; Sam hatte wieder geheiratet und war noch einmal Vater geworden. All das in kaum mehr als einem Jahr. Millie, Sams erste Frau, war bis zu ihrem Tod eine gute Freundin von mir gewesen. Sie war erst fünfundvierzig, als sie an einem Herzanfall starb. Anscheinend erwischte es sie gerade, als sie mit dem Auto in die Einfahrt bog. Sie sackte über dem Steuer zusammen, der Wagen fuhr weiter und brach durch die Rückwand des Abstellplatzes. Sam kam aus dem Haus gelaufen und fand sie tot. Manchmal hörten wir nachts aus seinem Haus Laute, die von ihm kommen mussten, ein Heulen. Wir haben uns angesehen, wenn diese Laute kamen, und keiner wusste, was er sagen sollte. Mir lief es kalt über den Rücken. Cliff machte sich dann noch einen Drink.

Sam und Millie hatten eine Tochter, die mit sechzehn zu Hause ausgezogen war, die nach San Francisco gegangen war und dort als Hippie lebte. Von Zeit zu Zeit hatte sie über die Jahre immer mal eine Karte geschickt. Aber nach Hause war sie nie gekommen. Als Millie starb, hatte Sam vergebens versucht, sie ausfindig zu machen. Er weinte und sagte, zuerst habe er das Kind verloren und nun die Mutter. Millie wurde begraben, Sam heulte in der Nacht, und dann, nach einer Weile, ging er mit einer Laurie Soundso aus, einer jüngeren Frau, die als Lehrerin arbeitete und nebenher beim Ausfüllen von Steuererklärungen half. Die Werbungszeit war kurz. Beide waren einsam, beide brauchten dringend jemanden. Also haben sie geheiratet, und dann bekamen sie ein Baby. Aber jetzt kommt das Traurige. Das Baby war ein

Albino. Ich hatte es gesehen, ein paar Tage nachdem sie es aus der Klinik nach Hause brachten. Es war ein Albino, keine Frage, bis hin zu den armen kleinen Fingerspitzen. Die Augen waren rötlich rund um die Iris, das Haar greisenhaft weiß. Auch der Kopf schien zu groß. Aber so gut kenne ich mich mit Neugeborenen nicht aus, vielleicht habe ich mir das auch eingebildet. Das erste Mal, dass ich es sah, stand Laurie auf der anderen Seite der Wiege, die Arme verschränkt, mit Ausschlag auf den Handrücken, und ihre Lippen zuckten vor Anspannung. Ich wusste, sie hatte Angst, dass ich in die Wiege schaute und aufschrie oder etwas in der Art. Aber ich wusste Bescheid. Cliff hatte mir schon alles gesagt. Meistens kann ich meine Gefühle gut verbergen. Also fasste ich hinein und streichelte die kleinen weißen Bäckchen und versuchte zu lächeln. Ich nannte seinen Namen. »Sammy«, sagte ich. Aber dabei konnte ich nur mit Mühe die Tränen unterdrücken. Ich hatte gewusst, was mich erwartete, aber trotzdem konnte ich Laurie noch nicht in die Augen sehen, jedenfalls nicht für länger. Sie stand da und wartete, während ich stillschweigend ein Dankgebet zum Himmel schickte, dass es ihr Baby war und nicht meins. Nein, um keinen Preis der Welt hätte ich so ein Baby gewollt. Ich war heilfroh, dass Cliff und ich uns schon vor langem gegen Kinder entschieden hatten. Aber Cliff fand – auch wenn er kein großer Menschenkenner ist –, dass Sams Persönlichkeit sich verändert hatte, nachdem das Baby kam. Er sei aufbrausend und ungeduldig geworden, sagte Cliff, er hadere mit der Welt. Dann hatten er und Cliff sich gestritten, und Sam hatte seinen Zaun gebaut. Wir hatten schon lange kein Wort mehr miteinander gesprochen, alle vier.

»Schau dir das an«, sagte Sam, raffte die Schlafanzughose

und ging in die Hocke, den Bademantel über die Knie gebreitet. Er richtete seine Lampe auf den Boden.

Ich sah hin und entdeckte mehrere dicke bleiche Schnecken zusammengerollt auf einem freien Fleckchen Erde.

»Denen habe ich gerade eine Ladung von dem hier verpasst«, sagte er und hielt eine Dose in die Höhe, die wie Ajax aussah. Aber sie war größer und schwerer als Ajax und hatte ein Totenkopfsymbol auf dem Etikett. »Die Schnecken machen sich überall breit«, sagte er und kaute dabei auf irgendwas. Er wandte den Kopf zur Seite und spuckte es aus, Kautabak vielleicht. »Ich muss das hier fast jeden Abend machen, damit ich auch nur einigermaßen mithalte.« Er richtete den Strahl auf ein Glas, das schon fast voll von den Dingern war. »Am Abend lege ich Köder für sie aus, und dann komme ich, sooft ich kann, mit dem Zeug hier raus und erledige sie. Die Scheißdinger sind überall. Bei euch im Garten auch, würde ich wetten. Wenn ich die habe, dann habt ihr sie auch. Eine Schande ist das, was sie mit so einem Garten machen können. Und den Blumen. Schau nur hier«, sagte er. Er stand auf. Er fasste mich am Arm und steuerte mich zu einer Gruppe Rosenbüsche. Er zeigte mir kleine Löcher in den Blättern. »Schnecken«, sagte er. »Wohin man am Abend sieht: Schnecken. Ich lege Köder aus, und dann komme ich her und erledige die, die meine kleinen Leckerbissen nicht genommen haben«, sagte er. »Grässliches Zeug, die Schnecken. Aber ich sammle sie in dem Glas hier, und wenn das Glas voll ist und sie ordentlich durchgegoren sind, dann verteile ich das unter den Rosen. Die sind guter Dünger.« Langsam ließ er das Lampenlicht über den Rosenbusch gleiten. Nach einer Weile sagte er: »Schon ein Scheißleben, was?« und schüttelte den Kopf.

Ein Flugzeug flog über uns hinweg. Ich blickte hinauf und sah die blinkenden Lichter und hinter den Lichtern, klar wie alles am Nachthimmel, den langen weißen Kondensstreifen. Ich stellte mir vor, wie die Leute in dem Flugzeug angeschnallt auf ihren Sitzen saßen, manche lasen, manche starrten nur zum Fenster hinaus.

Dann sah ich wieder Sam an. »Wie geht es Laurie und Sam junior?«, fragte ich.

»Denen geht's gut. Weißt du«, sagte er und zuckte mit den Schultern. Er kaute wieder auf diesem undefinierbaren Zeug herum. »Laurie ist eine gute Frau. Gibt keine bessere. Eine gute Frau«, sagte er noch einmal. »Ich weiß gar nicht, was ich ohne sie tun würde. Wenn sie nicht wäre, ich glaube, dann wäre ich gern bei Millie, da wo sie ist. Wo immer das ist. Ich glaube, das ist nirgendwo, soweit ich das sehe. Das ist meine Meinung zu der Frage. Nirgendwo«, sagte er. »Tod ist nirgendwo, Nancy. Kannst du dir als Zitat merken.« Er spuckte noch einmal aus. »Sammy ist krank. Er hat dauernd Erkältung. Wird sie einfach nicht los. Morgen fährt sie wieder mit ihm zum Arzt. Wie geht's bei euch? Wie geht's Clifford?«

»Dem geht's gut«, sagte ich. »Immer noch der alte. Cliff bleibt Cliff.« Mehr wusste ich dazu nicht zu sagen. Ich schaute mir wieder den Rosenbusch an. »Jetzt schläft er«, sagte ich.

»Manchmal, wenn ich hier draußen Jagd auf diese verfluchten Schnecken mache, dann schaue ich über den Zaun rüber zu euch. Einmal –« Er hielt inne und lachte leise. »Entschuldige, Nancy, aber jetzt finde ich es lustig. Einmal habe ich über den Zaun geschaut und sah Cliff draußen in eurem Garten, wie er gerade in die Petunien pinkelte. Ich wollte etwas sagen, einen kleinen Witz oder so was. Aber dann habe ich doch nichts gesagt. So wie's aussah, hatte er getrunken, und da wusste ich nicht, wie er es aufnehmen würde, wenn ich etwas sagte. Er hatte mich nicht gesehen. Und da habe ich den Mund gehalten. Es tut mir leid, dass Cliff und ich uns gestritten haben.«

Ich nickte nachdenklich. »Ich glaube, ihm auch, Sam.« Nach einer Weile sagte ich: »Ihr beide wart Freunde.« Aber das Bild von Cliff, wie er mit offenem Hosenlatz an den Petunien stand, blieb mir im Sinn. Ich schloss die Augen und versuchte es zu vertreiben.

»Das stimmt, wir waren gute Freunde«, sagte Sam. Dann redete er weiter. »Ich komme spätabends hier raus in den Garten, wenn Laurie und das Baby schlafen. Da habe ich was zu tun, das ist doch schon was. Ihr da drüben schlaft. Alle schlafen. Ich schlafe nicht mehr gut. Und was ich hier mache, das lohnt sich. Daran glaube ich. Schau dir das an«, sagte er mit angehaltenem Atem. »Da ist eine. Siehst du sie? Da wo ich hinleuchte.« Er hatte die Lampe auf die Erde unter dem Rosenbusch gerichtet. Die Schnecke hielt inne, reckte ihren blinden Kopf in die eine, dann in die andere Richtung. Sofort war Sam mit der Dose da und hörte gar nicht mehr auf, sein Pulver zu schütten. »Verfluchte Schleimdinger«, sagte er. »Gott, was ich die hasse.« Die Schnecke wand sich, bog sich in alle Richtungen. Dann rollte sie sich zusammen, und dann streckte sie sich aus. Sie rollte sich noch einmal zusammen und lag reglos da. Sam griff zu einer Kinderschaufel. Er hob die Schnecke damit auf. Er hielt das Glas am ausgestreckten Arm, schraubte den Deckel ab und ließ die Schnecke ins Glas fallen. Dann schraubte er den Deckel wieder zu und stellte das Glas auf den Boden.

»Ich hab mit dem Trinken aufgehört«, sagte Sam. »Nicht ganz aufgehört, aber viel weniger. Musste sein. Eine Zeitlang war es so schlimm, ich wusste überhaupt nicht mehr, wo oben und wo unten war. Wir haben immer noch was im Haus, aber ich rühre es kaum noch an.«

Ich nickte. Er sah mich an, er hielt den Blick auf mich geheftet. Ich hatte das Gefühl, er wartete, dass ich etwas sagte. Aber ich sagte nichts. Was hätte ich denn sagen können? Nichts. »Ich geh dann mal wieder nach drüben«, sagte ich.

»Klar«, sagte er. »Also, ich mach noch ein bisschen weiter, dann gehe ich auch wieder rein.«

Ich sagte: »Gute Nacht, Sam.«

»Gute Nacht, Nancy«, sagte er. »Hör mal.« Er hörte mit dem Kauen auf und schob das, was er da kaute, mit der Zunge hinter die Unterlippe. »Sag Cliff mal hallo von mir.«

»Das mache ich«, sagte ich. »Ich sag Cliff, dass du hallo gesagt hast, Sam.«

Er nickte. Er fuhr sich mit der Hand durch das silbrige Haar, als wolle er es ein für alle Mal plattdrücken. »'Nacht, Nancy.«

Ich ging wieder nach vorn zur Straße und den Bürgersteig entlang. Einen Moment lang hielt ich inne, mit der Hand an unserem Tor, und blickte mich in der lautlosen Nachbarschaft um. Ich weiß nicht warum, aber plötzlich fühlte ich mich sehr weit weg von allen, die ich gekannt und geliebt hatte, als ich noch ein Mädchen war. Sie fehlten mir. Einen Moment lang stand ich da und wünschte mir, ich könnte die Zeit zurückdrehen. Aber schon im nächsten Augenblick war mir wieder klar, dass ich das nicht konnte. Nein. Aber mir ging auf, dass mein Leben nicht im Entferntesten dem ähnelte, was ich mir vorgestellt hatte, als ich jung war und das Leben noch vor mir lag. Ich hätte zwar auf Anhieb nicht sagen können, was ich damals mit meinem Leben anfangen wollte, aber wie jeder hatte ich Pläne. Cliff war jemand, der ebenfalls Pläne hatte, so hatten wir uns kennengelernt, und so waren wir zusammengeblieben.

Ich ging ins Haus und schaltete sämtliche Lichter aus. Im Schlafzimmer streifte ich den Bademantel ab und legte ihn zusammen, so dass ich ihn gleich zur Hand hatte, wenn der Wecker klingelte. Ich schaute nicht nach der Uhrzeit, aber ich vergewisserte mich, dass er eingeschaltet war. Dann schlüpfte ich ins Bett, zog die Decke hoch und schloss die Augen. Cliff schnarchte. Ich stieß ihn an, aber das half nichts. Er schnarchte weiter. Dann fiel mir ein, dass ich vergessen hatte, das Tor zuzumachen. Schließlich schlug ich die Augen wieder auf und lag einfach nur da, ließ den Blick durch das Zimmer wandern. Nach einer Weile drehte ich mich auf die Seite und legte Cliff den Arm um die Taille. Ich schüttelte ihn ein wenig. Für ein Weilchen hörte er mit dem Schnarchen auf. Dann räusperte er sich. Er schluckte. Etwas kam ihm in den Hals, sein Atem rasselte. Er stieß einen tiefen Seufzer aus, dann schnarchte er wieder.

»Cliff«, sagte ich und schüttelte ihn jetzt heftiger. »Cliff, hör mir zu.« Er stöhnte. Ein Schauder lief über seinen ganzen Körper. Einen Moment lang hatte er anscheinend mit dem Atmen aufgehört, schien hinabgetaucht in große Tiefe. Wie von selbst gruben sich meine Finger in das weiche Fleisch oberhalb seiner Hüfte. Ich hielt selbst den Atem an, wartete, dass seiner wieder einsetzte. Es dauerte noch einen Moment, dann begann er wieder zu atmen, tief und gleichmäßig. Ich ließ meine Hand hinauf zu seiner Brust wandern. Dort lag sie, die Finger gespreizt, dann trommelten die Finger, als ob sie überlegten, was sie als Nächstes tun sollten. »Cliff?«, sagte ich noch einmal. »Cliff.« Ich legte ihm die Hand an die Kehle. Ich spürte den Puls. Dann umfasste ich sein Stoppelkinn und spürte seinen Atem auf meinem Handrücken. Ich berührte die schweren, geschlossenen Lider. Ich streichelte die Falten auf seiner Stirn.

Ich sagte: »Cliff, Schatz, hör mir zu.« Als Erstes von all dem, was ich ihm jetzt sagen wollte, sagte ich ihm, dass ich ihn liebte. Ich sagte ihm, dass ich ihn schon immer geliebt hatte und dass ich ihn immer lieben würde. Das waren Sachen, die gesagt sein mussten, bevor ich die anderen Sachen sagte. Dann redete ich. Es machte nichts, dass er ganz woanders war und kein Wort von dem, was ich sagte, hörte. Außerdem ging mir mitten im Satz auf, dass er alles, was ich gerade sagte, längst wusste, vielleicht besser als ich, und dass er das schon seit Ewigkeiten wusste. Als mir das aufging, hörte ich eine Weile mit dem Reden auf und sah ihn mit ganz neuen Augen an. Aber ich wollte dann doch zu Ende bringen, was ich begonnen hatte. Ich sagte ihm, ganz ohne Zorn und ohne Aufregung, alles, was mich beschäftigte. Und am Ende sprach ich es aus, das Schlimmste von allem, nämlich dass ich das Gefühl hatte, dass wir in der Sackgasse steckten, und dass es Zeit wurde, dass wir uns das eingestanden, auch wenn es vielleicht nichts mehr gab, was wir dagegen tun konnten.

Nichts als Worte, könnte man denken. Aber als ich sie ausgesprochen hatte, ging es mir besser. Also wischte ich mir die Tränen von den Wangen und legte mich wieder auf den Rücken. Cliffs Atem schien wieder normal, auch wenn es so laut war, dass ich meinen eigenen gar nicht mehr hörte. Eine Weile dachte ich noch an die Welt draußen außerhalb des Hauses, dann dachte ich überhaupt nichts mehr außer dem einen Gedanken, dass ich jetzt vielleicht doch schlafen konnte.

DER AUSRUTSCHER

Es ist Oktober, ein nasskalter Tag. Vom Fenster meines Hotelzimmers blicke ich über große Teile dieser grauen Stadt im Mittleren Westen; schon gehen hier und da in den Häusern die Lichter an, und der Rauch aus den hohen Schornsteinen am Stadtrand steigt langsam in den dunkler werdenden Himmel. Bis auf einen Ableger der Universität – eigentlich nur eine Art armer Verwandter – hat diese Stadt nicht viel zu bieten.

Ich will eine Geschichte erzählen, die ich von meinem Vater gehört habe, als ich letztes Jahr kurz in Sacramento zu Besuch war. Es geht um ein paar ziemlich hässliche Dinge, in die er knapp zwei Jahre davor verstrickt war, ehe meine Mutter und er sich scheiden ließen. Man mag sich fragen, warum ich die Geschichte, wenn sie denn den Aufwand lohnt – meine Zeit und Energie, Ihre Zeit und Energie –, nicht schon früher erzählt habe. Darauf habe ich keine Antwort. Zum einen weiß ich nicht, ob sie wirklich so wichtig ist – von der Bedeutung für meinen Vater und die übrigen Beteiligten einmal abgesehen. Zum Zweiten, und das ist vielleicht der springende Punkt: Was habe ich damit zu schaffen? Diese Frage ist noch schwerer zu beantworten. Ich gebe zu, ich habe das Gefühl, dass ich meinen Vater an diesem Tag nicht gut behandelt, ihn womöglich zu einem Zeitpunkt im Stich gelassen habe, zu dem ich ihm hätte helfen können. Aber etwas sagt mir auch, dass ihm nicht zu helfen war, dass ich nichts für ihn hätte tun können, und dass das Einzige, was in diesen wenigen Stunden zwischen uns geschah, war, dass er mich dazu brachte – mich genauer gesagt dazu *zwang* –, in meine eigenen Abgründe zu blicken; und von nichts kommt nichts, wie Pearl Bailey sang und wie wir alle aus Erfahrung wissen.

Ich bin Verlagsvertreter und reise für einen bekannten Lehrbuchverlag im Mittleren Westen. Ich arbeite von Chicago aus, und mein Bezirk umfasst Illinois und Teile von Iowa und Wisconsin. Ich war auf dem Kongress der Western Book Publishers Association in Los Angeles gewesen, und aus heiterem Himmel kam mir der Gedanke, ich könne doch auf dem Rückweg nach Chicago für ein paar Stunden bei meinem Vater Station machen. Ich zögerte, denn seit seiner Scheidung gab es für mich gewichtige Gründe, warum ich ihn nicht wiedersehen wollte, aber bevor ich es mir anders überlegen konnte, fischte ich seine Adresse aus meiner Brieftasche und schickte ihm ein Telegramm. Am nächsten Morgen gab ich mein Gepäck nach Chicago auf und stieg in eine Maschine nach Sacramento. Der Himmel war leicht bewölkt; es war ein kühler, feuchter Septembermorgen.

Ich brauchte einen Moment, bis ich ihn entdeckte. Er stand ein paar Schritte hinter dem Gate: weiße Haare, Brille, braune, bügelfreie Baumwollhosen, graue Nylonjacke über einem weißen Hemd mit offenem Kragen. Er starrte mich an, und mir wurde klar, dass er mich im Visier hatte, seit ich aus dem Flugzeug gestiegen war.

»Dad, wie geht es dir?«

»Les.«

Wir gaben uns kurz die Hand und gingen in Richtung Terminal.

»Wie geht es Mary und den Kindern?«

Ich musterte ihn genau, bevor ich antwortete. Natürlich wusste er nicht, dass wir seit fast sechs Monaten getrennt lebten. »Es geht allen gut«, antwortete ich.

Er öffnete eine weiße Tüte aus einem Süßwarenladen. »Ich hab ein paar Kleinigkeiten für sie besorgt, vielleicht kannst du die mit zurücknehmen. Nicht viel. Etwas Mandelkonfekt für Mary, ein Würfelspiel für Ed und eine Barbiepuppe. Die wird Jean doch sicher gefallen?«

»Ganz bestimmt.«

»Vergiss nicht, die Sachen nachher mitzunehmen.«

Ich nickte. Wir machten Platz für eine Gruppe von Nonnen, die aufgeregt schnatternd und mit hochroten Gesichtern zu ihrem Flugsteig hasteten. Er war alt geworden. »Also dann, wie wäre es mit einem Drink, oder hättest du lieber einen Kaffee?«

»Was du möchtest. Ich bin nicht mit dem Auto da«, sagte er wie zur Entschuldigung. »So was brauche ich hier einfach nicht. Ich habe mir ein Taxi genommen.«

»Wir müssen nirgendwohin fahren. Lass uns in die Bar gehen und dort einen Drink nehmen. Es ist zwar noch früh am Tag, aber ich könnte einen Drink vertragen.«

Wir fanden die Flughafenbar, und ich winkte ihn in eine Sitzecke und ging dann an die Theke. Mein Mund war ganz trocken, und ich bat um ein Glas Orangensaft, bis die Drinks kamen. Ich sah hinüber zu meinem Vater; er hatte die Hände auf dem Tisch gefaltet und blickte durch die getönten Scheiben hinaus aufs Rollfeld. Ein großes Flugzeug nahm gerade Passagiere auf, und ein anderes landete weiter draußen. Eine Enddreißigerin mit roten Haaren und einem weißen Strickkostüm saß ein paar Barhocker weiter hinten zwischen zwei gutgekleideten jüngeren Männern. Einer der Männer flüsterte ihr etwas ins Ohr.

»So, da wären wir, Dad. Prost.« Er nickte, und wir nahmen beide einen großen Schluck und zündeten uns dann eine Zigarette an. »Und wie läuft es so bei dir?«

Er zuckte mit den Schultern und breitete die Hände. »So la-la.«

Ich lehnte mich zurück und atmete tief ein. Er hatte etwas Selbstmitleidiges, und ich konnte nicht anders, als mich ein wenig darüber zu ärgern.

»Ich nehme an, der Flughafen von Chicago ist drei- bis viermal so groß wie der hier«, sagte er.

»Mehr als das.«

»Hab mir gedacht, dass der groß ist.«

»Seit wann trägst du eine Brille?«

»Noch nicht lange. Ein paar Monate.«

Nach ein, zwei Minuten sagte ich: »Ich glaube, es ist Zeit für Nachschub.« Der Barmann sah in unsere Richtung, und ich nickte. Diesmal kam ein hübsches, schlankes Mädchen in einem schwarz-roten Kleid, um unsere Bestellung aufzunehmen. Sämtliche Barhocker waren jetzt besetzt, und an den seitlichen Tischen saßen ein paar Männer in Geschäftsanzügen. An der Decke hing ein Fischernetz mit farbigen Glaskugeln. Aus der Jukebox ertönte Petula Clarks »Downtown«. Mir fiel wieder ein, dass mein Vater allein lebte und nachts als Dreher in einer Maschinenfabrik arbeitete, und das Ganze kam mir vollkommen irrsinnig vor. Die Frau an der Bar lachte plötzlich laut, lehnte sich auf ihrem Hocker zurück und hielt sich dabei an den Ärmeln ihrer beiden Nachbarn fest. Das Mädchen kam mit den Drinks, und diesmal stießen mein Vater und ich miteinander an.

»Ich wäre damals am liebsten selbst gestorben«, sagte er langsam. Seine Arme ruhten schwer rechts und links neben dem Glas. »Du bist ein gebildeter Mann, Les. Vielleicht kannst du mich verstehen.«

Ich deutete ein Nicken an, ohne ihn dabei anzusehen, und wartete darauf, dass er weiterredete. Er sprach leise, mit einer schleppenden, monotonen Stimme, die mir sofort auf die Nerven ging. Ich drehte den Aschenbecher um und las die Aufschrift auf dem Boden: HARRAH'S CLUB RENO UND LAKE TAHOE. Orte, wo man sich amüsieren konnte.

»Sie hat Haushaltsartikel für die Firma Stanley vertrieben. Eine kleine Frau, mit zierlichen Füßen und Händen und rabenschwarzem Haar. Sie war nicht die schönste Frau auf der Welt, aber sie hatte eine nette Art. Sie war dreißig Jahre alt und hatte Kinder, aber sie war eine anständige Frau, trotz allem.

Deine Mutter hat ihr immer etwas abgekauft, einen Besen, einen Mopp oder irgendwelche Füllungen für Pasteten, du weißt ja, wie deine Mutter ist. Es war an einem Samstag, und ich war allein zu Hause; deine Mutter war irgendwo unterwegs. Ich weiß nicht, wo sie war. Sie war nicht auf der Arbeit. Ich saß im Wohnzimmer, las eine Zeitung und trank eine Tasse Kaffee, machte es mir einfach bequem. Es klopfte an der Tür, und es war diese kleine Frau, Sally Wain. Sie sagte, sie hätte ein paar Sachen für Mrs Palmer. ›Ich bin Mr Palmer‹, sagte ich. ›Mrs Palmer ist gerade nicht zu Hause.‹ Na ja, ich habe gesagt, sie soll kurz hereinkommen, dann gebe ich ihr das Geld für die Sachen. Sie zögerte und stand einfach nur einen Augenblick lang da, mit der kleinen Papiertüte und dem Kassenzettel in der Hand.

›Ich nehme Ihnen das ab‹, sagte ich. ›Warum kommen Sie nicht rein und setzen sich einen Augenblick, dann schaue ich nach, ob ich Geld im Haus habe.‹

›Das ist kein Problem‹, sagte sie. ›Sie können auch später bezahlen. Ich kann das Geld irgendwann bei Ihnen abholen. Viele von meinen Kunden machen das so; kein Problem.‹ Sie lächelte, um mir zu zeigen, dass es kein Problem war.

›Nein, nein‹, sagte ich. ›Ich habe das Geld, ich zahle lieber gleich. Dann müssen Sie nicht noch mal extra herkommen, und ich habe nicht noch eine offene Rechnung. Kommen Sie rein‹, wiederholte ich und hielt ihr die Fliegengittertür auf. ›Es ist nicht höflich, wenn ich Sie da draußen stehen lasse.‹ Es war etwa elf oder zwölf Uhr vormittags.«

Er hustete und nahm sich eine von meinen Zigaretten aus der Packung auf dem Tisch. Die Frau an der Bar lachte erneut auf, und ich blickte zu ihr hinüber und wandte mich dann wieder meinem Vater zu.

»Schließlich kam sie ins Haus, und ich sagte: ›Einen Augenblick bitte‹ und ging ins Schlafzimmer, um mein Portemonnaie zu suchen. Ich sah auf der Frisierkommode nach, aber es war nirgends zu sehen. Ich fand etwas Kleingeld und Streichhölzer und meinen Kamm, aber mein Portemonnaie war nicht da. Deine Mutter hatte am Morgen beim Saubermachen aufgeräumt. Ich kehrte zurück ins Wohnzimmer und sagte: ›Augenblick noch, ich werde schon noch Geld auftreiben.‹

›Bitte machen Sie sich keine Umstände‹, sagte sie.

›Das macht mir keine Umstände‹, antwortete ich. ›Muss

mein Portemonnaie sowieso suchen. Fühlen Sie sich ganz wie zu Hause.

Ach übrigens‹, sagte ich und blieb an der Küchentür stehen. ›Haben Sie von dem großen Überfall im Osten gehört?‹ Ich zeigte auf die Zeitung. ›Ich hab gerade davon gelesen.‹

›Ich habe es gestern Abend im Fernsehen gesehen‹, sagte sie. ›Da haben sie Bilder gezeigt und Polizisten befragt.‹

›Die sind über alle Berge‹, sagte ich.

›Ganz schön gewieft, was?‹, sagte sie.

›Ich glaube, jeder träumt davon, dass er irgendwann mal das perfekte Verbrechen begeht, stimmt's?‹

›Aber die wenigsten schaffen es‹, sagte sie. Sie griff zu der Zeitung. Auf der Titelseite war ein Bild von einem gepanzerten Fahrzeug, und in der Schlagzeile war die Rede von einem Millionenraub, etwas in der Richtung. Erinnerst du dich noch daran, Les? An diese Burschen, die sich als Polizisten verkleidet hatten?

Ich wusste nichts weiter zu sagen, wir standen einfach nur da und sahen uns an. Ich machte kehrt und ging raus auf die Veranda und suchte meine Hose im Wäschekorb, weil ich mir vorstellen konnte, dass deine Mutter sie da reingetan hatte. Ich fand das Portemonnaie in der hinteren Tasche, ging zurück ins Haus und fragte, wieviel ich ihr schuldig sei.

›Jetzt geht's zur Sache‹, sagte ich.

Es waren drei oder vier Dollar, und ich gab ihr das Geld. Dann, keine Ahnung wieso es dazu kam, hab ich sie gefragt, was sie machen würde, wenn sie das jetzt hätte – das ganze Geld, mit dem diese Burschen sich aus dem Staub gemacht hatten.

Sie lachte laut, und ich konnte ihre Zähne sehen.

Ich weiß nicht, was dann über mich gekommen ist, Les. Fünfundfünfzig Jahre alt. Erwachsene Kinder. Ich hätte es besser wissen müssen. Diese Frau war kaum halb so alt wie ich, hatte Kinder, die noch zur Schule gingen. Sie machte diesen Job für Stanley nur in der Zeit, wenn sie in der Schule waren, nur um etwas zu tun zu haben. Natürlich verschaffte ihr das auch ein bisschen Taschengeld, natürlich, aber hauptsächlich ging es ihr darum, etwas zu tun zu haben. Sie hatte es nicht nötig zu arbeiten. Sie hatten genug zum Leben. Ihr Mann Larry war Fahrer für Consolidated Freight. Er verdiente gut. Er war Fernfahrer, verstehst du? Er verdiente genug für den Lebensunterhalt, ohne dass sie arbeiten ging. Es gab keine Notwendigkeit.«

Er hielt inne und fuhr sich mit der Hand über das Gesicht. »Ich versuche nur, es dir zu erklären.«

»Du musst nichts mehr weiter sagen«, sagte ich. »Ich stelle dir keine Fragen. Jeder kann mal einen Fehler machen. Das verstehe ich.«

Er schüttelte den Kopf. »Ich muss es jemandem erzählen, Les. Ich habe es noch nie jemandem erzählt, aber dir will ich es erzählen, und ich möchte, dass du es verstehst.

Sie hatte zwei Jungs, Stan und Freddy. Sie waren in der Schule, etwa ein Jahr Altersunterschied. Ich bin ihnen nie begegnet, Gott sei Dank, aber später zeigte sie mir ein paar Fotos von ihnen. Sie lachte, als ich das mit dem Geld sagte, und antwortete, dann würde sie den Job bei Stanley aufgeben und sie würden nach San Diego ziehen und da ein Haus kaufen. Sie hätte Verwandte in San Diego, und mit so viel Geld in der Tasche würden sie da runterziehen und einen Laden für Sportartikel aufmachen. Davon hätten sie immer gesprochen, dass sie einen Laden für Sportartikel aufmachen würden, wenn sie irgendwann genug zusammenhätten.«

Ich steckte mir eine neue Zigarette an, sah auf die Uhr, schlug unter dem Tisch die Beine übereinander, zuerst in die eine, dann in die andere Richtung. Der Barkeeper sah zu uns herüber, und ich hielt mein Glas hoch. Er gab dem Mädchen ein Zeichen, das gerade an einem anderen Tisch eine Bestellung aufnahm.

»Sie saß jetzt auf der Couch und blätterte ganz beiläufig in der Zeitung, und dann blickte sie auf und fragte, ob ich eine Zigarette hätte. Sie hätte ihre in der anderen Handtasche gelassen und keine geraucht, seit sie das Haus verlassen hätte. Sie hasse es, sagte sie, Zigaretten aus dem Automaten zu ziehen, wenn sie daheim eine Packung hätte. Ich gab ihr eine Zigarette und hielt ihr ein Streichholz hin, aber meine Finger zitterten.«

Er hielt wieder inne und starrte minutenlang auf den Tisch. Die Frau an der Bar hatte sich mittlerweile bei den Männern beiderseits eingehakt, und die drei sangen zu der Musik aus der Jukebox: *That summer wind, came blowin' in, across the sea.* Ich fuhr mit den Fingern an meinem Glas auf und ab und wartete trübsinnig darauf, dass er weitererzählte.

»Danach ist die Erinnerung irgendwie verschwommen. Ich weiß noch, dass ich sie gefragt habe, ob sie Kaffee will. Ich sagte, ich hätte gerade eine Kanne frisch aufgebrüht, aber sie sagte, sie müsse los; andererseits hätte sie vielleicht doch noch Zeit für eine Tasse. Die ganze Zeit über erwähnten wir deine Mutter mit keinem Wort, keiner von uns, die Tatsache, dass sie jede Minute zur Tür hereinkommen konnte. Ich ging nach draußen in die Küche und wartete, bis der Kaffee heiß war, und mittlerweile war ich dermaßen nervös, dass die Tassen klapperten, als ich sie ins Wohnzimmer trug … Ich sage dir, Les, ich schwöre bei Gott, ich habe deine Mutter kein einziges Mal betrogen, die ganze Zeit, die wir verheiratet waren. Nicht ein einziges Mal. Nicht dass mir nicht hin und wieder danach zumute war oder sich eine Gelegenheit geboten hätte … Du kennst deine Mutter nicht so gut wie ich. Manchmal war sie, sie konnte ganz schön –«

»Schon gut«, sagte ich. »Davon will ich nichts hören.«

»Es war keine böse Absicht. Ich habe deine Mutter geliebt. Du verstehst das nicht. Ich wollte nur versuchen, es dir zu erklären … Ich brachte den Kaffee herein, und Sally hatte derweil ihren Mantel ausgezogen. Ich setzte mich ans andere Ende der Couch, so weit entfernt von ihr wie möglich, und unser Gespräch wurde persönlicher. Sie erzählte, sie hätte zwei Kinder in der Grundschule in Roosevelt, und Larry, der sei als Fernfahrer manchmal ein, zwei Wochen am Stück unterwegs. Rauf nach Seattle oder bis runter nach Los Angeles oder Phoenix, Arizona. Ständig auf Achse. Nicht lange, und es machte uns einfach Freude, miteinander zu reden, verstehst du, wir genossen es, einfach dazusitzen und uns zu unterhalten. Sie erzählte, ihre Mutter und ihr Vater seien beide tot und sie sei bei einer Tante in Redding aufgewachsen. Als sie Larry kennenlernte, gingen sie beide noch auf die Highschool; sie hatten geheiratet, aber sie war stolz, dass sie die Schule zu Ende gemacht hatte. Bald danach lachte sie leise über eine doppeldeutige Bemerkung von mir, und sie lachte immer weiter, und dann fragte sie, ob ich den Witz über den Schuhvertreter und die Witwe kenne. Wir lachten ziemlich lang, nachdem sie den Witz erzählt hatte, und dann erzählte ich ihr einen, der ein bisschen schmutziger war, und sie kicherte, und dann rauchte sie noch eine Zigarette. So führte eines zum anderen, und es dauerte nicht lange, da war ich zu ihr rübergerutscht.

Ich schäme mich, wenn ich dir das erzähle, meinem eigen Fleisch und Blut, aber ich habe sie geküsst. Ich würde vermuten, es war unbeholfen und tollpatschig, aber ich habe ihr den Kopf nach hinten gegen die Couch gedrückt und sie geküsst und ich habe ihre Zunge an meinen Lippen gespürt. Ich weiß nicht, wie ich das jetzt ausdrücken soll, Les, aber ich habe sie vergewaltigt. Nicht gegen ihren Willen, nichts in der Art, aber ich habe sie trotzdem vergewaltigt, habe an ihr herumgefummelt und -gezerrt wie ein Fünfzehnjähriger. Sie hat mich nicht ermutigt, wenn du verstehst, was ich meine, aber sie hat auch nichts getan, um mich aufzuhalten … Ich weiß nicht, da lebt man, man lebt und hält sich an sämtliche Regeln, und dann, aus heiterem Himmel …

Aber nach ein, zwei Minuten war alles vorbei. Sie stand auf und brachte ihre Kleider in Ordnung und sah verlegen aus. Ich wusste nicht recht, was ich tun sollte, deshalb ging ich raus in die Küche und holte uns frischen Kaffee. Als ich zurückkam, hatte sie ihren Mantel an und war im Begriff zu gehen. Ich stellte den Kaffee ab, ging hinüber und drückte sie an mich.

Sie sagte: ›Sie müssen mich für eine Schlampe halten.‹ Irgendwas in der Art, und sie starrte auf ihre Schuhspitzen. Ich drückte sie noch einmal an mich und sagte: ›Sie wissen, dass das nicht stimmt.‹

Jedenfalls ging sie weg. Wir sagten nicht auf Wiedersehen oder bis bald. Sie drehte sich einfach um und schlüpfte zur Tür hinaus, und ich sah, wie sie in ihr Auto weiter unten an der Straße stieg und losfuhr.

Ich war völlig durcheinander und aufgewühlt. Ich brachte

die Couch wieder in Ordnung, drehte die Kissen um, faltetet alle Zeitungen zusammen, wusch sogar die beiden Tassen ab, aus denen wir getrunken hatten, und spülte die Kaffeekanne. Dabei überlegte ich die ganze Zeit, wie ich deiner Mutter gegenübertreten sollte. Ich wusste, dass ich eine Weile weggehen musste, damit ich in Ruhe nachdenken konnte. Ich ging runter zu Kelly's und trank da den ganzen Nachmittag Bier.

So hat es angefangen. Danach passierte zwei, drei Wochen lang gar nichts. Deine Mutter und ich machten weiter wie immer, und nach den ersten zwei oder drei Tagen dachte ich nicht mehr an die andere. Also, ich erinnerte mich natürlich an alles – wie hätte ich das vergessen können? –, aber ich grübelte nicht mehr darüber nach. Dann, eines Samstags, war ich draußen im Vorgarten mit dem Rasenmäher zugange, als ich sah, wie sie auf der anderen Straßenseite hielt. Sie stieg aus dem Auto, einen Mopp und drei kleine Papiertüten in der Hand, und brachte jemandem in der Nachbarschaft Sachen. Deine Mutter war im Haus, wo sie alles mit ansehen konnte, wenn sie zufällig aus dem Fenster schaute, aber ich wusste, ich musste die Chance nutzen und ein paar Worte mit Sally wechseln. Ich passte genau auf, und als sie aus dem Haus auf der gegenüberliegenden Straßenseite trat, schlenderte ich so beiläufig wie möglich hinüber, einen Schraubenzieher und eine Zange in der Hand, so als wäre nichts weiter dabei. Als ich die Beifahrertür erreichte, saß sie schon in ihrem Auto und musste sich herüberbeugen, um das Fenster runterzukurbeln. Ich sagte: ›Hallo, Sally, wie geht es denn so?‹

›Alles in Ordnung‹, antwortete sie.

›Ich würde Sie gern wiedersehen‹, sagte ich.

Sie schaute mich einfach nur an. Nicht ärgerlich oder so was, sie schaute mich einfach an, mit den Händen am Lenkrad.

›Sie wiedersehen‹, sagte ich noch einmal, und meine Kehle war wie zugeschnürt. ›Sally.‹

Sie nagte an ihrer Unterlippe, dann ließ sie sie wieder los und sagte: ›Haben Sie Lust, heute Abend vorbeizukommen? Larry ist unterwegs, in Salem, Oregon. Wir könnten ein Bier zusammen trinken.‹

Ich nickte und trat einen Schritt von dem Auto zurück. ›Nach neun‹, fügte sie hinzu. ›Ich lasse das Licht an.‹

Ich nickte wieder, und sie ließ den Motor an und fuhr los, mit schleifender Kupplung. Ich ging zurück über die Straße, und meine Knie waren ganz weich.«

Drüben bei der Theke begann ein hagerer, dunkelhäutiger Mann in rotem Hemd Akkordeon zu spielen. Es war eine südamerikanische Melodie, und er spielte mit Gefühl, er wiegte das schwere Instrument in den Armen, und manchmal schwenkte er es über den erhobenen Oberschenkel. Die Frau saß mit dem Rücken zur Theke und lauschte mit einem Drink in der Hand. Sie lauschte ihm und sah ihm beim Spielen zu und fing an, sich auf dem Hocker im Takt der Musik hin und her zu wiegen.

»Sogar Livemusik haben die hier«, sagte ich, um meinen Vater auf andere Gedanken zu bringen, aber er starrte nur ins Leere und trank dann sein Glas aus.

Plötzlich ließ die Frau sich von ihrem Hocker gleiten, ging in die Mitte der Tanzfläche und begann zu tanzen. Sie warf den Kopf hin und her und schnippte mit den Fingern beider Hände, und ihre Absätze auf dem Boden klapperten dazu. Alle in der Bar sahen ihr zu. Der Barkeeper hielt im

Mixen inne. Passanten blieben stehen und schauten herein, und schon bald hatte sich an der Tür eine kleine Menschentraube gebildet, aber sie tanzte weiter. Ich glaube, anfangs waren die Leute fasziniert, aber auch ein bisschen erschrocken und peinlich berührt von ihrem Benehmen. Zumindest war ich das. Irgendwann löste sich ihr langes, rotes Haar und fiel ihr offen über den Rücken, aber sie stieß nur einen kleinen Schrei aus und ließ die Absätze immer schneller klappern. Sie hob die Arme über den Kopf und begann, mit den Fingern zu schnippen und sich in der Mitte der Tanzfläche auf engem Raum im Kreis zu drehen. Sie war jetzt umgeben von Männern, aber über ihre Köpfe hinweg sah ich die Hände und die weißen, schnippenden Finger der Frau. Dann, nach einem letzten Trommeln der Absätze und einem letzten Juchzer, war es vorbei. Die Musik verstummte, die Frau warf den Kopf nach vorne, schleuderte ihr Haar schwungvoll über das Gesicht und warf sich auf ein Knie. Der Akkordeonspieler applaudierte als Erster, und die Männer in ihrer unmittelbaren Nähe traten zurück, um ihr Platz zu machen. Sie blieb noch einen Augenblick auf der Tanzfläche, den Kopf gesenkt und tief atmend, dann stand sie auf. Sie wirkte benommen. Sie fuhr mit der Zunge über die Haare, die ihr an den Lippen klebten, und musterte die Gesichter der Umstehenden. Einige Männer applaudierten noch immer. Sie lächelte und nickte gemessen und förmlich, drehte sich langsam um die eigene Achse, bis sie alle angesehen hatte. Dann bahnte sie sich einen Weg zurück zur Theke und griff zu ihrem Drink.

»Hast du das gesehen?«, fragte ich.

»Ja.«

Er zeigte nur zu deutlich, wie wenig es ihn interessierte.

Einen Augenblick lang fand ich ihn durch und durch verachtenswert, ich musste den Blick von ihm abwenden. Mir war klar, wie lächerlich das war und dass ich in einer Stunde wieder weg sein würde, aber es war die einzige Möglichkeit, wie ich mich daran hindern konnte, ihm zu sagen, was ich von seiner schmutzigen Affäre hielt und was er meiner Mutter damit angetan hatte.

Die Jukebox setzte mitten in einem Titel ein. Die Frau saß immer noch an der Theke, nur auf den Ellenbogen gestützt, und starrte ihr Spiegelbild an. Vor ihr standen drei Drinks, und einer der Männer, der, der vorher mit ihr geredet hatte, war zum anderen Ende der Theke gegangen. Der zweite Mann hatte die Hand tief unten auf ihren Rücken gelegt. Ich atmete tief ein, setzte ein Lächeln auf und wandte mich wieder meinem Vater zu.

»So ging das eine ganze Weile«, fuhr er in seiner Geschichte fort. »Larry war ziemlich regelmäßig außer Haus, und wenn sich die Gelegenheit bot, ging ich jeden Abend zu ihr. Deiner Mutter erzählte ich, ich ginge in den Club oder ich müsste länger im Geschäft bleiben. Irgendwas, irgendwas, womit sich erklären ließ, warum ich ein paar Stunden weg war.

Beim ersten Mal, gleich an jenem Abend, parkte ich den Wagen drei oder vier Blocks entfernt und ging zu Fuß die Straße entlang, vorbei an ihrem Haus. Ich hatte die Hände in den Manteltaschen vergraben und ging mit schnellen Schritten geradewegs an ihrem Haus vorbei und versuchte allen Mut zusammenzunehmen. Sie hatte tatsächlich das Licht auf der Veranda angelassen, und die Jalousien waren zu. Ich ging bis zum Ende des Blocks und kehrte dann langsamer zurück und ging den Bürgersteig entlang bis zu ihrer Tür. Ich wusste, wenn Larry jetzt die Tür aufmachte, dann wäre die Sache zu Ende. Ich hätte so getan, als suchte ich nach einer Adresse, und dann wäre ich weitergezogen. Und nie mehr wiedergekommen. Mein Pulsschlag dröhnte mir in den Ohren. Unmittelbar bevor ich auf die Türklingel drückte, streifte ich mir den Ehering vom Finger und steckte ihn in die Tasche. Ich glaube – ich glaube, genau in diesem Moment, in dieser Minute auf der Veranda, bevor sie die Tür aufmachte, da dachte ich zum ersten Mal darüber nach, ich meine wirklich nachdenken, was ich deiner Mutter antat. Genau in der Minute bevor Sally die Tür aufmachte, da war mir eine Minute lang klar, was ich tat und dass es verdammt falsch war, was ich da tat.

Aber ich habe es trotzdem getan, und ich muss verrückt gewesen sein! Ich muss die ganze Zeit über verrückt gewesen sein, Les, und wusste es nicht; ich wusste nicht, worauf ich mich einließ. Warum? Warum habe ich es getan? Ein alter Knacker wie ich, mit erwachsenen Kindern? Warum hat sie es getan? Die gottverdammte Schlampe!« Er kniff den Mund zusammen und verfiel einen Augenblick lang ins Grübeln. »Nein, so meine ich das nicht. Ich war verrückt nach ihr, ich gebe es ja zu … Wenn es sich ergab, war ich sogar tagsüber bei ihr. Sobald ich wusste, dass Larry weg war, verdrückte ich mich nachmittags aus dem Geschäft und ging zu ihr. Die Kinder waren immer in der Schule. Gott sei Dank bin ich denen nie begegnet. Alles wäre viel schlimmer jetzt, wenn ich … Aber dieses erste Mal, das war das schwierigste von allen.

Wir waren beide ziemlich nervös. Wir saßen lange in der Küche und tranken Bier, und sie erzählte mir eine Menge über sich, ihre geheimen Gedanken, wie sie das nannte.

Allmählich entspannte ich mich, und ich ertappte mich dabei, wie ich ihr selbst alles Mögliche erzählte. Über dich beispielsweise; dass du gearbeitet und dein Geld gespart hast und wieder zur Schule gegangen bist und dann ganz zurück nach Chicago. Sie sagte, als kleines Mädchen sei sie mal mit dem Zug in Chicago gewesen. Ich erzählte ihr, was ich im Leben erreicht hatte – nicht besonders viel, sagte ich. Und ich erzählte ihr von den Dingen, die ich noch tun wollte, Dinge, die ich mir für die Zukunft vorgenommen hatte. In ihrer Gegenwart hatte ich das Gefühl, dass es noch nicht zu spät war. Ich sagte, auch in meinem Alter könne man noch Pläne schmieden. ›Menschen brauchen Pläne‹, sagte sie. ›Man muss Pläne haben. Wenn ich mal so alt bin, dass ich keine Pläne mehr schmiede und nichts mehr habe, worauf ich mich freue, dann könnt ihr mich begraben.‹ Das hat sie gesagt, und ich spürte immer deutlicher, dass ich verliebt in sie war. Wir saßen da und redeten über Gott und die Welt, ich weiß nicht, wie lange das dauerte, und irgendwann nahm ich sie schließlich in den Arm.«

Er nahm die Brille ab und schloss einen Moment lang die Augen. »Ich habe mit niemandem darüber geredet. Ich weiß, ich bin wahrscheinlich ein bisschen betrunken, und ich will auch keinen neuen Drink mehr, aber ich muss das jemandem erzählen. Ich kann es nicht mehr für mich behalten. Also – also wenn ich dir mit alldem zur Last falle, dann musst du – dann musst du mir einfach den Gefallen tun und mir noch ein bisschen länger zuhören.«

Ich antwortete nicht. Ich blickte hinaus aufs Rollfeld und dann auf meine Armbanduhr.

»Hör zu! – Wann geht deine Maschine? Kannst du eine spätere nehmen? Komm, ich spendiere uns noch einen

Drink, Les. Bestell noch zwei. Ich beeile mich, es dauert nur noch eine Minute. Du hast keine Ahnung, wie wichtig es für mich ist, dass ich mir das endlich von der Seele rede. Hör zu.

Sie hatte sein Foto im Schlafzimmer direkt neben dem Bett … Ich will das alles erzählen, Les … Anfangs hat es mich gestört, dass ich sein Bild sah, wenn wir ins Bett gingen, das Letzte, was ich sah, bevor sie das Licht ausmachte. Aber das war nur die ersten paar Mal. Nach einer Weile gewöhnte ich mich daran, dass es da war. Ich meine, ich fand es schön, dass er uns anlächelte, still und freundlich, während wir in sein Bett gingen. Ich war fast so weit, dass ich mich darauf freute und es vermisst hätte, wenn er nicht mehr da gewesen wäre. Es ging sogar so weit, dass ich es am liebsten nachmittags machte, weil es dann immer ziemlich hell war, so dass ich hinüberschauen und ihn ansehen konnte, wann immer ich wollte.«

Er schüttelte den Kopf, und der schien ein bisschen zu wackeln. »Kaum zu glauben, was? Vermutlich erkennst du deinen Vater kaum wieder … Nun, es nahm alles ein schlimmes Ende. Das weißt du. Deine Mutter hat mich verlassen, und das geschah mir nur recht. Das weißt du alles. Sie hat gesagt, sie kann meinen Anblick nicht mehr ertragen. Aber auch das ist nicht so wichtig.«

»Was willst du damit sagen?« fragte ich. »Wieso soll das nicht wichtig sein?«

»Ich sag's dir, Les. Ich sag dir, was das Wichtigste an der ganzen Sache ist. Siehst du, es gibt Dinge, Dinge, die viel wichtiger sind als das. Wichtiger als die Tatsache, dass deine Mutter mich verlassen hat. Das ist, auf lange Sicht ist das nicht von Bedeutung … Eines Abends waren wir im Bett. Es muss ungefähr elf Uhr gewesen sein, denn ich passte immer auf, dass ich vor Mitternacht zu Hause war. Die Kinder schliefen. Wir lagen einfach im Bett und redeten, Sally und ich, und ich hatte den Arm um ihre Taille gelegt. Ich glaube, ich war schon halb eingeschlafen, aber ich hörte ihr zu. Es war angenehm, so zu dösen und mit einem Ohr zuzuhören. Gleichzeitig war ich wach, und ich weiß noch, wie ich daran dachte, dass ich jetzt bald aufstehen und nach Hause gehen musste; und da hörte ich, wie ein Auto in die Einfahrt bog und jemand ausstieg und die Tür zuwarf.

›Mein Gott‹, ruft sie, ›das ist Larry!‹ Ich sprang aus dem Bett und war noch auf dem Flur und versuchte meine Kleider anzukriegen, da hörte ich ihn auf der Veranda, und er machte die Tür auf. Ich muss krank vor Angst gewesen sein. Ich weiß noch, ich dachte, wenn ich zur Hintertür rauslaufe, dann packt er mich und drückt mich gegen den hohen Zaun da im Garten, und womöglich bringt er mich um. Sally stieß einen ganz merkwürdigen Laut aus. Als ob sie keine Luft mehr bekäme. Sie hatte ihren Bademantel an, aber er war offen, und sie stand in der Küche und schüttelte ganz langsam den Kopf. All das geschah in ein und demselben Augenblick. Da stand ich, halbnackt, mit meinen Kleidern in der Hand, und Larry machte die Haustür auf. Ich sprang. Ich sprang durch das große Wohnzimmerfenster, durch die Glasscheibe durch. Ich landete in irgendwelchen Büschen, ich sprang auf, und die Scherben fielen noch von mir ab, und ich rannte los, die Straße hinunter.«

Du übergeschnappter alter Scheißer du. Es war grotesk. Die ganze Geschichte war Irrsinn. Sie wäre zum Schreien gewesen, wäre es nicht um meine Mutter gegangen. Ich blickte ihn fest an, eine ganze Weile, doch er sah mir nicht ins Gesicht.

»Und du bist davongekommen? Er ist dir nicht nachgelaufen oder so was?«

Er antwortete nicht, starrte nur das leere Glas vor sich an, und ich blickte wieder auf die Uhr. Ich streckte mich. Ein leiser, stechender Schmerz hatte sich hinter meinen Augen eingestellt. »Ich glaube, ich sollte allmählich wieder rüber.« Ich fuhr mir mit der Hand übers Kinn und rückte mir den Kragen zurecht. »Und das war das Ende von der Geschichte, oder? Du und Mutter, ihr habt euch getrennt, und du bist dann hierher nach Sacramento gezogen. Sie ist nach wie vor in Redding. Das war's dann, nicht wahr?«

»Nein, so kann man das nicht sagen. Ich meine, das stimmt schon, sicher, aber –« Er hob die Stimme. »Du hast wirklich von nichts eine Ahnung, was? Du hast von nichts eine Ahnung. Zweiunddreißig Jahre alt, aber das Einzige, was du kannst, ist Bücher verkaufen.« Er funkelte mich wütend an. Hinter den Brillengläsern sahen seine Augen rot und winzig und weit entfernt aus. Ich saß einfach nur da und empfand nicht das Geringste. Es war bald Zeit zu gehen. »Nein. Nein, das war nicht alles … Entschuldige. Ich will dir erzählen, wie es weiterging. Wenn, wenn er sie einfach verprügelt hätte oder wenn er mir nachgerannt wäre, zu mir nach Hause gekommen wäre. Egal was. Ich verdiente es ja, was er da auszuteilen hatte … Aber das hat er nicht gemacht. Er hat überhaupt nichts in dieser Art gemacht. Ich glaube – ich glaube, er ist einfach nur zusammengebrochen. Er hat es … einfach nicht verkraftet. Er legte sich aufs Sofa und weinte. Sie blieb in der Küche, und sie weinte auch, kniete sich hin und betete laut zu Gott, sie sagte, es tue ihr leid, so leid, aber nach einer Weile hörte sie, wie die Haustür zufiel, und als sie wieder ins Wohnzimmer kam, war er fort. Das

Auto hatte er nicht genommen, das stand noch in der Auffahrt. Er ging zu Fuß. Er ging in die Stadt und nahm sich ein Zimmer im Jefferson, unten an der Third. In einem Drugstore, der auch nachts offen hatte, hat er sich ein Schälmesser besorgt und ging hoch auf sein Zimmer, und dann, dann hat er angefangen, sich das in den Bauch zu stechen, wollte sich damit umbringen … Ein paar Tage später hat jemand die Tür aufgebrochen, und er war noch am Leben, und er hatte dreißig oder vierzig solche kleinen Stichwunden, und das ganze Zimmer war voller Blut, aber er war noch am Leben. Er hatte sich die Eingeweide in Stücke geschnitten, sagte der Arzt. Ein oder zwei Tage später ist er im Krankenhaus gestorben. Die Ärzte konnten nichts mehr für ihn tun. Er ist einfach nur gestorben, hat nie den Mund aufgemacht und nach niemandem gefragt. Einfach gestorben, die Eingeweide in Stücke geschnitten.

Und, Les, mir kommt's vor, als sei ich da oben gestorben. Ein Teil von mir ganz bestimmt. Deine Mutter hatte recht, als sie mich verließ. Das einzig Richtige. Aber Larry Wain hätte nicht sterben dürfen! Nicht dass du denkst, ich will sterben, Les. Ich nehme an, wenn ich ehrlich bin, dann bin ich froh, dass *er* da auf dem Friedhof liegt und nicht ich. Wenn es denn einer von uns sein musste … Ich weiß nicht, wozu das gut sein soll, Leben, Tod, all das. Ich bin mir sicher, dass wir nur dieses eine Leben haben, das ist alles; aber es ist schwer, wenn man den Tod eines Menschen auf dem Gewissen hat. Ich meine, ich muss andauernd daran denken, und es geht mir einfach nicht aus dem Kopf, dass er tot ist und ich schuld daran bin.«

Er wollte noch etwas anderes sagen, dann schüttelte er den Kopf. Er beugte sich ein wenig vor, die Lippen geöffnet, suchte den Blickkontakt. Er wollte etwas von mir, er wollte mich irgendwie da hineinziehen; aber es war mehr als das, er wollte noch etwas anderes. Eine Antwort vielleicht, aber es gab doch keine Antworten. Vielleicht einfach nur eine Geste von mir, eine Berührung am Arm oder so etwas. Vielleicht hätte das schon gereicht.

Ich lockerte meinen Kragen und wischte mir mit dem Handgelenk über die Stirn. Ich räusperte mich, war immer noch nicht in der Lage, ihm in die Augen zu blicken. Ich spürte, wie eine undeutliche, irrationale Angst sich in mir breitmachte, und der Schmerz in meinen Augenhöhlen wurde stärker. Er starrte mich an, bis ich mich wand – bis wir beide begriffen, dass ich nichts hatte, was ich ihm geben konnte, genauer gesagt nichts, was ich überhaupt jemandem geben konnte. Mein Inneres waren kahle Wände, und es war nichts darin als Leere. Ich war schockiert. Ich blinzelte ein- oder zweimal. Meine Finger zitterten, als ich mir eine Zigarette anzündete, aber ich achtete darauf, dass er es nicht sah.

»Vielleicht findest du es nicht richtig, dass ich das sage, aber mit dem Mann muss von Anfang an etwas nicht gestimmt haben. So was zu machen, nur weil seine Frau mal was mit einem anderen hat. Ich meine, man muss doch schon halb verrückt sein, bevor man überhaupt auf so eine Idee kommt … Aber das verstehst du nicht.«

»Ich weiß, es ist schrecklich, wenn man so etwas auf dem Gewissen hat, aber du kannst dir nicht für alle Zeiten Vorwürfe machen.«

»Für alle Zeiten.« Er blickte sich um. »Wie lang ist das?«

Wir saßen noch ein paar Minuten lang da, und keiner sagte mehr etwas. Unsere Drinks hatten wir schon lange ausgetrunken, und die Kellnerin war nicht noch einmal gekommen.

»Willst du noch einen?«, fragte ich. »Geht auf mich.«

»Hast du denn noch Zeit für einen?«, fragte er und blickte mich forschend an. Dann: »Nein. Nein, besser nicht. Du musst dein Flugzeug bekommen.«

Wir standen auf. Ich half ihm in den Mantel, und wir gingen zum Ausgang. Ich steuerte ihn am Ellenbogen. Der Barkeeper hob den Blick und sagte: »Danke, Männer.« Ich winkte. Mein Arm fühlte sich steif an.

»Lass uns an die frische Luft gehen«, sagte ich. Wir gingen die Treppe hinunter nach draußen und kniffen die Augen zusammen in dem gleißenden Nachmittagslicht. Die Sonne war eben hinter ein paar Wolken verschwunden, und wir standen draußen am Flughafeneingang und schwiegen. Leute hasteten an uns vorbei. Alle schienen es eilig zu haben, alle bis auf einen Mann in Jeans mit einer Reisetasche aus Leder; er kam an uns vorbei, und er blutete aus der Nase. Das Taschentuch, das er sich ans Gesicht drückte, starrte vor Blut, und er sah uns an, als er vorüberging. Ein schwarzer Taxifahrer fragte, ob er uns irgendwohin fahren könne.

»Ich setze dich jetzt ins Taxi, Dad, und du fährst nach Hause. Sag mir die Adresse.«

»Nein, nein«, entgegnete er und machte einen schwankenden Schritt zurück vom Rinnstein. »Ich winke noch zum Abschied.«

»Besser nicht. Ich finde, wir sollten uns jetzt verabschieden, hier draußen. Ich mag sowieso keine Abschiedsszenen«, fügte ich hinzu. »Du weißt doch, wie so was ist.«

Wir gaben uns die Hand. »Mach dir keine Sorgen, darauf

kommt es jetzt an. Keiner von uns, keiner ist vollkommen, du musst einfach wieder auf die Beine kommen und dir keine Sorgen machen.«

Ich weiß nicht, ob er mich gehört hatte. Jedenfalls antwortete er nicht. Der Fahrer machte die Tür auf, und dann fragte er mich: »Wohin?«

»So blau ist er nicht. Das kann er Ihnen selbst sagen.«

Der Fahrer zuckte mit den Schultern und ging wieder zur Fahrertür.

»Geh's locker an, Dad, und schreib mir mal, ja?« Er nickte. »Pass auf dich auf«, sagte ich noch. Er blickte sich durch das Fenster noch nach mir um, als das Taxi anfuhr, und seither habe ich ihn nicht mehr gesehen. Ich war schon halb in Chicago, als mir die Tüte mit den Geschenken wieder einfiel. Ich hatte sie in der Flughafenbar vergessen.

Er hat nicht geschrieben, und ich habe nichts mehr von ihm gehört. Ich hätte ihm selbst geschrieben und nachgehört, wie es ihm geht, aber anscheinend habe ich seine Adresse verloren. Aber sagen Sie selbst, was konnte er von jemandem wie mir auch anderes erwarten?

EIN KLEINER SEGEN

Am Samstagnachmittag fuhr sie zu der kleinen Bäckerei im Einkaufszentrum. Sie sah sich einen Ringordner mit per Tesafilm eingeklebten Fotos von Kuchen an und bestellte dann Schokolade, seine Lieblingssorte. Der Kuchen, den sie aussuchte, war mit einem Raumschiff samt Startrampe verziert, am einen Ende eine Anzahl weißer Sterne, am anderen ein Planet aus rotem Zuckerguss. Sein Name, SCOTTY, sollte in grünen Lettern unterhalb des Planeten aufgespritzt werden. Der Bäcker, ein älterer, stiernackiger Mann, hörte wortlos zu, als sie ihm erzählte, dass Scotty am Montag acht würde. Der Bäcker hatte eine seltsame Schürze an, die wie ein Kleid aussah. Bänder führten unter den Armen hindurch, waren auf dem Rücken gekreuzt und liefen dann wieder nach vorn, wo sie über seinem dicken Bauch zusammengebunden waren. Er wischte sich die Hände vorn an der Schürze ab und hörte ihr zu. Er hatte den Blick auf das Bild geheftet und ließ sie reden. Sie sollte sich ruhig Zeit lassen. Er war gerade erst zur Arbeit gekommen und würde noch die ganze Nacht über backen, er hatte es nicht eilig.

Sie entschied sich für den Raumschiffkuchen und nannte dem Bäcker ihren Namen, Ann Weiss, und die Telefonnummer. Der Kuchen würde am Montagvormittag fertig sein, frisch aus dem Ofen, mit reichlich Zeit bis zu Scottys Party am Nachmittag. Der Bäcker war kein geselliger Mensch. Es wurden keine Nettigkeiten ausgetauscht, nur das Notwendigste wurde gesprochen. Sie fühlte sich unwohl in seiner Nähe, und das ärgerte sie. Während er an der Theke stand, den Bleistift in der Hand, studierte sie seine groben Gesichtszüge und fragte sich, ob er mit Ausnahme der Bäckerarbeit in seinem Leben je etwas anderes erreicht hatte. Sie war Mutter, sie war dreiunddreißig, und sie ging davon aus, dass jeder, gerade jemand, der so alt war wie der Bäcker – ein Mann, der ihr Vater hätte sein können –, doch selbst Kinder haben musste, für die auch einmal Geburtstagskuchen und Geburtstagspartys etwas ganz Besonderes gewesen sein mussten. Das mussten sie beide doch gemeinsam haben, dachte sie. Doch er war kurz angebunden. Nicht unfreundlich, aber kurz angebunden. Sie gab den Gedanken, Freundschaft mit ihm zu schließen, auf. Sie warf noch einen Blick ins Hinterzimmer und sah einen langen, schweren Holztisch, an dessen einem Ende Backformen aus Aluminium aufgestapelt standen, und neben dem Tisch eine Metallkiste mit leeren Blechen. Es gab einen riesigen Ofen. Ein Radio spielte Country & Western-Musik.

Der Bäcker hatte alles mit Druckbuchstaben auf eine Karte für Sonderbestellungen geschrieben und klappte den Ringordner zu. Er blickte sie an und sagte: »Montagmorgen.« Sie dankte ihm und fuhr nach Hause.

Am Montagmittag ging Scotty mit einem Freund von der Schule nach Hause. Sie hatten eine Tüte Kartoffelchips, die sie von einem zum anderen reichten, und Scotty versuchte aus seinem Freund herauszubekommen, was dieser ihm am Nachmittag zum Geburtstag schenken würde. Achtlos trat er an einer Kreuzung auf die Straße und wurde noch im selben Moment von einem Auto erfasst. Er lag auf der Seite, den Kopf am Rinnstein, die Beine auf der Straße. Die Augen waren geschlossen, aber die Beine machten Bewegungen, als versuche er, über etwas zu klettern. Sein Freund hatte die Kartoffelchips fallen lassen, er begann zu heulen. Der Wagen war noch ungefähr hundert Meter weitergefahren und stand jetzt mitten auf der Straße. Der Mann am Steuer blickte über die Schulter. Er wartete, bis der Junge sich aufrappelte. Er war ein wenig unsicher auf den Beinen. Der Junge schien benommen, aber unverletzt. Der Fahrer legte einen Gang ein und fuhr davon.

Scotty weinte nicht, aber er sagte auch nichts mehr. Er antwortete nicht, als sein Freund ihn fragte, wie das war, wenn man von einem Auto umgefahren wurde. Er ging geradewegs zu seiner Haustür, wo der Freund sich verabschiedete und nach Hause lief. Doch als Scotty ins Haus gegangen war und es seiner Mutter erzählte – die sich zu ihm aufs Sofa gesetzt hatte, seine Hände in ihrem Schoß hielt, ihn fragte: »Scotty, bist du ganz sicher, dass alles in Ordnung ist, Liebling?« und insgeheim bereits beschlossen hatte, dass sie doch den Arzt rufen würde –, lehnte er sich plötzlich auf dem Sofa zurück, schloss die Augen, und sein Körper sackte zusammen. Als sie ihn nicht mehr wach bekam, stürzte sie ans Telefon und rief ihren Mann auf der Arbeit an. Howard sagte, sie solle ruhig bleiben, ganz ruhig, und dann rief er einen Krankenwagen für Scotty und machte sich selbst auf den Weg zum Krankenhaus.

Natürlich wurde die Geburtstagsfeier abgesagt. Der Junge war im Krankenhaus, mit einer leichten Gehirnerschütterung, er litt unter Schock. Er hatte sich übergeben, und in seiner Lunge hatte sich Flüssigkeit gesammelt, die am Nachmittag abgesaugt werden musste. Jetzt schien er einfach nur sehr fest zu schlafen – aber es sei kein Koma, hatte Dr. Francis betont, kein Koma, als er den Schrecken in den Augen der Eltern sah. Um elf Uhr an jenem Montagabend, als der Junge nach vielen Röntgenaufnahmen und den Laboruntersuchungen friedlich zu ruhen schien, so dass man nur noch warten musste, bis er wieder aufwachte und alles wieder in Ordnung war, verließ Howard das Krankenhaus. Er und Ann waren seit dem Nachmittag bei Scotty gewesen, und er fuhr kurz nach Hause, um ein Bad zu nehmen und sich etwas anderes anzuziehen. »In einer Stunde bin ich wieder da«, sagte er. Sie nickte. »In Ordnung«, sagte sie. »Ich bleibe hier.« Er küsste sie auf die Stirn, und sie fassten sich bei den Händen. Sie setzte sich auf einen Stuhl neben dem Bett und sah Scotty an. Sie wartete, dass er aufwachte und wieder alles in Ordnung war. Dann konnte sie anfangen, sich zu entspannen.

Howard fuhr vom Krankenhaus nach Hause. Er war auf den nassen, dunklen Straßen schneller, als gut war, und als er es merkte, fuhr er langsamer. Bisher war in seinem Leben alles glatt und zu seiner Zufriedenheit gegangen – College, Ehe, noch ein Jahr College mit einem Wirtschaftsdiplom, Juniorpartner bei einem Investmentbanker. Er war Vater geworden. Er war glücklich, und er hatte es bisher gut gehabt, das wusste er. Seine Eltern lebten noch, seine Brüder und Schwestern waren versorgt, seine Collegefreunde hatten es zu etwas gebracht. Bisher hatte er im Grunde noch keine Erfahrung mit den düsteren Seiten des Lebens gemacht, mit jenen Kräften, von denen er wusste, dass es sie gab und dass sie einem Menschen das Leben vergällen und ruinieren konnten, wenn er Pech hatte, wenn das Schicksal sich plötzlich gegen ihn wendete. Er bog in die Hauseinfahrt und stellte den Wagen ab. Sein linkes Bein hatte zu zittern begonnen. Er blieb noch einen Augenblick im Auto sitzen und versuchte sich vernünftig über seine Lage Rechenschaft abzulegen. Scotty war von einem Auto angefahren worden und lag im Krankenhaus, aber es würde schon bald wieder alles in Ordnung sein. Er schloss die Augen und wischte sich mit der Hand übers Gesicht. Nach einem weiteren Moment stieg er aus dem Wagen und ging zur Haustür. Slug, der Hund, bellte hinter dem Haus. Drinnen läutete das Telefon, während er die Tür aufschloss und nach dem Lichtschalter tastete. Er hätte nicht aus dem Krankenhaus wegfahren dürfen, tadelte er sich. Er hätte es nicht tun dürfen. Er nahm den Hörer ab und sagte: »Ich komme gerade zur Türe rein! Hallo!«

»Ich habe hier einen Kuchen, der nicht abgeholt wurde«, sagte eine Männerstimme am anderen Ende der Leitung.

»Was? Wovon reden Sie?«, fragte Howard.

»Einem Kuchen«, sagte die Stimme. »Von einem Kuchen für sechzehn Dollar.«

Howard drückte sich den Hörer ans Ohr, versuchte aus dem, was da gesagt wurde, schlau zu werden. »Von einem Kuchen weiß ich nichts«, sagte er. »Himmel, ich weiß überhaupt nicht, wovon Sie reden.«

»Jetzt kommen Sie mir bloß nicht so«, sagte die Stimme.

Howard legte auf. Er ging in die Küche und goss sich einen Whisky ein. Er rief im Krankenhaus an, aber Scottys Zustand war unverändert; er schlief und lag noch genauso da wie zuvor. Während das Wasser in die Wanne lief, seifte er sich das Gesicht ein und rasierte sich. Er hatte sich gerade erst in der Wanne ausgestreckt und die Augen geschlossen, als von neuem das Telefon klingelte. Er wuchtete sich aus der Wanne, nahm ein Handtuch und hechtete durchs Haus mit den Worten »Blödsinn. So ein Blödsinn«, weil er überhaupt aus dem Krankenhaus weggegangen war. Doch als er den Hörer abhob und »Hallo!« rief, kam kein Wort vom anderen Ende. Dann legte der Anrufer auf.

Kurz nach Mitternacht kam er wieder im Krankenhaus an. Ann saß immer noch auf dem Stuhl neben dem Bett. Sie blickte zu Howard auf, dann wanderte ihr Blick zurück zu Scotty. Die Augen des Jungen blieben geschlossen, sein Kopf war nach wie vor mit Bandagen umwickelt. Er atmete friedlich und gleichmäßig. Von einer Vorrichtung über dem Bett hing eine Flasche mit Glukose, und ein Schlauch führte von da zum rechten Arm des Jungen.

»Wie geht es ihm?«, fragte Howard. »Was soll das?« Er wies auf Flasche und Schlauch.

»Anordnung von Dr. Francis«, sagte sie. »Er braucht Nährstoffe. Dr. Francis sagt, er muss bei Kräften bleiben. Wieso wacht er nicht auf, Howard?«, fragte sie. »Ich verstehe das nicht. Wenn ihm doch nichts fehlt.«

Howard legte ihr die Hand an den Hinterkopf und fuhr ihr mit den Fingern durchs Haar. »Das kommt schon wieder in Ordnung, Schatz. Nicht mehr lange, und er wacht wieder auf. Dr. Francis kennt sich aus.«

Nach einer Weile sagte er: »Vielleicht solltest du nach Hause fahren und dich ausruhen. Ich bleibe hier. Aber lass dich nicht auf diesen Irren ein, der dauernd anruft. Leg einfach auf.«

»Wer ruft an?«

»Was weiß ich! Einfach jemand, der nichts Besseres zu tun hat, als Leute anzurufen. Geh und ruh dich aus.«

Sie schüttelte den Kopf. »Nein«, sagte sie. »Schon in Ordnung.«

»Wirklich«, sagte er. »Fahr eine Weile nach Hause, wenn du magst, und dann kommst du am Morgen wieder her und löst mich ab. Das wird schon wieder. Was hat Dr. Francis gesagt? Er hat gesagt, Scotty geht's bald wieder gut. Wir müssen uns keine Sorgen machen. Er schläft einfach, weiter nichts.«

Eine Schwester öffnete die Tür. Sie nickte ihnen zu und kam ans Bett. Sie zog Scottys linken Arm unter dem Betttuch hervor und legte die Finger ans Handgelenk, fand den Puls, blickte auf ihre Armbanduhr. Nach einer Weile schob sie den Arm wieder unter die Decke und ging ans Fußende des Bettes, wo sie etwas auf einem dort befestigten Schreibbrett vermerkte.

»Wie geht es ihm?«, fragte Ann. Howards Hand lag bleischwer auf ihrer Schulter. Sie spürte, wie seine Finger sich anspannten.

»Sein Zustand ist stabil«, sagte die Krankenschwester. Dann sagte sie: »Der Doktor kommt gleich noch mal vorbei. Der Doktor ist jetzt wieder im Haus. Er macht gerade seine Visite.«

»Ich habe vorgeschlagen, dass sie nach Hause fährt und sich ein bisschen ausruht«, sagte Howard. »Wenn der Doktor hier war«, fügte er hinzu.

»Vernünftig«, meinte die Schwester. »Das können Sie beide ruhig tun, wenn Ihnen danach zumute ist.« Die Schwester war eine massige skandinavische Frau mit blondem Haar; dicke Brüste zeichneten sich unter dem Kittel ab. Ihre Stimme hatte den Anflug eines Akzents.

»Wir warten ab, was der Doktor sagt«, sagte Ann. »Ich

will mit ihm reden. Das ist doch nicht normal, dass er einfach nur schläft. Das ist kein gutes Zeichen.« Sie legte sich die Hand an die Augen und beugte den Kopf ein wenig vor. Howards Griff an ihrer Schulter wurde fester, und dann wanderte seine Hand zu ihrem Nacken, und er massierte die Muskeln dort.

»In ein paar Minuten ist Dr. Francis da«, sagte die Krankenschwester. Dann ging sie wieder nach draußen.

Howard betrachtete eine Zeitlang seinen Sohn, die kleine Brust, die sich friedlich unter der Bettdecke hob und senkte. Zum ersten Mal seit den schrecklichen Minuten nach Anns Anruf im Büro spürte er, wie sich in seinem Körper echte Angst breitmachte. Er schüttelte den Kopf, versuchte den Gedanken beiseitezuschieben. Scotty ging es prima. Er schlief nur einfach nicht zu Hause in seinem eigenen Bett, er lag im Krankenhaus, mit Bandagen um den Kopf und einem Schlauch im Arm. Aber das war eben die Unterstützung, die er jetzt gerade brauchte.

Dr. Francis kam herein und schüttelte Howard die Hand, obwohl sie sich ja erst ein paar Stunden zuvor gesehen hatten. Ann erhob sich von ihrem Stuhl. »Doktor?«

»Ann«, sagte er, nickte ihr zu. »Schauen wir zuerst einmal, wie es ihm geht«, sagte der Arzt. Er stellte sich an die Seite des Bettes und fühlte dem Jungen den Puls. Er zog eins seiner Augenlider hoch, dann das andere. Howard und Ann standen neben ihm. Ann schnappte leise nach Luft, als hinter Scottys Lid nur das Weiß des Augapfels erschien, keine Pupille. Dann schlug der Arzt die Bettdecke zurück und horchte dem Jungen Herz und Lunge mit dem Stethoskop ab. Er drückte mit dem Finger auf mehrere Stellen an seinem Bauch. Als er damit fertig war, ging er ans Fußende des

Bettes und studierte das Krankenblatt. Er schaute auf die Uhr, kritzelte etwas auf das Blatt, dann blickte er auf zu Howard und Ann, die erwartungsvoll dastanden.

»Wie geht es ihm, Doktor?«, fragte Howard. »Was fehlt ihm denn nun eigentlich?«

»Wieso wacht er nicht auf?«, fragte Ann.

Der Doktor war ein stattlicher Mann mit breiten Schultern und sonnengebräuntem Gesicht. Er trug einen Anzug mit Weste, eine gestreifte Krawatte und Manschettenknöpfe aus Elfenbein. Das graue Haar war sorgsam gekämmt, man hätte denken können, er komme gerade von einem Konzert. »Der Junge ist in Ordnung«, sagte der Doktor. »Kein Grund zum Jubeln, es könnte besser gehen, würde ich sagen. Aber er ist in Ordnung. Ich wünschte nur, er würde aufwachen. Es würde allmählich Zeit, dass er aufwacht.« Der Arzt sah den Jungen noch einmal an. »In ein paar Stunden, wenn noch weitere Untersuchungsergebnisse da sind, wissen wir mehr. Aber glauben Sie mir, er hat nichts, außer dem Haarriss im Schädel. Das schon.«

»O nein«, sagte Ann.

»Und eine leichte Gehirnerschütterung, wie gesagt. Und natürlich steht er unter Schock«, sagte der Arzt. »Manchmal tritt so etwas bei Schockpatienten auf.«

»Aber er ist nicht ernsthaft in Gefahr, oder?«, fragte Howard. »Sie haben vorher gesagt, es ist kein Koma. Das hier würden Sie also nicht als Koma bezeichnen, Doktor?« Howard sah den Arzt erwartungsvoll an.

»Nein, als Koma möchte ich das nicht bezeichnen«, sagte der Arzt und sah den Jungen noch einmal an. »Es ist nur ein sehr tiefer Schlaf. Eine Aufbaumaßnahme, die der Körper sich selbst verordnet. Er ist nicht mehr ernsthaft in Gefahr, ich glaube, so viel kann ich sagen. Aber wir werden mehr wissen, wenn er aufwacht und die Untersuchungsergebnisse da sind. Machen Sie sich keine Sorgen«, sagte der Arzt.

»Es ist ein Koma«, sagte Ann. »Eine Art Koma.«

»Nein, kein Koma im eigentlichen Sinne«, sagte der Arzt. »Als Koma würde ich es nicht bezeichnen. Jedenfalls nicht zu diesem Zeitpunkt. Er steht unter Schock. Bei Schockpatienten ist diese Reaktion keine Seltenheit; eine vorübergehende Reaktion auf das körperliche Trauma. Koma – also, Koma ist eine länger dauernde tiefe Bewusstlosigkeit, die über Tage anhalten kann, Wochen sogar. Davon ist Scotty weit entfernt, jedenfalls nach allem, was wir bisher wissen. Ich bin sicher, bis zum Morgen hat sich sein Zustand schon gebessert. Darauf würde ich wetten. Wir werden mehr wissen, wenn er aufwacht, und das sollte jetzt nicht mehr lange dauern. Sie müssen das natürlich selbst entscheiden, Sie können hierbleiben oder eine Weile nach Hause fahren, aber haben Sie keine Hemmungen zu fahren, wenn Sie wollen. Ich weiß, das ist nicht einfach für Sie.« Der Doktor betrachtete noch einmal den Jungen, beobachtete ihn, dann wandte er sich Ann zu. »Machen Sie sich keine Sorgen, junge Frau. Glauben Sie mir, wir tun alles, was getan werden kann. Es ist nur noch eine Frage ganz kurzer Zeit.« Er nickte ihr zu, schüttelte Howard noch einmal die Hand und verließ das Zimmer.

Ann legte Scotty die Hand auf die Stirn und hielt sie dort eine Weile. »Wenigstens hat er kein Fieber«, sagte sie. Dann sagte sie: »Gott, aber er fühlt sich so kalt an. Howard? Meinst du, das hat seine Richtigkeit, dass er sich so kalt anfühlt? Fühl mal seinen Kopf.«

Howard legte dem Jungen die Hand auf die Stirn. Sein

Atem verlangsamte sich ebenfalls. »Ich denke, das ist schon normal so«, sagte er. »Vergiss nicht, er steht unter Schock. Das hat der Arzt gesagt. Der Arzt war doch eben erst hier. Er hätte etwas gesagt, wenn mit Scotty etwas nicht gestimmt hätte.«

Ann stand noch eine Weile nur da, nagte an den Lippen. Dann ging sie wieder zu ihrem Stuhl und setzte sich.

Howard setzte sich auf den Stuhl daneben. Sie blickten einander an. Er wollte noch etwas Beruhigendes sagen, aber er traute sich nicht. Er nahm ihre Hand und legte sie sich in den Schoß, und damit fühlte er sich besser, damit, dass ihre Hand dort war. Er griff nach ihrer Hand und drückte sie, dann hielt er sie einfach nur fest. So saßen sie eine Zeitlang da, betrachteten den Jungen und sprachen kein Wort. Von Zeit zu Zeit drückte er ihre Hand. Am Ende nahm sie ihre Hand wieder fort und rieb sich die Schläfen.

»Ich habe gebetet«, sagte sie.

Er nickte.

Sie sagte: »Ich hatte schon fast vergessen, wie man das macht, aber dann ist es mir doch wieder eingefallen. Ich musste nur einfach die Augen schließen und sagen: Hilf uns, lieber Gott – hilf Scotty; von da an war es einfach. Die Worte kamen ganz von selbst. Vielleicht solltest du auch beten«, sagte sie zu ihm.

»Das habe ich schon getan«, sagte er. »Ich habe heute Nachmittag gebetet – gestern Nachmittag, nachdem du mich angerufen hattest, auf der Fahrt zum Krankenhaus. Da habe ich gebetet«, sagte er.

»Das ist gut«, sagte sie. Beinahe zum ersten Mal hatte sie das Gefühl, dass es etwas war, das sie gemeinsam betraf, diese Sorge. Ihr ging auf, dass all das nur ihr und Scotty geschehen war. Sie hatte Howard keinen Zutritt gelassen, obwohl er die ganze Zeit da gewesen war und obwohl sie ihn brauchten. Sie sah ihm an, wie müde er war. Sein Kopf wirkte so schwer, das Kinn auf die Brust gedrückt. Sie spürte einen Anflug von Zärtlichkeit. Sie war froh, dass sie seine Frau war.

Später kam dieselbe Schwester noch einmal und fühlte wiederum dem Jungen den Puls und vergewisserte sich, dass die Flasche über dem Bett ihre Flüssigkeit abgab.

Nach einer Stunde kam ein weiterer Arzt. Er stellte sich als Parsons vor, aus der Radiologie. Er hatte einen struppigen Schnurrbart. Er trug Slipper und einen weißen Kittel über Holzfällerhemd und Jeans.

»Wir nehmen ihn mit nach unten und machen noch ein paar Aufnahmen«, sagte er. »Wir brauchen noch mehr Bilder, und außerdem wollen wir einen Scan machen.«

»Einen Scan?«, fragte Ann. »Was ist das?« Sie stellte sich zwischen diesen neuen Arzt und das Bett. »Ich dachte, Sie hätten schon sämtliche Aufnahmen gemacht.«

»Ich fürchte, wir brauchen noch weitere«, sagte er. »Kein Grund zur Beunruhigung. Wir brauchen nur einfach noch ein paar Aufnahmen, und dann soll er noch zur Tomographie.«

»Mein Gott«, sagte Ann.

»Eine ganz normale Maßnahme in solchen Fällen«, sagte der Arzt. »Wir müssen nur dahinterkommen, warum er noch nicht wieder aufgewacht ist. Eine Routinemaßnahme, nichts, weswegen Sie sich Sorgen machen müssen. Wir kommen ihn in ein paar Minuten holen«, sagte der Arzt.

Kurz darauf kamen zwei Krankenpfleger mit einer fahrbaren Trage. Es waren schwarzhaarige, dunkelhäutige Männer, und sie sagten ein paar Worte zueinander in einer fremden Sprache, während sie den Schlauch abklemmten, den Jungen vom Bett hoben und auf die Trage legten. Dann schoben sie ihn aus dem Zimmer. Howard und Ann fuhren im Aufzug mit. Ann stand neben der Trage und betrachtete den Jungen, der so still dort lag. Sie schloss die Augen, als der Aufzug seine Abwärtsfahrt begann. Die Pfleger standen an den beiden Enden des Bettes und sprachen nichts; nur einmal machte einer von ihnen eine Bemerkung in ihrer eigenen Sprache, und der andere nickte bedächtig.

Später am Morgen, gerade als sich in den Fenstern des Warteraums der Röntgenabteilung das erste Morgenlicht zeigte, brachten sie den Jungen wieder heraus und schoben ihn zurück in sein Zimmer. Wieder fuhren Howard und Ann mit im Aufzug, und wieder bezogen sie ihre Posten neben dem Bett.

Sie warteten den ganzen Tag, aber noch immer wachte der Junge nicht auf. Dann und wann stand einer von ihnen auf und ging nach unten in die Cafeteria und trank Kaffee oder Fruchtsaft, und dann, als fiele es ihnen plötzlich wieder ein und sie fühlten sich schuldig, sprangen sie wieder auf und eilten zurück zu dem Zimmer. Am Nachmittag kam wieder Dr. Francis vorbei und untersuchte den Jungen von neuem, erzählte ihnen, es werde schon besser und er werde jeden Moment aufwachen, und ging dann wieder. Krankenschwestern, andere als in der Nacht zuvor, kamen von Zeit zu Zeit. Dann klopfte eine junge Frau vom Labor an und trat ins Zimmer. Sie trug weiße Hosen und eine weiße Bluse und hatte ein kleines Tablett in der Hand, das sie auf dem Tisch neben dem Bett abstellte. Wortlos setzte sie eine Spritze an und nahm dem Jungen Blut ab. Howard schloss die Augen, als die Frau die richtige Stelle am Arm des Jungen gefunden hatte und die Nadel einstach.

»Was soll das?«, fragte Ann die Frau.

»Anweisung vom Doktor«, sagte die junge Frau. »Ich mache, was man mir sagt. Wenn sie Blut wollen, dann nehme ich Blut ab. Was fehlt ihm denn überhaupt?«, fragte sie. »Das ist ja ein süßer Kerl.«

»Von einem Auto angefahren«, sagte Howard. »Fahrerflucht.«

Die junge Frau schüttelte den Kopf und sah noch einmal den Jungen an. Dann nahm sie ihr Tablett und ging wieder nach draußen.

»Wieso wacht er nicht auf?«, sagte Ann. »Howard? Ich will, dass diese Leute mir das sagen.«

Howard sagte nichts. Er setzte sich wieder auf den Stuhl und schlug die Beine übereinander. Er rieb sich das Gesicht. Er betrachtete seinen Sohn, dann lehnte er sich auf dem Stuhl zurück, schloss die Augen und schlief ein.

Ann ging ans Fenster und blickte hinaus auf den großen Parkplatz. Es war dunkel geworden, und die Wagen, die kamen und gingen, hatten die Scheinwerfer eingeschaltet. Sie stand an dem Fenster, packte mit beiden Händen das Fensterbrett, und war in ihrem tiefsten Inneren überzeugt, dass hier etwas nicht stimmte, dass etwas ganz entschieden nicht stimmte. Sie hatte Angst, und ihre Zähne begannen zu klappern, bis sie sie zusammenbiss. Sie sah, wie ein großer Wagen vorfuhr, und jemand, eine Frau in einem langen Mantel, stieg ein. Einen Augenblick lang wünschte sie sich, sie wäre diese Frau und jemand, egal wer, brächte sie von hier fort, anderswohin, an einen Ort, wo Scotty auf sie warten würde, wenn sie aus dem Wagen stieg, und er würde *Mom* sagen und sich von ihr in die Arme nehmen lassen.

Nicht lange und Howard erwachte wieder. Von neuem betrachtete er den Jungen, dann stand er von seinem Stuhl auf, streckte sich, und dann kam er und stellte sich neben sie ans Fenster. Beide starrten sie schweigend hinunter zum Parkplatz. Es war, als könne jeder das Innerste des anderen spüren, als habe der Schmerz sie vollkommen durchlässig gemacht.

Die Tür ging auf, und Dr. Francis kam herein. Heute hatte er einen anderen Anzug und eine andere Krawatte an, aber das Haar sah noch genauso aus, und anscheinend hatte er sich eben erst rasiert. Er ging sogleich zum Bett und untersuchte von neuem den Jungen. »Er hätte längst aufwachen müssen«, sagte er. »Für das hier gibt es keinen vernünftigen Grund. Aber ich kann Ihnen versichern, wir sind alle überzeugt, dass er nicht in Gefahr ist; uns wäre nur einfach wohler, wenn er aufwachte. Es gibt keinen Grund, keinen einzigen, warum er nicht aufwachen sollte, und das sehr bald. Oh, und er wird einen ziemlichen Brummschädel haben, darauf können Sie sich verlassen. Aber sämtliche Werte sind gut. Alles vollkommen normal.«

»Aber es ist ein Koma, oder?«, fragte Ann.

Der Doktor rieb sich die glatte Wange. »Wir wollen es einstweilen als Koma bezeichnen – bis zu dem Punkt, an dem er aufwacht. Aber Sie beide müssen erschöpft sein. Es ist schwer, wenn man immer nur wartet. Sie können ruhig nach draußen gehen und einen Happen essen«, sagte er. »Das würde Ihnen guttun. Ich kann eine Schwester herschicken, solange Sie weg sind, wenn Sie sich dann wohler fühlen. Gehen Sie etwas essen.«

»Ich könnte nichts runterbringen«, sagte Ann. »Ich habe keinen Hunger.«

»Sie sollen natürlich tun, was gut für Sie ist«, sagte der Arzt. »Ich wollte Ihnen nur sagen, dass die Zeichen positiv sind, die Untersuchungsergebnisse sind gut, überhaupt nichts Negatives, und sobald er aufwacht, ist er über den Berg.«

»Danke, Doktor«, sagte Howard. Wieder schüttelten er und der Doktor sich die Hand, und der Doktor klopfte ihm auf die Schulter und ging dann wieder nach draußen.

»Einer von uns könnte nach Hause fahren und sehen, wie die Dinge da stehen«, sagte Howard. »Slug müsste gefüttert werden, das auf alle Fälle.«

»Ruf einen von den Nachbarn an«, sagte Ann. »Ruf die Morgans an. Jeder füttert einen Hund, wenn man ihn darum bittet.«

»Na gut«, sagte Howard. Nach einer Weile sagte er: »Schatz, warum machst du das nicht? Warum fährst du nicht nach Hause und schaust nach dem Rechten, und dann kommst du wieder her? Das würde dir guttun. Ich bleibe hier bei ihm. Ehrlich«, sagte er. »Wir müssen mit unseren Kräften haushalten. Wir werden vielleicht noch eine ganze Weile hierbleiben wollen, auch wenn er wieder wach ist.«

»Warum fährst du nicht?«, sagte sie. »Du fütterst Slug. Und machst dir selbst auch was zu essen.«

»Ich war doch schon weg«, sagte er. »Eine Stunde und fünfzehn Minuten, um genau zu sein. Du fährst nach Hause, eine Stunde oder so, machst dich frisch, und dann kommst du zurück. Ich bleibe hier.«

Sie wollte darüber nachdenken, aber sie war so müde. Sie schloss die Augen, versuchte noch einmal zu überlegen. Schließlich sagte sie: »Vielleicht fahre ich für ein paar Minuten nach Hause. »Wenn ich nicht hier sitze und ihn die ganze Zeit beobachte, vielleicht wacht er dann auf, und alles wird gut. Wer weiß? Vielleicht wacht er auf, wenn ich nicht da bin. Ich fahre nach Hause und nehme ein Bad und ziehe mir was Frisches an. Ich füttere Slug. Dann komme ich wieder her.«

»Ich halte die Stellung«, sagte er. »Du fährst nach Hause, Schatz, und dann kommst du wieder her. Ich bleibe hier und behalte alles im Blick.« Seine Augen waren klein und blutunterlaufen, als habe er eine lange Sauftour hinter sich, und seine Kleider waren zerknittert. Sein Kinn zeigte schon wieder Stoppeln. Sie berührte sein Gesicht, dann zog sie die Hand zurück. Sie begriff, dass er eine Weile allein sein wollte, damit er eine Zeitlang nicht reden und nicht seine Besorgnis zeigen musste. Sie nahm ihre Handtasche vom Nachttisch, und er half ihr in den Mantel.

»Ich bleibe nicht lange weg«, sagte sie.

»Setz dich einfach nur hin, wenn du zu Hause bist«, sagte er, »und ruh dich ein Weilchen aus. Iss was. Wenn du aus der Badewanne kommst, setz dich einfach hin und ruh dich aus. Du wirst sehen, wie gut dir das tut. Dann kommst du wieder her«, sagte er. »Wir sollten uns nicht verrückt machen. Du hast gehört, was Dr. Francis gesagt hat.«

Eine Minute lang stand sie noch im Mantel da, versuchte sich die genauen Worte des Arztes ins Gedächtnis zu rufen, forschte nach Zwischentönen, nach der Spur einer Botschaft zwischen den Zeilen. Sie versuchte sich zu erinnern, ob sein Gesichtsausdruck sich verändert hatte, als er sich vorbeugte, um Scotty zu untersuchen. Sie erinnerte sich, wie ruhig er gewirkt hatte, als er die Lider des Jungen hochzog und dann seine Brust abhorchte.

An der Tür drehte sie sich noch einmal um. Sie betrachtete den Jungen, dann betrachtete sie den Vater. Howard nickte. Sie ging hinaus und schloss die Tür hinter sich.

Sie ging am Schwesternzimmer vorbei und den Gang hinunter auf der Suche nach dem Aufzug. Am Ende des Ganges wandte sie sich nach rechts und fand dort einen kleinen Warteraum, in dem eine Negerfamilie auf Korbstühlen saß. Ein Mann mittleren Alters in Khakihemd und -hosen, Baseballkappe tief in den Nacken geschoben. Eine füllige Frau in Hauskleid und Pantoffeln saß zusammengesunken auf einem der Stühle. Ein junges Mädchen in Jeans, das Haar zu Dutzenden von kleinen Zöpfen geflochten, lag ausgestreckt auf einem Sessel und rauchte eine Zigarette, die Beine an den Knöcheln gekreuzt. Die ganze Familie blickte sie an, als sie eintrat. Der kleine Tisch war übersät mit Hamburgerverpackungen und Styroporbechern.

»Nelson«, sagte die dicke Frau und richtete sich auf. »Ist was mit Nelson?« Sie riss die Augen auf. »Sagen Sie's mir, Lady«, sagte die Frau. »Ist was mit Nelson?« Sie wollte aufstehen, doch der Mann hielt sie am Arm fest.

»Ruhig«, sagte er. »Evelyn.«

»Entschuldigen Sie«, sagte Ann. »Ich suche den Fahrstuhl. Mein Sohn ist hier im Krankenhaus, und jetzt finde ich den Fahrstuhl nicht.«

»Der ist da hinten links«, sagte der Mann und zeigte mit dem Finger einen weiteren Gang hinunter.

Das Mädchen zog an seiner Zigarette und starrte sie an. Die Augen waren zu Schlitzen zusammengekniffen, und die wulstigen Lippen öffneten sich ein wenig, als sie den Rauch ausstieß. Die ältere Negerin ließ den Kopf auf die Schulter sinken und wandte den Blick von Ann ab, jetzt nicht mehr interessiert.

»Mein Sohn ist von einem Auto angefahren worden«, sagte Ann zu dem Mann. Sie hatte das Gefühl, dass sie ihre Anwesenheit erklären musste. »Er hat eine Gehirnerschütterung und einen kleinen Riss im Schädel, aber das kommt wieder in Ordnung. Er steht unter Schock, aber vielleicht ist es auch eine Art Koma. Das macht uns am meisten Sorgen, die Sache mit dem Koma. Ich gehe ein Weilchen nach draußen, aber mein Mann ist bei ihm. Vielleicht wacht er auf, wenn ich fort bin.«

»Schlimm ist das«, sagte der Mann und rutschte auf seinem Stuhl hin und her. Er schüttelte den Kopf. Sein Blick wanderte zu dem Tischchen, dann wieder zurück zu Ann. Sie stand immer noch da. »Unser Nelson, der ist gerade im Operationssaal«, sagte er. »Jemand ist mit dem Messer auf ihn losgegangen. Wollte ihn umbringen. Es war eine Schlägerei. Auf einer Party. Die Leute sagen, er hat einfach nur dagestanden und zugesehen. Hat keinem Menschen was getan. Aber das heißt gar nichts heutzutage. Jetzt ist er da drin auf dem Operationstisch. Wir können nur hoffen und beten, das ist alles, was wir tun können.« Er sah sie mit gefasster Miene an, dann zupfte er am Schild seiner Kappe.

Ann sah wieder das Mädchen an, das sie noch immer beobachtete, und dann die ältere Frau, die noch immer den Kopf auf die Schulter gelegt hatte, doch nun mit geschlossenen Augen. Ann bemerkte, dass ihre Lippen sich lautlos bewegten, Worte formten. Sie hätte die Frau gern gefragt, was sie da sprach. Sie hätte sich gern noch weiter mit diesen Leuten unterhalten, die genauso warteten wie sie. Sie hatte Angst, und diese Leute hatten ebenfalls Angst. Das hatten sie gemeinsam. Sie hätte ihnen gern noch etwas von dem Unfall erzählt, mehr von Scotty, dass es an seinem Geburtstag geschehen war, am Montag, und dass er immer noch nicht wieder bei Bewusstsein war. Aber sie wusste nicht, wie sie es sagen sollte, und so stand sie einfach nur da und sah sie an und sagte nichts weiteres mehr.

Sie ging den Gang hinunter, den der Mann ihr beschrieben hatte, und fand den Aufzug. Eine Minute lang stand sie noch vor den geschlossenen Türen, fragte sich, ob sie das Richtige tat. Dann streckte sie den Finger aus und drückte auf den Knopf.

Sie bog in die Einfahrt und schaltete den Motor aus. Slug kam von der anderen Hausseite gelaufen. Er war so aufgeregt, dass er den Wagen anbellte, dann rannte er auf dem Rasen im Kreis. Sie schloss die Augen und saß einen Moment ans Steuerrad gelehnt. Sie lauschte dem Ticken, das der Motor beim Abkühlen von sich gab. Dann stieg sie aus. Sie hob den kleinen Hund vom Boden auf, Scottys Hund, und ging zur Haustür hinein, die unverschlossen war. Sie schaltete Lampen an und setzte Teewasser auf. Sie machte eine Dose Hundefutter auf und fütterte Slug auf der Veranda. Er fraß in hungrigen kleinen Bissen, zwischendurch kam er immer wieder zu ihr gerannt, um sich zu vergewissern, dass sie auch blieb. Als sie sich zum Tee auf das Sofa setzte, klingelte das Telefon.

»Ja!«, rief sie, als sie abnahm. »Hallo!«

»Mrs Weiss«, sagte eine Männerstimme. Es war fünf Uhr morgens, und sie hatte das Gefühl, dass sie im Hintergrund Maschinen hörte.

»Ja«, sagte sie besonnen, »worum geht es? Hier spricht Mrs Weiss. Das bin ich. Worum geht es bitte?« Sie wartete, dass der Mann am anderen Ende etwas sagte. »Um Himmels willen, ist es wegen Scotty?«

»Scotty«, sagte die Stimme am anderen Ende. »Jawohl, es geht um Scotty. Die Sache hat etwas mit Scotty zu tun. Haben Sie Scotty vergessen?«, fragte der Mann. Dann legte er auf.

Sie wählte die Nummer des Krankenhauses und ließ sich mit dem dritten Stock verbinden. Bei der Schwester, die an den Apparat kam, erkundigte sie sich nach ihrem Sohn. Dann fragte sie, ob sie ihren Mann sprechen könne. Es sei ein Notfall, sagte sie.

Sie wartete, drehte die Telefonschnur zwischen den Fingern. Sie schloss die Augen, ihr war übel. Sie musste sich zwingen, etwas zu essen. Slug kam von der Veranda und legte sich vor ihre Füße. Er wedelte mit dem Schwanz. Er leckte ihr die Finger, und sie kraulte ihn am Ohr. Howard war am Apparat.

»Jemand hat gerade hier angerufen«, sagte sie. Sie drehte die Telefonschnur, und die verknotete sich. »Er hat gesagt, es ist wegen Scotty«, schluchzte sie.

»Scotty geht es gut«, antwortete Howard. »Ich meine, er schläft immer noch. Da gibt es keine Veränderung. Die Schwester war noch zweimal hier, seit du gegangen bist. Ungefähr jede halbe Stunde kommt jemand vorbei. Eine Krankenschwester oder ein Arzt, eines von beiden. Es geht ihm gut, Ann.«

»Jemand hat angerufen und hat gesagt, es ist wegen Scotty«, sagte sie.

»Schatz, ruh dich jetzt einfach ein bisschen aus. Du musst dich ausruhen. Dann kommst du wieder her. Wahrscheinlich war es derselbe, der bei mir auch schon angerufen hat. Kümmer dich einfach nicht drum. Komm wieder her, wenn du dich ausgeruht hast. Dann gehen wir frühstücken oder so was.«

»Frühstück«, sagte sie. »Ich würde nichts runterbekommen.«

»Du weißt doch, was ich sagen will«, sagte er. »Saft, ein Muffin, irgendwas, egal was. Ist doch egal, Ann. Meine Güte, glaubst du, ich bin hungrig? Ann, es ist nicht leicht, hier am Telefon zu reden. Ich stehe am Schreibtisch. Heute früh um acht kommt Dr. Francis wieder vorbei. Bis dahin wird er etwas wissen, etwas Eindeutigeres. Das hat mir eine von den Schwestern gesagt. Mehr wusste sie auch nicht. Ann? Vielleicht erfahren wir dann ein bisschen mehr, um acht Uhr. Sei bis acht wieder hier. Und so lange passe ich hier auf, und Scotty geht es gut. Er ist unverändert«, fügte er noch hinzu.

»Ich habe gerade eine Tasse Tee getrunken«, sagte sie, »und da klingelte das Telefon. Jemand hat gesagt, es ist wegen Scotty. Im Hintergrund war irgendwelcher Lärm. Als du den Anruf hattest, war da auch Lärm im Hintergrund, Howard?«

»Ehrlich gesagt, das weiß ich nicht mehr«, sagte er. »Das wird ein Betrunkener gewesen sein, irgendwer, ich habe keine Ahnung. Vielleicht war es der Fahrer von dem Wagen, vielleicht ist er ein Irrer und hat irgendwie von der Sache erfahren. Aber ich bin hier bei ihm. Du ruhst dich jetzt ein bisschen aus, wie wir's besprochen haben. Nimm ein Bad, und dann kommst du wieder her, um sieben oder so, und dann reden wir mit dem Doktor, wenn er kommt. Alles wird gut, Schatz. Ich bin hier, die Ärzte und die Krankenschwestern sind da. Sie sagen, sein Zustand ist stabil.«

»Ich habe solche Angst«, sagte sie.

Sie ließ sich Wasser ein und stieg in die Wanne. Sie wusch sich hastig und trocknete sich wieder ab, nahm sich nicht die Zeit zum Haarewaschen. Sie zog saubere Unterwäsche an,

Wollhosen, einen Pullover. Sie ging ins Wohnzimmer, wo Slug sie ansah und mit einer einzelnen Schwanzbewegung auf den Boden schlug. Draußen wurde es allmählich hell, als sie wieder zum Wagen ging. Auf der Fahrt zurück zum Krankenhaus auf diesen menschenleeren, nassen Straßen kam ihr wieder der verregnete Nachmittag vor zwei Jahren in den Sinn, als Scotty verschwunden war und sie befürchtet hatten, er sei ertrunken.

An jenem Nachmittag war der Himmel pechschwarz geworden, es hatte angefangen zu regnen, und trotzdem war er immer noch nicht nach Hause gekommen. Sie hatten seine sämtlichen Freunde angerufen, die alle zu Hause und in Sicherheit waren. Sie und Howard hatten sich auf die Suche gemacht, in seiner Bretter und Steinburg hinten auf dem Feld am Highway, aber er war nicht da. Dann hatten sie die Straße abgesucht, Howard in der einen Richtung, sie in der anderen, bis sie an die Stelle kam, wo sonst ein kleiner Wasserlauf war, ein Entwässerungsgraben, doch jetzt toste zwischen seinen Wällen ein schwarzer Sturzbach. Einer von seinen Freunden war mit ihm dort gewesen, als der Regen losging. Sie hatten aus Holzstückchen und Bierdosen, die aus den Autos geworfen wurden, Boote gebaut. Sie hatten die Bierdosen auf die Holzstücke gestapelt und sie dann den Bach hinunterfahren lassen. Der Bach endete an der Straße in einem Gully, und alles konnte in diesen brodelnden Abfluss und in den Kanal geraten. Der Freund hatte Scotty dort am Ufer zurückgelassen, als die ersten Regentropfen fielen. Scotty wollte noch bleiben und ein größeres Boot bauen. Sie hatte am Ufer gestanden und dem Wasser zugesehen, wie es sich in den Schlund des Gullys ergoss und unter der Schnellstraße verschwand. Für sie war klar, was geschehen war – dass er hineingestürzt sein musste, dass er jetzt in diesem Augenblick noch irgendwo in dem Kanal stecken musste. Es war ein ungeheuerlicher Gedanke, so unfair, so unerhört, dass er ihr nicht in den Kopf ging. Aber sie war sich sicher, dass es stimmte, dass er dort drin war, in der Kanalisation, und sie begriff auch, dass es etwas war, was sie aushalten, womit sie von nun an leben musste, ein Leben, in dem es keinen Scotty mehr gab. Aber was sie tun sollte, im Angesicht dieses Verlustes, wie sich verhalten, das ging über ihren Verstand. Sie stellte sich vor, wie die Männer die ganze Nacht über an dem Abfluss arbeiten würden, wie sie ihn mit Maschinen aufreißen würden, und sie wusste nicht, ob sie das aushalten würde, ob sie dabeistehen konnte, wenn die Männer im Licht der Suchscheinwerfer arbeiteten. Irgendwie musste sie das hinter sich lassen, musste einen Weg in die unendliche Weite und Leere finden, die, wie sie wusste, dort wartete. Sie schämte sich für den Gedanken, aber damit, stellte sie sich vor, konnte sie leben. Später, viel später, würde sie vielleicht mit dieser Leere zurechtkommen, nachdem die Gegenwart von Scotty aus ihrem Leben verschwunden war – dann würde sie vielleicht lernen, wie man mit diesem Verlust umgehen konnte, der entsetzlichen Leere – das musste sie einfach, es ging nicht anders –, aber sie wusste nicht, wie sie das Warten überstehen sollte, bis sie in jenen anderen Teil gelangen konnte.

Sie fiel auf die Knie und betete. Sie starrte in den Strom und versprach, wenn Er ihnen Scotty zurückgebe, wenn Er irgendwie durch ein Wunder – das sagte sie laut, »durch ein Wunder« – dafür sorgen könne, dass Scotty dem Wasser und dem Kanal entkomme – sie wisse, dass das nicht möglich sei, aber wenn es doch geschehen sei, wenn Er es möglich mache, dass sie Scotty zurückbekämen, und er nicht in dem Kanal steckte –, dann würden sie und Howard ihr Leben ändern, sie würden alles ändern, zurück in die Kleinstadt ziehen, aus der sie stammten, fort aus dieser Vorstadt, die einem gnadenlos das einzige Kind rauben konnte. Sie hatte immer noch auf den Knien gelegen, als sie hörte, wie Howard ihren Namen rief, wie er nach ihr rief vom anderen Ende des Feldes, durch den Regen. Sie hatte aufgeblickt und hatte die beiden gesehen, wie sie auf sie zukamen, Howard und Scotty.

»Er hatte sich versteckt«, sagte Howard und lachte und weinte zugleich. »Ich war so froh, als ich ihn sah, ich hab's nicht fertiggebracht zu schimpfen. Er hatte sich einen Unterstand gebaut, unter der Brücke, da in den Büschen. Er hatte sich ein richtiges kleines Nest gebaut.« Noch bevor die beiden bei ihr angelangt waren, war sie wieder auf den Beinen. Sie ballte die Fäuste. »›So ein Burgdach ist nicht dicht‹, erzählt mir dieser kleine Irre«, sagte Howard, und die Tränen kamen. »Er war furztrocken, als ich ihn gefunden habe, der Schlawiner.« Dann hatte Ann sich auf Scotty gestürzt, ihn in wilder Wut auf den Kopf und ins Gesicht geschlagen. »Du kleiner Teufel«, schrie sie bei jedem Schlag, »du kleiner Teufel!« »Ann, lass das«, sagte Howard, versuchte sie festzuhalten. »Ihm ist nichts passiert, das ist doch das Wichtigste. Ihm ist nichts passiert.« Sie hatte den weinenden Jungen aufgehoben und ihn an sich gedrückt. Sie hatte ihn an sich gedrückt. Ihre Kleider waren klatschnass, in den Schuhen stand das Wasser, und so hatten die drei sich auf den Rückweg gemacht. Eine Weile trug sie den Jungen; die Arme hatte er um ihren Hals gelegt, seine Brust schmiegte sich an ihre Brüste. Howard ging neben ihnen her und sagte: »Meine

Güte, was habe ich einen Schrecken bekommen. Herr im Himmel, was hatte ich Angst.« Dass Howard Angst gehabt hatte, dass er nun erleichtert war, das wusste sie; aber er wusste nicht, was sie gesehen hatte, das konnte er nicht wissen. Die Bereitwilligkeit, mit der sie den Tod angenommen hatte, wie sie darüber hinausgegangen war, machte sie misstrauisch gegenüber sich selbst; sie hatte das Gefühl, dass sie nicht genug geliebt hatte. Denn dann wäre sie nicht so schnell vom Schlimmsten ausgegangen. Sie schüttelte den Kopf beim Gedanken an diesen Irrsinn. Sie war erschöpft, sie musste stehen bleiben und Scotty absetzen. Den Rest des Weges gingen sie gemeinsam, Hand in Hand, mit Scotty in der Mitte, gingen die drei nach Hause.

Aber sie waren nicht fortgezogen, und sie hatten über diesen Nachmittag nie wieder geredet. Von Zeit zu Zeit hatte sie noch an ihr Versprechen gedacht, an die Gebete, die sie zum Himmel geschickt hatte, und eine Weile war ihr ein wenig unwohl bei dem Gedanken gewesen, aber sie hatten weitergelebt wie bisher – ein komfortables, geschäftiges Leben, nicht schlecht oder unaufrichtig, ein Leben, konnte man sagen, das in vielem befriedigte und seine kleinen Vergnügungen hatte. Kein Wort fiel je wieder über diesen Nachmittag, und nach einer Weile dachte sie gar nicht mehr daran. Da waren sie also immer noch in derselben Stadt, und zwei Jahre waren vergangen, und wieder war Scotty in Gefahr, in großer Gefahr sogar, und für sie war dieses Ereignis, dieser Unfall, das Nicht-mehr-Aufwachen eine Strafe. Denn hatte sie nicht ihr Wort gegeben, dass sie fortziehen würden aus dieser Stadt, zurückkehren würden an einen Ort, an dem sie ein einfacheres, ruhigeres Leben führen könnten, die Gehaltserhöhung vergessen und das Haus, das damals noch so neu gewesen war, dass sie nicht einmal den Zaun aufgestellt und den Rasen gesät hatten? Sie malte es sich aus, wie sie abends alle beisammen in einem großen Wohnzimmer saßen, an einem anderen Ort, und lauschten, wie Howard ihnen vorlas.

Sie bog zum Parkplatz des Krankenhauses ein und fand einen Platz nicht weit vom Eingang. Jetzt war ihr nicht nach Beten zumute. Sie fühlte sich wie eine Lügnerin, die man erwischt hatte, schuldig, schlecht, als sei sie irgendwie verantwortlich für das, was geschehen war. Auf eine obskure Weise fühlte sie sich verantwortlich. Sie ließ ihre Gedanken zu der Negerfamilie wandern, der Name »Nelson« fiel ihr wieder ein, sie sah den Tisch mit den Hamburgerverpackungen vor sich, das junge Mädchen, das sie angestarrt und dabei an der Zigarette gezogen hatte. »Krieg bloß keine Kinder«, sagte sie zu dem Mädchen in Gedanken, als sie das Krankenhaus betrat. »Um Himmels willen, bloß nicht.«

Sie nahm den Aufzug zur dritten Etage, zusammen mit zwei Schwestern, die gerade ihren Dienst antraten. Es war Mittwochmorgen, ein paar Minuten vor sieben. Ein Dr. Madison wurde eben ausgerufen, als die Fahrstuhltüren zum dritten Stock sich öffneten. Sie ließ die Schwestern zuerst aussteigen, die sich in die andere Richtung wandten und das Gespräch wiederaufnahmen, das sie unterbrochen hatten, als sie zugestiegen war. Sie ging den Flur hinunter zu dem kleinen Raum in der Ecke, wo die Negerfamilie gewartet hatte. Sie waren nicht mehr da, aber die Stühle standen noch kreuz und quer, als seien Leute erst vor wenigen Augenblicken aufgesprungen. Sie stellte sich vor, dass die Stühle womöglich noch warm waren. Der Tisch war noch immer mit

Bechern und Papier übersät, der Aschenbecher quoll über vor Zigarettenstummeln.

Sie hielt an dem Schwesternzimmer schräg gegenüber an. Eine Schwester stand hinter der Theke, bürstete sich das Haar und gähnte.

»Letzte Nacht haben Sie einen Schwarzen operiert«, sagte Ann. »Nelson hieß er mit Vornamen. Seine Angehörigen waren in dem Warteraum. Ich wollte fragen, wie es ihm geht.«

Eine Krankenschwester, die an einem Schreibtisch hinter der Theke saß, blickte von einer Fieberkurve vor sich auf. Das Telefon summte, und sie griff zum Hörer, aber ihr Blick blieb dabei auf Ann geheftet.

»Er ist gestorben«, sagte die Schwester an der Theke. Sie hatte die Haarbürste in der Hand und sah sie unverwandt an. »Sind Sie eine Freundin der Familie oder so was?«

»Ich habe die Familie gestern Abend kennengelernt«, sagte Ann. »Mein Sohn ist ebenfalls hier im Krankenhaus. Ein Schockzustand anscheinend. Wir wissen noch nicht genau, was ihm fehlt. Ich hatte mich einfach gefragt, was aus Mr Nelson geworden ist, nichts weiter. Ich danke Ihnen.« Sie ging weiter den Flur hinunter. Aufzugtüren von der gleichen Farbe wie die Wände öffneten sich, und ein hagerer, kahlköpfiger Mann in weißen Hosen und weißen Turnschuhen zerrte einen schweren Rollwagen aus der Kabine. Diese Türen hatte sie am Abend zuvor gar nicht bemerkt. Der Mann fuhr den Wagen auf den Gang, schob ihn zur ersten Tür neben dem Aufzug, hielt inne und warf einen Blick auf ein Schreibbrett. Dann griff er hinein und holte ein Tablett aus dem Wagen, klopfte sanft an und ging in das Zimmer. Der unangenehme Geruch von warmem Essen stieg ihr in die Nase, als sie an dem Wagen vorüberkam. Sie hastete an dem zweiten Schwesternzimmer vorbei, ohne hineinzusehen, und öffnete die Tür zu Scottys Zimmer.

Howard stand am Fenster, die Hände hinter dem Rücken. Er drehte sich um, als sie eintrat.

»Wie geht es ihm?«, fragte sie. Sie ging an sein Bett. Sie stellte ihre Handtasche auf den Boden neben dem Nachttisch. Es kam ihr vor, als sei sie lange weggewesen. Sie berührte die Bettdecke, die bis zu Scottys Kinn hochgezogen war. »Howard?«

»Dr. Francis war vorhin hier«, sagte Howard. Sie musterte ihn genau, und ihr schien, dass die Schultern ein wenig gebeugt waren.

»Ich dachte, der kommt erst heute Morgen um acht wieder«, sagte sie beklommen.

»Er hatte noch einen anderen Arzt dabei, einen Neurologen.«

»Einen Neurologen«, sagte sie.

Howard nickte. Er ließ die Schultern hängen, das sah sie. »Was haben sie gesagt, Howard? Um Himmels willen, was haben sie gesagt? Was ist?«

»Na ja, sie haben gesagt, sie bringen ihn nach unten und machen noch weitere Untersuchungen, Ann. Sie sagen, sie müssen wahrscheinlich operieren, Liebling. Liebling, sie müssen ihn operieren. Sie verstehen nicht, warum er nicht aufwacht. Es ist mehr als nur ein Schock oder eine Gehirnerschütterung, so viel steht jetzt fest. Es hat etwas mit seinem Schädel zu tun, mit dem Riss, davon gehen sie jetzt aus. Deshalb wollen sie operieren. Ich habe versucht, dich anzurufen, aber du warst wohl schon wieder aus dem Haus.«

»O Gott«, sagte sie. »Bitte nicht, Howard, bitte nicht.« Sie fasste ihn an den Armen.

»Sieh nur!«, sagte Howard da. »Scotty! Ann, sieh doch!« Er drehte sie zu dem Bett.

Der Junge hatte die Augen aufgeschlagen und dann wieder geschlossen. Jetzt öffnete er sie wieder. Eine Minute lang blickte er starr vor sich hin, dann bewegten sich die Augen ganz langsam, bis der Blick auf Howard und Ann ruhte, dann bewegten sie sich wieder von ihnen weg.

»Scotty«, sagte seine Mutter; sie ging zu dem Bett.

»Mensch, Scott«, sagte der Vater. »Mensch, Junge.«

Sie beugten sich über das Bett. Howard fasste Scottys linke Hand, er tätschelte und drückte sie. Ann küsste die Stirn des Jungen, immer und immer wieder. Sie legte ihm die Hände rechts und links ans Gesicht. »Scotty, Liebling, wir sind's, Mommy und Daddy«, sagte sie. »Scotty?«

Der Junge blickte sie wieder an, doch ohne jedes Zeichen von Verstehen oder Wiedererkennen. Dann kniff er die Augen fest zu, sein Mund öffnete sich, und er schrie, bis er keine Luft mehr in den Lungen hatte. Danach schien sein Gesicht sich zu entspannen, es wurde weicher. Die Lippen öffneten sich, als sein letzter Atem leise zwischen den zusammengebissenen Zähnen verströmte.

Die Ärzte sprachen von einem verborgenen Blutgerinnsel und versicherten, die Wahrscheinlichkeit für so etwas sei eins zu einer Million. Wenn man es irgendwie hätte entdecken können und es sofort operiert worden wäre, dann hätte man ihn vielleicht retten können, aber wahrscheinlich nicht einmal dann. Aber wonach hätten sie denn suchen sollen? Bei den Untersuchungen und auf den Röntgenbildern hatten sie nichts gefunden. Dr. Francis war erschüttert. »Ich kann Ihnen gar nicht sagen, wie leid mir das tut. Ich fühle mich fürchterlich, glauben Sie mir«, sagte er, als er sie in den Aufenthaltsraum für die Ärzte führte. Ein Arzt saß in einem Sessel, die Beine über die Lehne eines zweiten Sessels gelegt, und sah sich eine Morgensendung im Fernsehen an. Er hatte noch die grüne Uniform aus dem Kreißsaal an, weite grüne Hosen, einen grünen Kittel und eine grüne Mütze, die sein Haar bedeckte. Er sah zuerst Howard und Ann und dann Dr. Francis an. Er stand auf, schaltete den Fernseher ab und ging nach draußen. Dr. Francis führte Ann zum Sofa, setzte sich neben sie und begann mit leiser, tröstender Stimme zu reden. Nach einer Weile beugte er sich zu ihr und legte den Arm um sie. Sie spürte an ihrer Schulter, wie seine Brust sich gleichmäßig hob und senkte. Sie sah ihn nicht an, aber sie ließ zu, dass er sie umarmte. Howard war ins Bad gegangen und hatte die Tür offen gelassen. Er weinte schluchzend, dann ließ er Wasser laufen und wusch sich das Gesicht. Danach kam er wieder heraus und setzte sich an ein Tischchen, auf dem ein Telefon stand. Er betrachtete das Telefon, als überlege er, was er als Erstes tun solle. Er machte ein paar Anrufe. Nach einer Weile kam Dr. Francis und telefonierte.

»Gibt es im Augenblick noch etwas, was ich für Sie tun kann?«, fragte er sie.

Howard schüttelte den Kopf. Ann starrte Dr. Francis an, als könne sie seine Frage nicht begreifen.

Der Arzt begleitete sie noch bis zum Krankenhauseingang. Leute kamen und gingen. Es war elf Uhr vormittags. Ann bemerkte, wie langsam, geradezu widerstrebend, sie ihre Füße bewegte. Es kam ihr vor, als ob Dr. Francis sie zum Gehen drängte; und eigentlich fand sie, dass sie bleiben sollten, dass es anständiger wäre, wenn sie noch blieben. Sie blickte hinaus auf den Parkplatz und dann noch einmal vom Bürgersteig aus zum Krankenhaus zurück. Dann, ganz langsam, schüttelte sie den Kopf. »Nein«, sagte sie. »Nein. So geht das nicht. Ich kann ihn nicht hierlassen. Nein.« Sie hörte sich reden und dachte bei sich, wie unfair es war, dass sie genau die Worte sprach, die Leute in Fernsehserien sprachen, wenn sie mit einem plötzlichen oder gewaltsamen Tod fertigwerden mussten. Sie wollte etwas Eigenes sagen. »Nein«, sagte sie, und plötzlich hatte sie das Bild der Negerin vor Augen, wie deren Kopf zur Seite fiel. »Nein«, sagte sie noch einmal.

»Ich melde mich später am Tag noch einmal bei Ihnen«, sagte der Arzt eben zu Howard. »Es gibt da noch ein paar Dinge, die wir tun müssen, Fragen, die beantwortet sein wollen. Damit wir den Fall abschließen können.«

»Eine Autopsie«, sagte Howard.

Dr. Francis nickte.

»Verstehe«, sagte Howard. »Liebe Güte. Nein, Dr. Francis, ich verstehe es doch nicht. Ich kann es einfach nicht verstehen. Ich kann es nicht.«

Dr. Francis legte Howard den Arm um die Schulter. »Es tut mir leid. Gott, was tut mir das leid.« Dann ließ er los und streckte ihm die Hand hin. Howard sah zuerst die Hand an, dann schüttelte er sie. Dr. Francis legte noch einmal den Arm um Anns Schulter. Er schien erfüllt von einer Güte, die sie nicht verstand. Sie legte den Kopf auf seine Schulter, aber sie sah ihn nicht an. Sie blickte zum Krankenhaus. Als sie vom Parkplatz abfuhren, sah sie noch einmal zum Krankenhaus hin.

Zu Hause setzte sie sich aufs Sofa, die Hände in den Manteltaschen. Howard schloss die Tür zu Scottys Zimmer.

Er stellte die Kaffeemaschine an, und dann suchte er sich einen leeren Karton. Er hatte ein paar von Scottys Sachen zusammensuchen wollen. Stattdessen setzte er sich neben sie aufs Sofa, stellte den Karton zur Seite und beugte sich vor, die Arme zwischen den Knien. Er weinte. Sie zog ihn zu sich hin und bettete seinen Kopf in ihrem Schoß. Sie tätschelte ihm die Schulter. »Er ist fort«, sagte sie und streichelte ihn. Durch seine Schluchzer hindurch hörte man aus der Küche das Blubbern der Kaffeemaschine. »Nicht weinen«, sagte sie sanft. »Nicht weinen. Er ist nicht mehr da, Howard. Er ist nicht mehr da, und daran müssen wir uns jetzt gewöhnen. Daran, dass wir allein sind.«

Nach einer Weile stand Howard auf und wanderte ziellos durch den Raum, mit dem Karton in der Hand; er tat nichts hinein, aber er suchte ein paar Sachen zusammen und legte sie am einen Ende des Sofas auf den Boden. Sie saß weiter nur da mit den Händen in den Taschen. Howard stellte den Karton ab und brachte Kaffee ins Wohnzimmer. Später rief Ann die Verwandten an. Immer wenn am anderen Ende jemand abhob, sagte sie hastig einige Worte und weinte dann erst einmal eine Weile. Dann erklärte sie mit ruhigen, gefassten Worten, was geschehen war und was sie vorhatten. Howard ging mit dem Karton zur Garage, und dort sah er Scottys Fahrrad. Er stellte den Karton ab und setzte sich auf den Boden neben das Fahrrad. Er griff danach und drückte es sich ungeschickt an die Brust. So hielt er es, das Gummi des Pedals drückte ihm in die Rippen, und drehte das Rad ein kleines Stück übers Hosenbein.

Ann hatte mit ihrer Schwester gesprochen und legte den Telefonhörer auf. Sie war noch dabei, eine andere Nummer herauszusuchen, da klingelte das Telefon. Gleich beim ersten Klingeln nahm sie ab.

»Hallo«, sagte sie, und wieder hörte sie etwas im Hintergrund, ein summendes Geräusch. »Hallo!«, sagte sie. »Hallo! Himmel noch mal, sagen Sie doch was. Wer ist da? Was wollen Sie?«

»Ihr Scotty«, sagte der Mann am anderen Ende, »der wartet hier auf Sie. Haben Sie ihn vergessen?«

»Sie verfluchter Dreckskerl!«, schrie sie ins Telefon. »Wie können Sie so was machen, Sie perverses Schwein?«

»Scotty«, sagte der Mann. »Haben Sie das vergessen, Ihren Scotty?« Dann legte der Mann auf.

Howard, der sie brüllen gehört hatte, kam herein und fand sie mit den Armen auf die Tischplatte gelehnt. Sie weinte. Er nahm den Hörer vom Tisch und hörte den Wählton.

Viel später, kurz vor Mitternacht, nachdem sie vieles geregelt hatten, klingelte das Telefon wieder.

»Geh du ran«, sagte sie. »Howard, ich weiß, das ist er wieder.« Sie saßen am Küchentisch und tranken Kaffee. Howard hatte ein kleines Glas Whisky neben seiner Tasse. Beim dritten Klingeln hob er ab.

»Hallo«, sagte er. »Wer ist da? Hallo! Hallo!« Ein Klicken in der Leitung. »Er hat aufgelegt«, sagte Howard. »Wer immer es war.«

»Das war er wieder«, sagte sie. »Dieser Dreckskerl. Den könnte ich umbringen«, sagte sie. »Ich würde auf ihn schießen, und dann würde ich zusehen, wie er verreckt«, sagte sie.

»Meine Güte, Ann«, sagte er.

»Hast du irgendwas gehört?«, sagte sie. »Im Hintergrund? Ein Geräusch, Maschinen, ein Summen oder so was?«

»Eigentlich nicht. Nichts in der Art«, sagte er. »Es war ja nicht viel Zeit. Ich glaube, ein Radio lief. Ja, da war Musik aus dem Radio, mehr kann ich nicht sagen. Ich habe keine Ahnung, was zum Teufel da vorgeht«, sagte er.

Sie schüttelte den Kopf. »Wenn ich den nur – wenn ich den nur in die Finger bekommen könnte!« Und dann ging es ihr auf. Plötzlich wusste sie, wer das war. Scotty, der Kuchen, die Telefonnummer. Sie schob ihren Stuhl zurück und stand auf. »Fahr mich zum Einkaufszentrum«, sagte sie. »Howard.«

»Was sagst du?«

»Zum Einkaufszentrum. Ich weiß jetzt, wer da anruft. Das ist der Bäcker, Howard, dieser gottverdammte Bäcker. Ich habe einen Kuchen für Scottys Geburtstag bestellt. Das ist der Mann, der anruft, dem habe ich die Nummer gegeben, und jetzt ruft er dauernd an. Weil wir den Kuchen nicht abgeholt haben. Das ist der Bäcker, dieser Dreckskerl.«

Sie fuhren zum Einkaufszentrum. Der Himmel war klar, die Sterne leuchteten. Es war kalt, und sie stellten die Heizung im Auto an. Sie parkten vor der Bäckerei. Die Läden waren alle geschlossen, aber ganz am Ende des Geländes vor den zwei Kinos standen noch Autos. Die Fenster der Bäckerei waren dunkel, doch als sie durch das Glas spähten, sahen sie, dass im Hinterzimmer Licht brannte, und dann und wann trat ein bulliger Mann in den weißen, gleichmäßigen Lichtkegel und verschwand wieder. Durch das Fenster konnte sie die Vitrinen sehen und ein paar kleine Tische mit Stühlen. Sie rüttelte an der Tür. Sie klopfte an die Scheibe. Doch wenn der Bäcker sie hörte, dann ließ er sich nichts anmerken. Er blickte nicht in ihre Richtung.

Sie fuhren um die Bäckerei herum und parkten dahinter.

Sie stiegen aus. Ein Fenster war erleuchtet, aber es war so weit oben, dass sie nicht hineinsehen konnten. Auf einem Schild an der Hintertür stand: »The Pantry. Bäckerei. Kuchen auf Bestellung.« Sie hörte von drinnen leise Radiomusik, und etwas – eine Ofentür? – knarrte. Sie klopfte an und wartete. Dann klopfte sie noch einmal, lauter. Das Radio wurde leiser gestellt, und man hörte ein schabendes Geräusch – eine Schublade, geöffnet und wieder zugeschoben.

Ein Schlüssel drehte sich, die Tür öffnete sich. Der Bäcker stand im Licht und spähte hinaus zu ihnen. »Ich habe geschlossen«, sagte er. »Was wollen Sie um diese Tageszeit? Es ist Mitternacht. Sind Sie betrunken oder was?«

Sie trat in den Lichtschein, der durch die offene Tür nach draußen drang, und er klimperte mit seinen schweren Lidern, als er sie erkannte. »Sie sind das«, sagte er.

»Ich bin das«, sagte sie. »Scottys Mutter. Das hier ist Scottys Vater. Wir würden gern hereinkommen.«

»Ich habe zu tun«, sagte der Bäcker. »Ich habe keine Zeit.«

Trotzdem war sie eingetreten. Howard kam nach. Der Bäcker trat beiseite. »Es riecht wie in einer Bäckerei hier. Findest du nicht auch, dass es wie in einer Bäckerei riecht, Howard?«

»Was wollen Sie?«, fragte der Bäcker. »Wollen Sie etwa Ihren Kuchen abholen? Das ist es. Sie haben beschlossen, dass Sie Ihren Kuchen abholen wollen. Sie haben doch einen bestellt, nicht wahr?«

»Sie sind ganz schön smart für einen Bäcker«, sagte sie. »Howard, das ist der Mann, der uns dauernd angerufen hat. Das ist der Bäcker.« Sie ballte die Fäuste. Sie starrte ihn wütend an. Ein Feuer brannte in ihr, eine Wut, mit der sie sich überlebensgroß fühlte, größer als beide Männer.

»Augenblick mal«, sagte der Bäcker. »Sie wollen Ihren drei Tage alten Kuchen abholen? Richtig? Ich will mich nicht mit Ihnen streiten, Lady. Da drüben steht er und trocknet vor sich hin. Ich gebe ihn Ihnen zum halben Preis. Also, wollen Sie ihn? Bitte sehr. Ich kann ihn nicht mehr gebrauchen. Den kann niemand mehr gebrauchen. Ich habe Zeit und Geld in diesen Kuchen gesteckt. Wenn Sie ihn haben wollen, in Ordnung. Wenn nicht, auch in Ordnung. Dann vergessen Sie ihn und gehen Sie. Ich muss jetzt wieder an meine Arbeit.« Er sah sie an und fuhr sich mit der Zunge an der Rückseite der Zähne entlang.

»Neue Kuchen backen«, sagte sie. Sie wusste, dass sie es unter Kontrolle hatte, das, was sie wachsen ließ. Sie war ruhig.

»Lady, ich arbeite sechzehn Stunden am Tag hier, um mir meinen Lebensunterhalt zu verdienen«, sagte der Bäcker. Er wischte sich die Hände an der Schürze ab. »Ich arbeite Tag und Nacht, damit ich zurechtkomme.« Ein Ausdruck kam in Anns Gesicht, der den Bäcker einen Schritt zurücktreten ließ. »Keinen Ärger hier.« Er streckte die Hand zum Arbeitstisch aus und griff sich ein Nudelholz. Er hielt es mit der einen Hand und patschte damit rhythmisch in die Handfläche der anderen. »Wollen Sie Ihren Kuchen oder nicht? Ich muss jetzt wieder an meine Arbeit. Bäcker arbeiten bei Nacht«, sagte er noch einmal. Seine Schweinsäuglein blickten böse, fand sie, sie gingen fast unter in dem borstigen Fleisch der Backen. Sein fetter Hals quoll ihm über den Rand des T-Shirts.

»Wir wissen, dass Bäcker bei Nacht arbeiten«, sagte Ann. »Sie telefonieren auch bei Nacht. Sie Dreckskerl«, sagte sie.

Weiter wog der Bäcker sein Nudelholz in der Hand. Er sah Howard an. »Vorsicht, Sie beide«, sagte er.

»Mein Sohn ist tot«, sagte sie mit kaltem, gleichmütigem Ton. »Er ist am Montagnachmittag von einem Auto angefahren worden. Wir sind bei ihm gewesen, bis er starb. Aber mit so etwas konnten Sie ja nicht rechnen, nicht wahr? Bäcker können nicht alles wissen. Oder, Mr Bäcker? Aber er ist tot. Tot, Sie Dreckskerl.« Genauso plötzlich, wie er in ihr aufgekommen war, verschwand der Ärger nun, und an seine Stelle trat etwas anderes, ein Schwindelgefühl, eine Übelkeit. Sie lehnte sich an den mehlbestäubten Holztisch, schlug die Hände vors Gesicht und begann zu weinen, und ihre Schultern zuckten vor Schluchzen. »Das ist nicht fair«, sagte sie. »Das ist einfach nicht fair.«

Howard legte ihr die Hand auf den Rücken und sah den Bäcker an. »Sie sollten sich schämen«, sagte er zu ihm. »Schämen.«

Der Bäcker legte das Nudelholz zurück. Er knotete seine Schürze auf und warf sie auf den Tisch. Einen Moment lang stand er nur da, mit dumpfem, schmerzvollem Blick. Dann zog er einen Stuhl unter einem kleinen Tisch hervor, auf dem Papiere und Quittungen lagen, neben einer Rechenmaschine und einem Telefonbuch. »Setzen Sie sich bitte«, sagte er. »Ich hole Ihnen einen Stuhl«, sagte er zu Howard. »Bitte setzen Sie sich.« Der Bäcker ging nach vorn in den Laden und kam mit zwei kleinen schmiedeeisernen Stühlen zurück. »Bitte setzen Sie sich, Sie beide.«

Ann wischte sich die Augen und sah den Bäcker an. »Ich wollte Sie umbringen«, sagte sie. »Ich wollte, dass Sie tot sind.«

Der Bäcker hatte ein Stück Tischfläche freigeräumt. Er

schob die Rechenmaschine beiseite, zusammen mit den Zetteln und Quittungen. Das Telefonbuch schubste er über die Kante, und es landete mit einem dumpfen Schlag auf dem Boden. Howard und Ann setzten sich und zogen ihre Stühle an den Tisch. Auch der Bäcker setzte sich.

»Das kann ich Ihnen nicht verdenken«, sagte der Bäcker, stützte sich mit den Ellenbogen auf den Tisch und schüttelte bedächtig den Kopf. »Also. Lassen Sie mich als Erstes sagen, wie leid mir das tut. Gott weiß, wie leid mir das tut. Hören Sie. Ich bin Bäcker. Ich behaupte nicht, dass ich etwas anderes kann. Früher vielleicht, vielleicht vor vielen Jahren, da war ich ein anderer Mensch, ich weiß es nicht mehr, ich kann es nicht sagen. Aber jetzt bin ich das nicht mehr, wenn ich es überhaupt je war. Jetzt bin ich nur ein Bäcker. Das ist natürlich keine Entschuldigung, das weiß ich. Aber es tut mir sehr leid. Es tut mir leid mit Ihrem Sohn, und es tut mir leid, was ich getan habe. Gott«, sagte der Bäcker. Er legte seine Hände auf die Tischplatte, dann drehte er sie um und zeigte die Handflächen. »Ich habe selbst keine Kinder, ich kann nur versuchen mir auszumalen, wie Ihnen zumute sein muss. Alles was ich Ihnen jetzt noch sagen kann, das ist, dass es mir leidtut. Verzeihen Sie mir, wenn Sie können«, sagte der Bäcker. »Ich bin kein perverser Mensch, wie Sie am Telefon gesagt haben. Das glaube ich nicht. Sie müssen verstehen, dass ich im Grunde einfach gar nicht mehr weiß, wie man mit Menschen umgeht. Bitte«, sagte der Mann, »darf ich Sie fragen, ob es Ihnen möglich ist, mir zu vergeben?«

Es war warm in der Backstube, und Howard stand von seinem Platz am Tisch auf und zog seinen Mantel aus. Dann half er Ann aus dem ihren. Der Bäcker sah sie eine Weile lang an, dann nickte er und stand auf. Er ging zum Ofen und drehte ein paar Regler aus. Er holte Kaffeetassen und goss ihnen aus einer Maschine Kaffee ein. Er stellte eine Packung Kaffeesahne auf den Tisch und eine Schale Zucker.

»Wahrscheinlich brauchen Sie etwas zu essen«, sagte der Bäcker. »Ich hoffe, Sie essen ein paar von meinen frisch gebackenen Teilchen. Sie müssen essen, damit Sie auf den Beinen bleiben. Essen, das ist ein kleiner Segen in einem solchen Augenblick«, sagte er.

Er brachte ihnen warme Zimtschnecken frisch aus dem Ofen – der Zuckerguss war noch gar nicht trocken. Er stellte Butter auf den Tisch und gab ihnen Messer, damit sie die Butter verstreichen konnten. Dann setzte der Bäcker sich wieder zu ihnen an den Tisch. Er wartete. Er wartete, bis jeder von beiden sich eine Schnecke von dem Teller nahm und aß. »Es ist gut, wenn man etwas isst«, sagte er und sah ihnen zu. »Es ist genug da. Essen Sie, so viel Sie wollen. Essen Sie alles auf. Hier können Sie alle Zimtschnecken der Welt bekommen.«

Sie aßen Schnecken und tranken Kaffee. Ann war plötzlich hungrig, und die Schnecken waren warm und süß. Sie aß drei Stück, und der Bäcker freute sich. Dann begann er zu reden. Sie hörten ihm aufmerksam zu. Sie waren müde, sie fühlten sich elend, aber sie hörten zu, was der Bäcker zu sagen hatte. Sie nickten, als der Bäcker von Einsamkeit zu reden begann, von dem Gefühl des Zweifels, der Enge, das in ihm aufgekommen war, als er älter wurde. Wie es war, ein Leben ohne Kinder. Wie er endlos und endlos die gleichen Handgriffe an seinen Backöfen tat und wie leer er sich dabei fühlte. Die Sachen, die er für Partys, für Geburtstage lieferte. Zuckerguss bis zu den Ellenbogen. Die Hochzeitspaare, die sich im Arm hielten, Hunderte davon, nein, Tausende inzwischen. Geburtstage. Allein die Kerzem von all den Kuchen, wenn man sich das vorstellte, wie sie alle auf einmal brannten. Er erfüllte eine wichtige Aufgabe. Er war Bäcker. Er war froh, dass er kein Florist war. Leuten zu essen zu geben, das war besser. Nicht etwas, was nur eine Weile umherstand und dann fortgeworfen wurde. Und es roch auch besser als Blumen.

»Hier, riechen Sie mal«, sagte der Bäcker und brach einen dunklen Brotlaib auf. »Ein schweres Brot, aber aromatisch.« Sie rochen daran, dann ließ er sie probieren. Es schmeckte nach Sirup, nach Getreide. Sie hörten ihm zu. Sie aßen, so viel sie konnten. Sie schluckten das schwarze Brot. Es war taghell unter den Neonröhren. Sie redeten weiter bis zum frühen Morgen, mit dem fahlen Licht in den Fenstern, und dachten gar nicht daran zu gehen.

SAG DEN FRAUEN, WIR GEHEN

Bill Jameson und Jerry Roberts waren schon immer unzertrennlich gewesen. Die beiden wuchsen im Südviertel auf, in der Nähe des alten Rummelplatzes, sie besuchten gemeinsam die Grundschule und die Junior Highschool und später die Eisenhower-Schule, an der sie so oft wie möglich Kurse gemeinsam besuchten und die gleichen Lehrer hatten, sie tauschten ihre T-Shirts und Pullover und ihre Röhrenhosen miteinander und flirteten oder zogen mit demselben Mädchen herum – je nachdem, wie es sich gerade ergab.

Im Sommer suchten sie sich gemeinsame Jobs – wässerten Pfirsiche, pflückten Kirschen, zogen Hopfen, taten, was sie konnten, um ein bisschen Geld zu verdienen, das sie bis zum Herbst durchbrachte, taten das, was sie keinen Chef fürchten ließ, der ihnen alle fünf Minuten in den Nacken atmete. Jerry mochte es nicht, wenn man ihm sagte, was er tun sollte. Bill machte es nichts aus; er mochte es, in Jerry den Draufgänger zu haben, der er war. Im Sommer vor dem letzten Schuljahr machten sie Kassensturz und kauften einen roten 54er Plymoth für 325 Dollar. Erst fuhr Jerry ihn eine Woche, dann Bill. Sie waren es gewohnt, Dinge zu teilen, und für eine Weile klappte das gut.

Aber Jerry heiratete, bevor das letzte Schuljahr um war,

behielt das Auto und schmiss die Schule wegen einer Festanstellung bei Roberts Supermarkt. Das war die einzige Zeit, in der es einen Riss in ihrer Beziehung gab. Bill mochte Carol Henderson – er kannte sie schon einige Jahre, fast so lange, wie Jerry sie kannte –, aber nachdem Jerry und sie geheiratet hatten, war es einfach nicht mehr so wie früher zwischen den Freunden. Er war oft drüben bei ihnen, besonders am Anfang – er fühlte sich älter mit verheirateten Freunden –, kam zum Lunch oder zum Abendessen oder auch spätabends, um Elvis Presley zu hören und Bill Haley und die Comets, und es gab ein paar Platten von Fats Domino, die er mochte, aber es machte ihn verlegen, wenn Carol und Jerry anfingen, sich zu küssen und vor ihm rumzumachen. Manchmal musste er sich kurz verabschieden und machte einen Spaziergang zu Dezorns Tankstelle, um Cola zu besorgen, weil es nur das eine Bett in der Wohnung gab, ein Schlafsofa, das in der Mitte des Wohnzimmers ausgeklappt wurde. Ein andermal verschwanden Jerry und Carol ungelenk hüpfend, die Beine ineinander verschlungen ins Bad, und Bill ging in die Küche und tat so, als wäre er damit beschäftigt, sich den Inhalt von Schränken und Kühlschrank anzusehen, und versuchte, wegzuhören.

Also ging er nicht mehr so oft zu ihnen; und im Juni machte er den Abschluss, bekam einen Job in der Darigold-Milchfabrik und trat der Bürgerwehr bei. Innerhalb eines Jahres hatte er seine eigene Milchtour und ging fest mit Linda Wilson – ein gutes, anständiges Mädchen. Er und Linda schauten etwa einmal die Woche bei Roberts vorbei, tranken Bier und hörten Platten. Carol und Linda verstanden sich gut. Bill war geschmeichelt, als Carol sagte, dass sie, unter uns, finde, Linda sei echt patent. Jerry mochte Linda auch. »Sie ist eine süße kleine Puppe«, sagte er zu Bill.

Als Bill und Linda heirateten, war Jerry natürlich Trauzeuge, und beim Empfang später im Donnelly Hotel war es wie in guten alten Zeiten, Jerry und Bill, die zusammen abtanzten und sich unterhakten und gläserweise Spiked Punch wegkippten. Aber einmal, mitten aus seinem Glück heraus, sah Bill Jerry an und dachte, wie viel älter er aussah, viel älter als gerade mal zweiundzwanzig. Sein Haar wurde dünner, so wie das seines Vaters, und er wurde dick um die Hüften. Er hatte mit Carol zwei Kinder, und sie war wieder schwanger. Er war noch immer bei Roberts Supermarkt, aber inzwischen Assistant Manager. Jerry betrank sich auf dem Empfang und flirtete mit beiden Brautjungfern, dann wollte er einen Streit anfangen mit einem der Türsteher. Carol musste ihn nach Hause fahren, bevor er wirklich eine Szene machte.

Sie sahen sich alle zwei bis drei Wochen, manchmal öfter, das hing vom Wetter ab. War das Wetter gut, wie jetzt, trafen sie sich am Sonntag bei Jerry, grillten Hotdogs oder Hamburger und ließen die Kinder im Planschbecken toben, das Jerry von einer der Kassiererinnen im Laden so gut wie umsonst bekommen hatte.

Jerry hatte ein komfortables Haus. Er lebte im Grünen auf einem Hügel über dem Naches River. Ein halbes Dutzend weiterer Häuser waren ringsum verstreut, aber er hatte seine Ruhe, verglichen mit der Lage in der Stadt sowieso. Er mochte es, wenn seine Freunde ihn besuchten; der Stress war einfach zu groß, alle die Kinder gewaschen und angezogen ins Auto zu verfrachten – ein roter 68er Chevy Coupé. Er hatte mit Carol jetzt vier Kinder, alles Mädchen, und Carol war wieder schwanger. Sie glaubten nicht, dass sie nach diesem Kind noch eines bekommen würden.

Carol und Linda waren in der Küche, wuschen ab und räumten auf. Es war gegen drei Uhr nachmittags. Die vier kleinen Mädchen von Jerry spielten mit den zwei Jungs von Bill unterhalb des Hauses in einer Zaunecke. Sie warfen einen großen roten Plastikball ins Planschbecken und spritzten ihn schreiend voll. Jerry und Bill saßen in Liegestühlen auf der Veranda und tranken Bier.

Bill musste das Gespräch am Laufen halten – über Leute, die sie beide kannten, das Machtspiel, das in der Zentrale von Darigold in Portland abging, den neuen viertürigen Pontiac Catalina, den er und Linda vielleicht kaufen wollten.

Jerry nickte hier und da, aber die meiste Zeit starrte er hinüber zu den Wäscheleinen oder zur Garage. Bill dachte, etwas würde ihn bedrücken, andererseits war ihm aufgefallen, dass Jerry schon das ganze letzte Jahr grüblerisch geworden war. Bill richtete sich in seinem Stuhl auf, zündete sich eine Zigarette an, sagte schließlich: »Stimmt was nicht, Mann?«

Jerry trank sein Bier aus und zerdrückte die Dose. Er zuckte die Schultern. »Was hältste davon, für 'ne Weile abzuhauen? 'n bisschen rumfahren und irgendwo auf 'n Bier anhalten. Scheiße, ein Mann versauert doch, wenn er jeden seiner Sonntage nur so rumsitzt.«

»Klingt gut. Klar. Ich sag den Frauen, wir gehen.«

»Und zwar allein, vergiss nicht. Bloß kein Familienausflug. Sag ihnen, wir verschwinden auf ein Bier oder so. Ich warte im Auto auf dich. Wir nehmen meines.«

Sie hatten lange nichts mehr zusammen gemacht. Sie fuhren den Highway am Naches River entlang raus nach Gleed, Jerry fuhr. Der Tag war warm und sonnig, und der Wind blies durch das Auto und fühlte sich gut an im Nacken und auf den Armen. Jerry grinste.

»Wo fahren wir hin?«, sagte Bill. Er brauchte nur zu sehen, wie sich Jerrys Gesicht aufhellte, und schon fühlte er sich viel besser.

»Was hältste davon, zum alten Riley rauszufahren und 'ne Runde Billard zu spielen?«

»Bin dabei. Mensch, wir haben so was schon ewig nicht mehr gemacht.«

»Ein Mann muss immer mal rauskommen, oder er versauert. Verstehste, was ich meine?« Er sah Bill an. »Kann nicht immer nur schuften und nie Spaß haben. Du weißt doch, was ich meine.«

Bill war sich nicht sicher. Er ging freitags gern mit den Jungs aus der Fabrik zur Bowling League, und er mochte es, sich ein-, zweimal die Woche mit Jack Broderick auf ein paar Bier zu treffen, aber er war auch gern zu Hause. Nein, er würde nicht sagen, dass er sich fühlte, als ob er versauerte. Er sah auf die Uhr.

»Steht noch«, sagte Jerry und hielt auf dem Kies vor dem Gleed Recreation Center. »War immer mal wieder hier, weißte, bin aber seit 'nem Jahr oder so nicht mehr drin gewesen. Einfach keine Zeit mehr.« Er spuckte aus.

Sie gingen rein, Bill hielt Jerry die Tür auf. Jerry boxte ihm im Vorbeigehen leicht in den Bauch.

»Hallo, Jungs! Wie geht's? Euch habe ich hier ja schon eine Ewigkeit nicht mehr gesehen. Habt euch rar gemacht, was?« Riley kam um den Tresen herum und grinste. Er war ein dicker, glatzköpfiger Mann und trug ein kurzärmeliges bedrucktes Shirt, das ihm aus der Jeans hing.

»Lass mal stecken, alter Knabe, und gib uns ein paar Olys«, sagte Jerry und winkte Bill heran. »Wie geht's dir?«

»Gut, gut, sehr gut. Wie geht's euch denn? Habt euch rar

gemacht, was? Und wollt ihr noch was dazu, Jungs? Jerry, dich habe ich das letzte Mal gesehen, da war deine Alte im sechsten Monat.«

Jerry stand einen Moment lang da und blinzelte. »Wie lange ist das denn her, Riley? Ist es so lange her?«

»Was ist mit dem Oly?«, sagte Bill. »Riley, du trinkst einen mit.«

Sie setzten sich in die Nähe des Fensters. Jerry sagte: »Was'n das für'n Laden, Riley, gibt's hier an 'nem Sonntagnachmittag keine Mädchen?«

Riley lachte. »Vermute mal, es gibt einfach nicht genug, mit denen man losziehen kann, Jungs.«

Sie tranken jeder fünf Dosen Bier und nahmen sich zwei Stunden Zeit, um drei Runden Rotation und zwei Runden Snooker zu spielen. Riley hatte nichts zu tun und kam vom Tresen zu ihnen rüber und setzte sich auf einen der Stühle und redete und sah ihnen beim Spielen zu.

Bill sah immer wieder auf die Uhr, dann sah er Jerry an. Schließlich sagte er: »Findste nicht, wir sollten jetzt mal los, Jerry? Ich meine, findste nicht?«

»Ja, okay. Lass uns austrinken und dann los.« Nach einer Weile hatte Jerry die Dose ausgetrunken, zerdrückte sie und saß dann da auf seinem Stuhl und drehte die Dose in der Hand. »Man sieht sich, Riley.«

»Ihr Jungs kommt aber mal wieder, klar? Und immer locker bleiben.«

Wieder auf dem Highway, drückte Jerry ein bisschen drauf – kleine Spurts von hundertdreißig, hundertvierzig –, aber es waren noch mehr Autos unterwegs, Leute, die aus den Parks und den Bergen zurückkehrten, und die meiste Zeit musste er sich mit einem schnellen Überholmanöver hier und da zufriedengeben und ansonsten das langsame Dahinschleichen um die achtzig mit dem Rest.

Sie hatten gerade einen alten, mit Möbeln beladenen Kleinlaster überholt, als sie die beiden Mädchen auf Fahrrädern sahen.

»Guck mal!«, sagte Jerry und nahm die Geschwindigkeit raus. »Darauf hätt ich jetzt Bock.«

Er fuhr an ihnen vorbei, aber sie drehten sich beide nach den Mädchen um. Die Mädchen sahen sie und lachten und radelten weiter den Seitenstreifen der Straße entlang.

Jerry fuhr eine Meile und hielt dann abseits der Straße auf einem weiten Platz. »Lass uns zurückfahren. Los, wir versuchen's.«

»Verdammt, Mann, ich weiß nicht. Wir sollten zurück. Das Zeugs ist sowieso zu jung. Oder?«

»Alt genug zum Bluten, alt genug zum … Kennste doch den Spruch.«

»Ja, aber ich weiß nicht.«

»Verdammt nochmal, wir haben ein bisschen Spaß mit den beiden, machen ihnen ein bisschen Stress.«

»Okay. Klar.« Er sah auf die Uhr, dann zum Himmel. »Du machst das mit dem Reden.«

»Ich! Ich fahre. Du redest. Außerdem sind sie sowieso auf deiner Seite.«

»Ich weiß nicht, Mann, ich bin eingerostet.«

Jerry hupte, als er das Auto herumriss, und fuhr den Weg zurück, den sie gekommen waren.

Er nahm die Geschwindigkeit raus, als er mit den Mädchen fast auf gleicher Höhe war, und hielt auf dem Seitenstreifen ihnen gegenüber. »Hey, wohin geht's denn? Sollen wir euch mitnehmen?«

Die Mädchen sahen sich an und lachten, fuhren aber weiter. Das Mädchen, das näher an der Straße war, war siebzehn oder achtzehn, dunkelhaarig, groß und schlank, wie sie sich über den Lenker beugte. Das andere Mädchen war gleich alt, aber kleiner und hatte helles Haar. Beide trugen Shorts und Spaghetti-Tops.

»Schlampen«, sagte Jerry. »Aber wir kriegen sie.« Er wartete, bis die Autos an ihnen vorbeigefahren waren und er eine Kehrtwende machen konnte. »Ich nehm die Dunkle, du die Kleine. Okay?«

Bill schubberte seinen Rücken an der Lehne des Vordersitzes und fasste an den Bügel seiner dunklen Sonnenbrille. »Scheiße, wir verschwenden sowieso nur unsere Zeit – die werden nicht mitmachen.«

»Verdammt nochmal, geh doch nicht schon geschlagen da rein, Mann.«

Bill zündete sich eine Zigarette an.

Jerry zog auf die andere Straßenseite rüber, und innerhalb von ein oder zwei Minuten hatte er die Mädchen eingeholt. »Okay, zieh deine Nummer ab«, sagte er zu Bill. »Schalt deinen Charme ein. Fang sie uns.«

»Hi«, sagte Bill, als sie langsam neben den Mädchen herfuhren. »Ich bin Bill.«

»Wie nett«, sagte die Dunkle. Die andere lachte, und dann lachte auch die Dunkle.

»Wohin geht's denn?«

Die Mädchen antworteten nicht. Die Kleine kicherte. Sie radelten weiter, und Jerry fuhr langsam neben ihnen her.

»Na kommt schon. Wohin geht's?«

»Nirgendwohin«, sagte die Kleine.

»Wo ist nirgendwo?«

»Einfach nirgendwo.«

»Ich habe euch gesagt, wie ich heiße. Wie heißt ihr? Das ist Jerry.«

Die Mädchen sahen sich an und lachten wieder. Sie fuhren weiter.

Ein Auto näherte sich von hinten, und der Fahrer drückte auf die Hupe.

»Ach, fick dich«, sagte Jerry. Er fuhr aber ein bisschen weiter auf den Seitenstreifen, und nach einer Weile bemerkte der Fahrer des anderen Wagens seine Chance und überholte.

Sie fuhren wieder neben die Mädchen.

»Wir nehmen euch mit«, sagte Bill. »Wir fahren euch, wohin ihr wollt. Versprochen. Ihr müsst kaputt sein, die ganze Zeit auf diesen Rädern. Ihr seht müde aus. Zu viel Sport ist nicht gut für euch, wisst ihr.«

Die Mädchen lachten.

»Na kommt schon, wie heißt ihr.«

»Ich bin Barbara, das ist Sharon«, sagte die Kleine. Sie lachte wieder.

»Jetzt kommen wir weiter«, sagte Jerry zu Bill. »Frag sie noch mal, wo sie hinwollen.«

»Wo wollt ihr Mädels hin? Barbara, … wo geht's hin, Barb?«

Sie lachte. »Nirgendwo«, sagte sie, »nur die Straße lang.«

»Wohin die Straße lang?«

»Willst du, dass ich's ihnen sage?«, sagte sie zu dem anderen Mädchen.

»Mir egal. Das macht keinen Unterschied; ich werde mit denen sowieso nirgends hinfahren.«

»Na, ich auch nicht«, sagte sie. »So habe ich's nicht gemeint.«

»Verdammt nochmal«, sagte Jerry.

»Wohin geht's denn nun«, sagte Bill noch mal. »Fahrt ihr nach Painted Rocks?«

Die Mädchen fingen wieder an zu lachen.

»Da fahren sie hin«, sagte Jerry. »Painted Rocks.« Er fuhr etwas schneller und bremste dann auf dem Seitenstreifen vor ihnen, so dass sie an seiner Seite des Autos entlangfahren mussten, wenn sie vorbeiwollten.

»Seid doch nicht so«, sagte Jerry. »Na los, steigt ein. Wir haben uns doch alle schon vorgestellt. Wo ist das Problem?«

Die Mädchen lachten nur, als sie vorbeifuhren, und lachten noch mehr, als Jerry sagte: »Na los, wir beißen nicht.«

»Und wieso sollen wir das glauben?«, rief die Kleine über ihre Schulter zurück.

»Kannst dich drauf verlassen, Schwester«, sagte Jerry leise.

Die Dunkle sah kurz zurück, traf Jerrys Blick und sah gequält weg.

Jerry fuhr auf die Straße zurück, Schmutz und Steine spritzten unter den Hinterrädern auf. »Wir sehen uns«, rief Bill, als sie an den Mädchen vorbeirasten.

»Sie sind im Netz«, sagte Jerry. »Haste gesehen, wie die Schlampe mich angeguckt hat? Ich sag's dir. Wir haben sie.«

»Ich weiß nicht«, sagte Bill. »Vielleicht sollten wir jetzt nach Hause.«

»Nein, nein, wir haben sie! Kannst dich drauf verlassen.«

Er hielt unter ein paar Bäumen, als sie nach Painted Rocks kamen. Der Highway teilte sich hier, eine Straße ging weiter nach Yakima, die andere, die Hauptstraße, führte nach Naches, Enuclaw, zum Chinook-Pass, Seattle. Einige hundert Meter von der Straße entfernt gab es einen hohen, abschüssigen Felsbuckel, der zum unteren Teil einer Hügelkette gehörte, die wabenartig mit Trampelpfaden und kleinen Höhlen überzogen war, und einige der Höhlenwände waren hier und da mit Zeichnungen indianischer Symbolik besprenkelt. Am Felsvorsprung, der zum Highway zeigte, standen Mitteilungen und Warnungen wie NACHES 67 – GLEED WILDKATZEN – Jesus rettet dich – Beat Yakima, flache, unregelmäßige Buchstaben meistens, in roter oder weißer Farbe.

Sie saßen im Auto und rauchten, beobachteten den Highway und hörten das unterbrochene Tock-Tock eines Spechts oben in den Bäumen. Ein paar Mücken flogen ins Auto und schwebten über ihren Händen und Armen.

Jerry versuchte, irgendetwas im Radio zu finden, und schlug hart auf das Armaturenbrett.

»Wünschte, wir hätten noch Bier! Scheiße, ich könnte jetzt echt eines gebrauchen.«

»Ja«, sagte Bill. Er sah auf die Uhr. »Fast sechs, Jerry. Wie lange wollen wir noch warten?«

»Verdammt nochmal, die werden jede Minute hier sein. Sie müssen anhalten, wenn sie da ankommen, wo sie hinwollten, oder? Ich wette drei Scheine, mehr habe ich nicht, dass die in zwei oder drei Minuten hier sind.« Er grinste Bill an und stieß ihn ans Knie. Dann begann er, auf den Kopf der Gangschaltung zu klopfen.

Als die Mädchen in Sicht kamen, fuhren sie auf der gegenüberliegenden Seite des Highways, dem Verkehr entgegen.

Jerry und Bill stiegen aus und lehnten sich an die Motorhaube, warteten.

Als die Mädchen vom Seitenstreifen weg unter die Bäume

fuhren, sahen sie die Männer und fingen an, schneller zu treten. Die Kleine lachte, als sie sich vom Sitz aufrichtete, um im Stehen mehr Kraft zu haben.

»Denk dran«, sagte Jerry und ging los, weg vom Auto, »ich nehm die Dunkle, du die Kleine.«

Bill blieb stehen. »Und was machen wir jetzt? Mann, wir sollten besser vorsichtig sein.«

»Scheiße, wir haben ein bisschen Spaß. Wir halten sie an und quatschen ein bisschen, mehr nicht. Ist doch egal. Die werden nichts sagen; die haben Spaß. Die mögen es, wenn sie Aufmerksamkeit kriegen.«

Sie schlenderten in Richtung der Felsen. Die Mädchen ließen ihre Räder fallen und rannten einen der Pfade hoch. Sie verschwanden hinter einer Ecke und tauchten hinter einer anderen wieder auf, ein bisschen höher, wo sie stehen blieben und runtersahen.

»Wieso verfolgt ihr uns?«, rief die Dunkle. »Hm? Was wollt ihr?«

Jerry antwortete nicht, sondern lief los, den Pfad hoch.

»Los, wir rennen«, sagte Barbara, noch immer lachend und ein wenig außer Atem. »Komm.«

Sie drehten sich um und liefen im Trab den Pfad hinauf.

Jerry und Bill stiegen in Schrittgeschwindigkeit nach oben. Bill rauchte und hielt alle drei Meter an, um einen tiefen Zug zu nehmen. Er fing an sich zu wünschen, er wäre zu Hause. Es war noch immer warm und klar, aber die Schatten, die oben von den Felsen und den Bäumen über den Pfad vor ihnen fielen, wurden länger. Als der Pfad eine Kurve machte, sah er zurück und erhaschte einen letzten Blick auf das Auto. Ihm war nicht klar gewesen, wie hoch sie waren.

»Was ist«, blaffte Jerry ihn an. »Kannste nicht mehr?«

»Ich komm ja schon«, sagte Bill.

»Du gehst nach rechts, ich geh geradeaus. Wir werden ihnen den Weg abschneiden.«

Bill ging rechts um die Ecke. Er stieg weiter. Einmal hielt er an und setzte sich, um Luft zu holen. Er konnte weder das Auto sehen noch den Highway. Drüben zu seiner Linken konnte er einen Streifen vom Naches River erkennen, nicht größer als ein Band, das neben einem Bestand von Weißfichten in Miniaturausgabe glitzerte. Zu seiner Rechten konnte er ins Tal sehen, die Äpfel- und Pfirsichplantagen, die übersichtlich am Bergrücken angelegt waren und zu beiden Seiten ins Tal hinein abfielen, hier und da ein Haus oder das Gleißen der Sonne auf einem Auto, das eine der kleinen Straßen entlangfuhr. Es war sehr still und ruhig. Nach einer Weile stand er auf, wischte sich die Hände an der Hose ab und stieg weiter den Pfad hinauf.

Er ging höher, und dann fiel der Pfad ab, führte nach links in Richtung Tal. Als er um eine Biegung kam, sah er die beiden Mädchen hinter einer Felsnase hocken und einen anderen Pfad hinunterschauen. Er blieb stehen, versuchte lässig eine Zigarette anzuzünden, bemerkte aber leicht schockiert, dass seine Finger zitterten, und begann dann, so ungezwungen er konnte, in Richtung der Mädchen zu gehen.

Als sie hörten, wie er auf einen lockeren Stein trat, fuhren sie herum, sahen ihn und sprangen auf, die Kleine kreischte.

»Hey, wartet! Lasst uns doch mal hinsetzen und drüber reden. Ich habe genug vom Rumgerenne. Hey!«

Jerry, der die Stimmen hörte, kam den Pfad hochgelaufen, bis er in Sichtweite war. »Wartet, verdammt nochmal!«

Er versuchte, ihnen den Weg abzuschneiden, und sie brachen aus und schlugen eine andere Richtung ein, die Kleine kreischend und lachend, und beide rannten barfuß über Schiefer und Dreck an Bill vorbei.

Bill fragte sich, wo sie ihre Schuhe gelassen hatten. Er ging nach rechts.

Die Kleine drehte abrupt um und sprintete den Berg hoch; die Dunkle wirbelte herum, blieb kurz stehen und spurtete dann einen Pfad hinunter, der an der Seite des Berges entlang ins Tal führte. Jerry rannte ihr nach.

Bill sah auf die Uhr und setzte sich dann auf einen Felsen, er nahm die Sonnenbrille ab und sah noch einmal zum Himmel.

Die Dunkle rannte und sprang weiter, bis sie zu einer der Höhlen kam, ein großer überhängender Felsen, dessen Inneres im Schatten verborgen war. Sie kletterte so schnell sie konnte hinein, setzte sich hin, ihr Kopf fiel nach vorn, und sie atmete schwer.

Innerhalb von einer Minute oder zwei hörte sie ihn den Pfad hinunterkommen. Als er an den überhängenden Felsen kam, blieb er stehen. Sie hielt den Atem an. Er hob ein Stück Schiefer auf, ließ es zurück ins Dunkel segeln. Es schlug gegen die Wand knapp über ihrem Kopf.

»Ey, was soll das – willst du mir die Augen ausschlagen? Hör auf, mit Steinen zu schmeißen, du blöder Wichser.«

»Dachte mir doch, dass du dich da versteckst. Komm raus mit erhobenen Händen, oder ich komm zu dir rein.«

»Warte 'ne Minute«, sagte sie.

Er sprang auf einen kleinen Sims unterhalb des Felsens und starrte ins Dunkel.

»Was willst du?«, sagte sie. »Wieso lässt du uns nicht in Ruhe?«

»Tja«, sagte er, sah sie an und ließ seine Augen langsam über ihren Körper gleiten, »warum hörst du nicht auf wegzurennen, dann hören wir auch auf.«

Sie kam dicht an ihn heran und versuchte dann, pfeilschnell an ihm vorbeizuschlüpfen, aber er streckte seinen Arm aus, legte die Hand gegen die Wand und versperrte ihr den Weg. Er grinste.

Sie grinste auch, dann biss sie sich auf die Lippen und versuchte, an der anderen Seite vorbeizukommen.

»Weißt du, wie süß du bist, wenn du lächelst.« Er versuchte, sie um die Hüfte zu fassen, aber sie drehte sich weg und schlüpfte an ihm vorbei.

»Jetzt komm schon! Hör auf! Lass mich hier raus.«

Er war erneut vor ihr, berührte ihre Brüste mit den Fingern. Sie schlug seine Hand weg, und er griff nach ihren Brüsten, hart.

»Au«, sagte sie. »Du tust mir weh. Bitte, bitte, du tust mir weh.«

Er lockerte seinen Griff, ließ sie aber nicht los. »In Ordnung«, sagte er. »Ich werde dir nicht weh tun.« Dann ließ er sie los.

Sie schubste ihn, so dass er das Gleichgewicht verlor, und sprang an ihm vorbei, zurück auf den Pfad, den sie hinunterrannte.

»Du verdammtes Miststück«, schrie er, »komm zurück!«

Sie nahm den rechten Pfad, der wieder anstieg. Er rutschte auf einem Grasbüschel aus, fiel hin, rappelte sich wieder auf und fing erneut an zu rennen. Sie bog in einen schmalen Hohlweg ab, etwa dreißig Meter lang, am Ende hell, eine

Öffnung ins Tal. Sie rannte, ihre nackten Füße klatschten auf die Felsen, warfen Echos über sein eigenes rasselndes Atmen. Am Ende drehte sie sich um und schrie: »Lass mich in Ruhe!«, ihre Stimme versagte.

Er sparte sich die Antwort. Sie drehte sich wieder um und duckte sich weg, verschwand. Als er ans Ende kam, schaute er über seine Schulter nach oben und sah sie auf Händen und Knien stetig weiterklettern. Sie waren auf der Talseite, und sie kletterte in Richtung einer Hügelkuppe. Er wusste, dass er sie wahrscheinlich verlieren würde, wenn sie es schaffte; er konnte nicht mehr viel weiter. Er legte alles rein, was er hatte, als er den Hügel seitlich hochkrabbelte, Steine und Büsche als Halterung benutzend, sein Herz schlug, und sein Atem war ein schneidend scharfes Keuchen.

In dem Moment, als er die Kuppe erreichte, griff er nach ihrem Knöchel, und sie krochen gleichzeitig auf das kleine Plateau.

»Du Miststück«, schluchzte er. Er hielt immer noch ihren Knöchel fest, als sie so kräftig sie konnte mit dem anderen Fuß gegen seinen Kopf trat, die Erschütterung war so stark, dass sein Ohr sauste und ihm schwarz vor Augen wurde.

»Du, Scheißschlampe, du«, aus seinen Augen rann Wasser. Er warf sich über ihre Beine und hielt ihre Arme fest.

Sie versuchte, die Beine freizubekommen, aber er drehte sich mit und hielt sie unten.

So lagen sie für einen Moment, keuchten. Die Augen des Mädchens waren riesig, irr vor Angst. Sie drehte ihren Kopf von einer Seite auf die andere und biss sich auf die Lippen.

»Hör zu, ich lass dich gehen. Willst du, dass ich dich gehen lasse?«

Sie nickte sofort.

»Okay, mach ich. Aber erst will ich's. Kapiert? Und kein Stress, okay.«

Sie lag da, ohne zu reden.

»Okay? Ich habe gesagt, okay?«, er schüttelte sie.

Nach einem kurzen Moment nickte sie.

»Okay. Okay.«

Er ließ ihre Arme frei und richtete sich auf, fing an, an ihren Shorts herumzufummeln, versuchte, sie aufzumachen und ihr über die Hüfte zu ziehen.

Sie war schnell und erwischte ihn mit der Faust am Ohr, während sie sich in derselben Bewegung zur Seite rollte. Er langte nach ihr. Sie schrie. Er sprang auf ihren Rücken und trieb ihr Gesicht in den Boden. Er hielt sie im Nacken. Als sie aufhörte, sich zu wehren, zerrte er ihr die Hose runter.

Er stand auf, drehte ihr den Rücken zu und klopfte sich ab. Als er sich wieder zu ihr umdrehte, hatte sie sich aufgesetzt, starrte auf den zerwühlten Boden und rieb sich ein paar Haarsträhnen über die Stirn.

»Haste vor, das irgendwem zu sagen?«

Sie sagte nichts.

Er leckte sich die Lippen. »Ich hoffe nicht.«

Sie beugte sich nach vorn und fing an zu weinen, still, den Handrücken an ihr Gesicht gedrückt.

Jerry versuchte, sich eine Zigarette anzuzünden, aber ihm fielen die Streichhölzer runter, und er ging los, ohne sie aufzuheben. Dann blieb er stehen und sah zurück. Für einen Moment fragte er sich, was er da machte oder wer dieses Mädchen war. Er starrte unruhig in Richtung Tal, die Sonne versank gerade hinter den Hügeln. Er fühlte einen leichten Wind an seinem Gesicht. Das Tal war befleckt von dunklen, bodenbedeckenden Schatten der Bergrücken, Felsen, Bäume. Er sah erneut das Mädchen an.

»Ich sagte, ich hoffe, du hast nicht vor, das irgendwem zu sagen. Ich bin … Scheiße! Es tut mir leid, wirklich.«

»Geh … geh einfach.«

Er kam näher. Sie versuchte, aufzustehen. Er trat schnell einen Schritt vor und schlug sie mit der Faust seitlich an den Kopf, als sie sich gerade auf einem Knie abgestützt hatte. Sie fiel mit einem Schrei zurück. Als sie erneut versuchte, auf die Beine zu kommen, hob er einen Stein auf und schlug ihn in ihr Gesicht. Er konnte ihre Zähne und Knochen brechen hören, und Blut kam zwischen ihren Lippen hervor. Er ließ den Stein fallen. Sie ging schwer zu Boden, und er hockte sich über sie. Als sie sich erneut regte, hob er den Stein wieder auf und schlug sie weniger hart als zuvor auf den Hinterkopf. Dann ließ er den Stein fallen und fasste sie an der Schulter. Er begann, an ihr zu rütteln, und nach einer Weile drehte er sie um.

Ihre Augen waren offen, glasig, und sie drehte ihren Kopf langsam von einer Seite auf die andere, ihre Zunge rollte dick in ihrem Mund herum, als sie versuchte, Blut und Zahnsplitter auszuspucken. Während sie den Kopf schwach von einer Seite auf die andere drehte, sahen ihre Augen ihn an, rutschten dann weg. Er stand auf und ging ein paar Schritte, kam zurück. Sie versuchte, sich aufzusetzen. Er kniete sich hin, legte seine Hände auf ihre Schultern und versuchte, sie wieder runterzudrücken. Aber seine Hände rutschten an ihren Hals, und er fing an sie zu würgen. Er hielt es aber nicht durch, so dass ihr Atem, als er seine Hände wieder wegnahm, hysterisch röchelnd durch ihre Luftröhre pfiff. Sie sank zurück, und er stand auf. Dann beugte er sich vor und löste einen großen Felsbrocken aus dem Boden. Lockerer Sand fiel von der Unterseite ab, als er den Brocken auf Augenhöhe hob und dann über seinen Kopf. Er ließ ihn auf das Gesicht des Mädchens fallen. Es klang wie ein Schlag. Er hob den Felsbrocken wieder auf, versuchte, sie nicht anzusehen, und ließ ihn noch mal fallen. Er hob den Brocken wieder auf.

Bill nahm den Hohlweg. Es war jetzt sehr spät, fast Abend. Er sah die Stelle, an der jemand den Berg hochgegangen war, drehte um und folgte seinen Spuren zurück, um einen anderen, leichteren Weg zu nehmen.

Er hatte die Kleine eingeholt, Barbara, aber das war alles; er hatte nicht versucht, sie zu küssen, geschweige denn irgendwas anderes. Er hatte ganz ehrlich einfach keine Lust dazu gehabt. Wie auch immer, er hatte Angst. Vielleicht wollte sie, vielleicht wollte sie nicht, aber zu viel stand für ihn auf dem Spiel, um das Risiko einzugehen. Sie war jetzt unten bei den Rädern und wartete auf ihre Freundin. Nein, er wollte nur Jerry auftreiben und zurückfahren, bevor es noch später wurde. Er wusste, Linda würde ihm die Hölle heiß machen, und außerdem machte sie sich wahrscheinlich schon krankhaft Sorgen. Es war zu spät, sie hätten seit Stunden zurück sein müssen. Er war sehr nervös und sprintete die letzten Meter den Hügel hinauf auf das kleine Plateau.

Er sah beide im selben Moment, Jerry, der hinter dem Mädchen stand, den Felsbrocken in der Hand.

Bill spürte, wie er schrumpfte, dünn wurde und leicht. Gleichzeitig hatte er das Gefühl, er würde in starkem Gegenwind stehen, der ihm auf die Ohren schlug. Er wollte sich freimachen und losrennen, rennen, aber etwas kam auf ihn zu. Die Schatten der Felsen schienen sich mit der Gestalt, die plötzlich in sie eintrat, zu bewegen und unter ihr wegzugleiten. Der Boden schien sich in dem seltsam schrägen Licht verschoben zu haben. Er dachte unsinnigerweise an die zwei Fahrräder, die am Fuß des Hügels nicht weit vom Auto warteten, als würde sich, nehme man eines weg, alles verändern, als würde es das Mädchen ungeschehen machen in dem Augenblick, in dem er den Hügel erklommen hatte. Aber Jerry stand vor ihm, hing lose in seinen Klamotten, als wären die Knochen aus ihm entwichen. Bill fühlte die schreckliche Nähe ihrer beiden Körper, weniger als eine Armlänge auseinander. Dann fiel der Kopf auf Bills Schulter. Er hob eine Hand, und als ob die Distanz, die sie jetzt voneinander trennte, wenigstens das noch erlaubte, fing er an, ihn zu beklopfen, über den Rücken des anderen zu streichen, während seine eigenen Tränen liefen.

DEIN WILLE GESCHEHE

Edith Packer hatte sich den Kopfhörer vom Tapedeck ins Ohr gesteckt und rauchte eine von seinen Zigaretten. Der Fernseher lief ohne Ton, und sie saß auf dem Sofa, die Beine untergeschlagen, und blätterte in einer Zeitschrift. James Packer kam aus dem Gästezimmer, das er sich als Büro hergerichtet hatte. Er hatte seine Nylon-Windjacke an und machte ein verdutztes Gesicht, als er sie sah, dann schien er enttäuscht. Sie sah es und nahm den Stöpsel aus dem Ohr. Sie drückte die Zigarette aus und winkte ihm mit den Zehen eines bestrumpften Fußes zu.

»Was ist mit dem Bingo?«, fragte er. »Spielen wir nun heute Abend Bingo oder nicht? Wir kommen noch zu spät, Edith.«

»Bin sofort fertig«, sagte sie. »Sicher spielen wir. Hatte gar nicht gemerkt, wie spät es schon ist.« Sie hörte gern klassische Musik, er nicht. Er war Buchhalter im Ruhestand, aber für ein paar alte Kunden machte er noch die Steuererklärung und hatte an jenem Abend gearbeitet. Sie hatte ihn mit ihrer Musik nicht stören wollen.

»Wenn wir noch hinwollen, müssen wir los«, sagte er. Er warf einen Blick auf den Bildschirm, dann ging er hin und schaltete den Fernseher ab.

»Bin gleich da«, sagte sie. »Nur noch mal kurz ins Bad.« Sie schlug die Zeitschrift zu. »Immer mit der Ruhe, mein Lieber«, sagte sie und lächelte. Sie ging hinaus.

Er vergewisserte sich, dass die Hintertür verschlossen war und die Verandalampe brannte, dann kam er zurück und wartete im Wohnzimmer. Es waren zehn Minuten Fahrt bis zum Gemeindezentrum, und er konnte jetzt schon absehen, dass sie das erste Spiel verpassen würden. Er kam gern rechtzeitig, und das hieß für ihn ein paar Minuten vor Beginn, damit er noch Gelegenheit hatte, einigen Leuten, die er seit dem vergangenen Feitagabend nicht gesehen hatte, hallo zu sagen. Er scherzte gern mit Frieda Parsons, während er Zucker in den Kaffee in seinem Styroporbecher rührte. Sie gehörte zum Frauenverein, der das Freitagabend-Bingo organisierte, und die Woche über stand sie hinter der Theke im einzigen Drugstore der Stadt. Er hatte gern nach der Ankunft noch ein wenig Zeit, damit er und Edith sich von Frieda ihren Kaffee holen konnten, und dann konnten sie sich auf ihren Platz am hintersten Tisch an der Wand setzen. Er mochte diesen Platz. Seit Monaten saßen sie nun schon jeden Freitagabend immer am selben Tisch immer auf denselben Plätzen. Am ersten Freitagabend, an dem sie zum Bingospiel dorthin gegangen waren, hatte er den Jackpot mit vierzig Dollar gewonnen. Hinterher hatte er Edith gesagt, jetzt habe er Blut geleckt. »Ich suche doch schon lange nach einem neuen Laster«, hatte er grinsend gesagt. Auf jedem Tisch lagen Stapel mit Dutzenden von Bingokarten, und es war so gedacht, dass man sie durchsah und sich Karten aussuchte, die einem gefielen, Karten, mit denen man vielleicht gewann. Dann setzte man sich, nahm sich eine Hand voll weißer Bohnen aus der Schale auf dem Tisch und wartete, bis das Spiel begann, bis die Vorsitzende des Frauenvereins, Eleanor Bender mit ihren vornehmen weißen Haaren, die Trommel mit den nummerierten Pokerchips in Bewegung setzte und die ersten Zahlen rief. Das war der eigentliche Grund, warum man früh da sein musste – damit man sich seinen Platz sicherte und damit man die richtigen Karten aussuchen konnte. Es gab Karten, die man mochte, und man hatte sogar das Gefühl, dass man sie von der vorigen Woche her wiedererkannte, Karten, deren Zahlenreihen irgendwie einladender aussahen als die von anderen Karten. Glückskarten vielleicht. Jede Karte hatte in der oberen rechten Ecke eine Kennziffer, und wenn man mit so einer Karte schon einmal beim Bingo gewonnen hatte oder auch nur nahe dran gewesen war oder wenn man bei bestimmten Karten einfach ein gutes Gefühl hatte, dann fuhr man früh hin und suchte in den Päckchen nach den Karten, die man mochte. Man sah diese Karten als *seine* Karten an und nahm sie sich Woche für Woche immer wieder.

Endlich kam Edith wieder aus dem Bad. Sie wirkte verwirrt. Nie und nimmer würden sie es rechtzeitig zu dem Spiel schaffen.

»Was hast du?«, fragte er. »Edith?«

»Nichts«, sagte sie. »Nichts. Also, wie sehe ich aus, Jimmy?«

»Du siehst gut aus. Lieber Himmel, wir gehen doch nur zum Bingo«, sagte er. »Du kennst sowieso praktisch alle da.«

»Eben«, sagte sie. »Deswegen will ich gut aussehen.«

»Du siehst gut aus«, sagte er. »Du siehst immer gut aus. Können wir jetzt los?«

In den Straßen rund ums Gemeindezentrum schienen mehr Wagen geparkt als sonst. Da, wo er sonst parkte, stand ein alter, psychedelisch bemalter Kleinbus. Er musste bis ans Ende des Häuserblocks fahren und wenden.

»Eine Menge Autos heute Abend«, sagte Edith.

»Wären nicht so viele, wenn wir früher hier gewesen wären«, sagte er.

»Es wären haargenau so viele, wir hätten sie nur nicht gesehen«, neckte sie. Sie zupfte ihn am Ärmel.

»Edith, wenn wir Bingo spielen wollen, dann sollten wir auch sehen, dass wir rechtzeitig da sind. Wenn du etwas vorhast, dann komm nicht zu spät. Das ist die erste Regel im Leben.«

»Ruhe jetzt«, sagte sie. »Ich habe das Gefühl, heute Abend passiert noch was. Wart's mal ab. Heute knacken wir die Jackpots, einen nach dem anderen. Wir sprengen die Bank«, sagte sie.

»Freut mich zu hören«, sagte er. »Das nenne ich Selbstvertrauen.« Schließlich fand er eine Parklücke fast am Ende des Blocks und setzte den Wagen hinein. Er stellte den Motor ab und schaltete die Scheinwerfer aus. »Also ich habe heute Abend kein gutes Gefühl. Vorhin, als ich noch über Howards Steuern saß, da hatte ich fünf Minuten lang ein gutes Gefühl, aber jetzt bin ich mir nicht so sicher. Das ist kein guter Start, wenn wir eine halbe Meile laufen müssen, nur um Bingo zu spielen.«

»Halt dich einfach an mich«, sagte sie. »Dann klappt es schon.«

»Ich habe kein gutes Gefühl«, beharrte er. »Schließ deine Tür ab.«

Sie gingen los. Ein kalter Wind wehte, und er zog den

Reißverschluss seiner Windjacke hoch bis zum Hals. Sie zurrte ihren Mantel fester. Er hörte die Brandung an den Felsen am Fuß der Klippe, hinter dem Gemeindezentrum.

Sie sagte: »Ich nehme noch eine von deinen Zigaretten, Jimmy, bevor wir reingehen.«

Im Schein der Straßenlampe an der Ecke blieben sie stehen. Die Drähte, an denen die alte Lampe hing, schaukelten im Wind, und das Licht ließ ihre Schatten auf dem Bürgersteig tanzen. Er konnte die Lichter des Gemeindezentrums am Ende des Häuserblocks sehen. Er hielt die Hand schützend um ihre Zigarette und gab ihr Feuer. Dann zündete er seine eigene an. »Wann hörst du damit auf?«, fragte er.

»Wenn du aufhörst«, sagte sie. »Wenn ich so weit bin. Vielleicht genau wie du, als du so weit warst, dass du mit dem Trinken aufgehört hast. Eines Morgens wache ich auf und habe aufgehört. Einfach so. Genau wie du. Dann suche ich mir ein Hobby.«

»Ich könnte dir das Stricken beibringen«, sagte er.

»Ich glaube, da habe ich keine Geduld für«, sagte sie. »Und es reicht, wenn einer im Haus strickt.«

Er lächelte. Er nahm ihren Arm, und sie gingen weiter.

Als sie an den Treppenstufen zum Gemeindezentrum anlangten, warf sie ihre Zigarette auf den Boden und trat sie aus. Sie gingen hinauf ins Foyer. Es war ein Raum mit einem Sofa, einem abgeschabten Holztisch und mehreren Klappstühlen. An den Wänden hingen alte Fotografien von Fischerbooten und einem Kriegsschiff, einer Fregatte aus der Zeit vor dem Ersten Weltkrieg, die am Kap gekentert und auf den Sandstrand unterhalb der Stadt gespült worden war. Ein anderes Bild, das ihn schon immer fasziniert hatte, zeigte ein Boot, das bei Niedrigwasser umgedreht auf den Felsen lag, und ein Mann stand auf dem Kiel und winkte in die Kamera. Es gab eine Seekarte in einem Eichenrahmen und mehrere Gemälde, idyllische Szenen, von Clubmitgliedern: ein Teich und ein paar Bäume vor einem Hintergrund aus zerklüfteten Felsen, mehrere Sonnenuntergänge auf See. Sie durchquerten den Raum, und er fasste sie von neuem am Arm, als sie den Saal betraten. Etliche Vertreterinnen des Frauenvereins saßen an einem langen Tisch rechts vom Eingang. Ungefähr dreißig Tische waren aufgestellt, mit Klappstühlen dazu. Die meisten Stühle waren besetzt. Am anderen Ende des Saals war eine Bühne, wo immer die Weihnachtsveranstaltungen stattfanden, manchmal auch Aufführungen von Amateurtheatern. Das Bingospiel war im Gange. Eleanor Bender, Mikrophon in der Hand, rief die Zahlen.

Sie machten nicht mehr am Kaffeestand halt, sondern gingen rasch an der Wand entlang nach hinten, zu ihrem Tisch. Alle waren über ihre Tische gebeugt. Keiner sah sie an. Der Blick der Leute war auf ihre Karten geheftet, sie warteten, dass die nächste Zahl gerufen wurde. Er steuerte sie zu ihrem Tisch, doch so wie der Abend nun einmal begonnen hatte, war er sicher, dass ihre Plätze besetzt sein würden, und er hatte recht.

Es versetzte ihm einen Stich, als er das Hippiepaar dort sitzen sah, einen Mann und eine junge Frau, ein Mädchen eigentlich noch. Das Mädchen hatte alte, verwaschene Jeans und eine Jeansjacke an, dazu ein Männerhemd, und sie trug Ringe und Armreifen und langen, baumelnden Ohrschmuck, der bei jeder Bewegung klimperte. Gerade drehte sie den Kopf zu dem langhaarigen Burschen in der Wildlederjacke neben ihr und zeigte auf eine Zahl auf seiner Karte, dann kniff sie ihn in den Arm. Der Bursche hatte das Haar am

Hinterkopf zusammengebunden, und dazu trug er einen zottigen Bart. Er hatte eine kleine Nickelbrille auf und im Ohrläppchen einen winzigen goldenen Ring.

»Himmel«, sagte James und blieb stehen. Er führte Edith an einen anderen Tisch. »Hier sind noch zwei Plätze. Die müssen wir nehmen und einfach sehen, was draus wird. Auf unserem Platz sitzen Hippies.« Finster funkelte er hinüber. Er zog seine Windjacke aus und half Edith aus dem Mantel. Dann setzte er sich und blickte noch einmal hinüber zu den beiden, die auf ihren Plätzen saßen. Bei jeder Zahl musterte das Mädchen die eigenen Karten, dann lehnte sie sich weit zu dem haarigen Burschen hinüber und studierte dessen Karten, ganz als ob, dachte James, sie ihm nicht zutraute, dass er seine Zahlen selbst im Blick behielt. Er nahm einen Stoß Bingokarten vom Tisch und gab Edith die Hälfte davon. »Such dir die Sieger selber aus«, sagte er. »Ich nehme einfach die obersten drei. Ich habe das Gefühl, heute Abend, da ist es egal, welche Karten ich nehme. Ich habe das Gefühl, heute Abend habe ich kein Glück, und dieses Gefühl sitzt tief. Was wollen die zwei hier? Wenn du mich fragst, die gehören doch wirklich nicht hierher.«

»Kümmer dich nicht um sie, Jimmy«, sagte sie. »Die tun keinem weh. Sie sind einfach nur jung, das ist alles.«

»Das ist hier das reguläre Freitagabend-Bingo für die Mitglieder dieser Gemeinde«, sagte er. »Ich weiß nicht, was die hier zu suchen haben.«

»Sie wollen Bingo spielen«, sagte sie, »sonst wären sie nicht hier. Jimmy, Lieber, es ist ein freies Land. Ich dachte, du wolltest Bingo spielen. Komm, lass uns spielen, ja? Ich habe meine Karten gefunden.« Sie gab ihm die übrigen zurück, und er legte sie mit den anderen verworfenen wieder in die Mitte des Tisches. Er sah, dass auch der Hippie einen Stapel aussortierter Karten vor sich hatte. Na, er war zum Bingospielen hergekommen, und jetzt würde er verdammt nochmal auch spielen. Er nahm eine Handvoll Bohnen aus der Schale.

Die Karten kosteten pro Stück fünfundzwanzig Cent oder drei für fünfzig Cent. Edith hatte ihre drei. James zog einen Dollarschein aus dem Bündel, das er für diese Zwecke bei sich hatte. Er legte den Dollar neben seine Karten. Gleich würde eine von den Vereinsfrauen, eine schmale Frau mit bläulichen Haaren und einem Muttermal am Hals – er wusste nur, dass sie Alice hieß –, herumkommen und Quarters, Dollarnoten, Dimes und Nickels in einer Kaffeedose sammeln, aus der sie auch herausgab, wenn es notwendig war. Sie und eine weitere Frau namens Betty sammelten das Geld ein und zahlten auch die Gewinne aus.

Eleanor Bender rief »I-25«, und eine Frau an einem Tisch in der Mitte schrie »Bingo!«.

Alice bahnte sich einen Weg zwischen den Tischen. Sie beugte sich über die Karte der Frau, während Eleanor Bender noch einmal die Gewinnzahlen vorlas. »Das ist ein Bingo«, bestätigte Alice.

»Und dieses Bingo, meine Damen und Herren«, sagte Eleanor Bender, »bedeutet einen Gewinn von zwölf Dollar. Meinen Glückwunsch!« Alice blätterte der Frau einige Geldscheine hin, lächelte kurz und zog dann weiter.

»Machen Sie sich bereit«, sagte Eleanor Bender. »Das nächste Spiel beginnt in zwei Minuten. Und schon jetzt setze ich das Glücksrad in Gang.« Sie brachte die Trommel mit den Pokerchips in Bewegung.

Sie spielten vier oder fünf erfolglose Runden. Einmal war

James mit einer seiner Karten nahe dran, es fehlte nur noch eine einzige Zahl. Doch dann rief Eleanor Bender fünf Nummern hintereinander aus, keine davon seine, und schon bevor jemand anderes im Saal die richtige Nummer hatte und Bingo rief, wusste er, dass sie nie und nimmer seine fehlende Zahl rufen würde. Um keinen Preis der Welt, davon war er überzeugt, würde sie seine Nummer rufen.

»Beinahe hätte es geklappt, Jimmy«, sagte Edith. »Ich hatte deine Karte im Auge.«

»Beinahe zählt nicht«, sagte er. »Genauso gut hätte ich gar nichts haben können. Die wollte sich nur über mich lustig machen.« Er hob die Karte auf und ließ sich die Bohnen in die Hand kullern. Er ballte die Hand zur Faust. Er schüttelte die Bohnen in seiner Faust. Eine Geschichte kam ihm in den Sinn, etwas über ein Kind, das Bohnen aus dem Fenster geworfen hatte. Es hatte etwas mit einem Festzug zu tun, einem Jahrmarkt. Eine Kuh hatte, wenn er sich recht erinnerte, auch eine Rolle gespielt. Es war eine Erinnerung aus grauer Vorzeit, und irgendwie war sie beunruhigend.

»Mach weiter«, sagte Edith. »Irgendwann klappt's schon. Vielleicht solltest du noch mal neue Karten nehmen.«

»Die Karten hier, die sind nicht schlechter als alle anderen«, sagte er. »Ich habe heute einfach kein Glück, Edith, das ist alles.«

Er blickte wieder hinüber zu den Hippies. Sie lachten über etwas, was der Bursche gesagt hatte. Er sah, wie das Mädchen unter dem Tisch sein Bein tätschelte. Sie kümmerten sich anscheinend um keinen anderen Menschen im Raum. Alice machte die Runde und sammelte das Geld für das nächste Spiel ein. Doch gleich nachdem Eleanor Bender die erste Zahl ausgerufen hatte, blickte James zufällig wieder in Richtung der Hippies. Er sah, wie der Bursche eine Bohne auf eine Karte legte, für die er nicht bezahlt hatte, eine Karte, die auf den Stoß der aussortierten gehörte. Doch die Karte lag so, dass der Bursche sie mit im Auge behielt und zusätzlich zu seinen eigenen Karten spielte. Eleanor Bender rief eine weitere Nummer, und der Bursche legte eine weitere Bohne auf dieselbe Karte. Dann zog er die Karte zu sich hin, in der Absicht, sie zu spielen. James war baff. Dann wurde er wütend. Er konnte sich überhaupt nicht mehr auf seine eigenen Karten konzentrieren. Er beobachtete nur, was der Hippie tat. Anscheinend war es niemand anderem aufgefallen.

»James, achte auf deine Karten«, sagte Edith. »Sieh besser hin, Schatz. Gerade hast du die Nummer fünfunddreißig verpasst. Hier.« Sie legte eine von ihren Bohnen auf die Zahl. »Du musst besser aufpassen, Schatz.«

»Der Hippie da drüben, der auf unserem Platz sitzt, der schummelt. Ist das zu fassen?«, sagte James. »Ich traue meinen Augen nicht.«

»Schummelt? Wie macht er das?«, fragte sie. »Wie kann man denn beim Bingo schummeln, Jimmy?« Sie sah sich um, ein wenig verwirrt, als könne sie sich nicht mehr erinnern, wo der Hippie saß.

»Er spielt mit einer Karte, für die er nicht bezahlt hat«, sagte er. »Ich habe ihn im Auge. Meine Güte, die machen aber auch vor nichts halt. Ein Bingospiel! Jemand sollte ihn melden.«

»Nicht du, Schatz. Er hat uns nichts getan«, sagte Edith. »Eine Karte mehr oder weniger bei so vielen Karten und so vielen Leuten. Lass ihn doch seine Karten spielen. Manche Leute hier spielen sechs Karten.« Sie sprach langsam und versuchte ihre eigenen im Blick zu behalten. Sie markierte eine Zahl.

»Aber die haben dafür bezahlt«, sagte er. »Dann ist mir das egal. Dann ist das etwas anderes. Aber dieser Scheißkerl, der schummelt, Edith.«

»Jimmy, Schatz, lass gut sein«, sagte sie. Sie nahm eine Bohne aus ihrer Hand und legte sie auf eine Zahl. »Lass ihn in Ruhe. Spiel deine Karten, Schatz. Da, jetzt hast du mich abgelenkt, und ich habe eine Zahl verpasst. Bitte, konzentrier dich auf das Spiel.«

»Das ist schon ein Scheißspiel, wenn so einer ungeschoren davonkommt«, sagte er. »Das geht mir wirklich gegen den Strich.«

Er blickte wieder auf seine Karten, aber er wusste, dass er dieses Spiel genauso gut abschreiben konnte. Und die übrigen auch, wenn er es recht überlegte. Nur ein paar ganz wenige Zahlen auf seinen Karten waren mit Bohnen markiert. Er konnte überhaupt nicht sagen, wie viele Zahlen er verpasst hatte, wie weit er zurückgefallen war. Er quetschte die Bohnen in seiner geballten Faust. Ohne jede Hoffnung drückte er eine Bohne auf die eben ausgerufene Nummer, G-60. Jemand rief »Bingo!«.

»Himmel«, sagte er.

Eleanor Bender verkündete eine zehnminütige Pause, damit man sich die Füße vertreten könne. Das Spiel nach der Pause sollte dann ein Blackout sein, ein Dollar pro Karte, der Gewinner bekam alles. Achtundneunzig Dollar seien diese Woche im Topf, verkündete Eleanor. Pfiffe und Applaus wurden laut. Er blickte hinüber zu den Hippies. Der Bursche befingerte den Ring an seinem Ohr und sah sich im Saal um. Das Mädchen hatte wieder die Hand an seinem Bein.

»Ich muss zur Toilette«, sagte Edith. »Gib mir deine Zigaretten. Vielleicht kannst du uns inzwischen einen von diesen hübschen Rosinenkeksen holen, die ich vorhin gesehen habe, und einen Becher Kaffee.«

»Mache ich«, sagte er. »Und verdammt, ich nehme mir jetzt doch neue Karten. Die, mit denen ich spiele, sind geborene Verlierer.«

»Ich gehe zur Toilette«, sagte sie. Sie steckte seine Zigaretten in ihre Handtasche und stand auf.

Er stellte sich für Kekse und Kaffee an. Er nickte Frieda Parsons zu, als sie eine launige Bemerkung machte, zahlte, und dann ging er zu dem Tisch, an dem die Hippies saßen. Die beiden hatten schon ihren Kaffee und ihre Kekse. Sie aßen und tranken und unterhielten sich wie ganz normale Leute. Er stellte sich hinter den Stuhl des Burschen.

»Ich sehe, was Sie treiben«, sagte James zu ihm.

Der Mann drehte sich zu ihm um. Die Augen hinter den Brillengläsern weiteten sich. »Wie bitte?«, sagte er und starrte James an. »Was treibe ich denn?«

»Das wissen Sie ganz genau«, sagte James. Das Mädchen schien erschrocken. Sie hatte, den Keks in der Hand, den Blick auf James geheftet. »Ich muss nicht deutlicher werden«, sagte James zu dem Mann. »Nur eine kleine Warnung, mehr nicht. Ich sehe, was Sie treiben.«

Er ging zurück zu seinem eigenen Tisch. Er zitterte am ganzen Leib. Verflucht sollten sie sein, die Hippies dieser Welt, dachte er. Die Begegnung hatte ihm dermaßen zugesetzt, dass er jetzt gern einen Drink gehabt hätte. Das musste man sich mal vorstellen, ein Drink wegen etwas, das einem beim Bingospiel passierte! Er stellte Kaffee und Kekse auf den Tisch. Dann hob er den Blick zu dem Hippie, der ihn beobachtete. Auch das Mädchen beobachtete ihn. Der Hippie grinste. Das Mädchen nahm einen Bissen von dem Keks.

Edith kam zurück. Sie reichte ihm die Zigaretten und setzte sich. Binnen kurzem hatte James sich wieder in der Gewalt und fragte: »Alles in Ordnung, Edith? Fehlt dir etwas?« Er blickte sie forschend an. »Edith, ist etwas passiert?«

»Schon in Ordnung«, sagte sie und griff nach ihrem Kaffee. »Oder nein, wahrscheinlich sollte ich es dir sagen, Jimmy. Aber ich will dich nicht beunruhigen.« Sie nahm einen Schluck von ihrem Kaffee und wartete. Dann sagte sie: »Ich blute wieder.«

»Du blutest?«, sagte er. »Wie meinst du das, Edith?« Aber er wusste, wie sie das meinte; dass es, wenn es in ihrem Alter kam und mit den Schmerzen, von denen sie gesprochen hatte, genau das sein konnte, wovor sie sich am meisten fürchteten. »Blutest«, sagte er leise.

»Du weißt schon«, sagte sie, griff zu ein paar Karten und musterte sie. »Eine leichte Menstruation. Pech ist das«, sagte sie.

»Ich denke, wir sollten nach Hause fahren«, sagte er. »Wir sollten jetzt lieber gehen. Das ist doch kein gutes Zeichen, oder?« Er fürchtete, dass sie es ihm nicht sagen würde, wenn die Schmerzen wiederkamen. Auch vorher hatte er sie fragen müssen, hatte es nur aus ihrem Äußeren geschlossen. Diesmal war es ein Fall für das Krankenhaus. Das spürte er.

Sie schaute weiter Karten durch und schien ärgerlich und ein wenig verlegen. »Nein, lass uns bleiben«, sagte sie nach einer Weile. »Vielleicht machen wir uns grundlos Sorgen. Ich will mir keine Sorgen machen. Mir geht's ja nicht schlecht, Jimmy«, sagte sie.

»Edith.«

»Wir bleiben. Trink deinen Kaffee, Jimmy. Das wird schon wieder, da bin ich sicher. Wir sind zum Bingospielen hergekommen«, sagte sie mit einem kleinen Lächeln.

»Das ist der schlimmste Bingoabend aller Zeiten«, sagte er. »Meinetwegen können wir sofort gehen. Ich finde, wir sollten gehen.«

»Wir bleiben zum Blackout, und danach ist es sowieso nur noch eine Dreiviertelstunde. Was soll da schon passieren? Komm, lass uns Bingo spielen«, sagte sie, mühte sich um einen unbekümmerten Ton.

Er nahm einen Schluck Kaffee. »Ich mag meinen Keks nicht«, sagte er. »Du kannst meinen haben, wenn du willst.« Er legte die Karten weg, die er gespielt hatte, und nahm zwei neue von dem Stoß der unbenutzten. Wütend blickte er hinüber zu den Hippies, so als seien sie irgendwie schuld an dieser neuesten Entwicklung. Aber der Bursche war nicht am Tisch, und das Mädchen saß mit dem Rücken zu ihm. Sie blickte zur Bühne und hatte sich von ihm abgewandt.

Sie spielten den Blackout. Einmal blickte er auf und sah, dass der Hippie dreist wie eh und je wieder eine Karte spielte, die er nicht bezahlt hatte. James fand nach wie vor, dass er jemanden darauf aufmerksam machen sollte, aber er konnte seine Karten nicht im Stich lassen, nicht bei einem Dollar pro Stück. Edith sagte kein Wort. Der Ausdruck auf ihrem Gesicht hätte Entschlossenheit sein können oder auch Sorge.

James hatte noch drei Zahlen auf seiner einen Karte abzudecken und fünf auf der zweiten, die er bereits aufgegeben hatte, da rief das Hippiemädchen: »Bingo! Bingo! Bingo! Ich habe ein Bingo!«

Der Mann klatschte in die Hände und brüllte mit. »Sie hat ein Bingo! Sie hat ein Bingo, Leute! Ein Bingo!« Er klatschte immer weiter.

Eleanor Bender kam persönlich an den Tisch des Mädchens, um ihre Karte mit der Liste der gezogenen Zahlen zu vergleichen. Dann sagte sie: »Die junge Frau hier hat eben den Achtundneunzig-Dollar-Jackpot gewonnen. Gratulieren wir ihr mit einem großen Applaus. Applaus für die junge Frau.«

Edith klatschte mit den anderen, doch James behielt seine Hände auf dem Tisch. Der Hippiebursche umarmte das Mädchen. Eleanor Bender überreichte dem Mädchen einen Umschlag. »Zählen Sie nach, wenn Sie wollen«, sagte sie lächelnd. Das Mädchen schüttelte den Kopf.

»Wahrscheinlich kaufen sie sich Drogen von dem Geld«, sagte James.

»James, jetzt sei doch nicht so«, sagte Edith. »Es ist ein Glücksspiel. Sie hat es ehrlich und anständig gewonnen.«

»Vielleicht hat sie das«, sagte er. »Aber ihr Partner da, der haut uns alle übers Ohr.«

»Willst du deine Karten behalten, Schatz?«, fragte Edith. »Das nächste Spiel geht gleich los.«

Sie spielten auch die restlichen Spiele noch mit. Sie blieben bis zum letzten, dem Progressiv. Das war ein Bingospiel, dessen Jackpot von Woche zu Woche anwuchs, wenn niemand nach einer bestimmten Anzahl von ausgelosten Nummern einen Treffer erzielt hatte. Wenn die letzte Zahl gerufen wurde und keiner ein Bingo hatte, wurde das Spiel für beendet erklärt, ein Betrag von fünf Dollar kam zu dem Topf dazu, und in der folgenden Woche ging es mit einer neuen

Höchstzahl in die nächste Runde. In der ersten Woche waren es fünfundsiebzig Dollar und dreißig Zahlen gewesen. In dieser Woche waren es hundertfünfundzwanzig Dollar und vierzig Zahlen. Nur selten gewann jemand, bevor vierzig Zahlen ausgerufen waren, doch nach der vierzigsten Zahl konnte man jederzeit damit rechnen, dass Bingo gerufen wurde. James legte sein Geld hin und spielte seine Karten ohne jede Hoffnung und ohne jede Absicht auf einen Gewinn. Er grämte sich entsetzlich. Es hätte ihn überhaupt nicht gewundert, wenn der Hippie dieses Spiel gewonnen hätte.

Als die vierzig Nummern durch waren und niemand sich gemeldet hatte, sagte Eleanor Bender: »Das war unser Bingo für heute Abend. Ich danke euch allen, dass ihr gekommen seid. Gott segne euch, und wenn Er will, sehen wir uns am nächsten Freitag wieder. Gute Nacht und ein schönes Wochenende.«

James und Edith reihten sich in den Strom der Bingospieler ein, der zum Ausgang drängte, und irgendwie ergab es sich, dass sie das Hippiepaar direkt vor sich hatten. Die beiden lachten noch immer und redeten über ihren großen Gewinn; das Mädchen klopfte sich auf die Tasche und lachte noch einmal. Sie hatte unter der Schweinslederjacke einen Arm um die Taille des Burschen geschlungen, die Finger leicht auf die Hüften gelegt.

»Um Himmels willen, lass ihnen ein Stück Vorsprung«, sagte James zu Edith. »Die sind eine Pest.«

Edith sagte nichts, aber sie blieb mit James zurück, damit sie Abstand von den beiden gewannen.

»Gutnacht, James. Gutnacht, Edith«, sagte Henry Kuhlken. Kuhlken war ein kräftiger, schon etwas ergrauter Mann, der vor Jahren bei einem Bootsunfall einen Sohn verloren hatte. Seine Frau hatte ihn nicht lange danach wegen eines anderen verlassen. Schließlich hatte er schwer getrunken und war bei den Anonymen Alkoholikern gelandet, wo James ihn kennengelernt und zum ersten Mal seine Geschichten gehört hatte. Heute besaß er eine der beiden Tankstellen im Ort, und manchmal reparierte er ihr Auto. »Bis nächste Woche.«

»'Nacht, Henry«, sagte James. »Vermutlich. Obwohl ich für heute erst mal genug vom Bingo habe.«

Kuhlken lachte. »Kann ich gut verstehen«, sagte er und zog weiter.

Der Wind war aufgefrischt, und James kam es vor, als könne er die Brandung sogar noch durch den Lärm der Anlasser hören. Er sah, wie das Hippiepaar zu dem Kleinbus ging. Das hätte er sich auch denken können. Da brauchte er ja nur zwei und zwei zusammenzuzählen. Der Bursche öffnete die Tür auf der Fahrerseite, und dann lehnte er sich über den Sitz und öffnete die Beifahrertür. Er startete den Wagen, gerade als sie vorübergingen. Der Bursche schaltete die Scheinwerfer ein, und der Lichtstrahl erfasste James und Edith vor den Häuserwänden.

»Arschloch«, sagte James.

Edith sagte nichts. Sie rauchte, und die andere Hand hatte sie in die Manteltasche gesteckt. Sie gingen weiter am Rinnstein entlang. Der Bus kam röhrend vorbei, und an der Ecke schaltete er hoch. Die Straßenlampe schaukelte im Wind. Sie langten an ihrem Wagen an. James schloss die Beifahrertür auf und ging dann auf die Fahrerseite. Sie legten die Sicherheitsgurte an, und dann fuhren sie nach Hause.

Edith ging ins Bad und machte die Tür hinter sich zu. James zog seine Windjacke aus und warf sie über die Sofalehne. Er stellte den Fernseher an, setzte sich und wartete.

Nach einer Weile kam Edith wieder aus dem Bad. Sie sagte nichts. James saß still da und versuchte, sich auf das Fernsehbild zu konzentrieren. Sie ging in die Küche und ließ Wasser laufen. Er hörte, wie sie den Hahn zudrehte. Kurz darauf kam sie an die Küchentür und sagte: »Ich glaube, ich muss morgen früh zu Dr. Crawford, Jimmy. Irgendwas ist nicht in Ordnung da unten.« Sie sah ihn an. Dann sagte sie: »Verflucht nochmal, so ein verfluchtes, verfluchtes Pech«, und nun weinte sie.

»Edith«, sagte er und ging zu ihr hin.

Sie stand da und schüttelte den Kopf. Sie schlug die Hände vors Gesicht und lehnte sich an ihn, als er die Arme um sie schlang. Er drückte sie.

»Edith, liebe Edith«, sagte er. »Herr im Himmel.« Er war hilflos, er hatte Angst. Er stand da und hielt sie im Arm.

Sie schüttelte noch einmal matt den Kopf. »Ich glaube, ich gehe ins Bett, Jimmy. Ich bin einfach müde. Und ehrlich gesagt fühle ich mich wirklich nicht ganz wohl. Gleich morgen früh gehe ich zu Dr. Crawford. Ich glaube nicht, dass es etwas Ernstes ist, Liebling. Mach dir nicht zu viele Sorgen. Wenn sich heute Nacht jemand Sorgen macht, dann bin ich das. Nicht du. Du machst dir sowieso viel zu viele. Das kommt schon wieder in Ordnung«, sagte sie und streichelte ihm den Rücken. »Ich habe gerade noch Kaffeewasser aufgesetzt, aber ich glaube, ich gehe ins Bett. Ich bin müde. Das liegt am Bingo«, sagte sie und versuchte zu lächeln.

»Dann schalte ich alles aus und komme mit«, sagte er. »Mir ist heute Abend auch nicht nach Aufbleiben. Ganz und gar nicht.«

»Jimmy, Schatz, ich wäre eigentlich gern allein, wenn dir das nichts ausmacht«, sagte sie. »Ich weiß nicht, wie ich dir das erklären soll. Ich wäre nur einfach lieber allein. Vielleicht ist es Unsinn. Aber du verstehst mich doch, oder?«

»Allein«, wiederholte er. Er drückte ihr Handgelenk.

Sie berührte sein Gesicht und studierte, den Arm um ihn gelegt, eine Zeitlang seine Züge. Dann küsste sie ihn auf den Mund. Sie ging ins Schlafzimmer und schaltete das Licht ein. Sie sah sich noch einmal nach ihm um, dann schloss sie die Tür.

Er ging an den Kühlschrank. Er stand an der offenen Tür und trank Tomatensaft und musterte dabei den Inhalt im Licht der Kühlschranklampe. Kalte Luft wehte ihm entgegen. Die kleinen Päckchen und Kartons mit Lebensmitteln, ein Huhn in Plastikfolie, die säuberlich eingepackten Reste – all das war ihm plötzlich zuwider. Irgendwie kam ihm Alice in den Sinn, das Muttermal an ihrem Hals, und er zitterte. Er machte die Tür wieder zu und spuckte den letzten Tomatensaft ins Spülbecken. Dann spülte er den Mund aus und machte sich eine Tasse Pulverkaffee; er nahm sie mit ins Wohnzimmer, wo der Fernseher nach wie vor lief. Es war ein alter Western. Er setzte sich und zündete sich eine Zigarette an. Eine Weile sah er zu, dann hatte er den Eindruck, dass er den Film schon gesehen hatte, vor Jahren. Die Schauspieler in ihren Rollen kamen ihm vertraut vor, bei manchen Dialogen war ihm, als habe er sie schon gehört, so wie man bei Filmen, bei denen man vergessen hat, dass man sie schon gesehen hat, oft das Gefühl hat, dass man ahnt, was als Nächstes kommt. Dann sagte der Held, ein Filmstar, der vor kurzem gestorben war, etwas – stellte einem anderen, einem Fremden, der eben erst in der Kleinstadt angekommen war, eine entscheidende Frage; und mit einem Mal war alles klar, und James wusste, was der Fremde antworten würde, kannte genau die Worte, die er wählen würde, um auf diese Frage zu antworten. Er wusste genau, was kam, und trotzdem sah er sich immer weiter diesen Film an und fühlte sich immer elender dabei. Das, was da in Gang gekommen war, das konnte nichts und niemand mehr stoppen. Der Held, die Stadtbewohner, die zu Hilfssheriffs geworden waren, zeigten Mut und Stärke, doch diese Tugenden waren nicht genug. Ein einziger Irrsinniger und eine Fackel reichten, um alles zu zerstören. Er trank seinen Kaffee und rauchte und sah den Film bis an sein unausweichliches, gewalttätiges Ende. Dann schaltete er den Fernseher aus. Er ging an die Schlafzimmertür und horchte, aber er konnte nicht sagen, ob Edith noch wach war. Zumindest sah er keinen Lichtstreifen unter der Tür. Er hoffte, dass sie schlief. Er horchte weiter. Er kam sich verletzlich vor und irgendwie unwürdig. Morgen würde sie zu Dr. Crawford gehen. Wer konnte sagen, was er fand? Er würde sie untersuchen. Warum Edith?, fragte er sich. Warum wir? Warum nicht jemand anderes, warum nicht die Hippies von heute Abend? Die ließen sich durchs Leben treiben, frei wie Vögel, für nichts verantwortlich, ohne jeden Gedanken an die Zukunft. Warum nicht sie oder sonst jemand wie sie? Was war denn das für eine Logik? Er zog weiter. Er überlegte, ob er einen Spaziergang machen sollte, wie er es manchmal spätabends tat, doch der Wind war noch stärker geworden, und er hörte in der Birke hinter dem Haus die Zweige knarren. Es wäre auch zu kalt, und irgendwie fand er die Vorstellung bedrückend, an diesem Abend allein draußen zu sein.

Er setzte sich noch einmal vor den Fernseher, aber er

schaltete ihn nicht wieder ein. Er rauchte und sah von neuem vor sich, wie der Hippie ihn dort in dem Saal angegrinst hatte. Dieser aufreizend langsame Gang, als er zu seinem Bus gegangen war, den Arm des Mädchens um seine Taille. Er dachte an den Klang der schweren Brandung, und er malte sich aus, wie in diesem Moment die mächtigen Wellen im Dunkeln hereinkamen und sich an den Felsen brachen. Der Ohrring des Burschen kam ihm in den Sinn, und er zupfte sich selbst am Ohrläppchen. Wie das wohl war, wenn man durch die Welt driftete wie dieser Kerl, und ein Hippiemädchen hatte den Arm um einen gelegt? Er fuhr sich mit den Fingern durchs Haar und schüttelte den Kopf beim Gedanken an so viel Ungerechtigkeit. Er sah noch den Ausdruck auf dem Gesicht des Mädchens, als sie ihr Bingo rief, sah, wie alle die Köpfe gedreht und sie angesehen hatten, voller Neid auf ihre Jugend und ihre Begeisterung. Wenn sie doch nur wüssten, was sie erwartete, sie und ihren Freund. Wenn er es ihnen doch nur sagen könnte.

Er dachte an Edith dort in ihrem Bett, das Blut, wie es in ihrem Körper kreiste, wie es heraussickerte, als suche es einen Weg ins Freie. Er schloss die Augen, dann öffnete er sie wieder. Am Morgen würde er früh aufstehen und für sie und sich ein schönes Frühstück machen. Dann, gleich wenn die Praxis aufmachte, würde sie Dr. Crawford anrufen, einen Termin vereinbaren, und dann würde er sie hinfahren und im Wartezimmer sitzen und in Zeitschriften blättern und warten. Ungefähr um die Zeit, stellte er sich vor, zu der Edith mit den Ergebnissen der Untersuchung aus dem Sprechzimmer käme, würden auch die Hippies frühstücken, würden beherzt zulangen nach einer langen Liebesnacht. Das war nicht fair. Er wünschte, die beiden wären jetzt hier in seinem Wohnzimmer, auf dem Höhepunkt ihres Lebens. Er würde ihnen erzählen, was auf sie wartete, er würde ihnen die Augen öffnen. Er würde dafür sorgen, dass ihnen ihr Lachen und ihre Arroganz vergingen, und würde es ihnen sagen. Er würde ihnen sagen, was auf sie wartete, nach den Ringen und Armreifen und Ohrgehängen, nach dem langen Haar, der Liebe.

Er stand auf, ging ins Gästezimmer und schaltete die Lampe über dem Bett ein. Er schaute seine Papiere an, die Kontenbücher und die Rechenmaschine, und er spürte, wie Verzweiflung und Wut in ihm aufstiegen. In einer der Schubladen fand er einen alten Schlafanzug und zog sich aus. Er schlug die Laken des Betts zurück, am anderen Zimmerende gegenüber seinem Schreibtisch. Dann ging er noch einmal durchs Haus, schaltete Lichter aus und vergewisserte sich, dass die Türen verschlossen waren. Zum ersten Mal seit vier Jahren wünschte er sich, er hätte Whisky im Haus. Heute wäre der Abend dafür gewesen, das stand fest. Ihm war klar, dass er sich nun schon zum zweiten Mal an diesem Abend nach einem Drink sehnte, und das fand er so entmutigend, dass er die Schultern hängen ließ. Bei den Anonymen Alkoholikern hieß es, man dürfe nie zu müde oder zu durstig oder zu hungrig werden – oder zu selbstzufrieden, hätte er noch hinzufügen können. Er stand am Küchenfenster und schaute hinaus zu dem Baum, der sich unter der Wucht des Windes bog. Das Fenster klapperte in seinem Rahmen. Die Bilder im Gemeindezentrum kamen ihm wieder in den Sinn, die Boote, wie sie um die Landspitze bogen, und er hoffte nur, dass heute bei diesem Wetter niemand draußen auf See war. Die Lampe auf der Veranda ließ er brennen. Er kehrte ins Gästezimmer zurück, holte sein Körbchen mit dem Stickzeug unter dem Schreibtisch hervor und ließ sich auf dem lederbezogenen Sessel nieder. Er nahm den Deckel von dem Körbchen und holte den Metallrahmen, in den das weiße Leinen gespannt war. Er hielt die winzige Nadel ans Licht und fädelte den blauen Seidenfaden ein. Dann nahm er die Arbeit an dem Blumenmuster wieder auf, da wo er sie ein paar Abende zuvor unterbrochen hatte.

Als er frisch mit dem Trinken aufgehört hatte und jemand bei den Anonymen Alkoholikern, ein Geschäftsmann mittleren Alters, ihm vorgeschlagen hatte, er solle es doch einmal mit Handarbeiten versuchen, hatte er gelacht. Das sei, hatte der Mann ihm gesagt, eine Möglichkeit, mit seiner freien Zeit etwas anzufangen, der Zeit, die er vorher fürs Trinken aufgewendet habe. Handarbeit, hieß es damals, sei eine sinnvolle Beschäftigung, nützlich bei Tage wie am Abend. »Immer brav das Strickzeug zur Hand«, hatte der Mann gesagt und ihm dabei zugezwinkert. James hatte lachend den Kopf geschüttelt. Doch nach ein paar Wochen Abstinenz hatte er festgestellt, dass er mehr freie Zeit hatte, als er sinnvoll nutzen konnte, und sich immer mehr danach gesehnt, seinen Händen und seinem Verstand etwas Sinnvolles zu tun zu geben, und so hatte er Edith gebeten, ihm die notwendigen Materialien und Anleitungsbücher zu besorgen. Er hatte es nie allzu gut beherrscht, seine Finger waren immer steifer und langsamer geworden, aber er hatte nach den Kissenbezügen und den Abtrockentüchern fürs Haus noch ein paar Sachen gemacht, auf die er stolz war. Auch gehäkelt hatte er – Mützen und Schals und Handschuhe für die Enkelkinder. Er hatte das Gefühl, dass er etwas erreicht hatte, wenn eine Arbeit, mochte sie auch noch so einfach sein, fertig vor ihm lag. Nach den Schals und Handschuhen hatte er sich an kleine Vorleger gewagt, die jetzt jedes Zimmer des Hauses zierten. Er hatte auch zwei Strickponchos fabriziert, die er und Edith jetzt trugen, wenn sie am Strand spazieren gingen; und er hatte eine Bettdecke gehäkelt, sein ehrgeizigstes Projekt bisher, etwas, das ihn fast ein halbes Jahr lang beschäftigt hatte. Er hatte jeden Abend daran gearbeitet, die kleinen Quadrate eins nach dem anderen gehäkelt, es hatte sich wie regelrechte Arbeit angefühlt, und das gefiel ihm. Jetzt in diesem Augenblick schlief Edith unter dieser Decke. Wenn er spätabends noch arbeitete, nahm er gern den Stickrahmen; die Art, wie das weiße Tuch straff gespannt war, gefiel ihm. Er stach die Nadel ein und zog sie durch das Leinen, folgte den vorgezeichneten Linien. Er knüpfte kleine Knoten, wo es nötig war, oder knipste ein Stück Faden ab. Aber nach einer Weile kam ihm wieder der Hippie in den Sinn, und er musste in seiner Arbeit innehalten. Wieder brodelte die Wut in ihm. Es ging ums Prinzip, darum ging es. Ihm war klar, dass die Chancen des Hippies nur minimal stiegen, wenn er mit einer einzigen Karte betrog. Er hatte nicht gewonnen, das war entscheidend, das musste er im Kopf behalten. Man konnte nicht gewinnen, nicht ernsthaft, nicht da, wo es zählte. Er und der Hippie saßen im selben Boot, dachte er, und der Hippie wusste es nur noch nicht.

James legte sein Stickzeug zurück in den Korb. Danach starrte er eine ganze Weile seine Hände an. Dann schloss er die Augen und versuchte zu beten. Er wusste, dass es ihm ein Trost sein würde, wenn es ihm gelang, an diesem Abend zu beten, wenn er die richtigen Worte dafür fand. Er hatte nicht mehr gebetet, seit er versucht hatte, vom Suff loszukommen, und auch da hatte er niemals geglaubt, dass Beten zu etwas nütze war – es war einfach nur eine der wenigen Sachen gewesen, die er unter den Umständen tun konnte. Damals hatte er das Gefühl gehabt, dass es auf keinen Fall schaden konnte, selbst wenn er nicht daran glaubte, am allerwenigsten daran, dass es ihm helfen konnte, mit dem Trinken aufzuhören. Aber manchmal hatte er sich nach dem Beten besser gefühlt, und er fand, darauf kam es an. Damals hatte er jeden Abend gebetet, wenn er noch zum Beten in der Lage gewesen war. Wenn er betrunken ins Bett ging, gerade dann, wenn er noch konnte, dann betete er; und manchmal hatte er auch am Morgen vor seinem ersten Drink gebetet, hatte um Kraft gefleht, mit dem Trinken aufzuhören. Manchmal war es ihm danach natürlich auch noch schlechter gegangen, er hatte sich noch hilfloser gefühlt, etwas Entsetzlichem und Perversem vollkommen ausgeliefert, wenn er sein Gebet zu Ende gesprochen hatte und dann nicht anders konnte, als sofort zur Flasche zu greifen. Am Ende hatte er mit dem Trinken aufgehört, aber er schrieb es nicht seinen Gebeten zu, und seither hatte er ans Beten einfach überhaupt nicht mehr gedacht. Seit vier Jahren hatte er nicht mehr gebetet. Als er nicht mehr trank, hatte er einfach keinen Grund mehr dafür gehabt. Seitdem war alles gut, das Leben war wieder gut, seit er nicht mehr trank. Vier Jahre zuvor war er eines Morgens verkatert aufgewacht, doch statt dass er sich ein Glas Orangensaft mit Wodka mixte, beschloss er, genau das nicht zu tun. Er hatte den Wodka sogar noch im Haus, was die Sache umso bemerkenswerter machte. Er trank einfach an diesem Morgen nichts, und am Nachmittag und am Abend auch nicht. Edith war es natürlich aufgefallen, aber sie hatte nichts gesagt. Er zitterte stark. Am nächsten Tag und am Tag danach ging es genauso: Er trank nichts, er blieb nüchtern. Am Abend des vierten Tages brachte er den Mut auf, Edith zu sagen, dass er nun schon seit mehreren Tagen nichts mehr getrunken habe. Sie antwortete darauf einfach nur: »Ich weiß, Schatz.« Daran dachte er nun, an die Art, wie sie ihn angesehen und sein Gesicht berührt hatte, ganz ähnlich wie sie es eben auch wieder getan hatte. »Ich bin stolz auf dich«, hatte sie gesagt, und das war alles gewesen. Von da an war er zu den Treffen der Anonymen Alkoholiker gegangen, und bald darauf begann er mit seinen Handarbeiten.

Schon bevor er über das Trinken die Kontrolle verloren und dann gebetet hatte, um Kraft zum Aufhören zu finden, hatte er gelegentlich gebetet, als sein jüngster Sohn als Jagdflieger nach Vietnam gegangen war. Damals hatte er ab und zu gebetet, sogar tagsüber, wenn er in der Zeitung etwas über diesen schrecklichen Ort las; und manchmal nachts, wenn er neben Edith im Bett lag und die Ereignisse des Tages ihm durch den Sinn gingen, in Gedanken bei seinem Sohn. Dann betete er, nachlässig, wie die meisten Menschen, die das Gebet nicht gewohnt sind. Jedenfalls betete er, dass sein Sohn den Krieg überleben und heil zurückkommen möge. Und das war tatsächlich geschehen, doch James hatte diese Rückkehr nicht ein einziges Mal seinen Gebeten zugeschrieben – natürlich nicht. Plötzlich fiel ihm eine Zeit ein, noch weiter zurück, in der er inbrünstig gebetet hatte; damals war er einundzwanzig gewesen und hatte noch an die Kraft des Gebetes geglaubt. Eine ganze Nacht hindurch hatte er gebetet, dass sein Vater den Autounfall überleben möge. Aber der Vater war trotzdem gestorben. Er war betrunken mit Vollgas gegen einen Baum gefahren, und mit nichts auf der Welt hätte man sein Leben retten können. Aber selbst jetzt erinnerte er sich, wie er draußen vor der Notaufnahme gesessen hatte, bis die ersten Sonnenstrahlen durch das Fenster drangen, und er hatte gebetet und gebetet für seinen Vater, hatte unter Tränen alle erdenklichen Versprechen gegeben, wenn sein Vater nur durchkäme. Seine Mutter hatte neben ihm gesessen und geweint, in der Hand die Schuhe seines Vaters, die merkwürdigerweise mit dem Krankenwagen mitgekommen waren, als sie ihn ins Hospital brachten.

Er stand auf und verstaute den Handarbeitskorb für die Nacht. Er ging ans Fenster. Die Birke hinter dem Haus war in den kleinen gelben Lichtfleck der Verandalampe getaucht; der Wipfel verlor sich im Dunkel. Die Blätter hatte sie schon vor Monaten verloren, doch in den Windböen schaukelten selbst die kahlen Zweige. Er stand da und spürte, wie die Angst in ihm aufstieg, und schon hatte es ihn im Griff, das schiere Entsetzen in seiner Brust. Jetzt konnte er glauben, dass etwas Starkes, Böses heute Nacht dort draußen sein Unwesen trieb, dass es sich jeden Augenblick losreißen und sich durchs Fenster auf ihn stürzen konnte. Er trat ein paar Schritt zurück und stellte sich an eine Stelle, wo ein Strahl von der Verandalampe den Raum erhellte. Sein Mund war trocken. Er konnte nicht schlucken. Er streckte die Hände in Richtung Fenster und ließ sie wieder fallen. Plötzlich kam es ihm vor, als habe er fast sein ganzes Leben gelebt und nicht ein einziges Mal innegehalten, um nachzudenken, und als ihm das aufging, war es ein Schock, und er fühlte sich wertloser denn je.

Er war hundemüde und hatte kaum noch Kraft in den Gliedern. Es reichte kaum, um ins Bett zu klettern. Dort richtete er sich noch einmal auf und schaltete die Lampe aus.

Eine Weile lag er im Dunkeln. Dann versuchte er wieder zu beten, stockend zunächst, formte lautlos mit seinen Lippen die Worte, dann murmelte er vernehmlicher und betete nun ernsthaft. Er bat um Erleuchtung. Er bat um Hilfe, die Lage zu verstehen. Er betete für Edith, dass ihr nichts fehlte, dass der Arzt keine ernsthafte Erkrankung fand, keinen Krebs, das vor allem, darum betete er am meisten. Dann betete er für die Kinder, zwei Söhne und eine Tochter, die nun über den Kontinent verstreut lebten. Auch seine Enkelkinder schloss er in die Gebete ein. Dann wanderten seine Gedanken zurück zu dem Hippie. Nicht lange, und er musste sich auf die Bettkante setzen und eine Zigarette anzünden. Er saß im Dunkeln auf dem Bett und rauchte. Die Hippiefrau, die war ja im Grunde noch ein Mädchen, nicht viel jünger als seine eigene Tochter, und sie sah auch gar nicht so viel anders aus. Aber dieser Bursche mit seinen kleinen Brillengläsern, das war etwas anderes. Eine ganze Weile saß er da und brütete über all das nach. Dann drückte er seine Zigarette aus und kroch wieder unter die Bettdecke. Er legte sich auf die Seite. Er drehte sich auf die andere Seite. Er wälzte sich hin und her, bis er auf dem Rücken liegen blieb und zur dunklen Zimmerdecke starrte. Noch immer schien das gelbliche Licht der Lampe über der Veranda zum Fenster hinein. Er lag mit offenen Augen da und lauschte dem Wind, wie er gegen das Haus anstürmte. Er spürte, wie sich wieder etwas in seinem Inneren regte, doch diesmal war es keine Wut. Er lag eine ganze Weile da und rührte sich nicht. Er lag da, als warte er auf etwas. Dann schwand etwas aus seiner Seele, und etwas anderes trat an dessen Stelle. Er spürte Tränen in den Augen. Er begann von neuem zu beten, die Worte drängten wie ein Sturzbach in seinem Inneren. Er sprach langsamer. Er setzte die Worte hintereinander, eins nach dem anderen, und betete. Diesmal konnte er auch das Mädchen und den Hippie in seine Gebete einschließen. Sollten sie es doch haben, sollten sie Busse fahren und überheblich sein und lachen und Ringe tragen, ja sollten sie schummeln, wenn sie wollten. Was jetzt nötig war, das waren Gebete. Auch die zwei konnten sie gebrauchen, sogar seine, ja gerade seine. »Dein Wille geschehe«, sagte er in seinem neuen Gebet für sie alle, für die Lebenden und die Toten.

SO VIEL WASSER SO NAH BEI UNS

I.

Mein Mann isst mit Appetit, aber er wirkt müde, gereizt. Er kaut langsam, die Arme auf den Tisch gestützt, und starrt auf etwas am anderen Ende des Zimmers. Er sieht mich an, dann wendet er den Blick wieder ab und wischt sich den Mund mit der Serviette. Er zuckt mit den Schultern, dann isst er weiter. Etwas zwischen uns hat sich verändert, auch wenn er das nicht wahrhaben will.

»Wieso starrst du mich so an?«, fragt er. »Was hast du?«, sagt er und legt die Gabel beiseite.

»Habe ich gestarrt?«, sage ich und schüttle den Kopf. So blöd bin ich.

Das Telefon klingelt. »Geh nicht ran«, sagt er.

»Vielleicht ist es deine Mutter«, sage ich. »Dean – vielleicht ist etwas mit Dean.«

»Du wirst schon sehen«, sagt er.

Ich nehme den Hörer ab und horche einen Augenblick. Er hält mit dem Essen inne. Ich beiße mir auf die Lippen und lege auf.

»Habe ich's nicht gesagt?«, sagt er. Er isst weiter. Dann wirft er die Serviette auf seinen Teller. »Verdammt, warum kümmert sich nicht jeder um seinen eigenen Kram? Sag mir, was ich falsch gemacht habe, dann höre ich dir zu! Es ist nicht fair.

Sie war doch schon tot. Und ich war nicht allein da draußen. Wir haben darüber gesprochen und es gemeinsam entschieden. Wir waren gerade erst angekommen. Der Anmarsch hatte Stunden gedauert. Wir konnten nicht einfach umkehren, bis zum Auto waren es fünf Meilen. Es war der erste Tag der Saison. Verdammt, ich habe mir nichts vorzuwerfen. Ehrlich nicht. Und sieh mich bloß nicht so an, hörst du? Du hast kein Recht, mich zu verurteilen. Du nicht.«

»Also weißt du«, sage ich und schüttle den Kopf.

»Was weiß ich, Claire? Sag es mir. Sag mir, was ich weiß. Ich weiß gar nichts, ich weiß nur das eine: Du solltest dich über diese Sache nicht so aufregen.« Er wirft mir einen Blick zu, den er für vielsagend hält. »Sie war tot, tot, tot, verstehst du?«, sagt er nach einer kurzen Pause. »Es ist eine schreckliche Geschichte, natürlich. Sie war ein junges Mädchen, und es ist furchtbar, und es tut mir leid, so leid wie es jedem tut, aber sie war tot, Claire, tot. Und jetzt lass uns damit aufhören. Bitte, Claire. Lass uns damit aufhören.«

»Genau darum geht es«, sage ich. »Sie war tot – aber verstehst du denn nicht? Sie brauchte Hilfe.«

»Ich geb's auf«, sagt er und hebt die Hände. Er schiebt den Stuhl zurück, nimmt seine Zigaretten und geht mit einer Dose Bier nach draußen auf die Veranda. Einen Moment lang geht er auf und ab, dann setzt er sich in einen Liegestuhl und greift wieder zur Zeitung. Sein Name steht auf der ersten Seite, zusammen mit den Namen seiner Freunde, den anderen Männern, die den »grausigen Fund« gemacht haben.

Ich schließe einen Augenblick lang die Augen und halte mich an der Spüle fest. Ich darf nicht mehr daran denken. Ich muss darüber hinwegkommen; es beiseiteschieben, mir aus dem Kopf schlagen, wie auch immer, und »weitermachen«. Ich öffne die Augen. Trotz allem, obwohl ich genau weiß, was dann geschehen wird, wische ich mit einer Armbewegung Geschirr und Gläser von der Spüle, und sie zersplittern klirrend am Boden.

Er macht keinen Mucks. Ich weiß, er hat es gehört, er hebt den Kopf, als ob er lauscht, aber sonst regt er sich nicht, dreht sich nicht um, sieht nicht nach. Ich hasse ihn dafür, dafür, dass er sich nicht regt. Er verharrt einen Augenblick, dann zieht er an seiner Zigarette und lehnt sich im Sessel zurück. Er tut mir leid, wie er lauscht, als gehe ihn das nichts an, wie er sich zurücklehnt und an seiner Zigarette zieht. Der Wind bläst ihm einen dünnen Rauchfaden aus dem Mund. Wieso fällt mir das auf? Er hat keine Ahnung, wie leid er mir tut, dafür, dass er still dasitzt und lauscht und den Rauch aus dem Mund wehen lässt …

Er hatte den Angelausflug in die Berge für letzten Sonntag geplant, eine Woche vor dem Memorial Day-Wochenende. Er und Gordon Johnson, Mel Dorn, Vern Williams. Sie gehen zusammen zum Poker, zum Bowling und zum Angeln. Sie angeln jedes Jahr zusammen, im Frühling und im Frühsommer, den ersten zwei oder drei Monaten der Saison, bevor Schulferien, die Baseball-Liga und Verwandtenbesuche ihnen einen Strich durch die Rechnung machen können. Es sind anständige Männer, Familienväter, verantwortungsvoll in ihrem Beruf. Sie haben Söhne und Töchter, die mit unserem Sohn Dean zur Schule gehen. Am Freitagnachmittag brachen die vier zu ihrem dreitägigen Angelausflug an den Naches River auf. Sie stellten das Auto in den Bergen ab und gingen die letzten paar Meilen bis zu der Stelle, wo sie angeln wollten, zu Fuß, bepackt mit Schlafsäcken, Proviant und Kochgeschirr, mit ihren Spielkarten und ihrem Whisky.

Am ersten Abend am Fluss, noch bevor sie ihr Lager aufschlagen konnten, hatte Mel Dorn dann das Mädchen gefunden, das mit dem Gesicht nach unten im Fluss trieb; sie war nackt und hatte sich in ein paar Ästen in Ufernähe verfangen. Er rief die anderen dazu, und alle kamen, um sie zu sehen. Sie berieten, was sie tun sollten. Einer von den Männern – Stuart hatte nicht gesagt welcher – vielleicht war es Vern Williams, der war ein massiger, umgänglicher Mann, der oft lachte –, einer von ihnen hatte vorgeschlagen, sie sollten sofort zum Auto zurückgehen. Die anderen scharrten mit den Füßen im Sand und sagten, dass sie eigentlich lieber bleiben würden. Sie sagten, sie seien zu müde, es sei schon so spät und das Mädchen werde ihnen »schon nicht weglaufen«. Am Ende hatten sie gemeinsam beschlossen zu bleiben. Sie bauten ihr Lager auf, zündeten ihr Feuer an und tranken ihren Whisky. Sie tranken eine Menge Whisky, und als der Mond aufging, kamen sie wieder auf das Mädchen zu sprechen. Einer fand, sie sollten etwas unternehmen, damit die Leiche in der Nacht nicht wegschwimmen konnte. Irgendwie hatten sie das Gefühl, dass sie Ärger deswegen bekommen konnten, wenn sie in der Nacht davonschwamm. Sie nahmen ihre Taschenlampen und stolperten hinunter zum Fluss. Es war ziemlich windig, ein kalter Wind, und das Wasser kam in Wellen ans sandige Ufer des Flusses. Einer von den Männern, ich weiß nicht welcher, Stuart vielleicht, er könnte es gewesen sein, watete ins Wasser, fasste das Mädchen bei den Fingern und zog sie, immer noch mit dem Gesicht nach unten, näher ans Ufer ins flache Wasser; dann nahm er ein Stück Nylonkordel, legte es ihr um die Taille und band das andere Ende an eine Baumwurzel, und die ganze Zeit über ließen die anderen Männer dabei das Licht ihrer Taschenlampen über den Körper des Mädchens gleiten. Hinterher kehrten sie zurück ins Lager und tranken noch mehr Whisky. Dann gingen sie schlafen. Am nächsten Morgen, das war der Samstag, machten sie Frühstück, tranken jede Menge Kaffee und weiteren Whisky, und dann gingen sie in zwei Gruppen zum Angeln, zwei Männer flussaufwärts, zwei flussabwärts.

An dem Abend, nachdem sie ihre Fische gebraten und Kartoffeln gekocht und noch mehr Kaffee und Whisky getrunken hatten, gingen sie mit dem Geschirr an den Fluss und spülten es, nur ein paar Schritte von der Stelle, wo das Mädchen im Wasser lag. Wieder tranken sie, dann holten sie ihre Karten hervor und spielten und tranken, bis es zu dunkel war, um die Karten zu sehen. Vern Williams ging schlafen, aber die anderen erzählten sich noch Geschichten und prahlten mit Schweinereien und Gaunereien aus ihrer Vergangenheit, und keiner sprach von dem Mädchen, bis Gordon Johnson, der in dem Augenblick nicht an sie dachte, etwas über das feste Fleisch der Forellen sagte, die sie gefangen hatten, und darüber, wie kalt das Wasser im Fluss war. In dem Augenblick stockte ihnen allen die Sprache, aber sie tranken weiter, bis einer von ihnen stolperte und fluchend gegen die Laterne stieß; danach krochen sie dann in ihre Schlafsäcke.

Am nächsten Morgen standen sie spät auf, tranken noch mehr Whisky und angelten ein bisschen dabei, und um ein Uhr nachmittags, das war am Sonntag, einen Tag früher als geplant, beschlossen sie abzufahren. Sie schlugen ihre Zelte ab, rollten die Schlafsäcke auf, suchten Töpfe, Pfannen, Fische und ihr Angelzeug zusammen und machten sich auf den Rückweg. Sie haben nicht noch einmal nach dem Mädchen gesehen, bevor sie losgezogen sind. Nachdem sie ihr Auto erreicht hatten, sind sie schweigend den Highway entlanggefahren, bis sie zu einer Telefonzelle kamen. Stuart rief den Sheriff an, und die anderen standen in der heißen Sonne um ihn herum und hörten zu. Er nannte dem Mann am anderen Ende ihre vollständigen Namen – schließlich hatten sie nichts zu verbergen, waren sich keiner Schuld bewusst – und versprach, dass sie an der Tankstelle warten würden, bis jemand kam, dem sie die Stelle genauer beschreiben konnten und der ihre Aussagen aufnehmen würde.

Um elf Uhr abends kam er zu Hause an. Ich schlief schon, aber ich wachte auf, als ich ihn in der Küche hörte. Er stand mit einer Dose Bier an den Kühlschrank gelehnt. Er legte seine kräftigen Arme um mich und rieb mir den Rücken, mit den gleichen Händen, mit denen er zwei Tage vorher abgefahren war – jedenfalls dachte ich das.

Im Bett berührte er mich wieder mit diesen Händen, dann hielt er inne, als sei er mit seinen Gedanken anderswo. Ich drehte mich ein Stück in seine Richtung und öffnete die Beine. Ich weiß, dass er danach noch lange wach lag, noch als ich einschlief; und später, als ich von einem kleinen Geräusch kurz aufwachte und die Augen aufschlug, dem Rascheln der Laken, war es draußen schon fast hell, die Vögel sangen, und er lag auf dem Rücken, rauchte und blickte zum Fenster, wo die Vorhänge vorgezogen waren. Im Halbschlaf sagte ich seinen Namen, aber er antwortete nicht. Dann schlief ich wieder ein.

An dem Morgen war er schon vor mir auf, wahrscheinlich weil er wissen wollte, ob etwas darüber in der Zeitung stand. Um kurz nach acht klingelte zum ersten Mal das Telefon.

»Geh zum Teufel!«, schrie er in den Hörer. Eine Minute

später klingelte das Telefon zum zweiten Mal, und ich lief in die Küche. »Ich habe dem, was ich dem Sheriff gesagt habe, nichts mehr hinzuzufügen. Genau!« Er knallte den Hörer auf die Gabel.

»Was ist los?«, fragte ich erschrocken.

»Setz dich«, sagte er langsam. Er fuhr sich mit den Fingern über die Bartstoppeln an den Schläfen, und es gab ein raschelndes Geräusch. »Ich muss dir etwas sagen. Es ist etwas passiert, oben, wo wir angeln waren.« Wir setzten uns, den Tisch zwischen uns, und er erzählte es mir.

Ich trank Kaffee und starrte ihn an, während er sprach. Ich las den Bericht in der Zeitung, die er mir über den Tisch schob ... unbekanntes Mädchen, zwischen achtzehn und fünfundzwanzig Jahren alt ... Leiche drei bis fünf Tage im Wasser ... möglicherweise vergewaltigt ... vorläufige Untersuchung deutet auf Tod durch Erwürgen ... Platz- und Schürfwunden in Brust- und Beckenbereich ... Autopsie ... Vergewaltigung, Untersuchungsergebnisse bleiben abzuwarten.

»Du musst das verstehen«, sagte er. »Sieh mich doch nicht so an. Ich weiß überhaupt nicht, was du hast. Übertreib nicht, Claire.«

»Warum hast du mir das gestern Abend nicht erzählt?«, fragte ich.

»Ich ... habe es eben nicht getan«, sagte er. »Wie meinst du das?«

»Du weißt, wie ich das meine«, sagte ich. Ich betrachtete seine Hände, die kräftigen Finger mit den behaarten Knöcheln, sah, wie sie sich bewegten, eine Zigarette anzündeten, Finger, die in der letzten Nacht meinen Körper berührt hatten, in ihn eingedrungen waren.

Er zuckte mit den Schultern. »Wo ist da der Unterschied, gestern Abend, heute Morgen? Du warst müde, und da habe ich gedacht, ich warte mit dem Erzählen bis heute Morgen.« Er blickte nach draußen auf die Veranda; ein Rotkehlchen flog vom Rasen auf den Gartentisch und putzte sich dort.

»Das ist doch nicht wahr«, sagte ich. »Ihr habt sie einfach so da draußen liegen lassen?«

Er drehte sich hastig um und sagte: »Was hab ich denn getan? Hör mir jetzt genau zu, und dann ist ein für allemal Schluss damit. Es ist nichts passiert. Ich habe nichts, was mir leidtun oder weswegen ich mich schuldig fühlen müsste. Hast du das verstanden?«

Ich stand vom Tisch auf und ging in Deans Zimmer. Er war wach, noch im Schlafanzug; er setzte ein Puzzle zusammen. Ich suchte ihm seine Kleider zusammen und ging dann zurück in die Küche und stellte sein Frühstück auf den Tisch. Das Telefon klingelte noch zwei- oder dreimal, und jedes Mal war Stuart kurz angebunden und hinterher wütend. Er rief Mel Dorn und Gordon Johnson an und redete mit ihnen, langsam und eindringlich, dann machte er ein Bier auf und rauchte eine Zigarette; bei Deans Frühstück erkundigte er sich nach der Schule, seinen Freunden und so weiter, geradeso, als sei nichts geschehen.

Dean wollte wissen, was er gemacht hatte, als er weg war, und Stuart holte ein paar Fische aus der Kühltruhe und zeigte sie ihm.

»Ich bringe ihn heute den Tag über zu deiner Mutter«, sagte ich.

»Sicher«, sagte Stuart und sah Dean an, der eine gefrorene Forelle in der Hand hielt. »Wenn du das willst und wenn er es will. Aber nötig ist es nicht. Es ist alles in Ordnung.«

»Es ist mir trotzdem lieber«, sagte ich.

»Kann ich da schwimmen gehen?«, fragte Dean und wischte sich die Finger an der Hose ab.

»Ich denke schon«, sagte ich. »Es ist warm heute, nimm deine Badesachen mit, dann hat Großmutter bestimmt nichts dagegen.«

Stuart zündete sich eine weitere Zigarette an und sah uns an.

Dean und ich fuhren quer durch die Stadt zu Stuarts Mutter. Sie wohnt in einem Apartmentkomplex mit Swimmingpool und Sauna. Sie heißt Catherine Kane. Sie hat den gleichen Namen wie ich, das kommt mir unglaublich vor. Stuart hat mir erzählt, dass ihre Freunde sie früher Candy genannt haben. Sie ist eine hochgewachsene, kalte Frau mit weißblonden Haaren. In ihrer Gegenwart habe ich immer das Gefühl, dass ich auf dem Prüfstand bin, immer auf dem Prüfstand. Ich erkläre kurz mit leiser Stimme, was passiert ist (sie hat die Zeitung noch nicht gelesen), und verspreche, Dean am Abend wieder abzuholen. »Er hat seine Badesachen dabei«, sage ich. »Stuart und ich müssen ein paar Dinge besprechen«, füge ich noch hinzu. Sie mustert mich über den Rand ihrer Brille. Dann nickt sie und wendet sich Dean zu: »Wie geht es dir, kleiner Mann?« Sie geht in die Knie und legt die Arme um ihn. Sie sieht mich noch einmal an, als ich gehe. Sie hat eine merkwürdige Art, mich anzusehen, und sie sagt dabei kein Wort.

Als ich nach Hause kam, saß Stuart am Tisch, hatte sich etwas zu essen genommen und trank Bier …

Nach einer Weile kehre ich die Scherben zusammen und gehe nach draußen. Stuart liegt jetzt auf dem Rücken im Gras, Zeitung und Bierdose in Reichweite, und starrt in den

Himmel. Es ist windig, aber warm draußen, und die Vögel zwitschern.

»Können wir ein bisschen spazieren fahren, Stuart?«, frage ich. »Egal wohin.«

Er wälzt sich auf den Bauch, sieht mich an und nickt. »Wir kaufen unterwegs noch Bier«, sagt er. »Ich hoffe, du hast dich ein bisschen beruhigt. Versuch einfach, mich zu verstehen, mehr verlange ich ja nicht.« Er steht auf und streift im Vorbeigehen meine Hüfte. »Dauert nur eine Minute. Ich bin gleich so weit.«

Wir fahren wortlos durch die Stadt. Bevor wir aufs Land kommen, hält er an einem Laden und kauft Bier. Ich sehe einen großen Stapel Zeitungen direkt hinter der Tür. Auf der obersten Treppenstufe hält eine dicke Frau in einem bedruckten Kleid einem kleinen Mädchen eine Lakritzstange hin. Kurz darauf überqueren wir den Everson Creek und fahren auf einen Picknickplatz dort am Wasser. Der Bach fließt unter der Brücke hindurch und mündet nach ein paar hundert Metern in einen großen Teich. Etwa ein Dutzend Männer und Jungen stehen am Ufer rund um den Teich unter den Weiden und angeln.

So viel Wasser so nah bei uns, wieso musste er da meilenweit zum Angeln fahren?

»Warum seid ihr ausgerechnet dahin gefahren?«, frage ich.

»An den Naches River? Da fahren wir immer hin. Jedes Jahr mindestens einmal.« Wir sitzen auf einer Bank in der Sonne, und er macht zwei Dosen Bier auf und reicht mir eine. »Wie zum Teufel hätte ich denn wissen sollen, dass so was passiert?« Er schüttelt den Kopf und zuckt mit den Schultern, als sei das alles schon vor Jahren geschehen oder als sei er nicht dabei gewesen. »Genieß den Nachmittag, Claire. Ist das Wetter nicht herrlich?«

»Sie haben gesagt, sie sind unschuldig.«

»Wer? Wovon redest du?«

»Die Maddox-Brüder. Sie haben ein Mädchen namens Arlene Hubly umgebracht, nicht weit von der Stadt, wo ich aufgewachsen bin, und dann haben sie ihr den Kopf abgeschnitten und sie in den Cle Elum River geworfen. Arlene und ich sind auf dieselbe Highschool gegangen. Damals war ich noch ein kleines Mädchen.«

»Wie kommst du bloß auf solche Gedanken?«, sagt er. »Komm schon, denk nicht mehr dran. Sonst werde ich noch ernsthaft böse. Also was ist? Claire?«

Ich betrachte den Bach. Ich treibe in Richtung Teich, mit offenen Augen, das Gesicht nach unten, starre auf die Steine und das Moos im Bachbett, bis die Strömung mich in den See hinausträgt, wo der Wind mich hin und her wiegt. Nichts wird sich ändern. Wir werden immer so weitermachen, weiter und immer weiter. Wir werden sogar jetzt weitermachen, als sei nichts geschehen. Ich starre ihn über den Picknicktisch hinweg so unverwandt an, dass er bleich wird.

»Ich weiß nicht, was mit dir los ist«, sagt er. »Ich weiß wirklich –«

Ich schlage zu, bevor mir überhaupt klar ist, was ich tue. Ich hebe die Hand, warte für den Bruchteil einer Sekunde, dann gebe ich ihm eine schallende Ohrfeige. Das ist verrückt, denke ich, noch während ich zuschlage. Wir müssen uns die Hand reichen. Wir müssen uns gegenseitig helfen. Das ist verrückt.

Er packt mein Handgelenk, bevor ich ein zweites Mal zuschlagen kann, und hebt selbst die Hand. Ich ducke mich, warte und sehe, wie ein Ausdruck in seine Augen kommt und dann sofort wieder verschwindet. Er lässt die Hand sinken. Ich schwimme noch immer im Teich und drehe mich schneller und schneller im Kreis.

»Los, ab ins Auto«, sagt er. »Ich bringe dich nach Hause.«

»Nein, nein«, sage ich und weiche vor ihm zurück.

»Mach schon«, sagt er. »Verflucht nochmal.«

»Du bist nicht fair«, sagt er später im Auto. Wiesen und Bäume und Farmhäuser fliegen draußen am Fenster vorbei. »Du bist nicht fair. Zu dir selbst nicht und nicht zu mir. Und auch nicht zu Dean, wenn ich schon dabei bin. Denk mal einen Augenblick lang an Dean. Denk an mich. Denk nicht immer nur an dich.«

Es gibt nichts, was ich jetzt darauf sagen könnte. Er versucht sich auf die Straße zu konzentrieren, aber er sieht immer wieder in den Rückspiegel. Aus dem Augenwinkel schaut er zu dem Platz, wo ich sitze, die Knie untergeschlagen. Die Sonne brennt mir auf den Arm und von der Seite her aufs Gesicht. Er macht im Fahren eine neue Dose Bier auf, trinkt einen Schluck, dann klemmt er die Dose zwischen die Beine und atmet tief aus. Er weiß, was los ist. Ich könnte ihm ins Gesicht lachen. Ich könnte weinen.

II.

Stuart glaubt, er lässt mich heute Morgen länger schlafen. Aber ich war, schon lange bevor der Wecker losging, wach; ich lag auf der anderen Bettseite, weit weg von seinen behaarten Beinen und den dicken, schlafenden Fingern. Er sorgt dafür, dass Dean sich rechtzeitig auf den Weg zur Schule macht, dann rasiert er sich, zieht sich an und geht kurz darauf selbst zur Arbeit. Zweimal schaut er ins Schlafzimmer und räuspert sich, aber ich lasse die Augen geschlossen.

In der Küche finde ich einen Zettel von ihm, unterschrieben mit »Alles Liebe«. Ich sitze in der Frühstücksecke in der Sonne und trinke Kaffee, und die Tasse hinterlässt einen braunen Kranz auf dem Zettel. Das Telefon klingelt nicht mehr, wenigstens etwas. Keine Anrufe seit gestern Abend. Ich sehe die Zeitung an, schiebe sie auf dem Tisch bald hierhin, bald dorthin. Dann ziehe ich sie zu mir heran und lese, was da steht. Die Tote ist immer noch nicht identifiziert, offenbar wird sie von niemandem gesucht oder vermisst. Aber in den letzten vierundzwanzig Stunden haben Männer die Leiche untersucht; sie haben alles Mögliche in sie hineingesteckt, an ihr herumgeschnitten, gewogen, gemessen, Sachen wieder zurückgetan und sie wieder zugenäht – alles auf der Suche nach der genauen Todesursache und dem genauen Zeitpunkt ihres Todes. Und nach Beweisen für eine Vergewaltigung. Ich bin sicher, sie hoffen, dass sie vergewaltigt wurde. Eine Vergewaltigung wäre leichter zu verstehen. In der Zeitung steht, sie wird bis auf weiteres in das Beerdigungsinstitut Keith & Keith gebracht. Die Bevölkerung wird um sachdienliche Hinweise gebeten usw.

Zwei Dinge sind klar: 1.) die Menschen kümmern sich nicht mehr darum, was anderen Menschen zustößt, und 2.) ist sowieso längst alles egal. Wenn man sich ansieht, was da passiert ist. Und trotzdem wird sich für Stuart und mich nichts ändern. Von Grund auf ändern, meine ich. Wir werden älter werden, alle beide; an unseren Gesichtern kann man es schon sehen, morgens im Spiegel, wenn wir zur gleichen Zeit im Badezimmer sind. Und manche Dinge in unserer Umgebung werden sich ändern, werden leichter oder schwieriger werden, mal so und mal so, aber es wird sich nichts von Grund auf ändern. Da bin ich mir sicher. Wir haben unsere Entscheidungen getroffen, unser Leben hat eine bestimmte Richtung eingeschlagen und wird immer so weiterlaufen, bis es irgendwann aufhört. Aber wenn das stimmt, was heißt das? Ich meine, was ist, wenn man so etwas glaubt und es immer unter den Teppich kehrt, bis eines Tages etwas passiert, das etwas ändern sollte, und dann merkt man, dass sich doch nichts ändern wird? Was dann? In der Zwischenzeit reden die Leute um einen herum einfach weiter und gehen mit einem um, als sei man noch derselbe Mensch wie gestern oder gestern Abend oder vor fünf Minuten, aber in Wirklichkeit steckt man in einer Krise, man spürt die Wunde in seinem Herzen …

Die Vergangenheit ist verschwommen. Als läge ein dünner Staubfilm über diesen frühen Jahren. Ich kann nicht sicher sein, dass die Dinge, an die ich mich erinnere, tatsächlich geschehen sind. Es war einmal ein Mädchen, das hatte eine Mutter und einen Vater – der Vater hatte ein kleines Café, in dem die Mutter als Kellnerin und Kassiererin arbeitete –, und dieses Mädchen bewegte sich wie im Traum durch Grundschule und Highschool, und dann innerhalb von ein oder zwei Jahren durch die Sekretärinnenschule. Später, viel später – was ist aus der Zeit dazwischen geworden? – wohnt sie in einer anderen Stadt und arbeitet als Empfangsdame in einer Firma für elektronische Bauteile. Dort lernt sie einen der Ingenieure kennen, und er fragt sie, ob sie mit ihm ausgehen will. Als sie merkt, worauf er hinauswill, lässt sie sich schließlich von ihm verführen. Damals hatte sie eine Eingebung, eine Erkenntnis, die diese Verführung betraf, an die sie sich aber später nicht mehr erinnern konnte, sosehr sie sich auch mühte. Nach kurzer Zeit beschließen sie zu heiraten, aber schon da entgleitet ihr die Vergangenheit, ihre Vergangenheit. Die Zukunft ist etwas, das sie sich nicht vorstellen kann. Wenn sie an die Zukunft denkt, lächelt sie, als hüte sie ein Geheimnis. Einmal, bei einem besonders erbitterten Streit, an dessen Gegenstand sie sich nicht mehr erinnern kann, nach ungefähr fünf Jahren Ehe, sagt er ihr, dass diese Geschichte (seine Worte: »diese Geschichte«) eines Tages gewaltsam enden wird. Daran erinnert sie sich. Sie speichert es irgendwo und sagt es sich danach von Zeit zu Zeit laut vor. Manchmal verbringt sie den ganzen Vormittag auf den Knien im Sandkasten hinter der Garage und spielt mit Dean und ein oder zwei Freunden von ihm. Aber jeden Nachmittag um vier bekommt sie Kopfschmerzen. Sie hält sich die Stirn, ihr ist schwindlig von dem Schmerz. Stuart sagt, sie soll zum Arzt gehen, und sie tut es, insgeheim geschmeichelt von der fürsorglichen Aufmerksamkeit des Arztes. Sie geht eine Zeitlang weg, an einen Ort, den der Doktor empfiehlt. Seine Mutter kommt eilig aus Ohio, um sich um das Kind zu kümmern. Aber sie, Claire, verdirbt alles und kommt schon nach wenigen Wochen nach Hause zurück. Seine Mutter zieht aus und mietet ein Apartment am anderen Ende der Stadt. Da sitzt sie und wartet. Eines Abends im Bett, als sie beide schon fast eingeschlafen sind, erzählt Claire ihm, dass sie in De Witt gehört hat, wie einige Patientinnen sich über Fellatio unterhielten. Sie denkt sich, so was hört er vielleicht gern. Sie lächelt im Dunkeln.

Stuart freut sich, dass sie das sagt. Er streichelt ihren Arm. Es wird alles wieder gut, sagt er. Von jetzt an wird alles anders und besser für sie. Er ist befördert worden und hat eine anständige Gehaltserhöhung bekommen. Sie haben sogar ein neues Auto gekauft, einen Kombi, Claires Wagen. Sie werden im Hier und Jetzt leben. Er sagt, zum ersten Mal seit Jahren hat er das Gefühl, dass er sich entspannen kann. Im Dunkeln streichelt er weiter ihren Arm … Er geht auch weiterhin zum Bowling und spielt regelmäßig Karten. Er geht mit drei Freunden angeln.

An diesem Abend passieren drei Dinge: Dean sagt, die Kinder in der Schule haben ihm erzählt, dass sein Vater eine Leiche im Fluss gefunden hat. Er will mehr darüber wissen.

Stuart gibt ein paar hastige Erklärungen, lässt aber den größten Teil der Geschichte weg; sagt nur, er und drei andere Männer hätten beim Angeln eine Leiche entdeckt.

»Was für eine Leiche?«, fragt Dean. »War es ein Mädchen?«

»Ja, es war ein Mädchen. Eine Frau. Danach haben wir den Sheriff gerufen.« Stuart sieht mich an.

»Und was hat der gesagt?«, fragt Dean.

»Er hat gesagt, er kümmert sich drum.«

»Wie sah sie aus? Hattest du Angst?«

»So, das reicht«, sage ich. »Spül deinen Teller ab, Dean, und dann kannst du auf dein Zimmer gehen.«

»Aber ich will wissen, wie sie ausgesehen hat«, bohrt er weiter.

»Du hast doch gehört, was ich gesagt habe. Hast du mich verstanden, Dean? Dean!« Am liebsten würde ich ihn schütteln. Ihn schütteln, bis er weint.

»Tu, was deine Mutter sagt«, brummt Stuart. »Es war einfach nur eine Leiche, mehr gibt's da nicht zu erzählen.«

Ich räume eben den Tisch ab, da nähert sich Stuart von hinten und berührt meinen Arm. Seine Finger sind glühend heiß. Ich fahre zusammen und lasse beinahe einen Teller fallen.

»Was ist los mit dir?«, fragt er und lässt seine Hand sinken. »Sag mir, was mit dir los ist, Claire.«

»Du hast mich erschreckt«, sage ich.

»Das meine ich. Es müsste doch möglich sein, dass ich dich anfasse, ohne dass du gleich in Panik gerätst.« Mit einem Anflug von Lächeln steht er vor mir und versucht, mir in die Augen zu sehen; dann legt er mir den Arm um die Taille. Mit der anderen Hand nimmt er meine freie Hand und legt sie vorn an seine Hose.

»Bitte, Stuart.« Ich mache mich los, und er tritt einen Schritt zurück und schnippt mit den Fingern.

»Na zum Teufel dann«, sagt er. »Mach, was du willst. Aber denk immer dran.«

»Woran?«, frage ich sofort. Ich sehe ihn an und halte die Luft an.

Er zuckt mit den Schultern. »Nichts, gar nichts«, sagt er und lässt die Fingerknöchel knacken.

Das Zweite, was passiert ist, dass wir abends vor dem Fernseher sitzen, er in seinem Ledersessel und ich mit einer Decke und einer Illustrierten auf der Couch, das ganze Haus still bis auf den Fernseher, als plötzlich eine Stimme das Programm unterbricht und sagt, dass man das ermordete Mädchen identifiziert hat. Weitere Einzelheiten in den Elfuhrnachrichten.

Wir sehen uns an. Nach ein paar Minuten steht er auf, um sich einen Schlummertrunk zu machen. Ob ich auch einen will?

»Nein«, sage ich.

»Ich kann auch allein trinken«, sagt er. »Wollte nur fragen.«

Ich spüre, dass er irgendwie verletzt ist, und schaue weg, beschämt und wütend zugleich.

Er bleibt lange in der Küche, aber als die Nachrichten anfangen, kommt er mit seinem Drink zurück.

Zuerst wiederholt der Sprecher noch einmal die Geschichte von den vier Anglern, die die Leiche gefunden haben, dann kommt das Foto eines Mädchens, ein Abschlussfoto von der Highschool – ein dunkelhaariges Mädchen mit rundem Gesicht und vollen, lächelnden Lippen –, und anschließend ein Film davon, wie die Eltern des Mädchens in das Beerdigungsinstitut kommen, um die Leiche zu identifizieren. Fassungslos und traurig gehen sie mit schleppenden Schritten den Bürgersteig entlang bis zu den Stufen am Eingang, wo ein Mann im dunklen Anzug sie erwartet und ihnen die Tür aufhält. Als sei nur eine Sekunde verstrichen, als seien sie nur durch die Tür gegangen und hätten drinnen auf der Stelle kehrtgemacht, um wieder nach draußen zu gehen, sieht man dann dasselbe Paar beim Verlassen der Leichenhalle; die Frau ist in Tränen aufgelöst, hält sich ein Taschentuch vors Gesicht, der Mann bleibt gerade lang genug stehen, um zu einem Reporter zu sagen: »Ja, das ist sie, das ist unsere Susan. Ich kann jetzt nichts sagen. Ich hoffe nur, sie schnappen den Kerl oder die Kerle, die das getan haben, bevor ein neues Unglück geschieht. So viel Gewalt …« Er macht eine matte Handbewegung in Richtung Fernsehkameras. Dann steigen der Mann und die Frau in ein altes Auto und verschwinden im Spätnachmittagsverkehr.

Danach berichtet der Nachrichtensprecher, das Mädchen,

Susan Miller, habe als Kinokassiererin in Summit, einer Stadt 120 Meilen nördlich von hier, gearbeitet. Nach Feierabend sei ein grüner Wagen neueren Baujahrs vor dem Kino vorgefahren, und das Mädchen, das laut Zeugenaussagen offenbar auf das Auto gewartet hatte, sei hinübergegangen und eingestiegen; deshalb vermuteten die Ermittlungsbehörden, dass der Fahrer ein Freund oder zumindest ein Bekannter sei. Die Ermittlungsbehörden würden sich gern mit dem Fahrer des grünen Wagens unterhalten.

Stuart räuspert sich. Dann lehnt er sich in seinem Sessel zurück und nippt an seinem Drink.

Das Dritte, was passiert ist, dass Stuart sich nach den Nachrichten streckt, gähnt und mich ansieht. Ich stehe auf und fange an, mir die Couch zum Schlafen herzurichten.

»Was machst du da?«, fragt er verwundert.

»Ich bin noch nicht müde«, sage ich und weiche seinem Blick aus. »Ich denke, ich bleibe noch ein Weilchen auf und lese noch etwas vor dem Einschlafen.«

Er starrt mich an, als ich ein Laken über die Couch breite. Als ich mir ein Kopfkissen holen will, steht er in der Schlafzimmertür und versperrt mir den Weg.

»Ich frage dich noch einmal«, sagt er. »Was zum Teufel soll das werden?«

»Ich muss heute Abend allein sein«, sage ich. »Ich brauche einfach Zeit zum Nachdenken.«

Er schnaubt. »Also wenn du mich fragst, machst du einen großen Fehler. Ich finde, du solltest dir lieber noch einmal gründlich überlegen, was du tust. Claire?«

Ich kann nicht antworten. Ich weiß nicht, was ich sagen will. Ich drehe mich weg und schlage die Enden der Wolldecke um. Er starrt mich noch einen Augenblick lang an, dann sehe ich, wie er die Schultern hebt. »Tu, was du nicht lassen kannst. Ist mir scheißegal«, sagt er, dreht sich um und geht den Flur entlang davon, und dabei kratzt er sich im Nacken.

An diesem Morgen lese ich in der Zeitung, dass der Gottesdienst für Susan Miller am folgenden Tag um zwei Uhr in der Chapel of the Pines in Summit stattfinden soll. Außerdem hat die Polizei drei Leute vernommen, die gesehen haben, wie sie in den grünen Chevrolet eingestiegen ist, doch das Kennzeichen des Autos ist noch immer unbekannt. Aber sie machen Fortschritte, und die Ermittlungen laufen weiter. Ich sitze eine ganze Weile da, halte die Zeitung in der Hand und denke nach. Dann rufe ich beim Friseur an und mache einen Termin ab.

Ich sitze mit einer Illustrierten auf dem Schoß unter der Trockenhaube und lasse mir von Millie die Nägel machen.

»Morgen gehe ich zu einer Beerdigung«, sage ich, nachdem wir uns eine Weile über eine frühere Kollegin von ihr unterhalten haben.

Millie sieht zu mir auf, dann blickt sie wieder auf meine Finger. »Das tut mir leid, Mrs Kane. Tut mir wirklich leid.«

»Es ist die Beerdigung von einem jungen Mädchen«, sage ich.

»Umso schlimmer. Meine Schwester ist gestorben, als ich noch ein kleines Mädchen war, und ich habe es bis heute nicht verwunden. Wer ist es?«, fragt sie nach einer kleinen Pause.

»Ein Mädchen. Ich habe sie nicht besonders gut gekannt, aber trotzdem.«

»Schlimm. Tut mir wirklich leid. Aber wir machen Sie richtig schön dafür, keine Sorge. Wie finden Sie das?«

»Das finde ich … toll. Millie, haben Sie sich je gewünscht, jemand anders zu sein oder einfach niemand, ein Nichts, ein völliges Nichts?«

Sie sieht mich an. »Also das kann ich nicht sagen, nein. Nein, wenn ich jemand anderes wäre, womöglich würde ich mich dann überhaupt nicht mögen.« Sie fasst meine Hand und scheint einen Moment lang in Gedanken versunken. »Ich weiß nicht, ich weiß wirklich nicht … Und jetzt geben Sie mir Ihre andere Hand, Mrs Kane.«

Am Abend um elf mache ich mir wieder mein Bett auf der Couch, und diesmal sieht Stuart mich einfach nur an, fährt sich mit der Zunge an der Innenseite der Lippen entlang und geht dann den Flur hinunter zum Schlafzimmer. In der Nacht wache ich auf und höre, wie das Gartentor im Wind schlägt. Ich will nicht wach sein, und lange Zeit liege ich mit geschlossenen Augen da. Schließlich stehe ich auf, nehme mein Kissen und gehe ans andere Ende des Ganges. Das Licht in unserem Schlafzimmer brennt, und Stuart liegt auf dem Rücken und schnarcht mit offenem Mund. Ich gehe in Deans Zimmer und schlüpfe zu ihm ins Bett. Im Schlaf rückt er beiseite und macht mir Platz. Eine kleine Weile lang liege ich da und drücke mich an ihn, mein Gesicht an seinem Haar.

»Was ist los, Mama?«, fragt er.

»Nichts, Liebling. Schlaf weiter. Alles in Ordnung.«

Als ich Stuarts Wecker höre, stehe ich auf, stelle den Kaffeekessel an und mache Frühstück, während er sich rasiert.

Er erscheint in der Küchentür, ein Handtuch über der nackten Schulter, und mustert die Szene.

»Ich habe Kaffee«, sage ich. »Eier sind gleich fertig.«

Er nickt.

Ich wecke Dean, und wir frühstücken zu dritt. Ein- oder

zweimal sieht Stuart mich an, als ob er etwas sagen wolle, aber jedes Mal frage ich Dean, ob er noch Milch will oder noch Toast oder so etwas.

»Ich rufe dich im Laufe des Tages an«, sagt Stuart, als er zur Haustür geht.

»Ich glaube nicht, dass ich heute zu Hause bin«, sage ich rasch. »Ich habe heute viel zu erledigen. Kann sein, dass ich nicht rechtzeitig zum Abendessen zurück bin.«

»Sicher. In Ordnung.« Er will mehr wissen, er nimmt seine Aktentasche von einer Hand in die andere. »Vielleicht können wir heute Abend essen gehen? Was hältst du davon?« Er sieht mich unverwandt an. Er hat das Mädchen schon vergessen. »Ist bei dir … alles in Ordnung?«

Ich strecke die Hand aus, um ihm die Krawatte gerade zu rücken, doch dann lasse ich sie wieder sinken. Er will mir einen Abschiedskuss geben. Ich mache einen Schritt zurück. »Tja, dann wünsche ich dir einen schönen Tag«, sagt er schließlich. Dann dreht er sich um und geht die Einfahrt hinunter zu seinem Auto.

Ich ziehe mich sorgfältig an. Ich setze einen Hut auf, den ich seit Jahren nicht mehr getragen habe, und betrachte mich im Spiegel. Dann nehme ich den Hut wieder ab, lege ein leichtes Make-up auf und schreibe Dean einen Zettel.

Liebling, Mammi hat heute Nachmittag etwas zu erledigen, aber sie kommt bald zurück. Bitte bleib zuhause oder im Garten, bis einer von uns zurück ist.

Alles Liebe

Ich betrachte das Wort »Liebe«, dann unterstreiche ich es. Beim Schreiben merke ich, dass ich nicht weiß, ob man zuhause in einem Wort schreibt oder in zweien. Ich habe nie darüber nachgedacht. Jetzt denke ich darüber nach, und dann ziehe ich einen Strich und mache zwei Wörter daraus.

Beim Tanken frage ich nach dem Weg nach Summit. Barry, ein vierzigjähriger Mechaniker mit Schnurrbart, kommt aus der Toilette und lehnt sich an den vorderen Kotflügel; der andere Mann, Lewis, schiebt den Schlauch in den Tank und putzt gemächlich die Windschutzscheibe.

»Summit«, sagt Barry, sieht mich an und streicht mit dem Finger seinen Schnurrbart glatt. »Es gibt keine wirklich gute Route nach Summit, Mrs Kane. Es dauert so oder so zwei, zweieinhalb Stunden. Über die Berge. Ganz schön anstrengend für eine Frau. Summit? Was wollen Sie denn in Summit, Mrs Kane?«

»Ich habe da zu tun«, sage ich, ein wenig beunruhigt. Lewis kümmert sich inzwischen um einen anderen Wagen.

»Ja, also, wenn ich hier nicht so eingespannt wäre« – er zeigt mit dem Daumen in Richtung Hebebühne –, »würde ich Ihnen anbieten, Sie nach Summit und zurück zu fahren. Die Straße ist nicht besonders gut. Na ja, sie ist schon in Ordnung, nur jede Menge Kurven und so.«

»Ich schaffe das schon. Trotzdem vielen Dank.« Er lehnt sich an den Kotflügel. Ich spüre seine Augen, als ich meine Handtasche aufmache.

Barry nimmt die Kreditkarte. »Fahren Sie nicht im Dunkeln«, sagt er. »Wie gesagt, die Straße ist nicht besonders gut, und auch wenn ich drauf wetten würde, dass Sie mit Ihrem Wagen keine Panne haben – schließlich kenne ich das Auto –, kann man nie wissen, ob man nicht mal einen Platten hat oder so was. Vielleicht sollte ich zur Sicherheit mal eben die

Reifen überprüfen.« Er tippt mit dem Schuh gegen einen der Vorderreifen. »Wir bocken den Wagen kurz auf. Dauert nicht lang.«

»Nein, nein, keine Umstände. Ich muss jetzt wirklich los. Ich finde, die Reifen sehen bestens aus.«

»Dauert nur eine Minute«, sagt er. »Nur zur Sicherheit.«

»Nein, wirklich nicht. Die sehen bestens aus. Ich muss jetzt los, Barry …«

»Mrs Kane?«

»Ich muss jetzt los.«

Ich unterschreibe ihm etwas. Er gibt mir die Quittung, die Karte, ein paar Rabattmarken. Ich stecke alles in meine Handtasche. »Gehen Sie's ruhig an«, sagt er. »Bis demnächst dann.«

Während ich auf eine Lücke im Verkehr warte, blicke ich zurück und sehe, dass er mich beobachtet. Ich schließe die Augen und mache sie wieder auf. Er winkt.

Ich biege an der ersten Ampel ab, dann noch einmal und fahre geradeaus, bis ich an den Highway komme und das Schild sehe: SUMMIT 117 Meilen. Es ist halb elf und warm.

Der Highway führt durch Vorstädte, dann über Ackerland, vorbei an Hafer- und Zuckerrübenfeldern und Apfelplantagen; hie und da grast eine kleine Viehherde auf offenem Weideland. Dann verändert sich alles, die Farmen werden immer seltener, eher Hütten jetzt als Häuser, und an die Stelle der Obstplantagen tritt der Wald. Und dann bin ich plötzlich in den Bergen, und unter mir, zu meiner Rechten, glitzert von Zeit zu Zeit der Naches River.

Wenig später taucht hinter mir ein grüner Pick-up auf und bleibt mir meilenweit auf den Fersen. Immer wieder fahre ich langsamer, wo es nicht nötig wäre, und hoffe, dass er mich überholt. Dann beschleunige ich wieder, auch das an den falschen Stellen. Ich packe das Lenkrad so fest, dass mir die Finger weh tun. Auf einem langen geraden Stück überholt er mich schließlich, aber er bleibt einen Augenblick auf gleicher Höhe, und wir sehen uns an: ein Mann mit Bürstenhaarschnitt, Anfang dreißig mit einem blauen Arbeitshemd. Dann winkt er, hupt zweimal und fährt davon.

Ich drossele das Tempo und finde eine Stelle am Straßenrand, einen Schotterweg, halte an und mache die Zündung aus. Irgendwo in der Tiefe, unterhalb der Bäume, kann ich den Fluss hören. Der Schotterweg vor mir führt in den Wald. Dann höre ich, wie der Pick-up zurückkommt.

Ich lasse den Motor an, und im gleichen Moment biegt der Pick-up schon hinter mir ein. Ich verriegele die Türen und kurbele die Fenster hoch. Schweißtropfen treten mir auf Gesicht und Arme, als ich den Gang einlege, aber ich habe keinen Platz zum Wenden.

»Alles in Ordnung?«, fragt der Mann, als er auf den Wagen zukommt. »Hallo. Hallo, Sie da drin.« Er klopft an die Scheibe. »Alles in Ordnung bei Ihnen?« Dann stützt er die Arme auf die Tür und hat sein Gesicht nun ganz nah am Fenster.

Ich starre ihn an und weiß nicht, was ich sagen soll.

»Nachdem ich Sie überholt hatte, habe ich das Tempo ein bisschen gedrosselt«, sagt er, »und als Sie nicht im Spiegel aufgetaucht sind, bin ich an die Seite gefahren und hab ein paar Minuten gewartet. Als Sie dann immer noch nicht nachgekommen sind, dachte ich, ich sollte lieber mal zurückfahren und nachsehen. Ist alles in Ordnung? Wieso haben Sie sich da drin eingeschlossen?«

Ich schüttele den Kopf.

»Nun kommen Sie schon, machen Sie das Fenster auf. He,

sind Sie wirklich sicher, dass alles in Ordnung ist? Ehrlich? Wissen Sie, es ist nicht gut, wenn eine Frau so mutterseelenallein durch die Gegend gondelt.« Er schüttelt den Kopf, sieht zum Highway hinüber und dann wieder zu mir. »Jetzt kommen Sie schon, machen Sie das Fenster auf, seien Sie nicht so. Wie sollen wir uns denn sonst unterhalten?«

»Bitte, ich muss weiter.«

»Kommen Sie schon, machen Sie die Tür auf«, sagt er, als ob er gar nicht zugehört hätte. »Kurbeln Sie wenigstens das Fenster herunter. Sie ersticken sonst noch da drin.« Er mustert meine Brüste und Beine. Mein Rock ist bis über die Knie hochgerutscht. Sein Blick ruht auf meinen Beinen, aber ich bleibe ganz still sitzen, habe Angst, mich zu bewegen.

»Ich will ersticken«, sage ich. »Ich ersticke mich gerade, sehen Sie das nicht?«

»Was zum Teufel?«, sagt er und tritt einen Schritt von der Tür zurück. Er macht kehrt und geht wieder zu seinem Wagen. Dann sehe ich im Seitenspiegel, dass er zurückkommt, und schließe die Augen.

»Und Sie wollen wirklich nicht, dass ich bis Summit hinter ihnen herfahre oder was in der Art? Mir macht das nichts aus. Ich hab heute Morgen Zeit genug.«

Ich schüttele wieder den Kopf.

Er zögert, dann zuckt er mit den Schultern. »Wie Sie wollen«, sagt er.

Ich warte, bis er den Highway erreicht hat, dann setze ich zurück. Er legt den Vorwärtsgang ein und fährt langsam los, beobachtet mich im Rückspiegel. Ich halte auf dem Randstreifen an und lege den Kopf auf das Steuer.

Der Sarg ist geschlossen und mit Blumen geschmückt. Kurz nachdem ich mir auf einer Bank weit hinten einen

Platz gesucht habe, beginnt die Orgel zu spielen. Nach und nach kommen immer mehr Leute und setzen sich, teils Leute im mittleren und hohen Alter, aber die meisten sind Anfang zwanzig oder eher noch jünger. Man sieht ihnen an, dass sie sich in Anzug und Krawatte, in Sportsakko und eleganter Hose, im dunklen Kleid und Lederhandschuhen nicht wohl fühlen. Ein Junge mit ausgestellten Hosen und einem kurzärmligen gelben Hemd setzt sich neben mich und nagt an seinen Lippen. An der Seite der Kapelle öffnet sich eine Tür, und als ich aufblicke, erinnert mich der Parkplatz einen Augenblick lang an eine Wiese, aber dann blitzen die Autoscheiben im Sonnenlicht. Die Familie kommt, eine geschlossene Gruppe, und geht zu einem mit Vorhängen abgeschirmten Bereich an der Seite. Stühle knarren, als sie sich setzen. Kurz darauf erhebt sich ein dicker, blonder Mann im dunklen Anzug und fordert uns auf, die Häupter zu neigen. Er spricht ein kurzes Gebet für uns, die Lebenden, und als er fertig ist, bittet er uns um ein stilles Gebet für die Seele der Verstorbenen, Susan Miller. Ich schließe die Augen und erinnere mich an ihr Bild in der Zeitung und im Fernsehen. Ich sehe genau vor mir, wie sie aus dem Kino kommt und in den grünen Chevrolet einsteigt. Dann male ich mir ihre Reise den Fluss hinunter aus, den nackten Leichnam, wie er gegen Felsen schlägt, an Zweigen hängen bleibt, die Tote, wie sie gleitet, sich dreht, wie ihr Haar im Wasser schwebt. Dann wieder Hände, Haar, die sich in tiefhängenden Zweigen verfangen, die sie dort festhalten, bis vier Männer kommen und sie anstarren. Ich sehe, wie ein betrunkener Mann (Stuart?) sie am Handgelenk fasst. Weiß jemand hier in der Kapelle davon? Wie wäre das, wenn die Leute davon wüssten? Ich sehe mich um, blicke in ihre

Gesichter. Es gibt eine Verbindung zwischen diesen Dingen, diesen Geschehnissen, diesen Gesichtern, ich muss sie nur finden. Ich bekomme Kopfschmerzen davon, so angestrengt überlege ich.

Der Mann spricht von all dem Guten, das an Susan Miller war: Fröhlichkeit und Schönheit, Charme und Schwung. Hinter dem geschlossenen Vorhang hört man ein Räuspern, jemand anderes schluchzt. Die Orgel setzt wieder ein. Der Gottesdienst ist vorüber.

Ich reihe mich ein in den Zug der Trauernden, der sich langsam am Sarg vorbeischiebt. Dann bin ich wieder an der Kirchentreppe und trete hinaus in das helle, heiße Nachmittagslicht. Eine Frau mittleren Alters, die vor mir hinkend die Treppe hinabsteigt, dreht sich um, als sie unten auf dem Bürgersteig angekommen ist, und ihr Blick fällt auf mich. »Na immerhin haben sie ihn«, sagt sie. »Wenn das noch ein Trost ist. Heute Morgen haben sie ihn verhaftet. Ich hab's im Radio gehört, bevor ich herkam. Ein Kerl hier aus der Stadt. Einer von diesen Langhaarigen; hätte man sich ja denken können.« Wir gehen gemeinsam über den heißen Bürgersteig. Überall werden Autos angelassen. Ich strecke die Hand aus und muss mich an einer Parkuhr festhalten. Die Sonne spiegelt sich in den polierten Kotflügeln und Motorhauben. Mir ist schwindlig. »Er hat gestanden, dass er an dem Abend mit ihr verkehrt hat, aber er sagt, er hat sie nicht umgebracht.« Sie schnaubt verächtlich. »Sie wissen es genauso gut wie ich. Aber wahrscheinlich kommt er auf Bewährung raus, und dann ist er doch wieder da.«

»Er war vielleicht nicht allein«, sage ich. »Da muss die Polizei auf der Hut sein, vielleicht deckt er jemanden, einen Bruder oder Freunde.«

»Ich habe dieses Mädchen gekannt, seit sie ein kleines Kind war«, fährt die Frau fort, und ihre Lippen zittern. »Sie ist immer zu mir rübergekommen, und ich habe Kekse für sie gebacken, und die durfte sie dann vor dem Fernseher essen.« Sie wendet den Blick ab und schüttelt den Kopf, und Tränen kullern ihr über die Wangen.

III.

Stuart sitzt am Tisch, vor sich einen Drink. Seine Augen sind gerötet, und einen Moment lang denke ich, er hat geweint. Er sieht mich an und sagt kein Wort. Für einen verrückten Augenblick packt mich eine Panik, ich habe das Gefühl, dass Dean etwas zugestoßen ist, mir stockt das Herz.

Wo ist er?, frage ich. Wo ist Dean?

Draußen, sagt er.

Stuart, ich habe solche Angst, sage ich, solche Angst, und lehne mich an die Tür.

Wovor hast du solche Angst, Claire? Sag es mir, Schatz, vielleicht kann ich dir helfen. Ich will dir doch helfen, du musst es nur zulassen. Dafür sind Ehemänner doch da.

Ich kann es nicht erklären, sage ich. Ich habe einfach Angst. Ich habe ein Gefühl, als ob, als ob, als ob …

Er trinkt sein Glas aus und steht auf, aber er lässt mich nicht aus den Augen. Ich glaube, ich weiß, was du brauchst, Schatz. Komm, ich spiele den Onkel Doktor, einverstanden? Ganz ruhig, Schatz. Er legt mir den Arm um die Taille und beginnt mit der anderen Hand, meine Jacke aufzuknöpfen, dann die Bluse. Immer schön der Reihe nach, sagt er, er möchte gern lustig sein.

Nicht jetzt, bitte, sage ich.

Nicht jetzt, bitte, sagt er, zieht mich damit auf. Nichts da. Dann steht er plötzlich hinter mir, und sein Arm umklammert meine Taille. Eine Hand gleitet unter meinen Büstenhalter.

Halt, halt, halt, sage ich. Ich trete ihm mit aller Kraft auf die Zehen.

Und dann werde ich hochgehoben, und dann stürze ich. Ich sitze auf dem Boden und blicke zu ihm auf, und mein Nacken tut weh, und mein Rock ist über die Knie gerutscht. Er beugt sich herunter und sagt: Dann fahr zur Hölle, Dreckstück, hörst du? Eher soll dir die Möse abfallen, bevor ich sie noch einmal anfasse. Er schluchzt, nur das eine Mal, und mir wird klar, dass er nicht anders kann, dass er genauso hilflos ist wie ich. Ich spüre, wie das Mitleid in mir aufwallt. Er geht ins Wohnzimmer.

Letzte Nacht hat er nicht zu Hause geschlafen.

Heute Morgen Blumen, rote und gelbe Chrysanthemen. Ich trinke eben Kaffee, als es an der Tür schellt.

Mrs Kane?, fragt der junge Mann mit der Blumenschachtel.

Ich nicke und wickle den Bademantel fester um mich.

Jemand hat sie telefonisch bestellt, er sagt, Sie wüssten Bescheid. Der Junge starrt auf meinen Bademantel, der am Hals offen steht, und salutiert. Breitbeinig steht er da, die Füße fest auf der obersten Stufe, eine Aufforderung geradezu, ihn da unten anzufassen. Schönen Tag noch, sagt er.

Kurz darauf klingelt das Telefon, und Stuart fragt: Schatz, wie geht es dir? Ich komme heute früher nach Hause, ich liebe dich. Hörst du? Ich liebe dich, es tut mir leid, ich mache alles wieder gut. Bis nachher, ich muss jetzt los.

Ich stelle die Blumen in eine Vase mitten auf den Esszimmertisch, und dann räume ich meine Sachen ins Gästezimmer.

Letzte Nacht, gegen Mitternacht, bricht Stuart das Schloss an meiner Tür auf. Er macht es nur, weil er mir zeigen will, wozu er fähig ist, nehme ich an, denn als die Tür auffliegt, tut er nichts, er steht einfach nur da in seiner Unterwäsche und schaut verblüfft und verlegen drein, und die Wut schwindet aus seinem Gesicht. Er macht die Tür behutsam zu, und ein paar Minuten später höre ich, wie er in der Küche mit Eiswürfeln hantiert.

Heute ruft er an und sagt mir, dass er seine Mutter gebeten hat, für ein paar Tage zu uns zu kommen. Ich warte einen Augenblick, lasse es mir durch den Kopf gehen, dann lege ich auf, obwohl er noch spricht. Aber nach einer Weile rufe ich bei ihm im Büro an. Als er endlich am Apparat ist, sage ich: Es spielt keine Rolle, Stuart. Glaub mir, es spielt nicht die geringste Rolle.

Ich liebe dich, sagt er.

Er sagt noch etwas anderes, und ich höre ihm zu und nicke nachdenklich. Ich bin müde. Dann wache ich auf und sage: Um Himmels willen, Stuart, sie war doch noch ein Kind.

DUMMY

Nach dem Tod von Dummy war mein Vater lange Zeit ziemlich durcheinander, und ich glaube, irgendwie markierte dieser Tod auch das Ende einer glücklichen Phase in seinem Leben, denn es dauerte nicht lange, bis es mit seiner eigenen Gesundheit bergab ging. Erst Dummy, dann Pearl Harbour und schließlich der Umzug auf die Farm meines Großvaters bei Wenatchee, wo mein Vater seine alten Tage mit dem Betreuen von einem Dutzend Apfelbäumen und fünf Rindern verbrachte.

Für mich bedeutete Dummys Tod das Ende einer ungewöhnlich langen Kindheit; er katapultierte mich – ob ich nun bereit dafür war oder nicht – hinaus in die Welt der Erwachsenen, wo Niederlagen und Tod eher die Regel sind als die Ausnahme.

Anfangs machte mein Vater die Frau dafür verantwortlich, Dummys Ehefrau. Dann sagte er: Nein, es waren die Fische. Ohne die Fische wäre es nie so weit gekommen. Ich weiß, dass er sich selbst schuldig fühlte, denn schließlich war es mein Vater gewesen, der Dummy auf die Kleinanzeige in *Field and Stream* aufmerksam gemacht hatte, in der die »Lieferung von lebenden Barschen an jede Adresse in den Vereinigten Staaten« versprochen wurde. (Wer weiß, vielleicht steht diese Anzeige heute noch so da drin.) Es war eines Nachmittags auf der Arbeit; Vater fragte Dummy, ob er nicht ein paar Barsche bestellen und in dem Teich hinter seinem Haus aussetzen wolle. Dummy spitzte die Ohren, sagte Vater, und er studierte die Anzeige eine ganze Weile, dann notierte er die Angaben mühsam auf der Rückseite einer Bonbontüte und stopfte sie vorn in seinen Overall. Erst später, nachdem die Fische gekommen waren, wurde er wunderlich. Vater behauptete, sie hätten sein ganzes Wesen verändert.

Ich habe nie erfahren, wie er wirklich hieß. Wenn ihn überhaupt jemand wusste, hat er ihn in meiner Gegenwart nie mit seinem echten Namen angeredet. Alle Welt nannte ihn nur Dummy, und so heißt er auch in meiner Erinnerung. Er war ein kleiner Mann von Ende fünfzig mit einem faltigen Gesicht, kahlköpfig und mit kurzen, aber sehr kräftigen Armen und Beinen. Wenn er lächelte, was selten geschah, kamen zwischen seinen Lippen gelbe Zahnstummel zum Vorschein, die ihm einen unangenehmen, beinahe verschlagenen Ausdruck gaben; einen Ausdruck, an den ich mich noch genau erinnere, obwohl es schon fünfundzwanzig Jahre her ist. Seine kleinen, wässrigen Augen starrten einem beim Reden ständig auf die Lippen, aber manchmal schweifte sein Blick einem auch ungeniert über das Gesicht oder den ganzen Körper. Ich weiß nicht, wie ich darauf kam, aber ich hatte den Eindruck, dass er in Wirklichkeit gar nicht taub war. Zumindest nicht so taub, wie er tat. Aber das spielt keine Rolle. Er konnte nicht sprechen, so viel stand fest. Er arbeitete in demselben Sägewerk wie mein Vater, der Cascade Lumber Company in Yakima, Washington, und es waren die Männer dort, die ihm den Spitznamen »Dummy«

verpasst hatten. Er war schon seit den frühen zwanziger Jahren in diesem Betrieb. In der Zeit, als ich ihn kannte, war er fürs Putzen und Aufräumen zuständig, aber ich nehme an, er hatte im Lauf der Jahre alle möglichen Hilfsarbeiten in der Firma erledigt. Er trug einen speckigen Filzhut, ein khakifarbenes Arbeitshemd und eine helle Jeansjacke über einem unförmigen Overall. In den vorderen Taschen hatte er fast immer zwei, drei Rollen Klopapier, denn zu seinen Aufgaben gehörte das Reinigen und Bestücken der Toiletten; und wenn die Männer abends nach der Schicht heimgingen, nahmen sie für gewöhnlich ein, zwei Rollen in ihrer Brotbüchse mit nach Hause. Obwohl Dummy tagsüber arbeitete, hatte er immer eine Taschenlampe dabei, außerdem Schraubenschlüssel, Kneifzange, Schraubenzieher und Isolierband – alles was ein Arbeiter im Sägewerk eben braucht. Einige der jüngeren Männer, Ted Slade oder Johnny Wait beispielsweise, machten sich in der Kantine ziemlich erbarmungslos über ihn lustig, oder sie erzählten ihm dreckige Witze, um zu sehen, wie er reagierte, weil sie genau wussten, dass er dreckige Witze nicht ausstehen konnte; oder Carl Lowe, der Mann an der Säge, griff nach unten und schnappte sich Dummys Hut, wenn er unter der Plattform durchging. Doch Dummy schien all das nicht viel auszumachen, als ob er damit rechnete, dass man ihn aufzog, und sich daran gewöhnt hatte.

Aber einmal, an einem Tag, als ich Vater mittags sein Essen brachte, saßen vier oder fünf von den Männern mit Dummy an einem Tisch in der Ecke. Einer von ihnen machte eine Zeichnung und versuchte grinsend, Dummy etwas zu erklären, indem er mit dem Bleistift immer wieder auf das Papier tippte. Dummy blickte finster. Ich konnte sehen, wie sein Nacken dunkelrot anlief, dann schnellte er plötzlich zurück und schlug mit der Faust auf den Tisch. Nach einem Augenblick verblüfften Schweigens brachen alle am Tisch in Gelächter aus.

Vater mochte solche Scherze nicht. Soviel ich weiß, machte er sich nie über Dummy lustig. Vater war ein stattlicher Mann mit massigen Schultern, einem Bürstenschnitt, Doppelkinn und einem dicken Bauch – den er, wenn sich die Gelegenheit bot, gern zur Schau stellte. Es war leicht, ihn zum Lachen zu bringen, aber er geriet, wenn auch auf andere Weise, ebenso leicht in Rage. Dummy kam zu ihm in die Werkstatt, setzte sich auf einen Hocker und sah zu, wie Vater die Sägeblätter mit den großen Schleifscheiben bearbeitete, und wenn er nicht zu beschäftigt war, redete er beim Arbeiten mit Dummy. Anscheinend mochte Dummy meinen Vater, und Vater mochte ihn auch, da bin ich mir sicher. Auf seine Weise war Vater vermutlich Dummys bester Freund.

Dummy wohnte in einem kleinen, mit Teerpappe gedeckten Haus in der Nähe des Flusses, fünf oder sechs Meilen außerhalb der Stadt. Eine halbe Meile hinter dem Haus, am Ende einer Weide, lag eine große Kiesgrube, die der Staat Jahre zuvor dort ausgehoben hatte, als die Straßen in der Gegend befestigt wurden. Im Laufe der Jahre hatten sich die drei für sich schon nicht kleinen Baggerlöcher mit Wasser gefüllt, und schließlich war aus drei einzelnen Tümpeln ein richtig großer Teich entstanden, mit einem hohen Steinhaufen auf der einen Seite und zwei niedrigeren auf der anderen. Das Wasser war tief und schwärzlich-grün, an der Oberfläche ziemlich klar, aber trübe weiter unten am Grund.

Dummys Frau war fünfzehn oder zwanzig Jahre jünger als er, und es hieß, sie treibe sich mit Mexikanern herum.

Vater sagte später, Wichtigtuer im Sägewerk hätten Dummy irgendwelche Geschichten über seine Frau erzählt und ihn damit verrückt gemacht. Sie war eine kleine, stämmige Frau mit glitzernden, misstrauischen Augen. Ich hatte sie nur zweimal zu Gesicht bekommen: Beim ersten Mal stand sie am Fenster, als Vater und ich zu Dummys Haus kamen, weil wir angeln gehen wollten, und beim zweiten Mal machten Pete Jensen und ich mit unseren Fahrrädern dort halt und baten um ein Glas Wasser.

Sie wirkte abweisend und unnahbar, und das lag nicht nur an der Art, wie sie uns draußen auf der Veranda in der heißen Sonne stehen ließ, statt uns hereinzubitten. Es war auch die Art, wie sie die Tür aufmachte und, noch ehe wir einen Ton sagen konnten, »Was wollt ihr?« fragte. Und es lag an ihrem finsteren Gesichtsausdruck und vermutlich auch an dem Haus, dem trockenen, muffigen Geruch, der aus der offenen Tür kam und mich an den Keller bei meiner Tante Mary erinnerte.

Sie war ganz anders als andere erwachsene Frauen, die ich kannte. Ich starrte sie eine Minute lang einfach nur an, bevor ich einen Ton herausbrachte.

»Ich bin der Sohn von Del Fraser. Er ist ein, ein Kollege von Ihrem Mann. Wir sind mit dem Fahrrad rumgefahren und wollten fragen, ob wir vielleicht was zu Trinken haben könnten …«

»Augenblick«, sagte sie. »Wartet hier.«

Pete und ich sahen uns an.

Als sie zurückkam, hielt sie in jeder Hand eine kleine Blechtasse. Ich trank meine in einem Zug leer, und dann fuhr ich mit der Zunge über den kühlen Tassenrand. Sie bot uns kein weiteres Wasser an.

Ich sagte »Danke«, gab ihr die Tasse zurück und schmatzte mit den Lippen.

»Ganz herzlichen Dank!«, sagte Pete.

Sie sah uns an, ohne etwas zu sagen. Als wir wieder auf unsere Fahrräder steigen wollten, trat sie an die Kante der Veranda.

»Wenn ihr Jungs jetzt ein Auto hättet, könnte ich mich von euch mit in die Stadt nehmen lassen.« Sie lächelte; ihre weiß blitzenden Zähne wirkten von da, wo ich stand, viel zu groß für ihren Mund. Es war schlimmer, als sie finster dreinblicken zu sehen. Ich drehte die Griffe am Lenker hin und her und starrte sie unbehaglich an.

»Lass uns fahren«, sagte Pete zu mir. »Vielleicht kriegen wir bei Jerry eine Limo, wenn sein Dad nicht zu Hause ist.«

Er fuhr los und drehte sich ein paar Sekunden später zu der Frau auf der Veranda um, die sich immer noch über ihren kleinen Scherz amüsierte.

»Ich würde Sie nicht mit in die Stadt nehmen, wenn ich ein Auto hätte!«, rief er.

Ich trat eilig in die Pedale und folgte ihm die Straße hinunter, ohne mich umzusehen.

In unserem Teil von Washington gab es nicht viele Stellen, wo man Barsche angeln konnte: Meistens waren es Regenbogenforellen, in den höher gelegenen Bergbächen auch mal ein paar Bachforellen und Saiblinge, und Silberlachse im Blue Lake und Lake Rimrock; damit hatte es sich – wenn man von den spätherbstlichen Wanderzügen der Steelheadforellen und Lachse in einigen Süßwasserflüssen einmal absieht. Doch als Angler konnte man sich über Langeweile nicht beklagen. Niemand in meinem Bekanntenkreis angelte Barsche. Viele von meinen Bekannten hatten noch nie einen echten Barsch gesehen, bestenfalls ein Bild in einer Naturzeitschrift. Aber mein Vater hatte jede Menge Barsche gesehen, in seiner Jugend in Arkansas und Georgia: daheim, wie er den Süden immer nannte. Doch jetzt angelte er einfach nur gern, und es war ihm ziemlich egal, was er fing. Ich glaube nicht, dass es ihm etwas ausmachte, wenn er gar nichts fing; wahrscheinlich genoss er es einfach, den ganzen Tag im Freien zu verbringen, mit Freunden in einem Boot zu sitzen und Butterbrote zu essen und Bier zu trinken oder allein am Ufer auf und ab zu spazieren und in Ruhe nachzudenken, wenn ihm der Sinn danach stand.

Forellen also, Forellen in allen Varianten, Lachse und Steelheads im Herbst, Saiblinge im Winter. Vater angelte alles, zu jeder Jahreszeit und mit großem Vergnügen, aber ich glaube, er war hocherfreut, dass Dummy in seinem Teich Barsche aussetzen wollte, denn natürlich stellte Vater sich vor, dass er, sobald die Barsche groß genug waren, dort angeln konnte, sooft er wollte. Seine Augen strahlten, als er mir eines Abends erzählte, Dummy hätte per Post eine Ladung Barsche bestellt.

»Unser privater Fischteich!«, sagte Vater. »Wart's nur ab, bis du einen Barsch an der Angel hast, Jack! Danach hast du keine Lust mehr auf Forellen.«

Drei oder vier Wochen später trafen die Fische ein. An diesem Nachmittag war ich zum Schwimmen im städtischen Freibad, und Vater erzählte mir später, was passiert war. Er war gerade von der Arbeit nach Hause gekommen und hatte sich umgezogen, als Dummy in die Auffahrt einbog. Mit zitternden Händen zeigte er Vater das Telegramm von der Paketzustellung, das er bei sich zu Hause gefunden hatte und in dem stand, dass drei Behälter mit lebenden Fischen aus Baton Rouge, Louisiana, zum Abholen bereitstanden. Vater war auch ganz aufgeregt, und er und Dummy machten sich sofort mit Dummys Lieferwagen auf den Weg.

Die Behälter – genau genommen waren es Fässer – steckten in einer Verschalung aus weißen, frisch duftenden Kiefernbrettern mit großen rechteckigen Öffnungen in den Seiten und im Deckel. Sie standen im Schatten an der Rückseite des Eisenbahndepots, und mein Vater und Dummy mussten gemeinsam anpacken, um die Kisten auf die Ladefläche des Lieferwagens zu wuchten.

Dummy fuhr ganz behutsam durch die Stadt und dann mit fünfundzwanzig Meilen pro Stunde den ganzen Weg bis zu seinem Haus. Ohne anzuhalten, holperte er über den Hof und bis auf knapp zwanzig Meter an den Teich heran. Mittlerweile war es schon fast dunkel, und er hatte die Scheinwerfer eingeschaltet. Dummy hatte einen Hammer und ein Montiereisen unter dem Sitz und sprang sofort nach dem Anhalten damit aus dem Wagen. Sie zerrten alle drei Behälter in die Nähe des Ufers, und dann machte Dummy sich daran, die erste Kiste zu öffnen. Er arbeitete im Scheinwerferlicht seines Wagens, und einmal erwischte er seinen Daumen mit der gespaltenen Seite des Hammers. Das Blut lief in einem dicken Rinnsal über die weißen Bretter, doch er schien es nicht zu bemerken. Nachdem er die Bretter von dem ersten Behälter gelöst hatte, sah er, dass das Fass dick mit Sackleinen und einer Art Schilfmatte umhüllt war. In den schweren Holzdeckel war ein Dutzend zwei Zentimeter großer Löcher gestanzt. Sie nahmen den Deckel ab und beugten sich beide über den Behälter, während Dummy zu seiner Taschenlampe griff. Im Inneren des Fasses schwammen Dutzende von kleinen, dunklen Barschsetzlingen. Der Lichtstrahl schien sie nicht zu stören, sie zogen einfach weiter ihre Kreise, allem Anschein nach ohne Ziel. Dummy leuchtete mehrere Minuten lang in den Behälter, dann schaltete er die Lampe aus und steckte sie wieder in die Tasche. Stöhnend hob er das Fass und ging in Richtung Wasser.

»Wart doch mal, Dummy, ich helfe dir«, rief mein Vater ihm zu.

Dummy setzte den Behälter am Ufer ab, entfernte den Deckel und goss den Inhalt langsam in den Teich. Dann zog er wieder seine Taschenlampe heraus und leuchtete damit ins Wasser. Vater ging in die Hocke, aber es war nichts zu sehen. Die Fische hatten sich im Wasser verteilt. Frösche quakten heiser auf allen Seiten, und am dunklen Nachthimmel kreisten Nachtschwalben auf der Jagd nach Insekten.

»Lass mich die andere Kiste aufmachen, Dummy«, sagte Vater und streckte die Hand aus, als ob er den Hammer aus Dummys Overall ziehen wollte.

Dummy wich zurück und schüttelte den Kopf. Er öffnete die beiden anderen Kisten selbst und hinterließ dabei dunkle Blutflecken auf den Brettern; bei jedem Behälter hielt er lang genug inne, um mit der Lampe in das klare Wasser zu leuchten, wo die kleinen Barsche langsam und dunkel von einer Seite auf die andere schwammen. Die ganze Zeit über atmete Dummy schwer mit offenem Mund, und als er fertig war, sammelte er die Bretter und das Sackleinen und die Fässer auf und warf alles polternd auf die Ladefläche seines Trucks.

Seit diesem Abend, behauptete mein Vater, war Dummy ein anderer Mensch. Natürlich kam die Veränderung nicht auf einen Schlag, aber nach diesem Abend steuerte Dummy langsam, ganz langsam auf den Abgrund zu. Sein Daumen war geschwollen und blutete immer noch ein wenig, und im Licht des Armaturenbretts sah es aus, als ob seine glasig blickenden Augen aus ihren Höhlen hervorquollen, während er mit dem Lieferwagen über die Weide holperte und dann auf die Straße bog, um Vater nach Hause zu fahren.

Das war der Sommer, in dem ich zwölf Jahre alt war.

Dummy ließ jetzt niemanden mehr dorthin, nicht nachdem Vater und ich zwei Jahre später eines Nachmittags versucht hatten, dort zu angeln. In diesen zwei Jahren hatte Dummy die ganze Weide hinter seinem Haus eingezäunt und anschließend den Teich selbst mit einem elektrischen Stacheldrahtzaun umgeben. Das Material allein kostete ihn über fünfhundert Dollar, sagte Vater empört zu meiner Mutter.

Vater wollte nichts mehr mit Dummy zu tun haben. Seit dem Nachmittag, als wir da draußen waren, gegen Ende Juli. Vater redete jetzt nicht einmal mehr mit Dummy, und er war keiner von denen, die andere links liegenließen.

Eines Abends, kurz vor Herbstanfang, als Vater noch spät bei der Arbeit war und ich ihm sein Abendessen brachte – einen Teller mit heißem Essen, zugedeckt mit Alufolie, und ein Schraubglas mit Eistee –, sah ich ihn vor dem Fenster stehen und mit Syd Glover reden, dem Maschinenbauer. In dem Augenblick als ich hereinkam, stieß Vater ein kurzes, unnatürlich lautes Lachen aus und sagte: »Man könnte fast glauben, der Idiot ist mit seinen Fischen verheiratet, so wie der sich aufführt. Ich frage mich bloß, wann die Männer in weißen Kitteln kommen und ihn abholen.«

»Nach allem, was ich so höre«, meinte Syd, »sollte er lieber das Haus einzäunen. Oder das Schlafzimmer, um genau zu sein.«

In dem Moment sah Vater sich um, bemerkte mich, und hob leicht die Augenbrauen. Er blickte zurück zu Syd. »Hab ich dir nicht erzählt, wie er sich aufgeführt hat, als ich mit Jack draußen bei seinem Haus war?« Syd nickte, und Vater rieb sich nachdenklich das Kinn, dann spuckte er aus dem offenen Fenster in die Sägespäne, bevor er sich umdrehte und mich begrüßte.

Einen Monat zuvor hatte Vater Dummy endlich so weit gehabt, dass er uns beide in dem Teich angeln ließ. Genauer gesagt hatte er ihm keine Wahl gelassen, denn Vater sagte, er habe beschlossen, dass er einfach keine Ausrede mehr gelten lasse. Er habe gesehen, erzählte er, wie Dummy erstarrt sei, als er immer weiter gedrängt habe, aber er redete weiter auf Dummy ein, machte Witze, dass er den übrigen Barschen einen Gefallen täte, wenn er die schwächsten Exemplare abfischte und so weiter. Dummy stand einfach nur da und rieb sich am Ohr und starrte auf den Boden. Schließlich sagte Vater, wir kämen also am folgenden Nachmittag nach der Arbeit vorbei. Dummy drehte sich um und ging.

Ich war ganz aufgeregt. Vater hatte mir vorher erzählt, dass die Fische sich enorm vermehrt hatten und dass es sein würde, als ob man seine Angel in einen Zuchtteich würfe. An dem Abend saßen wir noch lange, nachdem Mutter ins Bett gegangen war, am Küchentisch und redeten und aßen Knabberzeug und hörten Radio.

Als Vater am nächsten Nachmittag in die Einfahrt bog, wartete ich schon auf dem Rasen vor dem Haus. Ich hatte seine alten Barschwobbler aus ihren Schachteln geholt, die Fliegen, mit denen man Barsche fing, und befühlte die Drillingshaken mit dem Zeigefinger.

»Bist du so weit?«, rief er mir zu, als er aus dem Wagen sprang. »Ich geh nur noch eben aufs Klo, lad du schon mal ein. Wenn du willst, kannst du fahren.«

»Na klar will ich das!«, sagte ich. Das war ein vielversprechender Anfang. Ich hatte alles auf dem Rücksitz verstaut und ging zurück zum Haus, als Vater aus der Tür trat, seinen Anglerhut auf dem Kopf und ein Stück Schokoladenkuchen in beiden Händen.

»Steig ein, steig ein«, sagte er mit vollem Mund. »Alles klar?«

Ich stieg auf der Fahrerseite ein, er auf der anderen. Mutter sah uns zu. Eine bleiche, strenge Frau, das blonde Haar am Hinterkopf straff zu einem Knoten gebunden und mit einer Strassspange befestigt. Vater winkte ihr zu.

Ich löste die Handbremse und setzte langsam zurück auf die Straße. Sie beobachtete uns, bis ich den Vorwärtsgang einlegte, dann winkte sie, immer noch ohne zu lächeln. Ich winkte zurück, und Vater winkte auch. Er hatte seinen Kuchen aufgegessen und wischte sich die Hände an der Hose ab. »Auf geht's«, sagte er.

Es war ein schöner Nachmittag. Wir hatten sämtliche Fenster in dem 1940er Ford Kombi heruntergekurbelt, und die Luft war kühl und wehte durch das Auto. Die Telefonleitungen neben der Straße machten ein summendes Geräusch, und nachdem wir die Moxee-Brücke überquert hatten und nach Westen in die Slater Road eingebogen waren, flog ein großer Fasanenhahn mit zwei Hennen niedrig über die Straße vor uns und landete in einem Luzernenfeld.

»Sieh dir das an!«, sagte Vater. »Wir müssen im Herbst hier rauskommen. Harland Winters hat hier draußen irgendwo ein Haus gekauft, ich weiß nicht genau wo, aber er hat gesagt, er lässt uns auf die Jagd gehen, sobald die Saison eröffnet ist.«

Auf beiden Seiten von uns grüne, wellige Luzernenfelder mit hie und da einem Haus oder einem Farmhaus mitsamt Scheune und ein paar Rindern hinter einem Lattenzaun. Weiter im Westen ein riesiges gelbbraunes Maisfeld und dahinter eine Reihe weißer Birken, die am Flussufer wuchsen. Am Himmel zogen paar weiße Wolken.

»Das ist doch wirklich toll, Dad, oder? Ich meine, ich weiß nicht, aber alles was wir machen ist einfach klasse, oder?«

Vater saß mit übereinandergeschlagenen Beinen auf dem Beifahrersitz und tippte mit der Zehenspitze auf den Boden. Er streckte den Arm aus dem Fenster und ließ den Wind daran vorbeistreichen. »Na klar. Klar ist das klasse.« Und nach einer Weile sagte er: »Da kannst du drauf wetten! Das Leben ist schön!«

Kurz darauf hielten wir vor Dummys Haus, und er kam, Hut auf dem Kopf, vor die Tür. Seine Frau schaute aus dem Fenster.

»Stell schon mal die Bratpfanne bereit, Dummy«, rief Vater ihm zu, als er die Verandastufen herunterkam. »Barschfilet und Bratkartoffeln.«

Dummy kam zu uns herüber, wo wir neben dem Wagen standen. »Was für ein Tag!«, redete Vater weiter. »Wo ist deine Angelrute, Dummy? Willst du denn nicht angeln?«

Dummys Kopf bewegte sich ruckartig vor und zurück. Nein. Er verlagerte sein Gewicht von einem Stummelbein auf das andere und blickte zu Boden, dann sah er uns an. Mit der Zunge berührte er die Unterlippe, und nun bohrte er seinen rechten Fuß in den Staub. Ich schulterte den Fischkorb, und ich spürte sofort Dummys argwöhnischen Blick, als ich Vater die Angelrute reichte und zu meiner eigenen griff.

»Kann es losgehen?«, fragte Vater. »Dummy?«

Dummy nahm seinen Hut ab und fuhr sich mit dem Handgelenk derselben Hand über den kahlen Schädel. Er drehte sich unvermittelt um, und wir folgten ihm zu dem Zaun etwa dreißig Meter hinter seinem Haus. Vater zwinkerte mir zu.

Wir gingen langsam über die schwammige Weide. Die Luft roch frisch und klar. Alle sechs, sieben Meter schoss eine Schnepfe aus den Grasbüscheln am Rand der alten Furchen, und einmal flog eine erschrockene Wildente laut schnatternd von einer winzigen, beinahe unsichtbaren Wasserlache auf.

»Wahrscheinlich hat sie da ihr Nest«, sagte Vater. Ein paar Meter weiter begann er zu pfeifen, aber bald darauf hörte er wieder auf.

Am Ende der Weide fiel der Boden leicht ab und wurde trocken und steinig, und es wuchsen nur noch hie und da ein paar Brennnesseln und Krüppeleichen. Vor uns, hinter einer Gruppe von hohen Weiden, ragte der erste Steinhaufen zwanzig oder fünfundzwanzig Meter in die Höhe. Die trockenen Schoten an der Spitze der Stängel rasselten, als wir uns einen Weg durch sie bahnten. Dummy ging voraus, ich folgte mit zwei oder drei Schritten Abstand, und Vater war hinter mir. Plötzlich sah ich über Dummys Schulter hinweg Wasser glitzern, und mein Herz machte einen Satz. »Da ist er!«, platzte ich heraus. »Da ist er!«, wiederholte Vater und reckte den Hals, um besser sehen zu können. Dummy ging noch langsamer; er hob immer wieder nervös die Hand und schob seinen Hut auf dem Kopf vor und zurück.

Er blieb stehen. Vater trat neben ihn und sagte: »Was meinst du, Dummy? Sind alle Stellen gleich gut? Wo sollen wir hingehen?«

Dummy leckte sich die Unterlippe und sah sich zu uns um, als hätte er Angst.

»Was ist denn los mit dir, Dummy?«, fragte Vater unwirsch. »Das ist doch dein Teich, oder etwa nicht? Du tust gerade so, als ob wir etwas Verbotenes täten.«

Dummy blickte zu Boden und klaubte eine Ameise von der Vorderseite seines Overalls.

»Ja verdammt«, sagte Vater und schnaubte. Er holte seine Uhr aus der Tasche. »Wenn's dir immer noch recht ist, Dummy, könnten wir eine Dreiviertelstunde oder eine Stunde lang angeln. Bevor es dunkel wird? Ja? Was hältst du davon?«

Dummy sah ihn an, und dann steckte er die Hände in die Hosentaschen und wandte sich dem Teich zu. Er setzte sich wieder in Bewegung. Vater sah mich an und zuckte mit den Schultern. Wir folgten ihm. Die Art, wie Dummy sich aufführte, dämpfte unsere freudige Erregung. Vater spuckte zwei-, dreimal aus, ohne dass er sich geräuspert hatte.

Wir konnten jetzt den ganzen Teich sehen, und das Wasser kräuselte sich von auftauchenden Fischen. Immer wieder sprangen Barsche geradewegs aus dem Wasser und schlugen mit einem lauten Klatschen auf, so dass sich die Wellen kreisförmig über den ganzen Teich ausbreiteten. Beim Näherkommen hörten wir das Platschen, wenn sie wieder eintauchten. »Mein Gott«, sagte Vater leise.

Wir erreichten den Teich an einer offenen Stelle, einem etwa zwanzig Meter langen Kiesstrand. Auf der linken Seite wuchsen ein paar schulterhohe Binsen, aber das Wasser vor uns war klar und offen. Eine Minute lang standen wir drei dort nebeneinander und sahen zu, wie die Fische in der Mitte des Teiches sprangen.

»Duck dich!«, sagte Vater und ging ungelenk in die Hocke. Ich hockte mich auch hin und starrte in das Wasser vor uns, auf die Stelle, die er anvisierte.

»Herr im Himmel!«, flüsterte er.

Ein Schwarm von Barschen schwamm langsam vorbei, zwanzig oder dreißig Stück, keiner unter zwei Pfund.

Die Fische vollführten einen langsamen Schwenk. Dummy stand immer noch da und beobachtete sie. Aber ein paar Minuten später kehrte derselbe Schwarm zurück und schwamm dicht an dicht unter der dunklen Wasseroberfläche, so dicht gedrängt, dass sie sich beinahe berührten. Ich sah ihre großen Augen unter den schweren Lidern, die uns beobachteten, als sie langsam vorüberzogen, ihre schimmernden Seiten unter der Wasseroberfläche. Sie änderten wieder die Richtung, zum dritten Mal, und dann zogen sie davon, gefolgt von zwei, drei Nachzüglern. Es machte gar keinen Unterschied, ob wir uns duckten oder standen; die Fische hatten einfach keine Angst vor uns. Vater sagte später, er sei sich ziemlich sicher, dass Dummy nachmittags dorthin komme und sie füttere, denn anstatt vor uns zu fliehen, wie es Fische eigentlich tun, kamen sie sogar noch näher ans Ufer. »Ein erstaunlicher Anblick«, sagte er hinterher.

Wir hockten zehn Minuten so da, Vater und ich, und sahen zu, wie die Barsche aus dem tiefen Wasser heraufkamen und gemächlich an uns vorbeizogen. Dummy stand einfach nur dabei und zog an seinen Fingern und blickte in die Runde, als ob er auf jemanden wartete. Ich konnte direkt in den Teich sehen, zu der Stelle, wo der höchste Steinhaufen ins Wasser abfiel, die tiefste Stelle, wie Vater sagte. Ich ließ meinen Blick rings um den Teich schweifen – zu den Weiden, den Birken, dem großen Binsendickicht ganz am hinteren Ende, wo Amseln rein- und rausflogen und ihre hohen, trällernden Sommerrufe anstimmten. Die Sonne schien jetzt warm auf unsere Rücken und wärmte mir den Nacken. Kein Lüftlein ging. Überall tauchten die Barsche auf; sie streckten ihre Mäuler aus dem Wasser, sprangen geradewegs aus dem Teich und ließen sich auf die Seite fallen, oder sie schwammen so nah unter der Oberfläche, dass ihre Rückenflossen wie schwarze Fächer aus dem Wasser ragten.

Schließlich richteten wir uns auf, um die Angeln auszuwerfen, und ich zitterte vor lauter Aufregung. Ich konnte kaum die Köderhaken aus dem Korkgriff meiner Angelrute lösen. Plötzlich packte Dummy mich mit seinen dicken Fingern an der Schulter, und ich sah sein verkniffenes Gesicht nur wenige Zentimeter von meinem entfernt. Er wies mit dem Kinn zwei-, dreimal auf meinen Vater. Er wollte, dass nur einer von uns beiden seine Angel auswarf, und das war Vater.

»Sch– Verdammt!«, sagte Vater und sah uns beide an. »Herr im Himmel!« Kurz darauf legte er seine Angelrute auf den Kies. Er nahm seinen Hut ab, setzte ihn wieder auf und funkelte Dummy an; dann kam er zu mir. »Nur zu, Jack«, sagte er. »Geht schon in Ordnung, nur zu, Junge.«

Kurz bevor ich die Angel auswarf, sah ich Dummy an; sein Gesicht war jetzt ganz starr, und über sein Kinn rann ein dünner Speichelfaden.

»Du musst fest anschlagen, wenn das Biest anbeißt«, sagte Vater. »Pass auf, dass der Haken richtig fasst; die haben ein Maul so hart wie ein Türknauf.«

Ich öffnete den Rollenbügel und schleuderte den Arm nach hinten, schnellte nach vorn und schleuderte den klappernden gelben Köder so weit hinaus, wie ich konnte. Er klatschte in etwa zwölf Metern Entfernung auf das Wasser. Noch ehe ich kurbeln konnte, um die überschüssige Schnur einzuholen, begann das Wasser zu brodeln.

»Schlag an!«, schrie Vater. »Du hast ihn! Schlag an! Du musst noch mal anschlagen!«

Ich zerrte zweimal, mit aller Kraft. Ja, ich hatte ihn. Die Stahlrute bog sich und zuckte wild vor und zurück. Vater brüllte immer noch. »Lass locker, lass locker! Lass ihn schwimmen! Gib ihm mehr Schnur, Jack! Jetzt einholen! Einholen! Nein, gib ihm Schnur! Mann! Schau dir das an, wie der abzischt!«

Der Barsch hüpfte über den Teich, und jedes Mal, wenn er aus dem Wasser kam, schüttelte er so heftig den Kopf, dass wir den Köder rasseln hörten. Dann machte der Barsch seinen nächsten Fluchtversuch. Nach zehn Minuten hatte ich den Fisch so weit, dass er ein Stück vom Ufer entfernt auf der Seite lag. Er sah riesengroß aus, vielleicht sechs oder sieben Pfund schwer, und er lag erschöpft auf der Seite, das Maul offen und mit bebenden Kiemen. Mir war so weich in den Knien, dass ich kaum noch stehen konnte, aber ich hielt die Angelrute hoch, die Schnur angespannt. Vater watete hinaus, und das Wasser lief ihm in die Schuhe.

Hinter mir gab Dummy aufgeregte Laute von sich, aber ich hatte Angst, den Fisch aus den Augen zu lassen. Vater kam näher heran, beugte sich vor und versuchte, den Fisch an den Kiemen zu packen. Plötzlich baute sich Dummy vor mir auf und fing an, den Kopf zu schütteln und wild zu gestikulieren. Vater sah ihn an.

»Was zum Teufel ist mit dir los, du Idiot? Der Junge hat gerade den größten Barsch gefangen, den ich je gesehen habe; und er wird ihn nicht wieder zurückwerfen. Was ist denn bloß in dich gefahren?«

Dummy schüttelte immer noch den Kopf und gestikulierte in Richtung Teich.

»Ich habe nicht vor, dem Jungen seinen Fisch wegzunehmen. Wenn du glaubst, dass ich das zulasse, dann täuschst du dich.«

Dummy streckte die Hand nach meiner Angelschnur aus. Mittlerweile hatte der Barsch neue Kräfte gesammelt, machte kehrt und schwamm wieder von mir weg. Ich rief laut, und dann muss ich wohl den Kopf verloren haben; mit einem Ruck ließ ich die Spulenbremse einschnappen und fing an zu kurbeln. Der Barsch machte einen letzten, verzweifelten Fluchtversuch, und der Schwimmer schnellte im hohen Bogen über unsere Köpfe und verhakte sich in einem Ast.

»Komm, Jack«, sagte Vater und griff seine Angelrute. »Wir sehen zu, dass wir hier wegkommen, bevor wir genauso übergeschnappt sind wie dieser Idiot. Los, mach schon, bevor ich ihm eins in die Fresse haue.«

Wir kehrten dem Teich den Rücken, und Vater knirschte vor lauter Wut mit den Zähnen. Wir gingen schnell. Ich hätte am liebsten geweint, aber ich schluckte heftig und versuchte, die Tränen zu unterdrücken. Einmal stolperte Vater über einen Stein und stürmte ein paar Meter vorwärts, um nicht zu fallen. »So ein verdammter Idiot«, murmelte er. Die Sonne war fast untergegangen, und es wehte eine leichte Brise. Ich warf einen Blick über die Schulter zurück und sah Dummy noch immer unten am Teich, nur dass er jetzt zu den Weiden hinübergegangen war und sich, einen Arm um einen Baumstamm gelegt, vorbeugte und ins Wasser starrte. Neben dem Teich wirkte er sehr dunkel und winzig klein.

Als Vater bemerkte, dass ich mich umsah, blieb er stehen und drehte sich ebenfalls um. »Er redet mit ihnen«, sagte er. »Er sagt ihnen, dass es ihm leidtut. Er ist völlig übergeschnappt, der Blödian! Los, komm schon.«

In jenem Februar trat der Fluss über die Ufer.

Anfang Dezember hatte es in unserem Teil des Staates überall heftig geschneit, und kurz vor Weihnachten war es sehr kalt geworden, so dass der Boden gefror und der Schnee wochenlang liegen blieb. Ende Januar kam dann der Chinook. Ich wachte eines Morgens auf und hörte, wie das Haus im Wind ächzte und das Wasser unablässig vom Dach tropfte.

Der Wind dauerte fünf Tage, und am dritten Tag begann das Wasser im Fluss zu steigen.

»Es steht schon fünf Meter hoch«, sagte Vater eines Abends und sah von der Zeitung auf. »Einen Meter über der Hochwassermarke. Der alte Dummy wird seine Fische verlieren.«

Ich wollte runter zur Moxee-Brücke und nachsehen, wie hoch das Wasser war, aber Vater schüttelte den Kopf.

»Bei einer Überschwemmung gibt es nicht viel zu sehen. Ich habe mehr Überschwemmungen gesehen, als mir lieb ist.«

Zwei Tage später erreichte der Fluss seinen höchsten Stand, und danach ging das Hochwasser langsam zurück.

Eine Woche später, an einem Samstagmorgen, fuhren Orin Marshall, Danny Owens und ich mit dem Fahrrad die fünf oder sechs Meilen raus zu Dummy. Wir stellten die

Fahrräder vorher an der Straße ab und gingen zu Fuß über die Weiden, die an Dummys Land angrenzten.

Es war ein feuchter, windiger Tag, dunkle Wolkenfetzen zogen schnell über den grauen Himmel. Der Boden war vollkommen durchweicht, und in dem dichten Gras stießen wir immer wieder auf Pfützen, denen wir nicht ausweichen konnten, so dass wir mittendurch waten mussten. Danny lernte gerade das Fluchen, und jedes Mal, wenn ihm das Wasser oben in die Schuhe lief, stieß er eine Kette wüster Verwünschungen aus. Am Ende der Weide sahen wir den angeschwollenen Fluss; das Wasser war immer noch über die Ufer getreten und umspülte die Baumstämme an den Seiten und riss Teile des Bodens mit sich fort. In der Flussmitte strömte es kraftvoll und schnell, und hie und da trieb ein Busch vorüber oder ein Baumstamm, dessen Äste aus dem Wasser ragten.

Als wir an Dummys Zaun kamen, fanden wir eine Kuh, die sich im Draht verfangen hatte. Sie war ganz aufgedunsen, und ihre Haut sah glatt und grau aus. Es war für uns alle das erste Mal, dass wir ein totes Ding von solchen Ausmaßen sahen. Orin nahm einen Stock und berührte die weit aufgerissenen, gallertartigen Augen, dann hob er den Schwanz und stieß die Kuh hier und da mit dem Stock an.

Wir folgten dem Zaun bis zum Fluss. Wir trauten uns nicht, den Draht zu berühren, weil wir dachten, er sei vielleicht immer noch elektrisch geladen. Aber der Zaun endete ganz plötzlich an einer Art tief eingeschnittenem Kanal. Das Wasser hatte den Boden hier einfach weggespült und dabei einen Teil von dem Zaun mitgerissen. Wir stiegen über den Draht und folgten dem schnell fließenden Wasserlauf, der quer über Dummys Land direkt zu dem Teich führte. Beim

Näherkommen sahen wir, dass der Kanal den Teich der Länge nach durchschnitten und sich auf der gegenüberliegenden Seite einen Abfluss geschaffen hatte, um nach mehreren Schleifen und Windungen in etwa einer Viertelmeile Entfernung wieder in den Fluss einzumünden. Der Teich selbst sah jetzt aus, als sei er ein Teil des Flusses, breit und aufgewühlt. Ganz sicher waren die meisten von Dummys Fischen fortgespült worden, und die, die vielleicht noch da waren, würde nichts am Fortschwimmen hindern, wenn das Wasser fiel.

Dann entdeckte ich Dummy. Der Anblick machte mir Angst, also gab ich den anderen Jungs ein Zeichen, und wir gingen allesamt in Deckung. Er stand am anderen Ende des Teichs, nicht weit von der Stelle, wo das Wasser abfloss, und starrte in die reißenden Fluten. Nach eine Weile blickte er auf und sah uns. Wir sprangen auf und flohen auf dem gleichen Weg, auf dem wir gekommen waren, und wir rannten wie aufgescheuchte Hasen.

»Ich kann mir nicht helfen, aber der gute alte Dummy tut mir leid«, sagte Vater einige Wochen später eines Abends beim Essen. »Für den geht einfach alles den Bach runter. Und auch wenn er selber schuld ist, kann er einem doch leidtun.«

Dann erzählte Vater, George Laycock hätte Dummys Frau letzten Freitag mit einem großen Mexikaner im Sportsman's Club gesehen. »Und das ist noch längst nicht alles –«

Mutter warf ihm einen strengen Blick zu, und dann sah sie mich an, aber ich aß einfach weiter, als hätte ich nichts gehört.

»Verdammt nochmal, Bea, der Junge ist alt genug! Und überhaupt«, sagte er eine Minute später zu niemand bestimmtem. »Das gibt bestimmt noch Ärger.«

Er hatte sich sehr verändert, Dummy meine ich. Wenn er es irgendwie einrichten konnte, ging er den Männern jetzt aus dem Weg. Er machte nicht zur gleichen Zeit Pause wie sie, und er aß auch nicht mehr mit ihnen zu Mittag. Keiner hatte mehr Lust, ihn auf den Arm zu nehmen, seit er mit einem Kantholz auf Carl Lowe losgegangen war, weil der ihm den Hut vom Kopf geschubst hatte. Im Durchschnitt fehlte er ein, zwei Tage die Woche, und man munkelte, er würde bald entlassen.

»Es wird immer schlimmer«, sagte Vater. »Wenn er nicht aufpasst, schnappt er noch völlig über.«

Dann, an einem Sonntagnachmittag im Mai, kurz vor meinem Geburtstag, räumten Vater und ich die Garage auf. Es war ein warmer, ruhiger Tag, und der Staub hing in der Luft in der Garage. Mutter kam an die Hintertür und sagte: »Del, Telefon für dich. Ich glaube, es ist Vern.«

Ich folgte ihm ins Haus, um mich zu waschen, und hörte, wie er zum Hörer griff und sagte: »Vern? Wie geht es dir? Was? Das kann doch nicht wahr sein, Vern. Nein! Meine Güte, sag, dass das nicht wahr ist, Vern. In Ordnung. Ja. Bis dann.«

Er legte den Hörer auf und drehte sich zu uns um. Sein Gesicht war bleich, und er stützte sich mit der Hand auf den Tisch.

»Schlechte Nachrichten … Es geht um Dummy. Er hat sich gestern Abend ertränkt und vorher seine Frau mit einem Hammer erschlagen. Vern hat es gerade im Radio gehört.«

Eine Stunde später fuhren wir hin. Autos parkten vor dem Haus und zwischen dem Haus und der Weide. Zwei oder drei Streifenwagen, ein Wagen von der Verkehrspolizei und noch ein paar andere. Das Tor zur Weide stand offen, und ich sah die Reifenspuren, die zum Teich hinunterführten.

Das Insektengitter am Eingang wurde durch eine Kiste aufgehalten, und ein dünner, pockennarbiger Mann mit weiten Hosen, Polohemd und Schulterholster stand in der Tür. Er sah zu, wie wir aus dem Kombi stiegen.

»Was ist passiert?«, fragte Vater.

Der Mann schüttelte den Kopf. »Das können Sie morgen Abend in der Zeitung lesen.«

»Hat man … ihn gefunden?«

»Noch nicht. Sie suchen immer noch.«

»Haben Sie was dagegen, wenn wir da runtergehen? Ich habe ihn ziemlich gut gekannt.«

»Von mir aus. Aber kann sein, dass die da unten Sie wegjagen.«

»Möchtest du lieber hierbleiben, Jack?«, fragte Vater.

»Nein«, sagte ich. »Ich komme lieber mit.«

Wir folgten den Reifenspuren über die Weide und nahmen ziemlich genau den gleichen Weg, den wir im Sommer davor gegangen waren.

Als wir näher kamen, hörten wir die Motorboote und sahen die dunklen Abgasschwaden, die über dem Teich hingen. Mittlerweile mündete nur noch ein schmales Rinnsal in den Teich und floss auf der anderen Seite wieder heraus, aber man konnte noch genau erkennen, wo das Hochwasser den Boden fortgespült und Steine und Bäume mitgerissen hatte. Zwei kleine Boote mit je zwei uniformierten Männern kreisten langsam auf dem Wasser. Ein Mann saß vorn am Steuer, der andere saß im Heck und hantierte mit dem Seil für die Haken.

Ein Krankenwagen parkte auf dem Kiesstrand, wo wir

damals an dem Abend geangelt hatten, und zwei Männer in Weiß lehnten an der hinteren Tür und rauchten.

Die Tür an dem Streifenwagen, der dicht neben dem Krankenwagen parkte, war offen, und ich hörte eine laute, knisternde Stimme aus dem Lautsprecher.

»Was ist passiert?«, fragte Vater den Hilfssheriff, der, die Hände in die Hüften gestemmt, am Ufer stand und eins der Boote beobachtete. »Ich habe ihn ziemlich gut gekannt«, fügte er hinzu. »Wir waren Arbeitskollegen.«

»Allem Anschein nach Mord und Selbstmord«, sagte der Mann und nahm eine kalte Zigarre aus dem Mund. Er musterte uns von Kopf bis Fuß und sah dann zurück zu dem Boot.

»Wie ist das passiert?«, bohrte Vater weiter.

Der Deputy hakte die Finger in seinen Gürtel und rückte seinen großen Revolver zurecht, so dass er etwas bequemer an den breiten Hüften hing. Er sprach aus dem Mundwinkel, an der Zigarre vorbei.

»Er hat seine Frau gestern Abend aus einer Bar geholt und sie in dem Lieferwagen mit einem Hammer erschlagen. Es gab Zeugen. Dann ist … wie immer er hieß … hier zu diesem Teich gefahren, mit der Frau immer noch im Wagen, und ist kopfüber reingesprungen. Nicht zu glauben. Ich bin nicht sicher, ich nehme an, er konnte nicht schwimmen, aber sicher bin ich da nicht … Aber es heißt immer, für jemanden, der schwimmen kann, ist es schwer, sich zu ertränken, einfach aufzugeben und zu ertrinken. Ein Kerl namens Garcy oder Garcia ist ihnen nachgefahren. Soweit wir wissen, war er hinter der Frau her, aber er behauptet, dass er gesehen hat, wie der Mann von dem Felsen da drüben reingesprungen ist, und dann hat er die Frau in dem

Wagen gefunden, tot.« Er spuckte aus. »Schöner Schlamassel, was?«

Einer der Motoren verstummte plötzlich. Wir blickten alle auf. Der Mann im Heck von einem der Boote stand auf und fing an, mit aller Kraft an seinem Seil zu ziehen.

»Hoffentlich haben sie ihn«, sagte der Hilfssheriff. »Ich will endlich nach Hause.«

Nach ein, zwei Minuten sah ich, wie ein Arm aus dem Wasser auftauchte; die Haken hatten ihn offenbar seitlich oder hinten erfasst. Kurz darauf tauchte der Arm wieder unter und kam dann wieder zum Vorschein, zusammen mit einem undefinierbaren, formlosen Bündel. Das ist er nicht, dachte ich einen Augenblick lang; das ist etwas anderes, etwas, das schon seit Monaten im Teich liegt.

Der zweite Mann im Boot trat nach hinten, und zusammen zerrten sie das triefende Bündel ins Boot.

Ich sah Vater an; er hatte sich abgewandt, und seine Lippen zitterten. Sein Gesicht zeigte tiefe Falten. Er sah plötzlich älter aus, älter und voller Angst. Er drehte sich zu mir um und sagte: »Frauen! Da siehst du, was passieren kann, wenn man an die falsche Frau gerät, Jack.«

Aber er stockte, als er das sagte, und scharrte unbehaglich mit den Füßen, und ich glaube nicht, dass er es wirklich so gemeint hat. In dem Augenblick wusste er einfach nicht, was er sagen sollte. Ich bin nicht sicher, was er damals gedacht hat, ich weiß nur, dass ihm der Anblick Angst einjagte, genau wie mir. Aber ich hatte das Gefühl, dass das Leben danach schwieriger für ihn wurde, dass er nie wieder glücklich und sorglos sein konnte. Jedenfalls nicht mehr so wie vorher. Was mich selbst angeht, wusste ich, dass ich den Augenblick nie vergessen würde, als der Arm aus dem Wasser auftauchte. Wie eine Art geheimnisvolles und schreckliches Signal, ein Vorzeichen des Unglücks, das unsere Familie in den Jahren danach heimsuchen sollte.

Aber das war eine Zeit, in der ich leicht zu beeindrucken war, zwischen zwölf und zwanzig. Jetzt wo ich älter bin, so alt wie mein Vater damals, und wo ich eine Zeitlang in der Welt gelebt habe – ein bisschen herumgekommen, wie man sagt –, weiß ich, was das war, dieser Arm. Es war einfach der Arm eines ertrunkenen Mannes. Ich habe so was noch öfter gesehen.

»Lass uns nach Hause fahren«, sagte mein Vater.

PASTETE

Ihr Wagen stand da, kein anderer, und Burt war erleichtert. Er bog in die Auffahrt und hielt bei der Pastete, die er am Abend dort fallen gelassen hatte. Sie lag noch genauso da, mit der Aluminiumform nach oben, die Kürbisfüllung auf dem Gehweg verspritzt. Es war Freitag, fast Mittag, am Tag nach Weihnachten.

Er war am Weihnachtstag gekommen, um Frau und Kinder zu besuchen. Aber Vera hatte ihm schon vorher gesagt, dass er vor sechs wieder weg sein müsse, weil dann ihr Freund und dessen Kinder zum Abendessen kämen. Sie hatten im Wohnzimmer gesessen und mit ernster Miene die Geschenke ausgepackt, die er mitgebracht hatte. Am Baum hatten die Lichter gefunkelt. Päckchen in Glanzpapier, mit Schleifen und Bändern verziert, türmten sich unter dem Weihnachtsbaum und warteten auf sechs Uhr. Er sah zu, wie die Kinder, Terri und Jack, die Geschenke auspackten. Er wartete, als Vera an ihrem sorgfältig die Knoten und den Klebefilm löste. Sie wickelte die Schachtel aus. Sie hob den Deckel ab und nahm einen cremefarbenen Kaschmirpullover heraus.

»Der ist hübsch«, sagte sie. »Danke, Burt.«

»Probier mal an«, sagte Terri zu ihrer Mutter.

»Zieh ihn an«, sagte Jack. »Toll, Dad.«

Burt betrachtete seinen Sohn, dankbar für die Unterstützung. Er würde Jack bitten, irgendwann in den Ferien mal mit dem Fahrrad rüberzukommen, und dann würden sie zusammen frühstücken gehen.

Sie probierte den Pullover an. Sie ging ins Schlafzimmer, und als sie zurückkehrte, fuhr sie sich mit den Händen über die Brust. »Der ist hübsch«, sagte sie.

»Du siehst gut damit aus«, sagte Burt, und er spürte, wie stolz er war.

Er packte seine eigenen Geschenke aus: von Vera einen Gutschein über zwanzig Dollar beim Herrenausstatter Sondheim, von Terri eine Haarbürste mit passendem Kamm, Taschentücher, drei Paar Socken und einen Kugelschreiber von Jack. Er und Vera tranken Rum mit Cola. Draußen wurde es dunkel, und bald war es halb sechs. Terri sah ihre Mutter an, stand auf und begann, im Esszimmer den Tisch zu decken. Jack ging in sein Zimmer. Burt blieb, wo er war, vor dem Kamin, ein Glas in der Hand, die Luft erfüllt vom Duft des Truthahns in der Röhre. Vera ging in die Küche. Burt lehnte sich auf dem Sofa zurück. Weihnachtslieder wehten vom Radio in Veras Zimmer herüber. Von Zeit zu Zeit kam Terri herein und stellte etwas auf den Tisch. Burt sah ihr zu, wie sie Stoffservietten in die Weingläser steckte. Sie brachte eine schlanke Vase mit einer einzelnen roten Rose. Dann sprachen Vera und Terri leise miteinander in der Küche. Er trank sein Glas aus. Ein kleiner Kaminscheit aus Wachs und Sägemehl brannte in der Feuerstelle mit roten, blauen und grünen Flammen. Er stand vom Sofa auf und legte acht Scheite, alles, was von der Packung noch übrig war, in den Kamin. Er blieb dabei, bis sie Feuer fingen. Auf dem Weg zur Hintertür sah er die Pasteten, aufgereiht auf der Anrichte. Er lud sie sich eine nach der anderen auf den Arm; es waren fünf, Kürbis und Rosinen – offenbar glaubte sie, sie müsse eine ganze Fußballmannschaft verköstigen. Er machte sich mit den Pasteten davon. Doch im Dunkel der Auffahrt war ihm eine zu Boden gefallen, als er sich mit der Autotür abmühte.

Jetzt machte er einen Bogen um die verspritzte Pastete und ging zur Hintertür. Die vordere Tür war dauerhaft verschlossen, seit dem Abend, an dem sein Schlüssel im Schloss abgebrochen war. Es war ein trüber Tag, die Luft feucht und schneidend. Vera behauptete, er habe am Vorabend versucht, das Haus anzuzünden. Das hatte sie zu den Kindern gesagt, und Terri hatte es ihm wiedererzählt, als er am Morgen anrief, um sich zu entschuldigen. »Mom sagt, du wolltest gestern Abend das Haus anstecken«, sagte Terri und lachte. Er wollte das klarstellen. Er wollte überhaupt über ein paar Dinge reden.

Ein Kranz aus Kiefernzapfen hing an der Hintertür. Burt klopfte an die Scheibe. Vera schaute heraus und sah ihn finster an. Sie war im Morgenrock. Sie öffnete die Tür einen Spalt weit.

»Vera, ich wollte mich wegen gestern Abend entschuldigen«, sagte er. »Tut mir leid, was ich gemacht habe. Das war dumm von mir. Ich möchte mich auch bei den Kindern entschuldigen.«

»Die sind nicht da. Terri ist mit ihrem Freund weg, diesem verfluchten Kerl auf dem Motorrad, und Jack spielt Fußball.« Sie blieb in der Tür stehen, und er stand auf der Veranda neben dem Philodendron. Er zupfte einen Fussel vom Ärmel seiner Jacke. »Nach gestern Abend lasse ich mir keine weitere

Szene mehr bieten«, sagte sie. »Mir reicht's. Du hast tatsächlich gestern Abend versucht, das Haus anzuzünden.«

»Habe ich nicht.«

»Hast du doch. Alle waren dabei. Du solltest dir mal ansehen, wie der Kamin aussieht. Beinahe hätte die Wand Feuer gefangen.«

»Kann ich einen Augenblick reinkommen und mit dir reden?«, fragte er. »Vera?«

Sie sah ihn an. Sie raffte den Morgenrock am Hals zusammen und trat einen Schritt zurück.

»Komm rein«, sagte sie. »Aber ich habe einen Termin in einer Stunde. Und bitte versuch dich zusammenzunehmen. Mach nicht wieder irgendwelchen Blödsinn, Burt. Versuch um Himmels willen nicht noch einmal, mir das Haus anzuzünden.«

»Vera, ich bitte dich.«

»Das ist die Wahrheit.«

Er sagte nichts darauf. Er sah sich um. Die Kerzen am Weihnachtsbaum funkelten. Schachteln und Geschenkpapier türmten sich am Ende des Sofas. Mitten auf dem Esstisch stand eine Servierplatte mit den Überbleibseln eines Truthahns. Es waren nur noch die Knochen übrig, und der ledrige Kadaver lag in einem Kranz aus Petersilie wie in einem perversen Nest. Schmutzige Servietten kreuz und quer auf dem Tisch. Die Teller waren teils zusammengeräumt, und die Tassen und Weingläser waren alle an das eine Tischende gestellt, als habe jemand mit dem Abräumen angefangen und es sich dann anders überlegt. Zugegeben, die Backsteineinfassung des Kamins war rußgeschwärzt bis hinauf zum Sims. Ein Berg Asche lag in der Feuerstelle, mit einer leeren Coladose darauf.

»Komm raus in die Küche«, sagte Vera. »Ich mache uns Kaffee. Aber ich muss ziemlich bald weg.«

»Wann ist dein Freund gestern Abend gegangen?«

»Wenn du so anfängst, kannst du gleich wieder verschwinden.«

»Schon gut, schon gut.«

Er zog einen Stuhl heraus und setzte sich an den Küchentisch vor den großen Aschenbecher. Er schloss die Augen und schlug sie wieder auf. Er zog den Vorhang zurück und warf einen Blick in den Garten. Ein Fahrrad ohne Vorderrad stand auf Lenker und Sitz. Am Zaun wuchs das Unkraut.

»Thanksgiving«, sagte sie. »Weißt du noch, Thanksgiving? Da habe ich gesagt, das ist der letzte Feiertag, den du uns versaust. Wir haben Eier mit Speck statt Truthahn gegessen, um zehn Uhr abends. So kann man nicht leben, Burt.«

»Ich weiß. Ich hab doch gesagt, dass es mir leidtut, Vera. Das ist mein Ernst.«

»Leidtun reicht jetzt nicht mehr. Jetzt nicht mehr.«

Der Zünder funktionierte wieder mal nicht. Sie stand am Herd und versuchte den Gasbrenner unter dem Wassertopf anzuzünden. »Verbrenn dich nicht«, sagte er. »Du fängst noch Feuer.«

Sie antwortete nicht. Sie zündete das Gas an.

Er stellte sich vor, wie ihr Morgenrock Feuer fing und er vom Tisch aufspränge, sie zu Boden würfe, ins Wohnzimmer zerrte, wo er sie auf dem Boden hin- und herrollen könnte und sie mit seinem ganzen Körper bedecken, um die Flammen zu ersticken. Oder wäre es besser, eine Decke aus dem Schlafzimmer zu holen, die er über sie werfen würde?

»Vera?«

Sie sah ihn an.

»Hast du irgendwas zu trinken im Haus? Noch was von dem Rum da? Heute Morgen könnte ich einen Drink gebrauchen. Nur zum Aufwärmen.«

»Im Eisfach ist Wodka, und es muss auch noch irgendwo Rum sein, wenn die Kinder ihn nicht getrunken haben.«

»Seit wann hast du Wodka im Eisfach?«

»Das geht dich nichts an.«

»Da hast du recht.«

Er nahm den Wodka aus dem Eisfach, sah sich nach einem Glas um, dann goss er sich etwas in eine Tasse, die er auf der Arbeitsplatte fand.

»Willst du den einfach so trinken, aus der Tasse? Meine Güte, Burt. Aber was wolltest du denn nun besprechen? Ich habe dir gesagt, ich muss gleich weg. Ich habe Flötenunterricht um eins. Weswegen bist du hier, Burt?«

»Nimmst du immer noch Flötenstunden?«

»Habe ich dir doch gerade gesagt. Worum geht es? Sag mir, was du auf dem Herzen hast, und dann muss ich mich fertig machen.«

»Als Erstes wollte ich mich entschuldigen wegen gestern Abend. Ich war wütend. Es tut mir leid.«

»Du bist doch immer wegen irgendwas wütend. Du warst einfach besoffen und wolltest es an uns auslassen.«

»Das ist nicht wahr.«

»Wieso bist du dann überhaupt hergekommen, wo du doch wusstest, dass wir was anderes vorhatten? Du hättest am Tag vorher kommen können. Ich hatte dir gesagt, dass ich für gestern Abend Gäste hatte.«

»Es war Weihnachten. Ich wollte euch meine Geschenke bringen. Ihr seid immer noch meine Familie.«

Sie antwortete nicht.

»Ich glaube, du hast recht mit dem Wodka«, sagte er. »Wenn du Saft hast, verdünne ich ihn mit Saft.«

Sie öffnete die Kühlschranktür und schob Sachen hin und her. »Apfelsaft mit Cranberry, sonst nichts.«

»Das ist in Ordnung«, sagte er. Er stand auf und goss sich Apfelsaft mit Cranberry in seine Tasse, goss Wodka nach und rührte den Drink mit dem kleinen Finger um.

»Ich muss ins Bad«, sagte sie. »Es dauert nicht lange.«

Er trank seine Tasse Apfelsaft mit Cranberry und Wodka und fühlte sich besser. Er zündete sich eine Zigarette an und warf das Streichholz in den großen Aschenbecher. Der Boden des Aschenbechers war mit Zigarettenstummeln und einer Ascheschicht bedeckt. Er erkannte Veras Marke, aber es waren auch filterlose Zigaretten dabei und noch andere – lavendelblaue Stummel, dick mit Lippenstift verschmiert. Er stand auf und schüttete den Inhalt in den Müllsack unter der Spüle. Der Aschenbecher war ein schweres Stück aus blauem Steingut mit hochgezogenem Rand, das sie von einem bärtigen Töpfer in einem Einkaufszentrum in Santa Cruz gekauft hatten. Er war groß wie ein Teller und ursprünglich vielleicht auch als solcher gedacht gewesen, eine Servierschale oder so etwas, aber sie hatten ihn von Anfang an als Aschenbecher benutzt. Er stellte ihn wieder zurück auf den Tisch und drückte seine Zigarette darin aus.

Das Wasser auf dem Herd begann eben zu sprudeln, da klingelte das Telefon. Vera machte die Badezimmertür auf und rief ihm über den Flur zu: »Kannst du mal abnehmen? Ich will gerade unter die Dusche.«

Das Küchentelefon stand in einer Ecke der Arbeitsplatte hinter dem Schmortopf. Es klingelte immer weiter. Zögernd griff er nach dem Hörer.

»Ist Charlie da?«, fragte ihn eine müde, tonlose Stimme.

»Nein«, sagte er. »Da haben Sie die falsche Nummer. Hier ist 323-4464. Sie haben die falsche Nummer.«

»Okay«, sagte die Stimme.

Doch als er den Kaffee zubereitete, klingelte das Telefon von neuem. Er ging ran.

»Charlie?«

»Falsche Nummer. Schauen Sie sich Ihre Nummer noch mal an. Achten Sie auf die Vorwahl.« Diesmal legte er den Hörer daneben.

Vera kehrte in die Küche zurück, in Jeans und weißem Pullover, und bürstete sich das Haar. Er tat Instantkaffee in die Tassen mit heißem Wasser, rührte um und taufte seinen dann mit Wodka. Er brachte die beiden Tassen an den Tisch.

Sie griff zum Telefonhörer, horchte und fragte: »Was soll das? Wer war am Telefon?«

»Niemand«, sagte er. »Falsche Nummer. Wer raucht hier lavendelblaue Zigaretten?«

»Terri. Wer käme sonst auf so eine Idee?«

»Ich wusste nicht, dass sie raucht«, sagte er. »Ich habe sie nicht mit Zigarette gesehen.«

»Doch, sie raucht. Wahrscheinlich will sie es nicht vor deinen Augen tun«, sagte sie. »Lächerlich, wenn man sich das überlegt.« Sie legte die Haarbürste beiseite. »Aber dieser verfluchte Kerl, mit dem sie sich rumtreibt, das ist was anderes. Mit dem gibt es noch Ärger. Der hat immer wieder mit der Polizei zu tun, schon seit er von der Highschool geflogen ist.«

»Erzähl mir von ihm.«

»Habe ich doch gerade. Ein widerlicher Kerl. Mir macht

das Sorgen, aber ich kann ja nichts tun. Mein Gott, Burt, was ich alles am Hals habe! Manchmal wird es einfach zu viel.«

Sie setzte sich auf die andere Seite des Tisches und trank ihren Kaffee. Sie rauchten und streiften ihre Asche in dem Aschenbecher ab. Es gab Dinge, die er gerne gesagt hätte, liebevolle Worte, Worte des Bedauerns, tröstende Worte.

»Terri stiehlt mir auch mein Gras und raucht es«, sagte Vera. »Wenn du wirklich wissen willst, wie es hier zugeht.«

»Lieber Himmel. Sie raucht Hasch?«

Vera nickte.

»Um mir das anzuhören, bin ich nicht hergekommen.«

»Weswegen *bist* du denn hergekommen? Gestern nicht genug Pastete abgeschleppt?«

Jetzt fiel ihm wieder ein, dass er die Pasteten in den Fußraum des Wagens gelegt hatte, bevor er am Abend davongefahren war. Danach hatte er sie vollkommen vergessen. Sie waren immer noch im Auto. Er überlegte kurz, ob er ihr das sagen sollte.

»Vera«, sagte er. »Es ist Weihnachten. Deswegen bin ich hier.«

»Weihnachten ist vorbei, Gott sei Dank. Weihnachten kommt und geht«, sagte sie. »Ich freue mich nicht mehr auf die Feiertage. Nie im Leben werde ich mich mehr auf einen Feiertag freuen.«

»Was ist mit mir?«, sagte er. »Glaub mir, ich freue mich genauso wenig auf die Feiertage. Na, jetzt müssen wir nur noch Neujahr überstehen.«

»Du kannst dich ja betrinken«, sagte sie.

»Ich arbeite dran«, sagte er und spürte, wie die Wut in ihm hochstieg.

Wieder klingelte das Telefon.

»Jemand, der Charlie sprechen will«, sagte er.

»Was?«

»Charlie«, sagte er.

Vera nahm den Hörer ab. Während sie sprach, kehrte sie Burt den Rücken zu. Dann drehte sie sich zu ihm um und sagte: »Ich telefoniere im Schlafzimmer weiter. Könntest du bitte hier auflegen, wenn ich drüben abgenommen habe? Ich höre, ob du auflegst, also tu es bitte, wenn ich es sage.«

Er antwortete nicht, aber er nahm den Hörer. Sie verließ die Küche. Er hielt den Hörer ans Ohr und horchte, doch zunächst hörte er nichts. Dann räusperte sich jemand, ein Mann, am anderen Ende der Leitung. Er hörte, wie Vera am anderen Apparat abnahm, und dann sagte sie zu ihm: »So, ich bin dran. Du kannst jetzt auflegen, Burt. Burt?«

Er legte den Hörer auf die Gabel und stand da und starrte ihn an. Dann zog er die Besteckschublade auf und wühlte darin. Er versuchte es mit einer anderen Schublade. Er sah im Spülbecken nach, dann ging er ins Wohnzimmer und fand das Tranchiermesser auf dem Teller. Er ließ heißes Wasser darüberlaufen, bis das Fett sich löste. Er wischte die Klinge an seinem Ärmel ab. Dann ging er zum Telefon, packte die Schnur, so dass eine Schleife entstand, und durchtrennte Kunststoffhülle und Kupferdraht ohne weiteres. Er betrachtete das durchgeschnittene Kabel. Dann schob er das Telefon wieder in seine Ecke bei den Vorratsdosen.

Vera kehrte zurück und sagte: »Die Leitung war plötzlich tot. Hast du irgendwas mit dem Telefon gemacht, Burt?« Sie sah den Apparat an, dann hob sie ihn hoch. Drei Fuß lang hing die grüne Schnur herunter.

»Dreckskerl«, sagte sie. »Na, das wär's dann. Raus jetzt, nach draußen, wo du hingehörst.« Sie hielt ihm das Telefon entgegen und schüttelte es. »Das war das letzte Mal, Burt. Ich sorge dafür, dass du Kontaktverbot kriegst. Da kannst du dich drauf verlassen. Und jetzt raus, bevor ich die Polizei rufe.« Das Telefon machte *pling*, als sie es auf die Arbeitsplatte knallte. »Ich rufe sie von nebenan, wenn du nicht verschwindest. Du machst alles kaputt, so ist es nämlich.«

Er hatte nach dem Aschenbecher gegriffen und trat ein paar Schritte vom Tisch zurück. Er hielt den Aschenbecher am Rand, die Schultern waren angespannt. Er stand da wie ein Diskuswerfer.

»Bitte«, sagte sie. »Geh jetzt. Das ist unser Aschenbecher, Burt. Bitte. Geh jetzt.«

Er verließ das Haus durch die Verandatür, und zuvor verabschiedete er sich noch. Er war sich nicht ganz sicher, aber er hatte das Gefühl, dass er etwas erreicht hatte. Er hoffte, sie hatte begriffen, dass er sie noch immer liebte und dass er eifersüchtig war. Aber geredet hatten sie nicht. Sie mussten unbedingt ernsthaft miteinander reden. Es gab Dinge, die mussten geklärt werden, wichtige Dinge, die sie besprechen mussten. Sie würden wieder miteinander reden. Vielleicht wenn die Feiertage erst einmal vorbei waren und alles wieder seinen geregelten Gang ging.

Er machte einen Bogen um die Pastete in der Auffahrt und stieg in sein Auto. Er ließ den Motor an und legte den Rückwärtsgang ein. Er setzte zurück auf die Straße. Dann schaltete er in den Vorwärtsgang und fuhr langsam los.

RUHE

Es war Samstagmorgen. Die Tage waren kurz, es lag eine Kühle in der Luft. Ich ließ mir die Haare schneiden. Ich saß auf dem Stuhl, und an der Wand gegenüber saßen drei Männer und warteten, dass sie an die Reihe kamen. Zwei von den Männern hatte ich noch nie gesehen, doch der dritte kam mir bekannt vor, auch wenn ich nicht wusste woher. Ich sah ihn immer wieder an, während der Friseur mit meinen Haaren zugange war. Er hatte einen Zahnstocher im Mund und bewegte ihn hin und her. Er war kräftig, um die fünfzig, mit kurzem, gewelltem Haar. Ich versuchte mich zu erinnern, wo ich ihn gesehen hatte, und dann sah ich ihn mit Schirmmütze und Uniform vor mir, bewaffnet, und die kleinen, bebrillten Augen blickten aufmerksam in die Schalterhalle der Bank. Er war Wachmann. Von den zwei anderen Männern war der eine deutlich älter, hatte aber noch volles, lockiges graues Haar. Er rauchte. Der andere, obwohl ein gutes Stück jünger, war auf dem Schädel schon fast kahl, und das Haar an den Seiten hing ihm in dunklen Strähnen über die Ohren. Er hatte Gummistiefel an, und seine Hose glänzte vor Maschinenöl.

Der Friseur legte mir die Hand auf den Kopf und drehte ihn hin und her, um ihn zu begutachten. Dann sagte er zu dem Wachmann: »Hast du deinen Bock geschossen, Charles?«

Ich mochte diesen Friseur. Wir kannten uns zwar nicht gut genug, um uns beim Namen zu nennen, aber wenn ich zum Haareschneiden kam, erkannte er mich, und er wusste, dass ich gern angelte, also redeten wir vom Angeln. Ich glaube nicht, dass er Jäger war, aber er konnte über jedes Thema reden und war ein guter Zuhörer. In der Hinsicht war er wie manche Barkeeper, die ich gekannt habe.

»Bill, das ist eine ulkige Geschichte. Unglaublich sogar«, sagte der Wachmann. Er nahm den Zahnstocher aus dem Mund und legte ihn in den Aschenbecher. Er schüttelte den Kopf. »Ich habe ihn erwischt und dann doch wieder nicht. Die Antwort hieße also Ja und Nein.«

Seine Stimme gefiel mir nicht. Die Stimme passte nicht zu einem kräftigen Mann. Mir fiel das Wort »affig« ein, wie mein Sohn früher immer gesagt hat. Sie war irgendwie feminin, diese Stimme, und sie war selbstgefällig. Jedenfalls war es nicht die Art Stimme, die man erwartet hätte, und auch keine, der man den ganzen Tag hätte zuhören wollen. Die beiden anderen Männer sahen ihn an. Der ältere blätterte in einer Illustrierten und rauchte, der andere Bursche hatte eine Zeitung in der Hand. Sie ließen ihre Lektüre sinken und wandten sich gespannt ihm zu.

»Dann erzähl mal«, sagte Charles. »Wir sind ganz Ohr.« Wieder drehte er meinen Kopf, hielt einen Augenblick mit der Schere inne, dann ging er von neuem an die Arbeit.

»Wir waren auf der Fikle Ridge, mein alter Herr und ich und der Junge. Wir jagten in den trockenen Flussbetten da oben; mein alter Herr hatte sich am Oberende von einem aufgestellt, mein Junge und ich an einem zweiten. Der Junge hatte einen verfluchten Brummschädel. Es war Nachmittag, und wir waren schon seit Tagesanbruch unterwegs. Der Junge war bleich um die Kiemen und trank den ganzen Tag über Wasser, seines und auch meins. Aber wir hatten gute Aussicht, dass die Jäger weiter unten ein Stück Wild zu uns herauftreiben würden. Wir bezogen Stellung hinter einem gefällten Baumstamm, das Bachbett im Blick. Wir hörten Schüsse von unten aus dem Tal.«

»Da unten gibt es Obstgärten«, sagte der Bursche mit der Zeitung. Er war ein zappeliger Geselle, schlug die Beine übereinander, wippte mit dem Fuß, schlug das andere Bein hoch. »Das Wild treibt sich bei den Obstgärten rum.«

»Das stimmt«, sagte der Wachmann. »Nachts wandern sie da rein, die Biester, und fressen die grünen Äpfel. Na, wie dem auch sei, früher am Tag hatten wir Schüsse gehört, wir sitzen da und warten, und da taucht ein großer alter Rehbock aus dem Unterholz auf, keine hundert Fuß vor uns. Der Junge hatte ihn natürlich im selben Moment wie ich gesehen, und er schmeißt sich auf den Boden und beginnt zu ballern, der Blödmann. Der alte Bock hatte von dem Jungen nichts zu befürchten, aber anfangs wusste er nicht, woher die Schüsse kamen. Er wusste nicht, in welche Richtung er springen sollte. Dann kam ich zum Schuss, aber in dem ganzen Durcheinander habe ich ihn nur angekratzt.«

»Angekratzt«, sagte der Friseur.

»Na ja, kein Blattschuss«, erklärte der Wachmann. »In die Eingeweide. Er war nur benommen, irgendwie. Senkte den Kopf, zitterte. Er bebte am ganzen Leib. Der Junge feuerte noch immer. Kam mir vor, als wäre ich wieder in Korea. Ich schoss noch einmal, aber ich verfehlte ihn. Und da verdrückte sich Mr Rehbock wieder ins Gebüsch, aber mittlerweile war er nicht mehr so ganz gut beieinander, weiß Gott nicht. Der Junge hatte sein ganzes Magazin leergeschossen und keinen einzigen Treffer, aber ich hatte ihn erwischt. Ich hab ihm eins in die Eier versetzt, und das hat ihm den Wind aus den Segeln genommen. Das meine ich mit angekratzt.«

»Was dann?« Der Bursche hatte seine Zeitung zusammengerollt und klopfte sich damit aufs Knie. »Was dann? Ihr habt ihn doch sicher verfolgt? Irgendwann verkriechen sie sich zum Sterben.«

Ich sah mir diesen Burschen noch einmal an. Die Worte sind mir im Gedächtnis geblieben. Der Ältere hatte schweigend zugehört, hatte den Wachmann im Auge behalten, als er seine Geschichte erzählte. Der Wachmann genoss das Rampenlicht.

»Aber Sie haben die Fährte verfolgt?«, fragte der Ältere, obwohl es genaugenommen ja keine Frage war.

»Das habe ich. Ich und der Junge, wir sind ihm nach. Aber der Junge war zu nichts zu gebrauchen. Unterwegs ist ihm schlecht geworden. Hat uns wertvolle Zeit gekostet, der Blödmann.« Jetzt, wo er sich das noch einmal ins Gedächtnis rief, musste er lachen. »Die ganze Nacht gesoffen und sich rumgetrieben, und dann glaubt er, er kann am nächsten Morgen auf die Jagd gehen. Na, das weiß er jetzt besser. Aber wir sind dem Bock nach. Es war eine gute Fährte. Eine Blutspur am Boden und Blut am Laub und im Geißblatt. Überall Blut. Es war sogar Blut an den Kiefern, an die er sich gelehnt hatte, wenn er verschnaufte. Hab ich noch nie erlebt, dass ein alter Bock dermaßen viel Blut in sich hat. Kann ich mir überhaupt nicht erklären, wieso der immer noch auf den Beinen war. Aber es wurde allmählich dunkel, und wir mussten zurück. Ich machte mir auch Sorgen um den alten

Herrn, aber die hätte ich mir, wie sich dann herausstellte, sparen können.«

»Manchmal, da laufen die immer weiter«, sagte der Bursche mit der Zeitung und wollte auch etwas beitragen, auch wenn es wieder dasselbe war. »Aber irgendwann verkriechen sie sich zum Sterben.«

»Ich habe den Jungen zusammengestaucht, weil er überhaupt danebengeschossen hat, und als er antworten wollte, habe ich ihm eine gescheuert, so wütend war ich.« Er zeigte sich seitlich an den Kopf und grinste. »Hab ihm eins hinter die Ohren gegeben, dem blöden Bengel. Dafür ist er noch nicht zu alt. Der braucht das.«

»Na«, meinte der Bursche, »inzwischen haben die Kojoten sich den Rehbock geholt. Die und die Krähen und die Bussarde.« Er rollte seine Zeitung wieder auf, strich sie glatt und legte sie beiseite. Er schlug von neuem die Beine übereinander. Er blickte in die Runde und schüttelte den Kopf. Aber eigentlich hatte man den Eindruck, dass ihm die Geschichte ziemlich egal war.

Der ältere Mann hatte sich auf seinem Stuhl gedreht und blickte zum Fenster hinaus in die fahle Morgensonne. Er zündete sich eine Zigarette an.

»Anzunehmen«, sagte der Wachmann. »Ein Jammer. Das war schon ein kapitaler Bursche, der alte Bock. Wünschte, ich hätte das Geweih jetzt über meiner Garage. Und so habe ich also, um auf deine Frage zurückzukommen, Bill, meinen Bock geschossen und auch wieder nicht. Aber es gab dann doch noch Wild zum Abendessen. Der alte Herr hatte in der Zwischenzeit einen kleinen Zweiender erlegt. Als wir ins Lager kamen, hing er schon da, fertig ausgeweidet. Leber, Herz und Nieren waren in Wachspapier gewickelt und steckten in der Kühlbox. Er hatte uns kommen gehört und kam uns entgegen, und wir trafen uns draußen vor dem Lager. Er streckte uns die Hände entgegen, rot von getrocknetem Blut. Sprach kein Wort. Hat mir einen Schrecken eingejagt, der alte Scheißer. Zuerst wusste ich überhaupt nicht, was los war. Die Hände sahen aus, als hätte er sie in Farbe getaucht. ›Seht mal‹, sagte er« – hier hielt der Wachmann seine eigenen Patschhände in die Höhe –, »›seht mal, was ich hier habe.‹ Dann kamen wir auf die Lichtung, und ich sah sein Rehlein dort hängen. Ein kleiner Zweiender. Ein schmächtiges Ding, aber der alte Herr war stolz wie ein Spanier. Ich und der Junge, wir hatten nichts vorzuweisen, außer dass der Junge immer noch einen Brummschädel hatte und ein rotes Ohr und stinksauer war.« Er lachte und sah sich im Laden um, als sähe er nun alles wieder vor sich. Dann griff er nach seinem Zahnstocher und steckte ihn sich wieder in den Mund.

Der ältere Mann drückte seine Zigarette aus und wandte sich an Charles. Er atmete tief durch und sagte: »Sie sollten jetzt da draußen sein und nach dem Bock suchen, statt dass Sie sich die Haare schneiden lassen. Das ist eine widerliche Geschichte.« Keiner sagte ein Wort. Der Wachmann machte ein verdutztes Gesicht. Er blinzelte. »Ich kenne Sie nicht, und ich lege keinen Wert auf Ihre Bekanntschaft, aber ich finde, Sie und Ihr Junge und Ihr alter Herr dürften nicht draußen im Wald bei den anderen Jägern sein.«

»Was bilden Sie sich ein?«, sagte der Wachmann. »Sie altes Arschloch. Ich kenne Sie doch von irgendwoher.«

»Na, ich kenne Sie nicht. Das hätte ich nicht vergessen, wenn ich Ihr feistes Gesicht schon mal irgendwo gesehen hätte.«

»Jungs, das reicht jetzt. Das ist mein Friseurgeschäft hier. Ich verdiene damit mein Geld. So geht das nicht.«

»*Sie* sollten eins hinter die Ohren bekommen«, sagte der Ältere. Einen Moment lang dachte ich, er würde gleich von seinem Stuhl aufspringen. Aber seine Schultern hoben und senkten sich, und man sah, dass er um Atem rang.

»Dann versuchen Sie das mal«, sagte der Wachmann.

»Charles, Albert ist ein Freund von mir«, sagte der Friseur. Er hatte Kamm und Schere auf den Tresen gelegt und hielt mich an den Schultern fest, als hätte ich Anstalten gemacht, vom Frisierstuhl aufzustehen und dazwischenzugehen. »Albert, ich schneide Charles jetzt schon seit Jahren die Haare und seinem Jungen auch. Ich bitte dich, lass das.« Er blickte vom einen Mann zum anderen, weiterhin mit den Händen auf meinen Schultern.

»Macht es draußen aus«, rief der Kerl in den Gummistiefeln, rot im Gesicht vor Eifer.

»Schluss jetzt«, sagte der Friseur. »Ich will nicht noch die Polizei rufen. Charles, du hältst jetzt zu dem Thema den Mund. Albert, du bist als Nächster dran, also nimm dich noch einen Augenblick zusammen, bis ich mit dem Mann hier fertig bin. Und Sie«, wandte er sich an den Mann in den Gummistiefeln, »habe ich hier noch nie gesehen, aber ich wäre Ihnen dankbar, wenn Sie sich nicht auch noch einmischen würden.«

Der Wachmann stand auf und sagte: »Ich glaube, ich komme später noch mal vorbei, Bill. Jetzt im Augenblick lässt die Gesellschaft zu wünschen übrig.« Auf dem Weg nach draußen sah er niemanden an, und er schlug die Tür hinter sich zu.

Der Ältere saß da und rauchte seine Zigarette. Einen

Moment lang sah er zum Fenster hinaus, dann betrachtete er seinen Handrücken. Dann stand er auf und setzte seinen Hut auf.

»Tut mir leid, Bill. Irgendwie ist mir bei dem Kerl die Galle hochgekommen. Ich kann auf meinen Haarschnitt auch noch ein paar Tage warten. Hab nur einen einzigen Termin. Ich komme nächste Woche wieder.«

»Dann bis nächste Woche, Albert. Und pass auf dich auf. Hörst du? Bis dann, Albert.«

Der Mann ging, und der Friseur trat ans Fenster und sah ihm nach. »Albert hat nicht mehr lange zu leben«, sagte er vom Fenster her. »Emphysem. Früher sind wir zusammen fischen gegangen. Alles was man über die Lachsfischerei wissen kann, habe ich von ihm gelernt. Und Frauen. Früher war er immer von Frauen umschwärmt, der alte Gauner. Aber jetzt im Alter ist er griesgrämig geworden. Obwohl ich mir nicht sicher wäre, ob er heute Morgen nicht Grund dazu hatte.« Wir sahen ihm durch die Scheibe nach, wie er die Straße überquerte und zu seinem Wagen ging. Er stieg ein, schloss die Tür, ließ den Motor an und fuhr davon.

Der Mann mit den Gummistiefeln war ein Zappelphilipp. Inzwischen war er aufgestanden und ging im Laden auf und ab, blieb überall stehen und inspizierte Sachen, den alten hölzernen Hutständer, Fotos von Bill und seinen Freunden mit ellenlangen Fischen, den Kalender des Eisenwarenladens mit Landschaftsaufnahmen für jeden Monat – er blätterte ihn vollständig durch und hängte dann wieder den Oktober auf –, selbst bei der Lizenz für das Friseurgeschäft, die an der Wand über der Theke hing, blieb er stehen und studierte sie. Er reckte sich auf dem einen, dann auf dem anderen Fuß, damit er das Kleingedruckte lesen konnte. Dann drehte er sich zu dem Friseur um und sagte: »Ich glaube, ich gehe auch erst mal und komme später wieder. Ich weiß nicht, wie das mit Ihnen ist, aber ich brauche ein Bier.« Mit raschen Schritten ging er hinaus, und wir hörten, wie er seinen Wagen anließ.

»Also, wollen Sie jetzt, dass ich Ihnen die Haare schneide oder nicht?«, fuhr der Friseur mich an, als ob ich an allem schuld sei.

Gleich darauf kam wieder jemand herein, ein Mann in Anzug und Krawatte. »Hallo, Bill. Was gibt's Neues?«

»Hallo, Frank. Nichts, was das Erzählen wert ist. Und bei dir?«

»Nichts«, antwortete der Mann. Er hängte sein Jackett an die Garderobe und lockerte sich die Krawatte. Dann setzte er sich auf einen Stuhl und griff nach der Zeitung des Zappelphilipps.

Der Friseur drehte den Friseurstuhl um, damit ich in den Spiegel sehen konnte. Er legte mir rechts und links die Hand an den Kopf und rückte ihn ein letztes Mal zurecht. Er beugte sich herunter zu mir, und wir blickten gemeinsam in den Spiegel, mein Kopf noch immer in seinen Händen. Ich betrachtete mich, und er betrachtete mich ebenfalls. Aber wenn ihm etwas auffiel, dann fragte er nicht nach und machte auch keine Bemerkung. Dann fuhr er mir mit den Fingern durchs Haar, als sei er mit seinen Gedanken bei etwas ganz anderem. Er fuhr mir so zärtlich, so vertraut durch das Haar wie eine liebende Frau.

Das war in Crescent City, Kalifornien, oben im Norden, nicht weit von der Grenze zu Oregon. Bald danach zog ich von da weg. Aber heute kam mir dieser Ort wieder in den Sinn, Crescent City, mein Versuch, mit meiner Frau ein neues Leben zu beginnen, und ich dachte daran, wie ich schon da, schon als ich an jenem Morgen in dem Frisierstuhl saß, meinen Entschluss gefasst hatte fortzugehen, ohne einen Blick zurück. Ich weiß noch, welche Ruhe über mich kam, als ich die Augen schloss und die Finger durch mein Haar streichen ließ, das Traurige dieser Finger, wo das Haar doch schon wieder begonnen hatte zu wachsen.

MEINS

Im Laufe des Tages war die Sonne herausgekommen, und der Schnee war zu schmutzigem Wasser geschmolzen. Kleine Rinnsale liefen über das schmale, schulterhohe Fenster zum Garten. Auf der Straße draußen plitschten Autos durch den Matsch. Es wurde dunkel, draußen und drinnen.

Er war im Schlafzimmer, stopfte Kleider in einen Koffer. Sie kam an die Tür.

Ein Glück, dass du abhaust, sagte sie. Ein Glück, dass du abhaust. Hörst du?

Er packte weiter seine Sachen in den Koffer und sah nicht auf.

Du Scheißkerl! Ich bin froh, dass du abhaust! Jetzt weinte sie. Du kannst mir nicht mal ins Gesicht sehen, was? Dann fiel ihr Blick auf das Bild des Babys auf dem Bett, und sie griff danach.

Er sah sie an und sie wischte sich die Tränen ab, dann drehte sie sich um und ging zurück ins Wohnzimmer.

Gib das zurück.

Nimm einfach deine Sachen und verschwinde, sagte sie.

Er antwortete nicht. Er schloss den Koffer, zog seinen Mantel an, sah sich noch einmal im Schlafzimmer um und schaltete dann das Licht aus. Er ging ins Wohnzimmer. Sie stand in der Tür zu der kleinen Küche mit dem Baby im Arm.

Ich will das Baby, sagte er.

Spinnst du?

Nein, aber ich will das Baby. Die Sachen lasse ich von jemandem abholen.

Du kannst mich mal! Du rührst dieses Baby nicht an.

Das Kind hatte zu brüllen begonnen, und sie schlug die Decke zurück, die um seinen Kopf gelegt war.

Du Armer, sagte sie zu dem Baby.

Er ging auf sie zu.

Lass mich in Ruhe!, schrie sie. Sie machte einen Schritt zurück in die Küche.

Ich will das Baby.

Verschwinde!

Als er auf sie zukam, drückte sie sich in eine Ecke hinter dem Herd und hielt das Baby von ihm weg.

Er streckte den Arm aus und packte das Baby mit beiden Händen.

Lass ihn los, sagte er.

Hau ab!, schrie sie. Hau ab!

Das Baby brüllte mit rotem Gesicht. Bei dem Gerangel schlugen sie einen kleinen Blumentopf herunter, der hinter dem Herd hing.

Er drängte sie an die Wand, versuchte ihren Griff zu lösen, er packte das Baby und drückte ihren Arm mit seinem ganzen Gewicht zurück.

Lass ihn los, sagte er.

Nicht, schrie sie, du tust ihm weh!

Er sagte nichts mehr. Das Küchenfenster war düster. Im Halbdunkel bog er mit der einen Hand ihre geballten Finger auf, mit der anderen hielt er weiter das schreiende Baby am Arm knapp unterhalb der Schulter gepackt.

Sie spürte, wie ihre Finger mit Gewalt geöffnet wurden, wie das Baby ihrem Griff entglitt. Nein, schrie sie, in dem Moment, in dem ihre Hände loslassen mussten. Es würde bei ihr bleiben, dieses Baby, dessen pausbäckiges Gesicht sie von dem Bild auf dem Tisch her ansah. Sie packte das Baby am anderen Arm. Sie fasste es fest am Handgelenk und zog.

Er gab nicht nach. Er spürte, wie das Baby ihm aus den Händen gerissen wurde, und zerrte seinerseits. Er zerrte mit aller Macht.

Auf die Weise entschieden sie die Sache.

FERNE

Sie ist über Weihnachten in Mailand und möchte wissen, wie das war, als sie noch ein Kind war. Immer das Gleiche in den seltenen Fällen, wo er sie sieht.

Erzähl mir, sagt sie. Erzähl mir, wie das damals war. Sie trinkt Strega, wartet, beobachtet ihn genau.

Sie ist ein kühles, schlankes, attraktives Mädchen. Ihr Vater ist stolz auf sie, froh und dankbar, dass sie die Teenagerjahre überstanden hat und zu einer jungen Frau herangewachsen ist.

Das ist lange her, sagt er zu ihr. Das war vor zwanzig Jahren. Sie sind in seiner Wohnung in der Via Fabroni an den Cascina-Gärten.

Du weißt das noch, sagt sie. Komm, erzähl es mir.

Was willst du hören?, fragt er. Was kann ich dir Neues erzählen? Ich könnte dir etwas aus der Zeit erzählen, als du noch ein Baby warst. Willst du von ihrem ersten großen Streit hören? Es geht um dich, sagt er und lächelt sie an.

Erzähl, sagt sie und klatscht vor Freude in die Hände. Aber zuerst hol uns noch was zu trinken, damit du nicht zwischendrin unterbrechen musst.

Er kommt aus der Küche mit den Drinks zurück, macht

es sich in seinem Sessel bequem und hebt bedächtig zu erzählen an:

Sie waren selbst noch Kinder, aber sie waren irrsinnig verliebt, als sie heirateten, der achtzehnjährige Junge und seine siebzehnjährige Freundin, und es dauerte gar nicht so lange, da bekamen sie eine Tochter.

Das Baby stellte sich Ende November ein, in einer ganz besonders kalten Zeit, die in jener Gegend des Landes zufällig genau mit dem Höhepunkt der Jagdsaison für Wasservögel zusammentraf. Der Junge war nämlich ein begeisterter Jäger, musst du wissen, das gehört zu der Geschichte dazu.

Der Junge und das Mädchen, die jetzt Mann und Frau waren, Vater und Mutter, lebten in einer Dreizimmerwohnung unter einer Zahnarztpraxis. Jeden Abend machten sie oben sauber und bekamen dafür Logis, Strom und Gas. Im Sommer versorgten sie Rasen und Blumen, und im Winter schaufelte der Junge Schnee und streute Salz auf die Bürgersteige. Hörst du noch zu?

Aber ja, sagt sie. Eine gute Lösung für alle Beteiligten, auch für den Zahnarzt.

Das stimmt, sagt er. Zumindest bis der Zahnarzt dahinterkam, dass sie Papier mit seinem Briefkopf für ihre eigenen Briefe nahmen. Aber das ist eine andere Geschichte.

Die beiden jungen Leute, wie gesagt, waren schwer verliebt. Und außerdem hatten sie große Träume, und sie waren ehrgeizig. Immer sprachen sie über all die Dinge, die sie tun, die Reisen, die sie machen wollten.

Er steht aus seinem Sessel auf und blickt einen Moment zum Fenster hinaus, über die Ziegeldächer, auf die stetig der Schnee im schwachen Spätnachmittagslicht fällt.

Erzähl die Geschichte, erinnert sie ihn sanft.

Der Junge und das Mädchen schliefen im Schlafzimmer, und das Baby schlief in einer Wiege im Wohnzimmer. Das Baby war zu dem Zeitpunkt ungefähr drei Wochen alt und fing gerade an, nachts durchzuschlafen.

An dem Samstagabend, von dem ich rede, setzte sich der Junge, nachdem er seine Arbeit oben beendet hatte, ins Sprechzimmer des Zahnarzts, legte die Füße auf den Schreibtisch und rief Carl Sutherland an, einen alten Freund seines Vaters, der mit ihm jagen und fischen gegangen war.

Carl, sagte er, als der Mann den Hörer abnahm, ich bin Vater geworden. Wir haben ein kleines Mädchen.

Glückwunsch, Junge, sagte Carl. Wie geht es deiner Frau?

Der geht's gut, Carl. Dem Baby geht es auch gut, sagte der Junge. Wir haben sie Catherine genannt. Uns geht's allen gut.

Das ist schön, sagte Carl. Das freut mich zu hören. Also, dann grüße deine Frau von mir. Und wenn du wegen der Jagd anrufst, dann hör zu. Die Gänse ziehen in Scharen hier vorbei, so was habe ich noch nicht gesehen. Noch nie waren es so viele, und ich fahre ja schon seit Jahren an diese Stelle. Ich habe heute fünf Stück geschossen, zwei am Morgen und drei am Nachmittag. Morgen früh fahre ich wieder hin. Du kannst mitkommen, wenn du willst.

Ja, das will ich, sagte der Junge. Deswegen rufe ich an.

Sei morgen um halb sechs hier, dann geht's los. Und bring genug Patronen mit. Keine Sorge, da kriegen wir ordentlich was vor die Flinte. Bis morgen früh dann.

Der Junge mochte Carl Sutherland. Er war ein Freund seines verstorbenen Vaters gewesen. Nach dem Tod des Vaters hatten er und der Junge sich angewöhnt, gemeinsam auf die Jagd zu gehen, vielleicht weil jeder einen Verlust spürte, den der andere ihm ausgleichen konnte. Sutherland war ein schroffer, schwerfälliger Mann, der Kopf schon fast kahl, und er lebte allein und redete nur, wenn er musste. Manchmal war dem Jungen unbehaglich, wenn sie zusammen waren; er fragte sich dann, ob er etwas Falsches gesagt hatte, denn er war nicht an Leute gewöhnt, die so lange an einem Stück schwiegen. Wenn er allerdings redete, hatte der Ältere meist seine festen Ansichten, und es waren nicht immer Ansichten, mit denen der Junge übereinstimmte. Aber der Mann hatte eine Beharrlichkeit, die der Junge mochte und bewunderte, und er kannte sich in den Wäldern aus.

Der Junge legte auf und ging nach unten, um dem Mädchen zu sagen, dass er am nächsten Morgen auf die Jagd gehen würde. Er freute sich darauf, und ein paar Minuten später legte er seine Sachen zurecht: Jagdrock und Patronentasche, Stiefel, Wollsocken, braune leinene Jagdmütze mit Ohrklappen aus Fell, Repetiergewehr Kaliber 12, lange wollene Unterhosen.

Wann er zurück sei, wollte das Mädchen wissen.

Wahrscheinlich um die Mittagszeit, antwortete er, vielleicht aber auch erst um fünf oder sechs. Oder war das zu spät?

Das ist in Ordnung, sagte sie. Catherine und ich kommen zurecht. Geh und vergnüg dich, das hast du dir verdient. Morgen Abend könnten wir dafür Catherine feinmachen und besuchen Claire.

Hört sich prima an, sagte er. Das machen wir.

Claire war die Schwester des Mädchens, zehn Jahre älter als sie. Eine eindrucksvolle Frau. Ich weiß nicht, ob du Bilder von ihr gesehen hast. (Sie ist an einem Blutsturz gestorben, in einem Hotel in Seattle, als du ungefähr vier warst.) Der

Junge war ein wenig verliebt in sie, genau wie er in Betsy verliebt war, die jüngere Schwester des Mädchens, die damals erst fünfzehn war. Im Scherz hatte er einmal zu dem Mädchen gesagt: Wenn wir nicht verheiratet wären, dann könnte ich mich an Claire ranmachen.

Was ist mit Betsy?, fragte das Mädchen. Ich sag's ja nicht gern, aber ich finde wirklich, die sieht besser aus als Claire und ich. Was ist mit ihr?

Und Betsy auch, sagte der Junge und lachte. Natürlich, Betsy. Aber mit Claire, das wäre anders. Claire ist älter, aber ich weiß nicht, sie hat schon was, da könnte man sich verlieben. Nein, ich glaube, ich würde eher Claire als Betsy nehmen, wenn ich die Wahl hätte.

Aber wen liebst du wirklich?, fragte das Mädchen. Wen liebst du am meisten auf der ganzen Welt? Wer ist deine Frau?

Du bist meine Frau, sagte der Junge.

Und werden wir uns ewig lieben?, fragte das Mädchen, und er sah ihr an, wie sehr ihr diese Unterhaltung gefiel.

Immer und ewig, sagte der Junge, und wir werden immer zusammen sein. Wir sind wie die Kanadagänse, sagte er, denn das war der erste Vergleich, der ihm in den Sinn kam, und seine Gedanken in diesen Tagen kreisten oft um die Gänse. Sie binden sich nur ein einziges Mal. Schon in ihrer Jugend suchen sie sich einen Gefährten aus, und von da an bleiben die beiden immer zusammen. Wenn einer von beiden stirbt oder umkommt, heiratet der andere niemals neu. Er lebt irgendwo ganz für sich oder vielleicht bleibt er sogar beim Schwarm, aber er bleibt einsam und allein unter all den anderen Gänsen.

Das ist ein trauriges Schicksal, sagte das Mädchen. Ich

finde, so ein Leben, allein unter allen anderen, das ist trauriger, als wenn sie irgendwo ganz für sich bliebe.

Traurig ist das, sagte der Junge, aber so hat die Natur es eingerichtet.

Hast du mal so ein Paar geschieden?, fragte sie. Du weißt, was ich meine.

Er nickte. Zwei- oder dreimal habe ich eine Gans geschossen, und kurze Zeit später sah ich, wie eine andere von den übrigen zurückblieb, und er kreiste über der Gans, die am Boden lag, und rief nach ihr.

Hast du den dann auch erschossen? fragte sie teilnahmsvoll.

Wenn ich konnte, ja, antwortete er. Manchmal habe ich ihn verfehlt.

Und es hat dir nie etwas ausgemacht?

Nie, sagte er. Wenn du schießt, dann kannst du über so was nicht nachdenken. Ich jage leidenschaftlich gern Gänse. Und genauso gern sehe ich ihnen einfach zu, wenn ich sie nicht jage. Aber das sind eben die Widersprüche im Leben. Die kann man nicht immer alle bedenken.

Nach dem Essen drehte er die Heizung höher und half ihr, das Baby zu baden. Wieder betrachtete er staunend das kleine Wesen, das zur Hälfte seine Züge trug, die Augen und den Mund, und zur Hälfte die des Mädchens, das Kinn und die Nase. Er puderte den kleinen Körper, dann puderte er den Zwischenraum zwischen den Fingern und den Zehen. Er sah zu, wie das Mädchen die Kleine in Windeln und Strampelhöschen steckte.

Er leerte die Badewanne in der Dusche aus, dann ging er nach oben. Es war kalt draußen, der Himmel war bedeckt. Sein Atem dampfte. Das Gras, das wenige, das es gab, kam ihm wie Leinwand vor, steif und grau im Licht der Straßenlampe. Neben dem Bürgersteig lag aufgetürmt der Schnee. Ein Auto fuhr vorbei, und er hörte, wie Sand unter den Reifen knirschte. Er malte sich aus, wie es am Morgen sein würde, wenn die Gänse über ihre Köpfe hinwegzogen, er mit der Flinte im Arm.

Dann verschloss er die Tür und kehrte ins Souterrain zurück.

Im Bett wollten sie noch lesen, aber sie schliefen beide ein, zuerst sie, die schon nach wenigen Minuten die Zeitschrift auf die Bettdecke sinken ließ. Ihm fielen die Augen zu, aber er raffte sich noch einmal auf, prüfte den Wecker und schaltete die Lampe aus.

Das Brüllen des Babys weckte ihn auf. Das Licht im anderen Zimmer brannte, und das Mädchen stand an dem Bettchen und wiegte das Kind in den Armen. Bald legte sie es wieder ab, drehte das Licht aus und kehrte ins Bett zurück.

Es war zwei Uhr morgens, und der Junge schlief wieder ein.

Doch eine halbe Stunde später hörte er das Baby wieder weinen. Diesmal wachte das Mädchen nicht auf. Das Baby weinte ein paarmal während der nächsten Minuten, dann hörte es wieder auf. Der Junge horchte, dann döste er ein.

Wieder weckten ihn die Schreie des Babys. Das Wohnzimmerlicht brannte. Er richtete sich auf, knipste die Nachttischlampe an.

Ich weiß nicht, was los ist, sagte das Mädchen und ging mit dem Baby auf und ab. Ich habe die Windeln gewechselt und ihr noch mal das Fläschchen gegeben, aber sie weint immer weiter. Sie hört einfach nicht auf. Ich bin so müde, ich habe schon Angst, dass sie mir aus dem Arm fällt.

Geh du wieder ins Bett, sagte der Junge. Ich nehme sie für ein Weilchen.

Er stand auf, nahm dem Mädchen das Baby ab, und sie legte sich wieder hin.

Du musst sie einfach nur hin- und herwiegen, sagte das Mädchen vom Schlafzimmer aus. Vielleicht schläft sie dann wieder ein.

Der Junge setzte sich auf die Couch mit dem Baby im Arm, schaukelte es im Schoß, bis es die Augen schloss. Ihm selbst fielen ebenfalls die Augen zu. Behutsam stand er auf und legte das Baby wieder in sein Bettchen.

Es war viertel vor vier, und ihm blieb noch eine Dreiviertelstunde. Er kroch ins Bett und schlief ein.

Aber nach ein paar Minuten begann das Baby von neuem zu brüllen, und diesmal standen sie beide auf, und der Junge fluchte.

Meine Güte, was ist denn los mit dir?, sagte das Mädchen zu ihm. Vielleicht ist sie krank oder so was. Vielleicht ist ihr das Bad nicht bekommen.

Der Junge nahm das Baby aus dem Bett. Das Baby strampelte und lächelte ihn an. Schau nur, sagte er, ich kann mir nicht vorstellen, dass ihr wirklich etwas fehlt.

Woher willst du das wissen?, fragte das Mädchen. Komm, gib sie mir. Bestimmt sollte ich ihr irgendwas geben, aber ich weiß nicht was.

Ihr Tonfall war angespannt, und der Junge sah sie eindringlich an.

Ein paar Minuten lang hatte das Baby nicht mehr geschrien, und das Mädchen legte es wieder zurück in sein

Bett. Er und das Mädchen sahen zuerst das Baby und dann einander an, dann schlug das Baby die Augen auf und fing von neuem zu brüllen an.

Das Mädchen nahm das Baby. Du Armes, Armes, sagte sie mit Tränen in den Augen.

Wahrscheinlich ist es was mit dem Magen, sagte der Junge.

Das Mädchen antwortete nicht. Weiter wiegte sie das Baby in den Armen und beachtete den Jungen gar nicht mehr.

Der Junge wartete noch einen Moment, dann ging er in die Küche und setzte Kaffeewasser auf. Er zog die wollene Unterwäsche über Shorts und T-Shirt, knöpfte sie zu, dann schlüpfte er in seine restlichen Kleider.

Was machst du?, fragte das Mädchen.

Ich gehe auf die Jagd.

Das finde ich aber nicht richtig, sagte sie. Vielleicht kannst du ja später noch gehen, wenn es dem Baby bis dahin wieder bessergeht, aber ich finde, heute Morgen solltest du hier sein. Ich will nicht mit ihr allein bleiben, so wie sie jetzt ist.

Carl verlässt sich darauf, dass ich komme, sagte der Junge. Wir sind verabedet.

Das ist mir scheißegal, was du und Carl verabredet habt, fuhr sie ihn an. Und Carl selber, der ist mir auch egal. Ich kenne den Mann nicht mal. Ich will nicht, dass du weggehst, das ist alles. Ich finde das unmöglich, dass du unter den Umständen überhaupt auf so eine Idee kommst.

Du bist doch Carl schon begegnet, du hast ihn kennengelernt. Was soll das heißen, du kennst ihn nicht?

Darum geht es nicht, und das weißt du genau, sagte das Mädchen. Entscheidend ist, dass ich nicht mit einem kranken Kind alleingelassen werden möchte. Wenn du nicht so selbstsüchtig wärest, würdest du das verstehen.

Jetzt aber mal halblang, sagte er. Das stimmt nicht. Du begreifst das nicht.

Nein, *du* begreifst es nicht, sagte sie. Ich bin deine Frau. Das hier ist deine Tochter. Ihr fehlt irgendwas, schau sie dir doch an. Warum schreit sie denn sonst? Du kannst uns nicht einfach im Stich lassen und auf die Jagd gehen.

Jetzt werd nicht hysterisch, sagte er.

Du kannst schließlich jederzeit auf die Jagd gehen, sagte sie. Dem Kind fehlt etwas, und du willst uns einfach hier sitzenlassen und auf die Jagd gehen.

Nun begann sie zu weinen. Sie legte das Kind wieder in sein Bettchen, und sofort brüllte es wieder. Hastig trocknete das Mädchen sich die Tränen mit dem Ärmel seines Nachthemds und nahm das Baby wieder auf den Arm.

Der Junge schnürte bedächtig seine Stiefel, zog Hemd und Pullover an. Auf dem Küchenherd pfiff der Wasserkessel.

Du wirst dich entscheiden müssen, sagte das Mädchen, Carl oder wir. Ich meine das ernst. Du musst dich entscheiden.

Was soll das heißen?, fragte der Junge drohend.

Du hast gehört, was ich gesagt habe, entgegnete das Mädchen. Wenn du eine Familie willst, musst du dich entscheiden. Wenn du jetzt zu der Tür da rausgehst, brauchst du nicht zurückzukommen. Ich meine das ernst.

Sie starrten sich an. Dann nahm der Junge seine Jagdausrüstung und ging nach oben. Mit einigen Mühen brachte er den Motor des Wagens in Gang, dann kratzte er sorgfältig von sämtlichen Scheiben das Eis ab.

Über Nacht war es kälter geworden, aber die Wolken

hatten sich verzogen, und nun standen Sterne am Himmel; sie funkelten hoch oben über ihm. Auf der Fahrt blickte der Junge einmal hinauf zu den Sternen, und der Gedanke an ihr Strahlen in der Ferne beeindruckte ihn.

Das Licht auf Carls Veranda brannte, sein Kombiwagen stand schon mit laufendem Motor in der Einfahrt. Carl kam aus dem Haus, als der Junge am Straßenrand hielt. Der Junge hatte sich entschieden.

Du solltest lieber auf dem Grundstück parken, sagte Carl, als der Junge den Weg zur Haustür heraufkam. Ich bin gleich so weit, ich schalte nur noch die Lichter aus. Ich habe was ganz Blödes gemacht, fuhr er fort, ich schäme mich regelrecht. Ich dachte, du hast womöglich verschlafen, und hab bei euch zu Hause angerufen. Gerade eben. Deine Frau hat mir gesagt, dass du unterwegs bist. Tut mir ehrlich leid, dass ich sie geweckt habe.

Das macht nichts, sagte der Junge und überlegte sich seine Worte genau. Er verlagerte sein Gewicht ganz auf ein Bein und schlug den Jackenkragen hoch. Er steckte die Hände in die Taschen. Sie war schon auf, Carl. Wir sind beide schon eine ganze Weile auf. Ich weiß nicht, aber ich glaube, dem Baby fehlt was. Ich meine, sie schreit dauernd. Also ich glaube, ich kann nicht mitkommen. Er zitterte vor Kälte und hatte den Blick abgewandt.

Du hättest zum Telefon greifen sollen, Junge, und mich anrufen, sagte Carl. Das ist doch nicht schlimm. Du hättest nicht extra herfahren müssen, um mir das zu sagen. Ist doch nicht so wichtig, ob man auf die Jagd geht. Manchmal passt es und manchmal eben nicht. Willst du eine Tasse Kaffee?

Nein danke, sagte der Junge, ich fahre lieber zurück.

Na, ich hab mich jetzt schon angezogen, da mache ich

auch weiter, sagte Carl. Er betrachtete den Jungen und zündete sich eine Zigarette an.

Der Junge stand auf der Veranda und sagte kein Wort.

Jetzt wo es so klar geworden ist, sagte Carl, da ist heute Morgen sowieso nicht viel zu erwarten. Ist ja auch verdammt kalt.

Der Junge nickte. Wir sehen uns, Carl, sagte er.

Bis dann, sagte Carl. He, und lass dir von keinem was anderes erzählen, rief Carl ihm noch nach. Du bist ein Glückspilz, und das meine ich ernst.

Der Junge ließ den Motor seines Wagens an, blieb aber noch stehen und sah zu, wie Carl durchs Haus ging und sämtliche Lichter ausschaltete. Dann legte er den Gang ein und fuhr los.

Im Wohnzimmer brannte das Licht, aber das Mädchen lag auf dem Bett und schlief, und das Baby schlief neben ihr.

Der Junge zog Stiefel, Hemd und Hose aus und setzte sich in Socken und wollener Unterwäsche auf die Couch und las die Sonntagszeitung.

Bald wurde es draußen hell. Das Mädchen und das Baby schliefen immer noch. Nach einer Weile ging der Junge in die Küche und briet Speck.

Ein paar Minuten später kam das Mädchen im Morgenmantel dazu und legte wortlos die Arme um ihn.

He, pass auf, dass der Morgenrock nicht Feuer fängt, sagte der Junge. Sie hatte sich an ihn geschmiegt, stand aber an den Herd gelehnt.

Es tut mir leid wegen vorhin, sagte sie. Ich weiß auch nicht, was in mich gefahren ist, warum ich das gesagt habe.

Schon gut, sagte er. Aber jetzt muss ich mich um den Speck kümmern, Schatz.

Ich wollte dich nicht so anschnauzen, sagte sie. Das war grässlich.

Es war meine Schuld, sagte er. Wie geht es Catherine?

Alles wieder in Ordnung. Ich weiß nicht, was sie hatte. Ich habe sie noch mal gewickelt, nachdem du gefahren warst, und danach war es wieder gut. Sie hat sich wohl gefühlt und ist gleich eingeschlafen. Keine Ahnung, was sie hatte. Sei nicht böse auf uns.

Der Junge lachte. Unsinn, sagte er. Ich bin doch nicht böse auf euch. Jetzt lass mich mal an die Pfanne.

Du setzt dich hin, sagte das Mädchen, ich mache das Frühstück. Wie wär's mit einer Waffel zu dem Speck?

Hört sich toll an, sagte er. Ich hab einen Riesenhunger.

Sie nahm den Speck aus der Pfanne und rührte Waffelteig. Er setzte sich an den Tisch, jetzt wieder entspannt, und sah ihr bei der Küchenarbeit zu.

Sie schloss die Schlafzimmertür, und dann ging sie ins Wohnzimmer und legte eine Platte auf, die sie beide mochten.

Wir wollen sie ja nicht wieder aufwecken, sagte das Mädchen.

Sie stellte einen Teller vor ihn hin, mit Speck, einem Spiegelei und einer Waffel. Dann holte sie einen zweiten für sich. Fertig, sagte sie.

Sieht wunderbar aus, sagte er, strich Butter auf seine Waffel und goss Sirup darüber, doch als er die Waffel anschneiden wollte, kippte ihm der ganze Teller in den Schoß.

Das darf doch nicht wahr sein!, rief er und sprang vom Tisch auf.

Das Mädchen sah ihn an, dann blickte sie ihm ins Gesicht und musste lachen.

Wenn du dich sehen könntest, sagte sie und konnte gar nicht mehr aufhören zu lachen.

Er blickte an sich herunter und sah den Sirup, der über seine wollene Unterwäsche gelaufen war, sah Waffelstücke, Ei und Speck, die an dem Sirup klebten. Jetzt lachte er auch.

Ich hatte solchen Hunger, sagte er und schüttelte den Kopf.

Völlig ausgehungert, sagte sie, immer noch lachend.

Er streifte die wollene Unterwäsche ab und warf sie vor die Badezimmertür. Dann breitete er die Arme, und sie kam und drückte sich an ihn. Ganz langsam begannen sie zu der Schallplattenmusik zu tanzen, sie im Morgenmantel, er in Shorts und T-Shirt.

Wir streiten uns nicht mehr, versprochen?, sagte sie. Das ist es nicht wert, findest du nicht auch?

Nein, das ist es nicht wert, sagte er. Schau dir nur an, wie man sich hinterher fühlt.

Wir streiten uns nicht mehr, sagte sie.

Als die Platte zu Ende war, küsste er sie lange auf den Mund. Es war ungefähr acht Uhr morgens, an einem kalten Sonntag im Dezember.

Er steht aus seinem Sessel auf und füllt ihre Gläser neu.

Das war's, sagt er. Ende der Geschichte. Nicht gerade spannend, gebe ich zu.

Ich fand sie interessant, sagt sie. Sehr interessant sogar. Aber wie ging es weiter? fragt sie. Später, meine ich.

Er zuckt mit den Schultern und bringt die Gläser zu dem Platz am Fenster. Inzwischen ist es dunkel, aber es schneit immer noch.

Dinge ändern sich, sagt er. Kinder werden groß. Ich weiß nicht, was geschehen ist. Aber Dinge ändern sich, ohne dass man es merkt und ohne dass man es will.

Sicher, das stimmt, aber – Doch sie spricht nicht weiter.

Sie lässt das Thema sein. Im Spiegelbild im Fenster sieht er, dass sie ihre Fingernägel betrachtet. Dann hebt sie die Hand und fragt in munterem Ton, ob er ihr denn nicht die Stadt zeigen will.

Unbedingt, sagt er. Zieh deine Stiefel an, dann geht's los.

Aber er bleibt dann doch am Fenster stehen, in Gedanken bei dem verlorenen Leben. Nach jenem Morgen sollten die schlechten Zeiten kommen, andere Frauen für ihn, ein anderer Mann für sie, doch an jenem Morgen, dort an jenem Morgen, hatten sie getanzt. Sie tanzten, und dann hielten sie einander im Arm, als ob dieser Morgen nicht enden würde, und später lachten sie über die Waffel. Sie hielten einander fest und lachten darüber, bis ihnen die Tränen kamen, und draußen fror alles zu Eis, eine Zeitlang zumindest.

ANFÄNGER

Mein Freund Herb McGinnis, der Kardiologe, redete. Wir vier saßen um seinen Küchentisch und tranken Gin. Es war Samstagnachmittag. Sonnenlicht fiel durch das große Fenster über der Spüle in die Küche. Wir, das waren Herb und ich und seine zweite Frau Teresa – Terri nannten wir sie – und meine Frau Laura. Wir lebten in Albuquerque, aber keiner von uns stammte von da. Ein Eiskübel stand auf dem Tisch. Gin und Tonic Water machten die Runde, und irgendwie kamen wir auf das Thema Liebe zu sprechen. Herb fand, wahre Liebe sei nichts anderes als spirituelle Liebe. In seiner Jugend hatte er fünf Jahre auf dem Priesterseminar zugebracht, bevor er es aufgab und Medizin studierte. Zugleich war er aus der Kirche ausgetreten, und doch sah er die Jahre auf dem Seminar nach wie vor als die wichtigsten in seinem Leben an.

Terri erzählte, der Mann, mit dem sie vor Herb zusammengelebt hatte, habe sie so sehr geliebt, dass er versucht habe, sie zu töten. Herb lachte. Er verzog das Gesicht. Terri sah ihn an. Dann sagte sie: »Eines Abends hat er mich verprügelt, das war unser letzter Abend. Er hat mich an den Füßen durchs Wohnzimmer gezerrt und immer wieder gesagt: ›Ich liebe dich, kapierst du das denn nicht? Ich liebe dich, du Schlampe.‹ Danach hat er mich weiter durchs Wohnzimmer geschleift, und ich bin mit dem Kopf überall angestoßen.« Sie blickte in die Runde und dann auf ihre Hände. Sie hielt das Glas mit beiden Händen. »Was soll man von so einer Art Liebe halten?«, fragte sie. Sie war eine spindeldürre Frau mit einem hübschen Gesicht, dunklen Augen und braunen Haaren, die ihr tief über den Rücken fielen. Sie hatte eine Vorliebe für Halsketten aus Türkis und lange, baumelnde Ohrringe. Sie war fünfzehn Jahre jünger als Herb, hatte zeitweise an Magersucht gelitten, und in den späten Sechzigern, bevor sie auf die Schwesternschule ging, hatte sie als Aussteigerin gelebt, »auf der Straße«, wie sie selbst sich ausdrückte. Herb nannte sie manchmal liebevoll sein Hippiemädchen.

»Jetzt komm schon, sei nicht albern. Das ist keine Liebe, das weißt du«, sagte Herb. »Ich weiß nicht, wie man das nennen soll – ich würde es Wahnsinn nennen –, aber ganz bestimmt nicht Liebe.«

»Du kannst sagen, was du willst, aber ich weiß, dass er mich geliebt hat«, erwiderte Terri. »Ich weiß das. Du findest das vielleicht verrückt, aber es stimmt trotzdem. Menschen sind verschieden, Herb. Sicher, manchmal hat er sich aufgeführt wie ein Verrückter. Das ist wahr. Aber er hat mich geliebt. Auf seine Art vielleicht, aber er hat mich geliebt. Es *war* Liebe, Herb. Das musst du mir glauben.«

Herb schnaufte. Mit dem Glas in der Hand wandte er sich an Laura und mich. »Mich wollte er auch umbringen.« Er trank sein Glas aus und griff nach der Ginflasche. »Terri ist romantisch. Terri ist eine von denen, die sagen ›Tritt-mich-zum-Zeichen-dass-du-mich-liebst‹. Terri, Schatz, mach nicht so ein Gesicht.« Er streckte die Hand über den Tisch und streichelte ihre Wange. Er lächelte sie an.

»Jetzt will er schön Wetter machen«, sagte Terri. »Aber zuerst macht er mich fertig.« Sie lächelte nicht.

»Wieso schön?«, sagte Herb. »War es denn trüb? Ich weiß, was ich weiß, das ist alles.«

»Wie würdest du es denn dann nennen?«, fragte Terri. »Wie sind wir überhaupt auf dieses Thema gekommen?« Sie hob ihr Glas und trank. »Herb denkt ständig an Liebe«, sagte sie. »Stimmt's, Schatz?« Sie lächelte wieder, und ich dachte, damit sei das Thema erledigt.

»Ich würde Carls Benehmen einfach nicht Liebe nennen, mehr wollte ich damit nicht sagen, Schatz«, erwiderte Herb. »Was meint ihr dazu?«, fragte er Laura und mich. »Findet ihr, das klingt nach Liebe?«

Ich zuckte mit den Schultern. »Mich darfst du so was nicht fragen. Ich habe den Mann nicht mal gekannt. Ich habe nur den Namen gehört. Carl. Ich kann dazu nichts sagen. Da müsste man die Einzelheiten kennen. Für mich klingt es nicht danach, aber wer weiß das schon? Es gibt so viele Arten, wie man sich verhalten und Zuneigung zeigen kann. Meine Art ist es nicht. Aber willst du damit sagen, Herb, dass es nur eine Form von Liebe gibt?«

»Für die Art Liebe, die ich meine, schon«, sagte Herb. »Bei der Art Liebe, die ich meine, versucht keiner den anderen umzubringen.«

Laura, meine süße, runde Laura, sagte gelassen: »Ich weiß überhaupt nichts über Carl und über die ganze Geschichte. Wer kann schon die Geschichte von anderen Leuten beurteilen? Aber, Terri, ich hatte keine Ahnung, dass er gewalttätig war.«

Ich strich über Lauras Handrücken. Sie lächelte mir kurz zu und wandte sich wieder an Terri. Ich nahm Lauras Hand.

Die Hand fühlte sich warm an, ihre Nägel waren lackiert und makellos gepflegt. Ich legte die Finger wie einen Armreif um ihr breites Handgelenk und hielt es fest.

»Als ich ihn verlassen habe, hat er Rattengift getrunken«, sagte Terri. Sie verschränkte die Arme vor der Brust. »Sie haben ihn ins Krankenhaus von Santa Fe gebracht, wo wir damals gewohnt haben, und ihm das Leben gerettet, und sein Zahnfleisch hat sich gelöst. Ich meine, es ist von den Zähnen zurückgewichen. Danach sahen seine Zähne wie Reißzähne aus. Meine Güte«, sagte sie. Sie blieb einen Augenblick so, dann ließ sie ihre Arme los und griff zu ihrem Glas.

»Wozu Menschen alles fähig sind!«, sagte Laura. »Er tut mir leid, und dabei würde ich ihn wahrscheinlich nicht mal mögen. Was ist aus ihm geworden?«

»Der ist außer Gefecht«, sagte Herb. »Er ist tot.« Er reichte mir den Teller mit den Limonen. Ich nahm einen Limonenschnitz, presste ihn über meinem Drink aus und rührte die Eiswürfel mit dem Finger um.

»Es kommt noch schlimmer«, sagte Terri. »Er hat sich in den Mund geschossen, und auch das hat er vermasselt. Armer Carl.« Sie schüttelte den Kopf.

»Von wegen armer Carl«, sagte Herb. »Er war gefährlich.« Herb war fünfundvierzig. Er war groß und feingliedrig, mit welligem, schon ein wenig grauem Haar. Gesicht und Arme waren gebräunt vom Tennisspielen. Wenn er nüchtern war, waren seine Gesten, seine sämtlichen Bewegungen, sicher und präzise.

»Trotzdem hat er mich geliebt, Herb, das kannst du nicht leugnen«, sagte Terri. »Mehr verlange ich nicht von dir. Ich behaupte ja nicht, dass er mich so geliebt hat wie du. Aber er hat mich geliebt. Das kannst du mir doch zugestehen, oder? Das ist nicht zu viel verlangt.«

»Was heißt das: ›Er hat es vermasselt‹?«, fragte ich. Laura beugte sich vor mit ihrem Glas. Sie stützte die Ellenbogen auf den Tisch und hielt das Glas in beiden Händen. Sie blickte von Herb zu Terri und wartete, etwas wie Staunen auf dem offenen Gesicht, als könne sie gar nicht glauben, dass solche Dinge Leuten zustießen, die man kannte. Herb trank sein Glas aus. »Wieso hat er die Sache vermasselt, wenn er sich umgebracht hat?«, fragte ich noch einmal.

»Ich erzähle euch, was passiert ist«, sagte Herb. »Er hat seine Zweiundzwanziger-Pistole genommen; die hatte er gekauft, um Terri und mich zu bedrohen – das ist kein Witz, er meinte das ernst. Wenn ihr wüsstet, wie wir damals gelebt haben. Wie auf der Flucht. Ich habe mir sogar selbst eine Pistole gekauft, und dabei sehe ich mich nun wirklich nicht als jemanden, der mit der Knarre herumfuchtelt. Aber ich habe mir eine Pistole zur Selbstverteidigung gekauft und sie ins Handschuhfach gelegt. Manchmal musste ich mitten in der Nacht raus, wisst ihr, und ins Krankenhaus fahren. Damals waren Terri und ich noch nicht verheiratet; meine erste Frau hatte das Haus und die Kinder, den Hund, einfach alles, und Terri und ich wohnten in einem Apartment. Wie gesagt, manchmal bekam ich mitten in der Nacht einen Anruf und musste um zwei, drei Uhr früh ins Krankenhaus. Der Parkplatz war stockfinster, und ich war schweißgebadet, bis ich an meinem Auto war. Ich wusste nie, ob er nicht aus dem Gebüsch oder aus einem Auto springen und losballern würde. Er war einfach verrückt. Er hätte es fertiggekriegt, eine Bombe an meinem Auto anzubringen, alles. Er rief ständig bei meinem Auftragsdienst an und sagte, er müsse dringend den Doktor sprechen, und wenn ich dann zurückrief, sagte er: ›Du Arschloch, deine Tage sind gezählt.‹ Solche Sachen. Es war beängstigend, das könnt ihr mir glauben.«

»Er tut mir trotzdem leid«, sagte Terri. Sie nippte an ihrem Drink und sah Herb an. Herb starrte zurück.

»Das klingt nach einem Albtraum«, sagte Laura. »Aber was genau ist passiert, nachdem er auf sich geschossen hatte?« Laura ist Sekretärin in einer Anwaltskanzlei. Wir hatten uns bei einem beruflichen Termin kennengelernt, inmitten einer großen Ansammlung von Menschen, aber wir waren ins Gespräch gekommen, und ich hatte sie zum Essen eingeladen. Ehe wir uns versahen, waren wir ein Paar. Sie ist fünfunddreißig, drei Jahre jünger als ich. Wir lieben uns, und noch dazu haben wir uns gern und sind gern zusammen. Man fühlt sich wohl in ihrer Nähe. »Was ist passiert?«, fragte Laura noch einmal.

Herb zögerte einen Moment und drehte das Glas in der Hand. Dann sagte er: »Er hat sich in seiner Wohnung in den Mund geschossen. Jemand hat den Schuss gehört und die Verwaltung angerufen. Sie haben mit einem Universalschlüssel aufgemacht, und als sie sahen, was passiert war, haben sie einen Krankenwagen gerufen. Ich war gerade in der Notaufnahme, als er eingeliefert wurde. Ich war mit einem anderen Patienten beschäftigt. Er war noch am Leben, aber man konnte nichts mehr für ihn tun. Trotzdem hat er noch drei Tage lang gelebt. Ohne Scherz, sein Kopf ist auf die doppelte Größe angeschwollen. Ich hatte so etwas noch nie gesehen und möchte es auch nie wieder sehen. Als Terri es erfuhr, wollte sie zu ihm und an seinem Bett sitzen. Wir stritten uns deswegen. Ich fand, sie sollte ihn in diesem

Zustand nicht sehen. Ich fand, sie sollte ihn überhaupt nicht sehen, und das denke ich auch immer noch.«

»Wer hat bei dem Streit gewonnen?«, fragte Laura.

»Ich war bei ihm im Zimmer, als er gestorben ist«, sagte Terri. »Er hat das Bewusstsein nie wiedererlangt, und es gab keine Hoffnung für ihn, aber ich habe an seinem Bett gesessen. Er hatte ja sonst niemanden.«

»Er war gefährlich«, sagte Herb. »Wenn du das Liebe nennst, na dann dankeschön.«

»Es war Liebe«, sagte Terri. »Natürlich war es in den Augen der meisten Menschen nicht normal, aber er war bereit, dafür zu sterben. Und er *ist* dafür gestorben.«

»Also ich würde das ganz bestimmt nicht Liebe nennen«, sagte Herb. »Du weißt nicht, wofür er gestorben ist. Ich habe schon mit einer Menge Selbstmördern zu tun gehabt, und keiner von den Angehörigen hat das je sagen können. Und wenn einer behauptet hat, der andere habe es seinetwegen getan – also ich weiß nicht.« Er legte die Hände in den Nacken und ließ seinen Stuhl nach hinten kippen. »Diese Art von Liebe interessiert mich nicht. Wenn das Liebe ist, dann dankeschön.«

Nach einer Weile sagte Terri: »Wir hatten Angst. Herb hat sogar sein Testament gemacht und an seinen Bruder in Kalifornien geschrieben; der war früher bei den Green Berets. Er hat ihm gesagt, wen er suchen soll, falls ihm unerwartet etwas zustößt. Na ja, so unerwartet nun auch wieder nicht!« Sie schüttelte den Kopf und lachte jetzt darüber. Sie nahm einen Schluck. Dann fuhr sie fort. »Aber wir haben ein bisschen gelebt wie auf der Flucht. Wir hatten Angst vor ihm, keine Frage. Einmal habe ich sogar die Polizei angerufen, aber die waren keine große Hilfe. Sie haben gesagt, sie könnten nichts machen, sie könnten ihn erst verhaften oder so was, wenn er Herb tatsächlich etwas antut. Ist das nicht ein Witz?« Terri goss den letzten Rest Gin in ihr Glas und wedelte mit der Flasche. Herb stand auf und ging zum Schrank. Er holte eine neue Flasche Gin.

»Also, Nick und ich, wir lieben uns«, sagte Laura. »Stimmt's, Nick?« Sie berührte mein Knie mit dem ihren. »Jetzt müsstest du eigentlich was sagen«, meinte sie mit einem strahlenden Lächeln. »Wir kommen wirklich gut miteinander aus, finde ich. Wir sind gern zusammen, und Gott sei dank hat bisher keiner von uns den anderen verprügelt. Klopf auf Holz. Ich würde sagen, wir sind ziemlich glücklich. Ich finde, wir sollten uns glücklich schätzen.«

Zur Antwort nahm ich ihre Hand und hob sie schwungvoll an meine Lippen. Ich küsste ihr zum allgemeinen Amüsement demonstrativ die Hand. »Wir haben Glück«, sagte ich.

»He, ihr beiden«, sagte Terri. »Schluss damit. Mir wird gleich schlecht! Ihr seid noch in den Flitterwochen, deshalb könnt ihr euch so aufführen. Ihr seid noch verrückt nacheinander. Wartet bloß ab. Wie lang seid ihr jetzt zusammen? Wie lang? Ein Jahr? Länger als ein Jahr.«

»Fast anderthalb«, sagte Laura, immer noch lächelnd und mit geröteten Wangen.

»Ihr seid noch in den Flitterwochen«, wiederholte Terri. »Alles eine Frage der Zeit.« Sie hielt ihren Drink in der Hand und sah Laura an. »War bloß ein Scherz«, sagte sie.

Herb hatte den Gin aufgemacht und allen nachgegossen. »Verdammt, Terri, du solltest nicht so reden, selbst wenn du es nicht ernst meinst. So was bringt Unglück. Hoch die Tassen, ihr beiden. Wir wollen auf euer Wohl trinken. Ich will auf euer Wohl trinken. Ein Hoch auf die Liebe. Die wahre Liebe«, sagte Herb, und wir stießen miteinander an.

»Auf die Liebe«, sagten wir.

Im Garten hinter dem Haus bellte einer der Hunde. Die Blätter des Espenbaums, deren Äste bis vor das Fenster reichten, flimmerten im Wind. Das Nachmittagslicht war beinahe greifbar im Zimmer. Plötzlich herrschte eine entspannte, wohlige Atmosphäre in der Runde, ein Gefühl der Freundschaft und Geborgenheit. Wir hätten überall sein können. Wir erhoben noch einmal unsere Gläser und strahlten uns an wie Kinder, die sich endlich einmal einig sind.

»Ich sage euch, was wahre Liebe ist«, erklärte Herb schließlich und brach den Bann. »Ich meine, ich gebe euch ein gutes Beispiel, und dann könnt ihr selbst sehen.« Er goss sich ein bisschen mehr Gin in sein Glas. Er warf einen Eiswürfel und einen Limonenschnitz hinein. Wir nippten erwartungsvoll an unseren Drinks. Lauras und mein Knie berührten sich wieder. Ich legte eine Hand auf ihren warmen Oberschenkel und ließ sie dort.

»Was wissen wir schon über die Liebe?«, sagte Herb. »Und ich meine das ziemlich ernst, was ich sage, wenn ihr mir das zugestehen wollt. Also mir kommt es vor, als ob wir alle blutige Anfänger auf dem Gebiet sind. Wir sagen, dass wir uns lieben, und wir tun es auch, kein Zweifel. Wir lieben uns, wir lieben uns sehr, wir alle. Ich liebe Terri, und Terri liebt mich, und ihr beide liebt euch auch. Ihr wisst schon, was ich meine, wenn ich Liebe sage. Sexuelle Liebe, die Anziehungskraft des anderen Menschen, des Partners, und außerdem die einfache, alltägliche Liebe, die Liebe für das Wesen des anderen, das Glück, mit dem anderen zusammen zu sein, die kleinen Dinge, die die alltägliche Liebe ausmachen. Also körperliche Liebe und, na, nennen wir es sentimentale Liebe, die alltägliche Zuneigung für den anderen. Aber manchmal fällt es mir schwer zu begreifen, dass ich meine erste Frau auch geliebt haben muss. Und es war so, ich weiß, dass es so war. Ja, ich weiß, was ihr jetzt sagen wollt – ich bin also gar nicht anders als Terri. Terri und Carl.« Darüber sann er einen Augenblick lang nach, dann fuhr er fort. »Aber es gab eine Zeit, da dachte ich, dass ich meine erste Frau mehr liebte als mein Leben; das war die Zeit, als die Kinder kamen. Und jetzt kann ich sie nicht mehr ausstehen. Ehrlich. Wie kann man das erklären? Was ist mit dieser Liebe passiert? Wurde diese Liebe einfach von der großen Tafel gewischt, als hätte sie nie dort gestanden, als hätte sie nie existiert? Ich frage mich, was damit passiert ist. Ich wünschte, jemand könnte mir das erklären. Und dann Carl. Gut, wir sind wieder bei Carl. Der hat Terri so sehr geliebt, dass er versucht hat, sie umzubringen, und sich am Ende selbst umgebracht hat.« Er verstummte und schüttelte den Kopf. »Ihr beide seid jetzt achtzehn Monate zusammen, und ihr liebt euch, das ist nicht zu übersehen, ihr strahlt irgendwie von innen heraus, aber auch ihr habt vorher andere Menschen geliebt, bevor ihr euch kennengelernt habt. Ihr wart beide auch schon verheiratet, genau wie wir. Und vermutlich habt ihr davor noch andere Menschen geliebt. Terri und ich sind fünf Jahre zusammen, seit vier Jahren verheiratet. Und das Schlimme, das Schlimme daran ist, obwohl es ja andererseits auch sein Gutes hat, ein Trost ist, könnte man sagen, das Schlimme ist: Wenn einem von uns etwas zustoßen würde – verzeiht mir, wenn ich das sage –, also wenn morgen einem von uns etwas zustoßen würde, dann glaube ich, dass der andere Partner eine Zeitlang trauern würde, versteht ihr, aber dann würde der Überlebende weiterziehen und wieder lieben, würde ziemlich schnell jemand anderen finden und all dies hier, all diese Liebe – Himmel, wie soll man das begreifen? – wäre bloß noch eine Erinnerung. Vielleicht nicht mal das. Vielleicht soll es ja so sein. Aber es stimmt doch, oder? Oder verstehe ich es falsch? Ich weiß, dass es bei uns so gehen würde, bei Terri und mir, sosehr wir uns auch lieben. Das geht bei jedem so, denke ich. Ich glaube, das kann ich sagen, das kann ich riskieren. Wir haben es alle ohnehin schon bewiesen. Ich verstehe es nur einfach nicht. Widersprecht mir, wenn ihr das Gefühl habt, dass ich Unsinn rede. Ich will es einfach nur wissen. Ich weiß überhaupt nichts, und ich bin der Erste, der das zugibt.«

»Meine Güte, Herb«, sagte Terri. »Das ist ja ein deprimierendes Thema. Das könnte uns alle runterziehen. Es mag ja die Wahrheit sein«, sagte sie, »aber es ist trotzdem deprimierend.« Sie streckte die Hand aus und fasste ihn am Unterarm, oberhalb des Handgelenks. »Hast du zu viel getrunken, Herb? Schatz, bist du betrunken?«

»Schatz, ich will einfach darüber reden«, sagte Herb. »Ich muss doch nicht betrunken sein, um zu sagen, was mir durch den Kopf geht, oder? Ich bin nicht betrunken. Wir reden einfach nur, ja?«, sagte Herb. Dann veränderte sich seine Stimme. »Aber wenn ich mich betrinken will, dann tue ich das, verdammt nochmal. Heute kann ich tun, was ich will.« Er richtete seinen Blick auf sie.

»Schatz, das war doch nicht als Kritik gemeint«, sagte sie. Sie griff zu ihrem Glas.

»Ich habe heute keine Bereitschaft«, sagte Herb. »Heute kann ich tun, was ich will. Ich bin einfach nur müde, das ist alles.«

»Herb, wir lieben dich«, sagte Laura.

Herb sah Laura an. Es war, als wisse er einen Augenblick lang nicht, wer sie war. Sie sah ihn unverwandt an, immer noch lächelnd. Ihre Wangen waren rosig, und die Sonne schien ihr in die Augen, so dass sie blinzeln musste, um ihn zu sehen. Seine Miene entspannte sich. »Ich liebe dich auch, Laura. Und dich, Nick. Wisst ihr was, ihr seid richtig gute Freunde«, sagte Herb. Er griff zu seinem Glas. »Also, wo war ich? Ah ja. Ich wollte euch etwas erzählen, was vor einiger Zeit passiert ist. Ich glaube, ich wollte etwas damit beweisen, und das werde ich auch tun, wenn ihr mich einfach erzählen lasst, was passiert ist. Es war vor ein paar Monaten, aber es ist noch nicht zu Ende. Ja, ich denke, das kann man so sagen. Aber danach werden wir uns vermutlich alle schämen, wenn wir so tun, als wüssten wir, wovon wir reden, wenn wir von Liebe reden.«

»Jetzt lass das, Herb«, sagte Terri. »Du hast zu viel getrunken. Du solltest nicht so reden. Du solltest nicht so reden, als ob du betrunken wärst, wenn du nicht betrunken bist.«

»Halt einfach einen Augenblick lang den Mund, ja?«, sagte Herb. »Lass mich erzählen. Es geht mir nicht aus dem Kopf. Halt einfach einen Augenblick lang den Mund. Ich habe dir ein bisschen darüber erzählt, damals, als es passiert ist. Das alte Ehepaar, das einen Unfall auf der Interstate hatte? Ein Junge hat sie über den Haufen gefahren, und sie hatten schlimme Verletzungen, und kaum einer rechnete damit, dass sie durchkommen würden. Lass es mich erzählen, Terri. Halt einfach einen Augenblick lang den Mund. Einverstanden?«

Terri sah uns an, dann wanderte ihr Blick zurück zu Herb.

Sie wirkte nervös, anders kann man es nicht beschreiben. Herb reichte die Flasche herum.

»Erzähl mir etwas zum Staunen, Herb«, sagte Terri. »Bring mich so sehr zum Staunen, dass es mir die Sprache verschlägt.«

»Vielleicht schaffe ich das ja«, sagte Herb. »Vielleicht schaffe ich das. Ich selbst staune immer wieder über alles Mögliche. Das ganze Leben ist erstaunlich.« Er starrte sie einen Augenblick lang an. Dann begann er zu erzählen.

»Also, ich hatte Bereitschaft in dieser Nacht. Es war im Mai oder Juni. Terri und ich hatten uns gerade zum Essen hingesetzt, als das Krankenhaus anrief. Auf der Schnellstraße hatte es einen Unfall gegeben. Ein betrunkener Jugendlicher, ein Teenager, war mit dem Pick-up seines Vaters in ein Wohnmobil gerast, und in dem saß dieses alte Ehepaar. Sie waren Mitte siebzig. Der Junge, achtzehn oder neunzehn, war schon tot, als er eingeliefert wurde. Die Lenksäule hatte sich in die Brust gebohrt, er muss auf der Stelle tot gewesen sein. Aber das alte Ehepaar lebte noch, wenn auch nur gerade so. Sie hatten überall Knochenbrüche und Prellungen, Fleischwunden, alles was man sich denken kann, und beide hatten eine Gehirnerschütterung. Sie waren in einem schlimmen Zustand, das könnt ihr mir glauben. Und dazu kam natürlich ihr Alter. Die Frau war sogar noch ein bisschen schlechter dran als er. Sie hatte einen Milzriss, und beide Kniescheiben waren zertrümmert. Aber sie waren angeschnallt gewesen, und weiß Gott, das war ihre Rettung.«

»Leute, er macht Werbung für Sicherheit im Straßenverkehr«, sagte Terri. »Hier spricht Doktor Herb McGinnis. Hören Sie auf seinen Rat«, sagte Terri und lachte, dann senkte sie die Stimme. »Herb, manchmal bist du wirklich unglaublich. Ich liebe dich, Schatz.«

Wir lachten alle. Herb lachte auch. »Ich liebe dich auch. Aber das weißt du ja, oder?« Er beugte sich über den Tisch, Terri kam ihm entgegen, und sie küssten sich. »Terri hat recht, Leute«, sagte Herb, als er sich wieder setzte. »Der Sicherheitsgurt rettet Leben. Hört auf den Rat von Doktor Herb. Aber jetzt ernsthaft: Die beiden alten Leute waren in einer schrecklichen Verfassung. Als ich ankam, hatten der Assistenzarzt und die Schwestern schon angefangen, sie zu versorgen. Der Junge war tot, wie gesagt. Er lag in der Ecke auf einer Krankenbahre. Seine Angehörigen waren benachrichtigt und der Beerdigungsunternehmer unterwegs. Ich warf nur einen einzigen Blick auf die beiden alten Leute und sagte der Schwester in der Notaufnahme, sie solle sofort einen Neurologen und einen Orthopäden rufen. Ich will versuchen, mich kurz zu fassen. Die beiden kamen, und wir brachten das alte Ehepaar in den OP und waren fast die ganze Nacht mit ihnen beschäftigt. Sie müssen unglaubliche Kraftreserven gehabt haben, diese alten Leute, aber so was gibt es. Wir taten, was wir konnten, und gegen Morgen standen ihre Chancen fünfzig zu fünfzig, vielleicht auch schlechter, vielleicht dreißig zu siebzig bei der Frau. Anna Gates hieß sie, und sie war eine bemerkenswerte Person. Aber am Morgen lebten sie noch, und wir brachten sie auf die Intensivstation, wo wir jeden Atemzug überwachen konnten und sie rund um die Uhr unter Beobachtung hatten. Sie blieben fast zwei Wochen auf Intensiv, die Frau ein bisschen länger, bis sich der Zustand der beiden so weit gebessert hatte, dass wir sie weiter unten auf der Station in eigene Zimmer verlegen konnten.«

Herb hielt inne. »Los«, sagte er, »lasst uns diesen Gin

trinken. Lasst uns ihn auftrinken. Danach gehen wir essen, einverstanden? Terri und ich kennen ein Restaurant. Ein neues Restaurant. Da gehen wir hin, in das neue Restaurant, das wir entdeckt haben. Sobald wir den Gin aufgetrunken haben, gehen wir hin.«

»Es heißt ›Die Bibliothek‹«, sagte Terri. »Oder wart ihr da schon?« fragte sie, und Laura und ich schüttelten den Kopf. »Es ist was ganz Besonderes. Ich habe gehört, es ist eine neue Kette, aber es sieht nicht nach einer Kette aus, versteht ihr. Es gibt tatsächlich Bücherregale mit echten Büchern drin, wie in einer Bibliothek. Nach dem Essen kann man herumstöbern und ein Buch mitnehmen und es beim nächsten Mal, wenn man zum Essen kommt, wieder zurückbringen. Das Essen ist göttlich. Und Herb liest *Ivanhoe*. Er hat es mitgenommen, als wir letzte Woche dort waren. Er hat einfach eine Karte ausgefüllt. Wie in einer richtigen Bibliothek.«

»Ich mag *Ivanhoe*«, sagte Herb. »*Ivanhoe* ist großartig. Wenn ich noch einmal die Wahl hätte, würde ich Literatur studieren. Momentan stecke ich in einer Identitätskrise. Stimmt's, Terri?«, sagte Herb. Er lachte. Er schwenkte die Eiswürfel in seinem Glas. »Ich stecke schon seit Jahren in einer Identitätskrise. Terri weiß das. Terri kann euch ein Lied davon singen. Aber eins kann ich mit Sicherheit sagen. Wenn ich in einem anderen Leben wiederkommen könnte, in einer anderen Zeit und so weiter – wisst ihr was? Dann möchte ich als Ritter wiedergeboren werden. Man war ziemlich sicher in so einer Rüstung. Als Ritter war man gut dran, bevor das Schießpulver und Musketen und Zweiundzwanziger-Pistolen aufkamen.«

»Herb würde gern auf einem Schimmel reiten und die Lanze schwingen«, sagte Terri und lachte.

»Immer das Strumpfband einer Frau bei sich tragen«, sagte Laura.

»Oder gleich die ganze Frau«, sagte ich.

»Stimmt«, sagte Herb. »Genau das. Du kennst dich aus, was, Nick?«, sagte er. »Und ihr parfümiertes Taschentuch hätte man auch immer dabei. Gab es damals schon parfümierte Taschentücher? Egal. Irgendein kleines Andenken eben. Ein Erinnerungsstück, meine ich. In damaliger Zeit musste man immer ein Erinnerungsstück mit sich herumtragen. Jedenfalls waren Ritter damals besser dran als Leibeigene«, sagte Herb.

»Die sind immer besser dran«, sagte Laura.

»Leibeigene hatten es damals nicht besonders gut«, sagte Terri.

»Leibeigene hatten es nie gut«, sagte Herb. »Aber ich nehme an, auch Ritter waren Versallen von irgendwem. War das damals nicht so? Andererseits ist jeder der Versall von irgendwem. Stimmt's, Terri? Aber was mir an den Rittern gefällt, außer ihren Damen, das war, dass sie eine Rüstung anhatten, versteht ihr, und nicht so leicht verwundbar waren. Autos gab es damals noch nicht, Mann. Keine besoffenen Teenager, die einen über den Haufen fahren konnten.«

»Vasallen«, sagte ich.

»Was?« fragte Herb.

»Vasallen«, sagte ich. »Es waren *Va*sallen, Doc, keine *Ver*sallen.«

»Vasallen«, sagte Herb. »Vasallen, Versallen, Ventrikel, Vehikel. Jedenfalls habt ihr verstanden, was ich sagen wollte. Ihr seid bei so was alle gebildeter als ich«, sagte Herb. »Ich bin nicht gebildet. Ich beherrsche mein Handwerk. Ja, ich bin Herzchirurg, aber im Grunde bin ich ein Handwerker.

Ich repariere einfach das, was im Körper nicht funktioniert. Ich bin nur ein Handwerker.«

»Bescheidenheit passt irgendwie nicht zu dir, Herb«, sagte Laura, und Herb grinste sie an.

»Er ist nur ein einfacher Arzt, Leute«, sagte ich. »Aber manchmal sind sie in ihrer Rüstung erstickt, Herb. Sie bekamen sogar Herzanfälle, wenn es zu heiß wurde und sie zu müde und erschöpft waren. Irgendwo habe ich gelesen, dass sie vom Pferd fielen und nicht wieder aufstehen konnten, weil sie sich vor lauter Müdigkeit in dieser schweren Rüstung nicht aufrecht halten konnten. Manchmal wurden sie von ihren eigenen Pferden zu Tode getrampelt.«

»Das ist ja schrecklich«, sagte Herb. »Das ist eine schreckliche Vorstellung, Nicky. Wahrscheinlich lagen sie dann einfach da und warteten, bis jemand, bis der Feind vorbeikam und sie zu Schaschlik verarbeitete.«

»Irgendein anderer Vasall«, sagte Terri.

»Genau, irgendein anderer Vasall«, sagte Herb. »Da habt ihr's. Irgendein anderer Vasall kam daher und spießte seinen Ritterkollegen auf. Im Namen der Liebe oder für was immer sie damals gekämpft haben. Die gleichen Sachen, wegen denen wir uns heute die Köpfe einschlagen, nehme ich an«, sagte Herb.

»Politik«, sagte Laura. »Da ändert sich nie was.« Lauras Wangen waren noch immer rosig. Ihre Augen strahlten. Sie hob das Glas an die Lippen.

Herb goss sich einen weiteren Drink ein. Er musterte das Etikett eingehend, als studiere er die kleinen Beefeater auf dem Bild. Dann stellte er die Flasche langsam auf den Tisch und griff nach dem Tonic Water.

»Was ist aus dem alten Ehepaar geworden, Herb?«, fragte

Laura. »Du hast die Geschichte nicht zu Ende erzählt.« Laura hatte Mühe, ihre Zigarette anzuzünden. Ihr Streichholz ging immer wieder aus. Das Licht im Zimmer war jetzt nicht mehr wie vorher, es veränderte sich, wurde schwächer. Die Blätter vor dem Fenster schimmerten nach wie vor, und ich starrte auf das verschwommene Muster, das sie auf die Fensterscheibe und die Resopalplatte darunter zeichneten. Das einzige Geräusch war das Reiben von Lauras Streichhölzern.

»Was ist aus dem alten Ehepaar geworden?«, fragte ich nach einer Weile. »Das Letzte, was wir gehört haben, war, dass sie aus der Intensivstation kamen.«

»Zwar älter, aber auch klüger«, sagte Terri.

Herb starrte sie an.

»Schau mich nicht so an, Herb«, sagte Terri. »Mach weiter mit deiner Geschichte. Das war doch nur ein Witz. Wie ging es weiter? Wir sind alle gespannt.«

»Terri, also ehrlich«, sagte Herb.

»Bitte, Herb«, sagte sie. »Sei doch nicht immer so ernst, Schatz. Bitte erzähl weiter. Es war nur Spaß. Verstehst du denn keinen Spaß?«

»Über so was macht man keine Späße«, sagte Herb. Er hielt sein Glas in der Hand und sah sie unverwandt an.

»Was ist dann passiert, Herb?«, fragte Laura. »Wir warten.«

Herb sah Laura an. Dann wandte er den Blick ab und lächelte. »Laura, wenn ich Terri nicht hätte und sie nicht so sehr lieben würde und wenn Nick nicht mein Freund wäre, würde ich mich in dich verlieben. Ich würde dich entführen.«

»Herb, du Arschloch«, sagte Terri. »Erzähl deine Geschichte. Verdammt, wenn ich dich nicht lieben würde, dann säße ich jetzt nicht hier, darauf kannst du Gift nehmen. Was willst du uns sagen, Schatz? Erzähl deine Geschichte zu Ende. Danach gehen wir in die Bibliothek. Einverstanden?«

»Einverstanden«, sagte Herb. »Wo war ich stehengeblieben? Wo stehe ich? Das ist eine bessere Frage. Vielleicht sollte ich so fragen.« Er zögerte einen Augenblick, dann begann er zu reden.

»Als sie endlich aus dem Gröbsten raus waren, konnten wir sie aus der Intensivstation entlassen, weil wir sahen, dass sie durchkommen würden. Ich habe jeden Tag bei den beiden vorbeigeschaut, manchmal sogar zweimal am Tag, jedenfalls immer, wenn ich bei anderen Patienten dort zu tun hatte. Sie waren beide von Kopf bis Fuß eingegipst und bandagiert. Ihr wisst schon, so wie ihr es aus Filmen kennt, auch wenn ihr es noch nie in Wirklichkeit gesehen habt. Sie waren von Kopf bis Fuß bandagiert, wortwörtlich. Sie sahen aus wie die Pappkameraden nach einer Filmkatastrophe. Aber das hier war echt. Ihr Kopf war bandagiert – sie hatten nur Augenlöcher und Öffnungen für Mund und Nase. Bei Anna Gates waren außerdem noch die Beine hochgelagert. Wie gesagt, sie war schlechter dran als er. Beide hingen eine Zeitlang am Tropf und bekamen Glukoseinfusionen. Also, Henry Gates war die meiste Zeit über deprimiert. Selbst als er wusste, dass seine Frau durchkommen und sich wieder erholen würde, war er immer noch furchtbar niedergeschlagen. Nicht nur wegen des Unfalls, obwohl ihn der natürlich sehr mitgenommen hatte, das ist ja nicht anders zu erwarten. Na ja, in einer Minute ist noch alles in bester Ordnung, und dann, zack, blickt man plötzlich in den Abgrund. Man überlebt. Es ist wie ein Wunder. Aber so was hinterlässt Spuren. Keine Frage. Eines Tages saß ich auf dem Stuhl an seinem Bett, und er sprach sehr schleppend, seine Stimme kam aus dem Mundloch, so dass ich mich manchmal über sein Gesicht beugen musste, um ihn zu verstehen; er beschrieb mir, was er gesehen, was er gefühlt hatte, als das Auto von diesem Jungen über die Mittellinie auf seine Straßenseite kam und auf ihn zuraste. Er sagte, er wusste, dass es aus war für sie, dass es das Letzte war, was er auf dieser Erde sehen würde. Es war aus. Aber er sagte, ihm sei nichts plötzlich in den Sinn gekommen, sein Leben habe sich nicht vor seinen Augen abgespult, nichts dergleichen. Er sagte, er habe einfach nur bedauert, dass er seine Anna nicht mehr sehen werde, weil sie so ein gutes Leben miteinander gehabt hatten. Das war sein einziger Gedanke. Er starrte geradeaus, umklammerte einfach das Steuer und sah, wie das Auto des Jungen auf sie zukam. Und er konnte nichts anderes tun als sagen: ›Anna! Halt dich fest, Anna!‹«

»Ich krieg Gänsehaut«, sagte Laura. »Brrr«, sagte sie und schüttelte den Kopf.

Herb nickte. Er redete weiter, ganz vertieft in seine Erzählung. »Jeden Tag saß ich eine Weile bei ihm am Bett. Er lag da in seinen Bandagen und starrte zum Fenster am Fußende des Bettes hinaus. Das Fenster war zu hoch für ihn, außer ein paar Baumwipfeln konnte er nichts sehen. Und das sah er sich an, stundenlang am Stück. Er konnte den Kopf nicht ohne fremde Hilfe drehen, und er durfte es nur zweimal am Tag. Wenn ich da war und er mit mir redete, musste er dabei aus dem Fenster sehen. Ich sprach ein paar Worte, stellte ein paar Fragen, aber die meiste Zeit hörte ich zu. Er war sehr deprimiert. Was ihn am meisten bedrückte, nachdem wir ihm versichert hatten, dass seine Frau wieder gesund würde und dass es ihr schon viel besser gehe, das war, dass er nicht in ihrer Nähe sein konnte. Dass er sie nicht jeden Tag sehen und mit ihr zusammen sein konnte. Er erzählte mir, dass sie 1927 geheiratet hatten und seitdem nur zweimal für längere Zeit getrennt gewesen waren. Selbst als ihre Kinder geboren wurden, waren sie draußen auf der Ranch zur Welt gekommen, und Henry und seine Frau hatten sich immer noch jeden Tag gesehen und miteinander geredet und gemeinsam ihre Arbeit getan. Nur zweimal seien sie für längere Zeit getrennt gewesen – einmal 1940, als Annas Mutter starb und sie mit dem Zug nach St. Louis gefahren war, um dort alles zu regeln, und dann 1952, als ihre Schwester in Los Angeles gestorben war und sie hingefahren war, um den Sarg zu holen. Das hätte ich erzählen sollen, sie hatten eine kleine Ranch ungefähr 75 Meilen außerhalb von Bend in Oregon, und da hatten sie fast ihr ganzes Leben verbracht. Erst vor ein paar Jahren hatten sie die Ranch verkauft und waren nach Bend gezogen. Auf der Unglücksfahrt waren sie auf dem Rückweg von Denver gewesen, wo sie seine Schwester besucht hatten. Als Nächstes hatten ein Sohn und die Enkelkinder in El Paso auf dem Programm gestanden. Aber in ihrem gesamten Eheleben waren sie nur in diesen zwei Fällen für länger getrennt gewesen. Wenn man sich das vorstellt! Aber Gott, hat er sich einsam gefühlt ohne sie. Er hat sich *gesehnt* nach ihr. Sich *sehnen*, ich habe überhaupt nicht gewusst, was das Wort bedeutet, bevor ich diesen Mann gesehen habe. Sie fehlte ihm fürchterlich. Er sehnte sich einfach nach ihrer Gesellschaft, der alte Mann. Natürlich ging es ihm gleich besser, er lebte regelrecht auf, wenn ich ihm meinen täglichen Bericht über Annas Fortschritte gab – dass sie auf dem Wege der Besserung war, dass sie wieder ganz in Ordnung kommen würde, dass es nur eine Frage der

Zeit war. Gips und Bandagen war er inzwischen los, aber er litt nach wie vor fürchterlich unter der Einsamkeit. Ich versprach ihm, dass ich ihn, sobald er dazu in der Lage war, in einer Woche vielleicht, in den Rollstuhl setzen würde, und dann würden wir sie besuchen fahren, ich würde ihn den Gang hinunterschieben, damit er seine Frau besuchen konnte. In der Zwischenzeit kam ich zu ihm, und wir redeten. Er erzählte mir ein wenig von ihrem Leben da draußen auf der Ranch in den späten Zwanzigern, frühen Dreißigern.« Er blickte in die Runde, sah uns alle am Tisch an und schüttelte den Kopf beim Gedanken an das, was er jetzt sagen würde, oder vielleicht auch nur, weil ihm das alles so unmöglich vorkam. »Er hat mir erzählt, im Winter hat es immer nur geschneit, manchmal einen ganzen Monat lang ununterbrochen, und sie konnten nicht von der Ranch fort, die Straßen waren unpassierbar. Die zwei waren dann ganz allein dort draußen, er und seine Frau. Das war, noch bevor sie Kinder hatten. Die Kinder kamen erst später. Aber monatelang waren sie zusammen, nur sie zwei, dieselbe Routine, dieselbe Umgebung, nie jemand anderes, mit dem man reden konnte oder den man besuchen konnte in diesen Wintermonaten. Aber sie hatten einander, und das war alles, was sie hatten. Jeder von ihnen hatte den anderen. ›Was haben Sie die ganze Zeit über gemacht?‹, fragte ich. Das war eine ernsthafte Frage. Ich konnte es mir nicht vorstellen. Ich konnte es mir einfach nicht ausmalen, wie Menschen so leben konnten. Ich glaube, heute kann das niemand mehr. Oder was meint ihr? Ich denke, das kann keiner. Wisst ihr, was er gesagt hat? Was er mir geantwortet hat? Er lag da und ließ sich die Frage durch den Kopf gehen. Eine ganze Weile lang lag er so da. Dann sagte er: ›Wir sind jeden Abend tanzen gegangen.‹ ›Was?‹, sagte ich. ›Wie bitte, Henry?‹ Ich beugte mich näher zu ihm hin, weil ich dachte, ich hätte nicht richtig verstanden. ›Wir sind jeden Abend tanzen gegangen‹, sagte er noch einmal. Ich wusste nicht, was er meinte. Ich hatte keine Ahnung, wovon er sprach, aber ich wartete, dass er weiterredete. Wieder wanderten seine Gedanken in die Vergangenheit, und nach einer Weile sagte er: ›Wir hatten einen Plattenspieler, Doc. Eine Victrola und ein paar Platten. Jeden Abend haben wir die Platten gehört und da im Wohnzimmer getanzt. Das haben wir jeden Abend gemacht. Manchmal hat es draußen geschneit, die Temperaturen waren weit unter null. Im Januar und im Februar, da wird es da oben wirklich kalt. Aber wir legten die Platten auf und tanzten auf Strümpfen durchs Wohnzimmer, bis wir jede Platte einmal gehört hatten. Und dann habe ich das Feuer für die Nacht geschürt und habe die Lichter ausgemacht, alle bis auf eins, und wir sind zu Bett gegangen. Manchmal schneite es, und dann war es draußen so still, dass man hören konnte, wie der Schnee fiel. Glauben Sie mir, Doc‹, sagte er, ›das kann man. Manchmal kann man hören, wie der Schnee fällt. Wenn man ganz still ist und der Verstand klar ist und man im Frieden mit sich und der Welt ist, dann kann man im Dunkeln liegen und hören, wie es schneit. Versuchen Sie es mal‹, sagte er. ›Ab und zu schneit es doch auch hier unten, oder? Versuchen Sie es. Na jedenfalls sind wir jeden Abend tanzen gegangen. Und dann sind wir unter unsere Quilts gekrochen, mehrere übereinander, und haben warm und wohlig geschlafen bis zum Morgen. Wenn man aufwachte, konnte man seinen Atem sehen‹, sagte er.

Als es ihm gut genug ging, dass wir ihn in einen Rollstuhl setzen konnten – die Bandagen waren da schon längst weg –, fuhr ich ihn zusammen mit einer Krankenschwester den Gang hinunter zu seiner Frau. Am Morgen hatte er sich rasiert, parfümiert sogar. Er war in Krankenhaushemd und Bademantel, er war ja längst noch nicht genesen, aber er saß kerzengerade in seinem Rollstuhl. Und er war schrecklich aufgeregt, das sah man. Je näher wir dem Zimmer kamen, desto röter wurde er; da stand eine Vorfreude in seinem Gesicht, ich wüsste gar nicht, wie ich die beschreiben sollte. Ich schob den Stuhl, die Schwester ging neben mir. Sie wusste einigermaßen Bescheid, die hatte das eine oder andere mitbekommen. Krankenschwestern, wisst ihr, die müssen so viel mitmachen, nach einer Weile macht denen so schnell nichts mehr etwas aus, aber diese hier, die war an dem Morgen selber ein bisschen angespannt. Die Tür stand offen, und ich schob Henry direkt ins Zimmer. Mrs Gates, Anna, war noch immer ans Bett gefesselt, aber sie konnte den Kopf und den linken Arm bewegen. Sie hatte die Augen geschlossen, aber sie öffneten sich sofort, als wir kamen. Ihre untere Körperhälfte war immer noch bandagiert. Ich schob Henry auf die linke Bettseite und sagte: ›Sie haben Besuch, Anna. Schauen Sie mal, wer da ist.‹ Mehr brachte ich nicht heraus. Sie lächelte leise, ihr Gesicht hellte sich auf. Ihre Hand kam unter dem Betttuch hervor. Die Hand war blau, immer noch geschunden. Henry nahm die Hand in seine Hände. Er hob sie in die Höhe und küsste sie. Dann sagte er: ›Hallo, Anna. Wie geht es dir, Liebling? Weißt du noch, wer ich bin?‹ Tränen kullerten ihr über die Wangen. Sie nickte. ›Du hast mir gefehlt‹, sagte sie. Immer weiter nickte sie. Die Krankenschwester und ich machten, dass wir schleunigst nach draußen kamen. Kaum vor der Tür, schluchzte sie los, und das ist sonst ein zähes Mädel, die Krankenschwester. War schon ein

Erlebnis, das könnt ihr mir glauben. Aber von da an haben wir ihn jeden Tag zu ihr gefahren, einmal am Morgen und einmal am Nachmittag. Wir richteten es so ein, dass sie Mittag- und Abendessen gemeinsam in ihrem Zimmer bekamen. Die Zeit dazwischen saßen sie einfach nur da und hielten Händchen und redeten. Sie hatten immer etwas, wovon sie reden konnten.«

»Das hast du mir nicht erzählt, Herb«, sagte Terri. »Nur zu Anfang hast du mal eine Kleinigkeit erzählt. Verflucht nochmal, du hast das alles für dich behalten. Und jetzt erzählst du es hier, damit ich heulen soll. Aber versprich mir, Herb, dass die Geschichte gut ausgeht. Das tut sie doch, oder? Das ist kein fauler Trick von dir? Denn wenn ja, dann will ich kein Wort mehr hören. Dann musst du nicht mehr weitererzählen, dann kannst du jetzt sofort aufhören. Herb?«

»Was ist aus den beiden geworden, Herb?«, fragte Laura. »Komm, erzähl die Geschichte zu Ende. Geht sie überhaupt noch weiter? Aber ich bin genau wie Terri. Ich will nicht, dass den beiden etwas zustößt. Das ist schon eine tolle Story.«

»Und jetzt sind die zwei wieder draußen?«, fragte ich. »Es geht ihnen gut?« Mir hatte die Geschichte auch zugesetzt, und ich spürte den Alkohol. Es fiel mir immer schwerer, die Fäden beisammenzuhalten. Es wurde allmählich dunkel in der Küche, es war, als ob das Licht sich wieder durch das Fenster zurückzog, durch das es gekommen war. Aber keiner machte Anstalten, vom Tisch aufzustehen und die Lampe anzuschalten.

»Sicher geht es ihnen gut«, sagte Herb. »Nach einer Weile haben wir sie entlassen. Vor ein paar Wochen erst, genauer gesagt. Henry konnte an Krücken wieder gehen, dann mit einem Stock, und er war ständig unterwegs. Jetzt war er wieder obenauf, er war bester Laune, es ging von Tag zu Tag aufwärts mit ihm, als er erst einmal wieder zu seiner Frau konnte. Als sie wieder transportfähig war, kam ihr Sohn aus El Paso, er kam mit seiner Frau in einem Kombiwagen, und sie nahmen die beiden mit zu sich. Sie war noch nicht ganz genesen, aber sie war auf bestem Wege. Gerade vor ein paar Tagen habe ich eine Postkarte von Henry bekommen. Wahrscheinlich habe ich deswegen überhaupt wieder an die beiden gedacht. Die Karte und das, was wir vorhin über die Liebe gesagt haben.

Hört mal«, fuhr Herb fort, »lasst uns die Flasche noch leer machen. Da ist gerade noch genug drin für eine Runde, ein Glas für jeden. Dann gehen wir essen. Wir gehen zur Bibliothek. Einverstanden? Ich weiß auch nicht, aber das war schon eine unglaubliche Geschichte. Sie wurde immer spannender, Tag für Tag. Manche von den Sachen, über die ich mit ihm geredet habe … das werde ich nie vergessen. Aber jetzt, wo ich davon geredet habe, bedrückt es mich. Liebe Güte, plötzlich fühle ich mich vollkommen deprimiert.«

»Nimm es dir nicht so zu Herzen, Herb«, sagte Terri. »Herb, Schatz, warum nimmst du nicht eine Pille?« Sie wandte sich an Laura und mich und sagte: »Herb nimmt manchmal solche Stimmungsaufheller. Das ist doch kein Geheimnis, oder Herb?«

Herb schüttelte den Kopf. »Ich habe ja so ziemlich alles, was man überhaupt nehmen kann, irgendwann mal genommen. Kein Geheimnis.«

»Meine erste Frau hatte auch solche Pillen«, sagte ich.

»Und, haben sie ihr geholfen?«, fragte Laura.

»Nein, sie war trotzdem noch deprimiert. Sie hat viel geweint.«

»Ich habe das Gefühl, manche Leute kommen einfach schon deprimiert auf die Welt«, sagte Terri. »Manche sind zum Unglücklichsein geboren. Und zum Unglück. Ich habe Leute gekannt, die hatten einfach bei allem Pech. Andere – ich meine natürlich nicht dich, Schatz, ich spreche nicht von dir –, andere machen sich einfach selber unglücklich, und das bleiben sie dann auch.« Sie rubbelte mit dem Finger an etwas auf dem Tisch. Dann hörte sie damit wieder auf.

»Ich glaube, ich möchte noch bei meinen Kindern anrufen, bevor wir essen gehen«, sagte Herb. »Da hat doch niemand was dagegen, oder? Ich nehme schnell eine Dusche, damit ich wieder frisch werde, dann rufe ich meine Kinder an. Danach gehen wir essen.«

»Kann dir passieren, dass du mit Marjorie reden musst, Herb, wenn sie abnimmt. Das ist Herbs Exfrau. Wir haben euch ja schon das eine oder andere über Marjorie erzählt. Du solltest heute Nachmittag nicht mit ihr reden, Herb. Danach geht es dir noch schlechter.«

»Nein, mit Marjorie will ich nicht reden«, sagte Herb. »Aber ich will mit meinen Kindern reden. Die fehlen mir wirklich, Schatz. Steve, der fehlt mir. Letzte Nacht lag ich wach, und da fielen mir Sachen ein aus der Zeit, als er noch klein war. Ich will mit ihm reden. Mit Kathy will ich auch reden. Sie fehlen mir, die beiden, und da nehme ich das Risiko in Kauf, dass ihre Mutter am Telefon ist. Dieses Miststück.«

»Kein Tag vergeht, ohne dass Herb sich wünscht, dass sie wieder heiratet. Oder stirbt. Zunächst einmal«, sagte Terri, »treibt sie uns in den Ruin. Zum Zweiten hat sie das Sorgerecht für beide Kinder. Nur einen einzigen Monat im Jahr, im Sommer, dürfen wir die Kinder hier bei uns haben. Herb sagt, nur aus Gehässigkeit heiratet sie nicht wieder. Sie hat einen Freund, der sogar bei ihnen wohnt, und Herb muss für den mitzahlen.«

»Sie ist allergisch gegen Bienenstiche«, sagte Herb. »Wenn ich bete, dann bete ich nicht, dass sie wieder heiratet, sondern ich bete, dass sie mal aufs Land fährt und ein Bienenschwarm sie zu Tode sticht.«

»Herb, das ist ja grauenhaft«, sagte Laura und lachte, bis ihr die Tränen kamen.

»Grauenhaft lustig«, fand Terri. Jetzt lachten wir alle. Wir konnten überhaupt nicht wieder aufhören.

»Bzzzzzzzz«, brummte Herb und machte aus seinem Finger Bienen und ließ sie zu Terris Hals und Halskette summen. Dann ließ er die Hände fallen und lehnte sich zurück, ganz plötzlich wieder ernst.

»Die ist wirklich ein Miststück«, sagte Herb. »Glaubt mir. Sie ist gemein. Manchmal, wenn ich mich betrinke, so wie jetzt, dann würde ich mir gern eine Imkerausrüstung anziehen – ihr wisst schon, so eine Kapuze, die vorne glatt vor dem Gesicht steht, die dicken Handschuhe, der wattierte Mantel. In so etwas würde ich gern bei ihr an die Tür klopfen und dann einen ganzen Bienenstock im Haus loslassen. Natürlich würde ich mich zuerst vergewissern, dass die Kinder nicht da sind.« Unter einigen Mühen schlug er ein Bein über das andere. Dann setzte er beide Füße auf den Boden und lehnte sich vor, beide Ellbogen auf den Tisch gestützt, das Kinn in den Händen. »Vielleicht rufe ich die Kinder doch jetzt nicht an. Vielleicht hast du recht, Terri. Vielleicht doch keine gute Idee. Vielleicht nehme ich nur rasch eine Dusche und ziehe mir ein anderes Hemd an, und dann gehen wir essen. Wie findet ihr das?«

»Mir soll's recht sein«, sagte ich. »Essen oder kein Essen. Oder wir trinken weiter. Wir reiten der untergehenden Sonne entgegen.«

»Was soll das denn heißen, Schatz?« Laura sah mich tadelnd an.

»Es soll überhaupt nichts heißen, Schatz, einfach nur was ich gesagt habe. Ich wollte nur sagen, dass ich einfach so weitermachen könnte. Mehr wollte ich nicht sagen. Vielleicht liegt's an dem Sonnenuntergang.« Das Fenster hatte eine rötliche Färbung angenommen, jetzt wo die Sonne den Horizont erreichte.

»Ich könnte auch einen Happen vertragen«, sagte Laura. »Ich merke jetzt erst, dass ich hungrig bin. Was habt ihr im Haus?«

»Ich stelle gleich Käse und Kräcker raus«, sagte Terri, aber sie blieb einfach nur sitzen.

Herb trank sein Glas aus. Dann hob er sich langsam vom Tisch und sagte: »Entschuldigt mich. Ich gehe duschen.« Er verließ die Küche und ging langsam den Flur hinunter zum Badezimmer. Er schloss die Tür hinter sich.

»Ich mache mir Sorgen um Herb«, sagte Terri. Sie schüttelte den Kopf. »Manchmal ist es schlimmer, manchmal besser, aber in letzter Zeit, da mache ich mir wirklich Sorgen.« Sie starrte in ihr Glas. Sie machte keinerlei Anstalten, Käse und Kräcker zu holen. Ich beschloss, selbst aufzustehen und im Kühlschrank nachzusehen. Wenn Laura sagt, dass sie hungrig ist, dann weiß ich, dass sie etwas zu essen braucht. »Nimm, was du findest, Nick. Bring alles her, was noch brauchbar ist. Da ist Käse drin, und ich glaube auch noch Salami. Kräcker sind im Schrank über dem Herd. Stimmt, das wollte ich ja. Lasst uns einen Snack machen. Ich brauche nichts, aber ihr seid wahrscheinlich halb verhungert. Ich habe in letzter Zeit überhaupt keinen Appetit mehr. Wovon habe ich gerade gesprochen?« Sie schloss die Augen, dann öffnete sie sie wieder. »Ich glaube, wir haben euch das nicht erzählt, oder vielleicht doch, ich weiß es nicht mehr, aber nach dem Ende seiner ersten Ehe, nachdem seine Frau mit den Kindern nach Denver gezogen war, war Herb sehr selbstmordgefährdet. Er war lange in psychiatrischer Behandlung, monatelang. Er sagt, manchmal denkt er, er sollte immer noch zur Therapie gehen.« Sie nahm die leere Flasche und hielt sie noch einmal kopfüber an ihr Glas. Ich stand an der Anrichte und schnitt Salami, so gerade, wie ich es noch hinbekam. »Nichts mehr drin«, sagte Terri. Dann sagte sie: »In letzter Zeit redet er wieder davon, dass er sich umbringen will. Gerade wenn er getrunken hat. Manchmal denke ich, er ist zu verletzlich. Er weiß überhaupt nicht, wie man sich wehrt. Nie weiß er, wie man sich wehrt. Na«, sagte sie, »Gin ist alle. Zeit, dass wir weiterkommen. Zeit, dass wir die Verluste minimieren, hat mein Daddy immer gesagt. Wahrscheinlich auch Zeit, dass wir was essen, auch wenn ich überhaupt keinen Appetit habe. Aber ihr zwei müsst ja halb verhungert sein. Ich bin froh, dass ihr euch was zu essen nehmt. Damit haltet ihr durch, bis wir in das Restaurant kommen. Wir können im Restaurant noch was trinken, wenn wir wollen. Wartet nur ab, bis ihr den Laden seht, das ist was ganz Besonderes. Man kann die Bücher mitnehmen, zusammen mit seiner Doggie Bag. Wahrscheinlich sollte ich mich auch fertig machen. Ich wasche mir nur das Gesicht und lege ein wenig Lippenstift auf. Ich gehe so, wie ich bin. Wenn es ihnen nicht gefällt, dann haben sie Pech gehabt. Ich wollte nur noch eines sagen, dann bin ich fertig. Aber es soll nicht zu negativ klingen. Ich hoffe nur, dass ihr beide euch in fünf Jahren oder auch nur in drei Jahren immer noch liebt, genau wie heute. Na, sagen wir in vier Jahren. Vier Jahre, das ist die kritische Zeit. Mehr habe ich zu dem Thema nicht zu sagen.« Sie verschränkte ihre dünnen Arme und fuhr mit den Händen an ihnen auf und ab. Sie schloss die Augen.

Ich stand vom Tisch auf und stellte mich hinter Lauras Stuhl. Ich schlang meine Arme um sie, kreuzte sie unter ihrer Brust und hielt sie fest. Ich beugte mich zu ihr hinunter, mein Gesicht an ihrem. Laura drückte meinen Arm. Sie presste immer fester und ließ nicht wieder los.

Terri schlug die Augen auf. Sie beobachtete uns. Dann griff sie zu ihrem Glas. »Auf euch, ihr zwei«, sagte sie. »Auf uns alle.« Sie trank ihr Glas aus, und das Eis klirrte an ihren Zähnen. »Auf Carl auch«, sagte sie und stellte das Glas zurück auf den Tisch. »Der arme Carl. Herb fand, er war ein Trottel, aber Herb hatte wirklich Angst vor ihm. Carl war kein Trottel. Er hat mich geliebt, und ich habe ihn auch geliebt. Das ist alles. Manchmal denke ich immer noch an ihn. Das ist die Wahrheit, und ich schäme mich nicht dafür. Manchmal denke ich an ihn, von einem Augenblick auf den anderen kommt er mir plötzlich in den Sinn. Ich will euch noch was erzählen, und ich finde es grässlich, wie kitschig das Leben manchmal sein kann, als ob man in einer Fernsehserie lebt und überhaupt kein eigenes Leben mehr hat. Aber es ist die Wahrheit. Ich war schwanger von ihm. Das war das erste Mal, dass er sich umbringen wollte, damals als er das Rattengift trank. Er wusste nicht, dass ich schwanger war. Aber es kommt noch schlimmer. Ich beschloss, es abtreiben zu lassen. Das habe ich ihm natürlich auch nicht gesagt. Ich erzähle euch hier nichts, was Herb nicht weiß. Herb weiß alles. Letzte Folge. Der Arzt, der es abgetrieben hat, war Herb. So klein ist die Welt. Aber damals war ich überzeugt, dass Carl wahnsinnig war. Ich wollte kein Kind von ihm. Und dann bringt er sich um. Aber als er dann erst einmal eine Weile fort war und kein Carl mehr da war, mit dem man reden konnte und dessen Meinung man sich anhören konnte und dem man helfen konnte, wenn er Angst hatte, da ging es mir wirklich elend. Ich trauerte um das Baby, das ich nicht bekommen hatte. Ich liebe Carl, daran gibt es für mich überhaupt keine Zweifel. Ich liebe ihn nach wie vor. Aber meine Güte, Herb liebe ich auch. Das seht ihr doch, oder? Das muss ich euch nicht sagen. Aber jetzt sagt mal ehrlich: Ist das nicht einfach zu viel?« Sie vergrub ihr Gesicht in den Händen und weinte. Langsam neigte sie sich vor und legte den Kopf auf den Tisch.

Laura stellte sofort ihren Teller ab. Sie stand auf und sagte »Terri, Terri, Liebes«, und dann streichelte sie Terri Nacken und Schultern. »Terri«, murmelte sie.

Ich aß gerade ein Stück Salami. Im Zimmer war es jetzt sehr dunkel. Ich kaute zu Ende, schluckte, dann ging ich ans Fenster. Ich blickte hinaus in den Garten. Ich sah in die Ferne, vorbei an der Espe und den zwei schwarzen Hunden, die zwischen den Liegestühlen schliefen. Ich blickte über den Swimmingpool hinaus zu der kleinen Koppel, deren Tor offen stand, zu dem alten Pferdestall und noch weiter in die Ferne. Es kam eine Wiese, auf der das Gras wild wuchs, und dann ein Zaun und noch eine Wiese, und dahinter die Interstate von Albuquerque nach El Paso. Auf der Schnellstraße sah man die Wagen hin- und herflitzen. Die Sonne verschwand hinter den Bergen, und die Berge selbst waren schon schwarz, überall Schatten. Aber es gab doch auch noch Licht, und irgendwie wirkte alles, was ich ansah, weicher dadurch. An den Bergspitzen war der Himmel grau, grau wie ein dunkler Wintertag. Doch oberhalb dieses Graus stand noch ein blauer Streifen am Himmel, von dem Blau, das man auf Ansichtskarten aus den Tropen sieht, dem Blau des Mittelmeers. Das Wasser auf der Oberfläche des Pools kräuselte sich, und auch die Blätter der Espe bebten von diesem Windstoß. Einer der Hunde hob den Kopf, als habe er etwas gehört, horchte einen Moment lang mit gespitzten Ohren, dann legte er den Kopf wieder zwischen die Pfoten.

Ich hatte das Gefühl, dass gleich etwas geschehen würde, irgendwie spürte ich es in der Trägheit der Schatten und des Lichts, und was immer es sein mochte, es würde etwas sein, was die Kraft hatte, mich mit sich zu reißen. Ich wollte nicht, dass das geschah. Ich sah zu, wie der Wind in Wellen über das Gras fuhr. Ich sah, wie das Gras auf den Wiesen sich unter den Windstößen beugte und dann wieder aufrichtete. Die hintere Wiese stieg in Richtung Schnellstraße an, und der Wind blies über die Halme den Berg hinauf, Welle um Welle. Ich stand da und wartete und sah zu, wie das Gras sich im Wind beugte. Ich spürte das Schlagen meines Herzens. Irgendwo hinten im Haus lief die Dusche. Terri weinte noch immer. Langsam, mühsam drehte ich mich zu ihr um und sah sie an. Sie hatte den Kopf auf die Tischplatte gelegt, das Gesicht zum Herd gedreht. Ihre Augen waren offen, aber von Zeit zu Zeit blinzelte sie noch Tränen weg. Laura zog ihren Stuhl zu ihr hin und setzte sich neben sie, einen Arm um Terris Schultern. Nach wie vor murmelte sie, ihre Lippen an Terris Haar.

»Ja doch, sicher«, sagte Terri. »Brauchst du mir nicht zu sagen.«

»Terri, Liebes«, sagte Laura zärtlich zu ihr. »Es kommt alles in Ordnung, wart's nur ab. Es kommt alles in Ordnung.«

Laura blickte zu mir auf. Es war ein durchdringender Blick, und mir stockte das Herz. Sie blickte mir in die Augen, und ich glaube, es war eine lange Zeit; dann nickte sie. Mehr hat sie nicht getan, das war das einzige Zeichen, aber es war genug. Es war, als wollte sie mir sagen: Mach dir keine Sorgen, wir schaffen das schon, du wirst sehen, bald ist wieder alles in Ordnung mit uns. Nur keine Panik. So wollte ich den Blick jedenfalls verstehen, obwohl es sein kann, dass ich ihn falsch verstehe.

Die Dusche wurde abgestellt. Kurz darauf hörten wir Herb, wie er die Badezimmertür öffnete. Er pfiff vor sich hin. Ich sah die beiden Frauen am Tisch an. Terri weinte noch immer, Laura streichelte ihr das Haar. Ich ging wieder ans Fenster. Der blaue Streifen am Himmel schwand jetzt und wurde dunkel wie der Rest. Aber es tauchten Sterne auf. Ich erkannte die Venus und, weiter weg, ganz am Rande, nicht so hell, aber doch eindeutig zu sehen, den Mars. Der Wind war stärker geworden. Ich beobachtete, was er mit der verlassenen Wiese machte. Ganz unvermittelt dachte ich, dass es doch schade war, dass die McGinnisses keine Pferde mehr hatten. Ich hätte mir gern vorgestellt, wie Pferde dort über diese fast schon dunklen Wiesen trabten oder wie sie einfach nur dastanden am Zaun, Köpfe in entgegengesetzten Richtungen. Ich stand am Fenster und wartete. Ich wusste, ich musste noch eine Weile still bleiben, den Blick nach dort draußen richten, sehen, was außerhalb des Hauses war, solange noch etwas zu sehen war.

NUR EINES NOCH

Der Abend kam, an dem L. D. von seiner Frau Maxine aus dem Haus geworfen wurde. Sie war nach Hause gekommen, er war schon wieder betrunken gewesen und hatte ihre fünfzehnjährige Tochter Bea beschimpft. L. D. und die Tochter saßen am Küchentisch und stritten sich. Maxine hatte nicht einmal Zeit, Handtasche und Mantel abzulegen.

Bea sagte: »Sag es ihm, Mom. Sag ihm, wovon wir gesprochen haben. Es ist alles eine Frage des Willens, oder nicht? Wenn er mit dem Trinken aufhören will, muss er sich nur sagen: Ich will mit dem Trinken aufhören. Eine Frage des Willens. Alles eine Frage des Willens.«

»Du glaubst, das ist so einfach, was?«, sagte L. D. Er drehte das Glas in der Hand, trank aber nicht daraus. Maxine fixierte ihn mit einem wütenden, drohenden Blick. »Das ist Blödsinn«, sagte er. »Steck deine Nase nicht in Dinge, von denen du nichts verstehst. Du weiß doch überhaupt nicht, wovon du redest. Und es ist nicht gerade leicht, jemanden ernst zu nehmen, der den ganzen Tag herumhockt und Horoskope liest.«

»Das hat doch nichts mit *Horoskopen* zu tun, Dad«, sagte Bea. »Deswegen brauchst du mich nicht gleich zu beleidigen.« Schon seit sechs Wochen war Bea nicht mehr auf der

Highschool gewesen. Nichts auf der Welt, hatte sie verkündet, brächte sie dorthin zurück. Maxine hatte es als weiteren in einer langen Reihe von Schicksalsschlägen hingenommen.

»Könnt ihr nicht beide den Mund halten?«, sagte Maxine. »Gott, ich habe solche Kopfschmerzen. Es ist einfach zu viel. L. D.?«

»Sag's ihm, Mom«, sagte Bea. »Mom findet das nämlich auch. Wenn man aufhören *will*, dann *kann* man auch aufhören. Das Gehirn kann alles. Wenn man Angst hat, dass man sein Haar verliert und eine Glatze bekommt – ich spreche nicht von dir, Dad –, dann fallen einem die Haare aus. Das spielt sich alles im Kopf ab. Jeder, der auch nur das kleinste bisschen von diesen Dingen versteht, wird dir das bestätigen.«

»Was ist mit Diabetes?«, konterte er. »Was ist mit epileptischen Anfällen? Lassen sich die mit Willenskraft verhindern?« Direkt vor Maxines Augen hob er sein Glas und trank es aus.

»Auch Diabetes«, versicherte ihm Bea. »Epilepsie – alles! Das Gehirn ist das mächtigste Organ in unserem Körper. Das Gehirn kann alles, was man von ihm verlangt.« Sie griff nach seinen Zigaretten auf dem Tisch und zündete sich eine an.

»Krebs. Was ist mit Krebs?«, sagte L. D. »Kann es verhindern, dass man Krebs bekommt? Bea?« Er hatte das Gefühl, jetzt hatte er sie beim Wickel. Er sah Maxine an. »Ich weiß nicht, wie wir da drauf gekommen sind«, sagte er.

»Krebs«, sagte Bea und schüttelte den Kopf über so viel Einfalt. »Das gilt auch für Krebs. Wenn jemand keine Angst vor Krebs hätte, würde er auch keinen Krebs bekommen. Krebs fängt im Gehirn *an*, Dad.«

»Du bist irre!«, brüllte er und schlug mit der flachen Hand auf den Tisch. Der Aschenbecher machte einen Satz.

Sein Glas fiel um und rollte auf Bea zu. »Du hast nicht mehr alle Tassen im Schrank, Bea, weißt du das? Wo schnappst du nur diesen ganzen Dreck auf? Denn genau das ist es, Bea. Dreck.«

»Es reicht jetzt, L. D.«, sagte Maxine. Sie knöpfte ihren Mantel auf und stellte die Handtasche auf die Anrichte. Sie sah ihn an und sagte: »L. D., ich habe die Nase voll. Und Bea auch. Jeder, der dich kennt, hat die Nase voll. Ich habe nachgedacht. Ich will, dass du von hier verschwindest. Heute Abend noch. Jetzt auf der Stelle. Und ich tue dir damit einen Gefallen, L. D. Ich will, dass du aus diesem Haus verschwindest, bevor sie kommen und dich in einer Kiste raustragen. Ich will, dass du gehst, L. D. Und zwar jetzt«, sagte sie. »Eines Tages wirst du daran zurückdenken. Du wirst daran zurückdenken und mir dankbar sein.«

»Was du nicht sagst«, sagte L. D. »Das denkst du. Eines Tages werde ich daran zurückdenken. So stellst du dir das vor, was?« L. D. hatte nicht vor, das Haus zu verlassen, ob nun in einer Kiste oder auf anderem Wege. Sein Blick wanderte von Maxine zu einem Glas mit sauren Gurken, das noch vom Mittagessen auf dem Tisch stand. Er griff nach dem Glas und schleuderte es am Kühlschrank vorbei durchs Küchenfenster. Glasscherben fielen klirrend auf Fensterbank und Fußboden, und saure Gurken flogen hinaus in die Kühle der Nacht. Er packte die Kanten des Tisches.

Bea war von ihrem Stuhl aufgesprungen. »Lieber Himmel, Dad! *Du* bist derjenige, der nicht alle Tassen im Schrank hat«, sagte sie. Sie stelle sich neben ihre Mutter und atmete in kurzen Stößen durch den Mund.

»Ruf die Polizei«, sagte Maxine. »Er ist gewalttätig. Geh aus der Küche, bevor er dir etwas tut. Ruf die Polizei«, sagte sie.

Beide bewegten sie sich rückwärts auf die Küchentür zu. Einen Moment lang fühlte L. D. sich, so verrückt das war, an zwei alte Leute erinnert, die sich zurückzogen, die eine in Nachthemd und Hausrock, die andere im knielangen schwarzen Mantel.

»Ich gehe, Maxine«, sagte er. »Ich gehe, und zwar jetzt sofort. Ist mir nur recht. Ihr seid doch sowieso übergeschnappt hier. Ein Irrenhaus ist das. Es gibt noch ein anderes Leben, da draußen. Glaub mir, das hier ist nicht das einzige.« Er spürte den Luftzug vom Fenster auf seinem Gesicht. Er schloss die Augen, dann öffnete er sie wieder. Er hatte immer noch die Hände an der Tischkante und schaukelte, während er redete, mit dem Tisch hin und her.

»Ich will es hoffen«, sagte Maxine. Sie war in der Küchentür stehen geblieben. Bea zwängte sich an ihr vorbei ins Nebenzimmer. »Weiß Gott, ich bete jeden Tag darum, dass es noch ein anderes Leben gibt.«

»Ich gehe«, sagte er. Er schob seinen Stuhl zurück und stand auf. »Mich siehst du nicht mehr wieder.«

»Du lässt mir genug da, was mich an dich erinnert, L. D.«, sagte Maxine. Inzwischen war sie im Wohnzimmer. Bea stand neben ihr. Bea machte ein ungläubiges, erschrockenes Gesicht. Mit der einen Hand hatte sie den Mantelärmel ihrer Mutter gefasst, in der anderen hielt sie die Zigarette.

»Meine *Güte*, Dad, wir haben uns doch nur unterhalten«, sagte sie.

»Nur zu, L. D., verschwinde«, sagte Maxine. »Ich zahle die Miete hier, ich kann dich rausschmeißen. Geh.«

»Ich gehe schon«, sagte er. »Mich brauchst du nicht zu drängen. Ich gehe.«

»Und spar dir deine Gewalttaten, L. D.«, sagte Maxine.

»Wir wissen, wie stark du bist, wenn du was kaputtschlagen kannst.«

»Ich mache mich aus dem Staub«, sagte L. D. »Ich lasse dieses Irrenhaus hinter mir.«

Er ging ins Schlafzimmer und holte einen von Maxines Koffern aus dem Schrank. Einen alten braunen Kunstlederkoffer, das eine Schloss zerbrochen. Früher hatte sie ihn mit Sportpullovern vollgepackt und mit aufs College genommen. Auch er war auf dem College gewesen. Das lag Jahre zurück, sie hatten noch anderswo gewohnt. Er legte den Koffer aufs Bett und stopfte seine Unterwäsche hinein, Hosen, langärmlige Hemden, Pullover, einen alten Ledergürtel mit Messingschließe, seine sämtlichen Socken und Taschentücher. Vom Nachttisch holte er Illustrierte, damit er etwas zu lesen hatte. Er packte den Aschenbecher ein. Er stopfte so viel er konnte in den Koffer, alles was nur hineinging. Er drückte das eine funktionierende Schloss zu, zog den Riemen fest, dann fiel ihm sein Waschzeug ein. Er fand die Toilettentasche aus Kunststoff auf dem obersten Regalbrett, hinter Maxines Hüten. Die Tasche war ein Geburtstagsgeschenk von Bea gewesen, ungefähr ein Jahr zuvor. Er packte seinen Rasierapparat ein, seine Rasiercreme, Talkumpuder und Deostick, seine Zahnbürste. Auch die Zahncreme nahm er mit. Er hörte, wie Maxine und Bea im Wohnzimmer leise miteinander redeten. Als er sich das Gesicht gewaschen und abgetrocknet hatte, packte er die Seife ebenfalls in die Toilettentasche. Dann steckte er die Seifenschale und das Zahnputzglas dazu. Er überlegte, dass er, wenn er noch etwas Besteck und einen Blechteller hätte, eine ganze Weile zurechtkommen könnte. Die Tasche ging nicht mehr zu, aber jetzt hatte er alles. Er zog seinen Mantel an und griff nach dem Koffer. Er ging ins Wohnzimmer. Maxine und Bea verstummten. Maxine legte Bea den Arm um die Schultern.

»Das wär's dann wohl«, sagte L. D. und wartete. »Ich weiß nicht, was ich noch sagen soll – außer dass ich dich wahrscheinlich nie wiedersehe«, sagte er zu Maxine. »Jedenfalls habe ich das nicht vor. Und dich auch nicht«, sagte er zu Bea. »Dich und deine bescheuerten Ideen.«

»*Dad*«, sagte sie.

»Wieso musst du denn dauernd an ihr herumnörgeln?«, sagte Maxine. Sie nahm Beas Hand. »Hast du in diesem Haus nicht schon genug angerichtet? Jetzt geh schon, L. D. Geh und lass uns in Frieden.«

»Und vergiss nicht, Dad, es ist alles eine Frage des Willens«, sagte Bea. »Wo willst du denn überhaupt hin? Kann ich dir schreiben?«, fragte sie.

»Ich gehe weg, mehr weiß ich nicht«, sagte L. D. »Egal wohin. Nur fort von diesem Irrenhaus«, sagte er. »Das ist alles, was zählt.« Er sah sich noch ein letztes Mal im Wohnzimmer um, dann nahm er den Koffer von der einen Hand in die andere und klemmte sich den Kulturbeutel unter den Arm. »Ich melde mich, Bea. Liebling, es tut mir leid, dass ich die Nerven verloren habe. Verzeih mir bitte. Kannst du mir verzeihen?«

»*Du* bist derjenige, der aus diesem Haus ein Irrenhaus gemacht hat«, sagte Maxine. »Wenn es ein Irrenhaus ist, L. D., dann hast du es dazu gemacht. Du allein. Vergiss das nicht, L. D., egal wohin du gehst.«

Er stellte den Koffer ab und die Toilettentasche oben darauf. Er richtete sich auf und blickte sie an. Maxine und Bea wichen zurück.

»Sag nichts mehr, Mom«, sagte Bea. Dann sah sie die

Zahnpastatube, die aus der Toilettentasche herausschaute. »Sieh mal«, sagte sie, »Dad nimmt die Zahnpasta mit. Also wirklich, Dad, du kannst doch nicht die *Zahn*pasta mitnehmen.«

»Lass ihn«, sagte Maxine. »Ich schenke sie ihm. Lass ihn die Zahnpasta nehmen und alles, was er sonst noch will, solange er nur von hier verschwindet.«

L. D. klemmte sich die Toilettentasche unter den Arm und griff von neuem nach dem Koffer. »Nur eines will ich noch sagen, Maxine. Hör mir zu. Vergiss das nicht«, sagte er. »Ich liebe dich. Ich liebe dich, egal was passiert. Und dich liebe ich auch, Bea. Ich liebe euch alle zwei.« Er stand da und spürte ein Kribbeln auf seinen Lippen, jetzt wo er die beiden vielleicht zum letzten Male ansah. »Lebt wohl«, sagte er.

»Das nennst du Liebe, L. D.?«, sagte Maxine. Sie ließ Beas Hand los. Sie ballte die Faust. Dann schüttelte sie den Kopf und steckte die Hände in die Manteltaschen. Sie sah ihn an, dann senkte sie den Blick und starrte auf eine Stelle am Boden, irgendwo bei ihren Schuhen.

Mit Schrecken ging ihm auf, dass es dieses Bild, dieser Abend war, was ihm von ihr im Gedächtnis bleiben würde. Er war entsetzt bei dem Gedanken, dass sie sich im Laufe der Jahre in eine Frau verwandeln würde, die er nicht kannte, eine stumme Gestalt in einem langen Mantel, die mit gesenktem Blick im Lampenlicht in einem Zimmer stand.

»Maxine!«, rief er. »Maxine!«

»Das nennst du Liebe, L. D.?«, sagte sie und blickte ihm ins Gesicht. Es war ein grausamer, bohrender Blick, und er hielt ihn aus, solange er konnte.

ANMERKUNGEN

Abkürzungen

Ausgangstext — Gordon Lish Manuscripts: Raymond Carver, *What We Talk About When We Talk About Love*, Manuskript, Erstfassung; Lilly Library, Indiana University (Bloomington, Indiana). Das Ausmaß der redaktionellen Kürzungen wird bei jeder Geschichte als Prozentsatz der Wortzahl des Ausgangstextes angegeben.

C — *Cathedral*, Erstausgabe (New York: Alfred A. Knopf, 1983)

F1 — *Fires: Essays, Poems, Stories,* Erstausgabe (Santa Barbara: Capra Press, 1983)

F2 — *Fires: Essays, Poems, Stories,* zweite, erweiterte Ausgabe (New York: Vintage Books, 1989)

FS — *Furious Seasons and Other Stories* (Santa Barbara: Capra Press, 1977). Erste und einzige Ausgabe, limitiert auf 100 nummerierte, gebundene Exemplare, vom Verfasser signiert, und 1200 Exemplare im Paperback, nicht nummeriert und nicht signiert. Die Manuskripte der Capra Press gehören zum Bestand der Lilly Library.

GL — Gordon Lish (1934 –)

Ms(s). — Manuskript(e)

RC — Raymond Carver (1938 – 1988)

TG — Tess Gallagher (1943 –)

Ts(s). — Typoskript(e)

WICF	*Where I'm Calling From: New and Selected Stories*, Erstausgabe (New York: Atlantic Monthly Press, 1988)
WICFv	*Where I'm Calling From: New and Selected Stories* (New York: Vintage Books, 1989). Erste Taschenbuchausgabe, postum erschienen, andere Paginierung als in *WICF*.
WWTA	*What We Talk About When We Talk About Love*, Erstausgabe (New York: Alfred A. Knopf, 1981)

WHY DON'T YOU DANCE? / WARUM TANZT IHR NICHT?

Titel in *WWTA*: »Why Don't You Dance?« *WWTA* 3–10. **Ausgangstext in *Beginners*:** RCs 8-seitiges Ts., von GL zur Veröffentlichung in *WWTA* um 9 % gekürzt, hier vollständig restauriert. **Vorherige Veröffentlichung:** »Why Don't You Dance?« erschien in *Quarterly West* [University of Utah, Salt Lake City, Utah] 7 (Herbst 1978): 26–30. Eine veränderte Fassung erschien später in der *Paris Review* 23:79 (Frühling 1981): 177–82. Der Text der *Paris Review* basiert auf GLs erster Bearbeitung des Ausgangstextes. 1977 hatte RC eine Fassung von »Why Don't You Dance?« an GL zur Veröffentlichung in *Esquire* geschickt. GL bearbeitete den Text und änderte den Titel in »I Am Going to Sit Down«, doch *Esquire* nahm die Geschichte nicht an. Die Version in *Quarterly West* übernahm viele, jedoch nicht alle von GLs Änderungsvorschlägen. Der Text in *Quarterly West* ist weitestgehend identisch mit dem Ausgangstext. **Anmerkung zu *WWTA*:** GL änderte in seiner ersten Bearbeitung »Max« in »der Mann«, »Carla« in »das Mädchen« und »Jack« (bis auf eine Stelle) in »der Junge«. **Spätere Veröffentlichung:** »Why Don't You Dance?« wurde in der Fassung von *WWTA* in *WICF* 116–21 (*WICFv* 155–61) aufgenommen.

VIEWFINDER / SUCHER

Titel in *WWTA*: »Viewfinder« *WWTA* 11–15. **Ausgangstext in *Beginners*:** RCs 6-seitiges Ts., von GL zur Veröffentlichung in

WWTA um 30 % gekürzt, hier vollständig restauriert. **Vorherige Veröffentlichung:** Die Geschichte erschien als »View Finder« im *Iowa Review* [University of Iowa, Iowa City, Iowa] 9:1 (Winter 1978): 50 – 52. Eine weitestgehend identische Fassung erschien in *Quarterly West* [University of Utah, Salt Lake City, Utah] 6 (Frühling / Sommer 1978): 69 – 72. Die Zeitschriftenfassung übernahm zahlreiche Änderungen, die GL an »The Mill« vorgenommen hatte, einer früheren, längeren Fassung, die nur als unveröffentlichtes Ts. existiert. Der Titel bezog sich auf einen Satz des Mannes ohne Hände: »You're going through the mill now« [»Die drehen Sie durch die Mangel«]. GL gab der Geschichte den Titel »View-Finder«, nach einem Wort, das zweimal in RCs originalem Ts. vorkommt. Versuche, die Story im *Esquire* zu veröffentlichen, kamen zum Erliegen, als GL im September1977 als Lektor dort ausschied. Die Fassung in *Quarterly West* ist identisch mit dem Ausgangstext. **Anmerkung zu *WWTA*:** GL änderte gegen Ende des Lektorats die Schreibung des Titels in »Viewfinder«. **Spätere Veröffentlichung:** Keine.

WHERE IS EVERYONE? / WO STECKEN SIE ALLE?

Titel in *WWTA*: »Mr Coffee and Mr Fixit« [»Mr Coffee und Mr Fixit«] *WWTA* 17 – 20. **Ausgangstext in *Beginners*:** RCs 15-seitiges Ts., von GL zur Veröffentlichung in *WWTA* um 78 % gekürzt, hier vollständig restauriert. **Vorherige Veröffentlichung:** »Where Is Everyone?« erschien in *TriQuarterly*, [North Eastern University, Evanston, Ill.] 48 (Frühling 1980): 203 – 13. Die Fassung in *TriQuarterly* ist identisch mit dem Ausgangstext bis auf kleine Unterschiede in der Zeichensetzung. **Anmerkung zu *WWTA*:** Der Ausgangstext enthält einige wenige Änderungen in RCs Handschrift. Im ersten Durchgang änderte GL den Namen der Tochter von »Kate« zu »Melody«, den der Ehefrau von »Cynthia« zu »Myrna« und strich alle Erwähnungen des Sohns »Mike«. GL gab der Geschichte den Titel »Mr Fixit«, was er später in »Mr Coffee and Mr Fixit« änderte. **Spätere Veröffentlichung:** RC nahm »Where Is Everyone?« in *F1* 155 – 65 (*F2*, 155 – 65) auf. Die Fassung in *Fires* stellt den Text von *TriQuarterly* wieder her, mit einigen wenigen Änderungen von RC;

unter anderem strich er die Zeile, auf die der Titel Bezug nimmt, »I don't know where everyone is at home« [»Ich weiß nicht, wo alle stecken«]. Die Titelzeile erscheint also nur in *TriQuarterly* und im Ausgangstext. Keine von GLs Änderungen in *WWTA* wurde für *Fires* übernommen.

GAZEEBO / PAVILLON

Titel in *WWTA*: »Pavillon« *WWTA* 21–29. **Ausgangstext in *Beginners*:** RCs 13-seitiges Ts., von GL zur Veröffentlichung in *WWTA* um 44 % gekürzt, hier vollständig restauriert. **Vorherige Veröffentlichung:** Eine Fassung von »Gazebo« erschien in *Missouri Review* [University of Missouri, Columbia, Mo.] 4:1 (Herbst 1980): 33–38. Der Text der *Missouri Review* war das Ergebnis von GLs erstem Durchgang durch den Ausgangstext. **Spätere Veröffentlichung:** »Gazebo« wurde in der Fassung von *WWTA* in *WICF* 104–109 (*WICFv* 139–46) aufgenommen.

WANT TO SEE SOMETHING? / WILLST DU MAL WAS SEHEN?

Titel in *WWTA*: »I Could See the Smallest Things« [»Ich konnte die kleinsten Dinge erkennen«] *WWTA* 31–36. **Ausgangstext in *Beginners*:** RCs 11-seitiges Ts., von GL zur Veröffentlichung in *WWTA* um 56 % gekürzt, hier vollständig restauriert. **Vorherige Veröffentlichung:** »Want to See Something?« erschien in *Missouri Review* [University of Missouri, Columbia, Mo.] 4:1 (Herbst 1980): 29–32. Die Version der *Missouri Review* war das Produkt von GLs erster Bearbeitung des Ausgangstexts. **Anmerkung zu *WWTA*:** GL strich in seinem ersten Durchgang den Großteil des ursprünglichen Schlusses. Im zweiten Durchgang änderte er den Titel in »I Could See the Smallest Things«. **Spätere Veröffentlichung:** Keine.

THE FLING / DER AUSRUTSCHER

Titel in *WWTA*: »Sacks« [»Tüten«] *WWTA* 37–45. **Ausgangstext in *Beginners*:** RCs 21-seitiges Ts., von GL zur Veröffentlichung in *WWTA* um 61 % gekürzt, hier vollständig restauriert. **Vorherige**

Veröffentlichung: »The Fling« erschien in *Perspective: A Quarterly of Modern Literature* [Washington University, St. Louis, Mo.] 17:3 (Winter 1974): 139–52. Die Story wurde in *FS* 62–78 aufgenommen. Ausgangstext für *FS* waren fotokopierte Seiten aus *Perspective.* Die Versionen in *Perspective* und *FS* sind weitestgehend identisch mit dem Ausgangstext. **Anmerkung zu *WWTA*:** GL änderte im ersten Durchgang den Titel in »Sacks«. **Spätere Veröffentlichung:** Keine.

A SMALL, GOOD THING / EIN KLEINER SEGEN
Titel in *WWTA*: »The Bath« [»Das Bad«] *WWTA* 47–56. **Ausgangstext in *Beginners*:** RCs 37-seitiges Ts., von GL zur Veröffentlichung in *WWTA* um 78 % gekürzt, hier vollständig restauriert. **Vorherige Veröffentlichung:** Eine Fassung der Geschichte erschien unter dem Titel »The Bath« in *Columbia: A Magazine of Poetry and Prose* [Columbia University, New York, N. Y.] 6 (Frühling / Sommer 1981): 32–41. Die Version in *Columbia* war das Produkt von GLs erster Bearbeitung des Ausgangstexts. **Anmerkung zu *WWTA*:** Im ersten Durchgang strich GL die letzten 18 Seiten und änderte den Titel in »The Bath«. **Spätere Veröffentlichung:** RC stellte die Geschichte in fast vollständiger Länge wieder her und veröffentlichte sie als »A Small, Good Thing« in *Ploughshares* [Cambridge, Mass.] 8:2 / 3 (1982): 213–40. Die Version in *Ploughshares* folgt dem Ausgangstext; es gibt kleine Änderungen in einzelnen Worten und Formulierungen, eine vierseitige Rückblende ist gestrichen und findet sich nur im Ausgangstext. Keine von GLs Änderungen in »The Bath« wurde in den *Ploughshares*-Text übernommen, ausgenommen einige wenige stilistische Korrekturen in den ersten Absätzen. RC nahm »A Small, Good Thing« in *C* 59–89 auf. *C* bringt den von RC leicht überarbeiteten *Ploughshares*-Text, der auch etliche Vorschläge von TG aufgreift. RC bestand darauf, dass GL seine editorischen Eingriffe bei *C* auf das Minimum beschränkte, im Wesentlichen auf Fragen der Rechtschreibung und Zeichensetzung. »A Small, Good Thing« wurde in der Version von *C* in *WICF* 280–301 (*WlCFv* 377–405) aufgenommen.

TELL THE WOMEN WE'RE GOING / SAG DEN FRAUEN, WIR GEHEN

Titel in *WWTA*: »Tell the Women We're Going« *WWTA* 57–66. **Ausgangstext in *Beginners*:** RCs 19-seitiges Ts., von GL zur Veröffentlichung in *WWTA* um 55 % gekürzt, hier vollständig restauriert. **Vorherige Veröffentlichung:** Die Geschichte erschien unter dem Titel »Friendship« in *Sou'wester Literary Quarterly* [Southern Illinois University, Edwardsville, Ill.] (Sommer 1971): 61–74. RC schrieb GL 1969 einen Brief, in dem er ihm für die sorgfältige Durchsicht von »Friendship« dankte. RC hoffte auf eine Veröffentlichung im *Esquire*, wo GL zum literarischen Herausgeber aufgestiegen war, aber die Geschichte erschien dort nie. Später schlug RC vor, »Friendship« in *FS* aufzunehmen, doch der Verleger Noel Young fand die Story »zu grausam für mein zartes Gemüt« (Capra Press Mss., Brief vom 24. April 1977). Die Version des *Sou'wester Literary Quarterly* ist weitgehend identisch mit dem Ausgangstext, abgesehen vom Titel, einzelnen geänderten Wörtern und einer im Ausgangstext längeren Form des Schlusses. **Spätere Veröffentlichung:** Keine.

IF IT PLEASE YOU / DEIN WILLE GESCHEHE

Titel in *WWTA*: »After the Denim« [»Nach den Jeans«] *WWTA* 67–78. **Ausgangstext in *Beginners*:** RCs 26-seitiges Ts., von GL zur Veröffentlichung in *WWTA* um 63 % gekürzt, hier vollständig restauriert. **Vorherige Veröffentlichung:** »If It Please You« erschien in *New England Review* [Kenyon Hill Publications: Hanover, N. H. 3:3 (Frühling 1981): 314–32. Die Version in der *New England Review* ist weitestgehend identisch mit dem Ausgangstext. **Anmerkung zu *WWTA*:** Der Ausgangstext enthält mehrere handschriftliche Korrekturen von RC. Im ersten Durchgang änderte GL den Titel in »Community Center« und strich die letzten 6 Seiten. Später änderte GL den Titel in »After the Denim«. **Spätere Veröffentlichung:** RC publizierte »If It Please You« in einer limitierten Ausgabe von 226 Exemplaren, *If It Please You* (Lord John Press: Northridge, Calif. 1984). Der Text folgte bis auf kleinere Korrekturen der Version der *New England Review*. Mehrfach revidierte RC den Schlusssatz der Geschichte:

»If it please you,« he said in the new prayers for all of them, the living and the dead. ~~Then he slept.~~ [»Dein Wille geschehe«, sagte er in seinem neuen Gebet für sie alle, für die Lebenden und die Toten. ~~Dann schlief er.~~] (Ausgangstext, letzter Satz von RC von Hand gestrichen)

»If it please you,« he said in the new prayers for all of them, the living and the dead. [»Dein Wille geschehe«, sagte er in seinem neuen Gebet für sie alle, für die Lebenden und die Toten.] (*New England Review*)

»If it please you,« he said in the new prayers for all of them. [»Dein Wille geschehe«, sagte er in seinem neuen Gebet für sie alle.] (limitierte Ausgabe der Lord John Press)

SO MUCH WATER SO CLOSE TO HOME / SO VIEL WASSER SO NAH BEI UNS

Titel in *WWTA*: »So Much Water So Close to Home« *WWTA* 79 – 88. **Ausgangstext in *Beginners*:** RCs 27-seitiges Ts., von GL zur Veröffentlichung in *WWTA* um 70 % gekürzt, hier vollständig restauriert. **Vorherige Veröffentlichung:** »So Much Water So Close to Home« erschien in *Spectrum* [University of California, Santa Barbara, Calif.] 17:1 (1975): 21 – 38. Die Erzählung fand Aufnahme in *FS* 41 – 61. Ausgangstext für *FS* war ein Satz Fahnen von *Spectrum*. Eine gekürzte Fassung erschien in *Playgirl* [Santa Monica, Calif.] 3:9 (Februar 1976): 54 f., 80 f., 110 f. Die Redaktion von *Playgirl* machte umfangreiche Kürzungen, fügte aber auch zwei Schlusssätze hinzu, die sich nur in dieser Fassung finden: »I begin to scream. It doesn't matter any longer« [»Ich schreie laut. Das macht jetzt auch nichts mehr.«] (111). Der Text in *FS* ist identisch mit dem Ausgangstext mit Ausnahme kleinerer Unterschiede in der Interpunktion. **Spätere Veröffentlichung:** RC nahm »So Much Water So Close to Home« in *F1* 16 786 (*F2* 167 – 86) auf. Die Version von *Fires* stellte den Text von *FS* wieder her und griff mehrere Änderungsvorschläge TGs auf. »So Much Water So Close to Home« fand Aufnahme in *WICF*

160 – 77 (*WICFv* 213 – 37), in der Fassung, die in *Fires* erschienen war. Keine von GLs Änderungen für *WWTA* wurde in *Fires* übernommen.

DUMMY / DUMMY

Titel in *WWTA*: »The Third Thing That Killed My Father Off« [»Das Dritte, was meinen Vater umgebracht hat«] *WWTA* 89 – 103. **Ausgangstext in *Beginners*:** RCs 24-seitiges Ts., von GL zur Veröffentlichung in *WWTA* um 40 % gekürzt, hier vollständig restauriert. **Vorherige Veröffentlichung:** »Dummy« erschien in *Discourse: A Review of the Liberal Arts* [Concordia College, Moorhead, Minn.] 10:3 (Sommer 1967): 241 – 56. Die Geschichte wurde in *FS* 9 – 26 aufgenommen. Ausgangstext für *FS* war ein Sonderdruck aus *Discourse*, in dem RC einige wenige Korrekturen vornahm. Die Version in *FS* ist weitestgehend identisch mit dem Ausgangstext. **Anmerkung zu *WWTA*:** In seinem zweiten Durchgang änderte GL den Titel in »The First Thing That Killed My Father Off«, nachdem er zuerst als Titel »Friendship« vorgesehen und dann wieder ausgestrichen hatte. Später änderte er den Titel in »The Third Thing That Killed My Father Off«. **Spätere Veröffentlichung:** »The Third Thing That Killed My Father Off« wurde in *WICF* 149 – 59 (*WICFv* 198 – 212) aufgenommen. Mit Ausnahme einiger weniger Änderungen in der Wortwahl ist die Version in *WICF* identisch mit derjenigen in *WWTA*.

PIE / PASTETE

Titel in *WWTA*: »A Serious Talk« [»Ein ernstes Gespräch«] *WWTA* 105 – 13. **Ausgangstext in *Beginners*:** RCs 11-seitiges Ts., von GL zur Veröffentlichung in *WWTA* um 29 % gekürzt, hier vollständig restauriert. **Vorherige Veröffentlichung:** Eine Fassung der Geschichte erschien als »A Serious Talk« in *Missouri Review* [University of Missouri, Columbia, Mo.] 4:1 (Herbst 1980): 23 – 28. Der Text der *Missouri Review* war das Produkt von GLs erstem Durchgang durch den Ausgangstext und von Teilen des zweiten. Einige Monate darauf erschien »Pie« in *Playgirl* [Santa Monica, Calif.] 8:7

(Dezember 1980): 72 f., 83, 92, 94 f. »Pie« war eine ältere Fassung der Geschichte als »A Serious Talk«, doch die *Playgirl*-Redaktion hatte die Story für die Weihnachtsnummer aufgehoben. Die Version in *Playgirl* ist weitgehend identisch mit dem Ausgangstext. **Anmerkung zu *WWTA*:** In seinem zweiten Durchgang änderte GL den Titel in »A Serious Talk«. **Spätere Veröffentlichung:** »A Serious Talk« wurde in der Fassung von *WWTA* in *WICF* 122 – 27 (*WICFv* 162 – 69) aufgenommen.

THE CALM / RUHE

Titel in *WWTA*: »The Calm« *WWTA* 115 – 21. **Ausgangstext in *Beginners*:** RCs 9-seitiges Ts., von GL zur Veröffentlichung in *WWTA* um 25 % gekürzt, hier vollständig restauriert. **Vorherige Veröffentlichung:** »The Calm« erschien in der *Iowa Review*, [University of Iowa, Iowa City, Iowa] 10:3 (Sommer 1979): 33 – 37. Der Text der *Iowa Review* ist identisch mit dem Ausgangstext. **Anmerkung zu *WWTA*:** Bei der Bearbeitung des letzten Satzes änderte GL die Beschreibung der Berührung des Friseurs zunächst von RCs »sadness« in »tenderness« [Zärtlichkeit], dann in »sweetness« [»Sanftheit« in Helmut Frielinghaus' Übersetzung]. **Spätere Veröffentlichung:** »The Calm« wurde in der Fassung von *WWTA* in *WICF* 178 – 82 (*WICFv* 238 – 44) aufgenommen.

MINE / MEINS

Titel in *WWTA*: »Popular Mechanics« [»Volkstümliche Mechanik«] *WWTA* 123 – 25. **Ausgangstext in *Beginners*:** Dies ist die einzige Geschichte, zu der im ursprünglichen Ms. von *WWTA* kein Ts. existiert. Der Ausgangstext findet sich im zweiten revidierten Ms. von *WWTA*, der GLs zweitem Durchgang entspricht. RCs 3-seitiges Ts., von GL zur Veröffentlichung in *WWTA* um 1 % gekürzt, hier vollständig restauriert. **Vorherige Veröffentlichung:** »Mine« erschien in *FS* 92 f. Eine identische Fassung erschien unter dem Titel »Little Things« in *Fiction* [City College of New York] 5, Nr. 2 & 3 (1978): 241 f. »Mine« wurde nachgedruckt in *Playgirl* [Santa Monica, Calif.] 6:1 (Juni 1978):

100, in der Version von *FS*. Im April 1977 schickte RC »eine dreiseitige Mini-Story« mit dem Titel »A Separate Debate« an Noel Young von der Capra Press, zusammen mit dem unterzeichneten Vertrag für *FS*. Zeitgleich sandte RC die Geschichte auch an GL, der sie für eine mögliche Veröffentlichung im *Esquire* lektorierte. GL kürzte »A Separate Debate« um 7 % und bat RC um einen Vorschlag für einen anderen Titel. RC änderte den Titel zunächst in »Little Things«, dann in »Mine«, doch die Story erschien nie im *Esquire*. Die Version, die als »Mine« in *FS* erschien, übernahm viele, jedoch nicht alle von GLs Änderungsvorschlägen und ist weitestgehend identisch mit dem Ausgangstext. **Anmerkung zu *WWTA*:** Bei seinem zweiten Durchgang änderte GL den Titel in »Popular Mechanics«. **Spätere Veröffentlichung:** Die Geschichte wurde als »Little Things« in *WICF* 114 f. (*WICFv 152–54*) aufgenommen. Mit Ausnahme von RCs Rückkehr zum früheren Titel ist die Version in *WICF* identisch mit derjenigen in *WWTA*.

DISTANCE / FERNE

Titel in *WWTA*: »Everything Stuck to Him« [»Alles klebte an ihm«] *WWTA* 127–35. **Ausgangstext in *Beginners*:** RCs 13-seitiges Ts., von GL zur Veröffentlichung in *WWTA* um 45 % gekürzt, hier vollständig restauriert. **Vorherige Veröffentlichung:** »Distance« erschien in *Chariton Review* [Northeast Missouri State University, Kirksville, Mo.] 1:2 (Herbst 1975): 14–23. Die Geschichte wurde in *FS* 27–36 aufgenommen. Quelle für den Text in FS waren fotokopierte Seiten aus der *Chariton Review* mit einigen wenigen Korrekturen. »Distance« wurde weitestgehend unverändert in *Playgirl* [Santa Monica, Calif.] 5:10 (März 1978): 101–04 nachgedruckt. Die Fassung von *FS* ist identisch mit dem Ausgangstext. **Anmerkung zu *WWTA*:** Bei seinem zweiten Durchgang änderte GL den Titel in »Everything Stuck to Him«. **Spätere Veröffentlichung:** RC nahm »Distance« in *F1* 113–21 (*F2* 113–21) auf. Die Version in *Fires* stellte im Wesentlichen den Text von *FS* wieder her, übernahm aber auch einige von GLs Änderungen aus *WWTA* und berücksichtigte Änderungsvorschläge von TG. »Distance« wurde in *WICF* 140–48

(*WICFv* 186–97) aufgenommen. Mit Ausnahme kleinerer Änderungen in der Wortwahl ist die Version in *WICF* identisch mit derjenigen in *Fires*.

BEGINNERS / ANFÄNGER

Titel in *WWTA*: »What We Talk About When We Talk About Love« [»Wovon wir reden, wenn wir von Liebe reden«] *WWTA* 137–54. **Ausgangstext in *Beginners*:** RCs 33-seitiges Ts., von GL zur Veröffentlichung in *WWTA* um 50 % gekürzt, hier vollständig restauriert. **Vorherige Veröffentlichung:** Eine Version der Geschichte erschien als »What We Talk About When We Talk About Love« in *Antaeus* [Ecco Press, New York, N. Y.] 40 / 41 (Winter / Frühling 1981): 57–68. Der Text in *Antaeus* war das Produkt von GLs zweitem Durchgang durch den Ausgangstext und seinen Fahnenkorrekturen dieses Texts. **Anmerkung zu *WWTA*:** Der Ausgangstext enthält einige wenige Korrekturen von RCs Hand; unter anderem strich er die beiden letzten Sätze: ~~Then it would get better. I knew if I closed my eyes, I could get lost.~~ [Dann würde es besser werden. Ich wusste, wenn ich die Augen schloss, konnte ich mich verlieren.] In seinem ersten Durchgang durch den Ausgangstext strich GL die letzten 5 Seiten. Im zweiten Durchgang änderte er den Titel in »What We Talk About When We Talk About Love« und strich die Namen des alten Ehepaares »Anna« und »Henry [Gates]«. **Spätere Veröffentlichung:** »What We Talk About When We Talk About Love« wurde in der Fassung von *WWTA* in *WICF* 128–39 (*WICFv* 170–85) aufgenommen. »Beginners« erschien im *New Yorker*, 24.-31. Dezember 2007, 100–09, in der Fassung des Ausgangstexts.

ONE MORE THING / NUR EINES NOCH

Titel in *WWTA*: »One More Thing« *WWTA* 155–59. **Ausgangstext in *Beginners*:** RCs 7-seitiges Ts., von GL zur Veröffentlichung in *WWTA* um 37 % gekürzt, hier vollständig restauriert. **Vorherige Veröffentlichung:** »One More Thing« erschien in *North American Review* [University of Northern Iowa, Cedar Falls, Iowa] 266:1

(März 1981): 28 f. Der Text der *North American Review* ist weitgehend identisch mit dem Ausgangstext. **Anmerkung zu *WWTA*:** In seinem ersten Durchgang strich GL den ursprünglichen Schluss der Geschichte. Später ändere GL den Namen der Tochter von »Bea« in »Rayette« und schließlich auf RCs Vorschlag in »Rae«. **Spätere Veröffentlichung:** »One More Thing« wurde in der Fassung von *WWTA* in *WICF* 110 – 13 (*WICFv* 147 – 51) aufgenommen.

David Remnick

HARTE SCHNITTE

Die Eingriffe in Raymond Carvers Erzählungen

Am 8. Juli 1980 morgens schrieb Raymond Carver einen leidenschaftlichen Brief an Gordon Lish, seinen Freund und Lektor bei Alfred A. Knopf. Er flehte um Verzeihung, insistierte jedoch darauf, dass Lish die Herstellung von Carvers in Kürze erscheinendem Erzählungsband ›Wovon wir reden, wenn wir von Liebe reden‹ »stoppe«. Carver war die ganze Nacht hindurch wach gewesen und hatte Lishs schwerwiegende Kürzungen durchgesehen – zwei Erzählungen waren um beinahe siebzig Prozent verringert worden, andere um die Hälfte; viele Beschreibungen und Abschweifungen waren gestrichen, Enden abgeschnitten oder umgeschrieben worden – und Carver war entnervt bis zur Verzweiflung. Als gerade trocken gewordener Alkoholiker und von zerbrechlichem Gemüt schrieb Carver, er sei »durcheinander, müde, halb irrsinnig« und habe Angst. Er befürchtete eine Bloßstellung vor seinen Freunden, die viele der Erzählungen in den ursprünglichen Fassungen gelesen hatten. Er sagte, wenn das Buch so erscheinen werde, fürchte er, nie mehr schreiben zu können; wenn er das Erscheinen verhindere, so fürchte er um Lishs Zuneigung und Freundschaft. Und er befürchtete vor allem eine Rückkehr zu »jenen dunklen Tagen« von vor nicht allzu langer Zeit, als er ein gebrochener Mann war.

»Ich will Dir die Wahrheit sagen: Meine geistige Gesundheit steht auf dem Spiel«, schrieb er an Lish.

Wenn man die trostlosen Umstände berücksichtigt, die Raymond Carvers Herkunft ausmachen, dann konnte er sich glücklich schätzen, überlebt zu haben und seine Texte veröffentlichen zu können. Er wurde 1938 in der Holzfällerstadt Clatskanie, Oregon, geboren und wuchs in Yakima, Washington, auf. Seine Mutter war Kellnerin und Verkäuferin im Einzelhandel, und sein Vater, der während der Großen Depression als Wanderarbeiter durch den Mittleren Westen gezogen war, arbeitete im Sägewerk – ein Geschichtenerzähler, Depressiver und schwerer Trinker, der im Alter von dreiundfünfzig Jahren starb. Vor seinem zwanzigsten Geburtstag war Carver bereits zweimal Vater geworden und er und seine erste Frau, Maryann Burk, begannen ein Leben voller »Scheißjobs« und unbezahlter Rechnungen. Jahrelang putzte Carver Krankenhausböden und Toiletten, bediente Zapfsäulen und pflückte Tulpen. Er sehnte sich verzweifelt danach, Gedichte und Erzählungen zu schreiben, über die Landschaften, die er gesehen, und die Menschen, die er gekannt hatte. Er hatte bereits ein paar Kurzgeschichten in »kleinen« Zeitschriften veröffentlicht, während er an der Humboldt State University, am Chico State College (zusammen mit John Gardner) und – bis ihm das Geld ausging – kreatives Schreiben an der University of Iowa studiert hatte. Aber er schrieb unbeständig. »Ich hatte kaum einmal Zeit, mich umzudrehen oder einen Atemzug zu schöpfen«, sagte er. Der Alkohol wurde rasch ein größeres Hindernis für sein Schreiben als die Notwendigkeit, Rechnungen zu bezahlen. Mit der Zeit kam es zu mehreren Insolvenzen, zu Blackouts und Zusammenbrüchen, sowohl physisch als psychisch. »Alles, was ich anfasste, verwandelte ich in wüstes Land«, bemerkte er einmal. »Sagen wir einfach, gelegentlich waren die Polizei, die Notaufnahme und der Gerichtssaal involviert.«

1967, als Carver für den Fachbuchverlag Science Research Associates in Palo Alto arbeitete, lernte er Gordon Lish kennen, der ebenfalls in einem Verlag für Lehrbücher arbeitete. Lish – redegewandt, exzentrisch und ein Literat – begann, Carver zum Essen zu sich einzuladen und mit ihm über Bücher zu sprechen. Lish war beeindruckt von Carver, besonders von seinen exotischen Figuren. »Hinterwäldler der Einkaufszentren« nannte Lish sie später einmal. Von seinem Arbeitgeber entlassen, lebte Carver von seiner Abfindung und der Arbeitslosenversicherung und konzentrierte sich nun mehr auf das Schreiben von Erzählungen. »Irgendetwas geschah zu der Zeit im Schreibprozess, mit dem Schreibprozess«, sagte er. »Es ging ganz nach unten, und dann ging es wieder hoch und stand für mich in einem neuen Licht da.« Lish war enorm ermutigend für Carver, und als dieser 1969 nach New York zog, um Literaturredakteur beim *Esquire* zu werden, wurde er zu Carvers Rettungsanker.

1971 nahm Lish Carvers Erzählung »Nachbarn« zur Veröffentlichung an, und während der siebziger Jahre druckte er seine Arbeiten regelmäßig ab – Geschichten von Ehen, Kämpfen und Geringverdienern – oder sorgte für anderweitige Publikationen Carvers. Ebenso stutzte Lish die Erzählungen sprachlich so konsequent, dass sich daraus eine einzigartig sparsame, lakonische, fast bedrohliche Ästhetik ergab, die schließlich als »Minimalismus« oder »K-Mart Realism« tituliert wurde.

Carver bestärkte und akzeptierte Lishs Arbeit scheinbar – zumindest bis zum Sommer 1980. Es existieren Dutzende von Briefen in Lishs Unterlagen in der Lilly Library an der University of Indiana, die Carvers Dankbarkeit für Lishs Freundschaft, für seine Unterstützung und sein Lektorat belegen. Nachdem er erfahren hatte, dass – auf Lishs Drängen hin – der Verlag McGraw-Hill seine erste Erzählungssammlung »Würdest du bitte endlich still sein, bitte?« angenommen hatte, schrieb Carver freudestrahlend an Lish, dass er vorhabe, »die Welt im Sturm zu erobern« und Lishs Anweisungen für die Überarbeitung der Erzählungen zu folgen: »Sag mir welche, und ich kümmere mich darum. Sag mir nur, um welche es geht. Oder ich überlasse die Entscheidung einfach dir & du sagst mir, was du tun oder getan haben willst.«

Das Jahr 1977 war für Carver ein neuer und wunderbarer Anfang. Seine Erzählungssammlung wurde für den National Book Award nominiert. Noch überraschender hörte Carver am 2. Juni – nach einer Reihe von Krankenhausaufenthalten – auf zu trinken und blieb für den Rest seines Lebens trocken. »Ich schätze, ich wollte einfach leben«, erinnerte er sich später. Zur selben Zeit verließ Lish den *Esquire*, nahm aber bald ein Stellenangebot von Knopf an. Lish hatte seinen guten Ruf beim *Esquire* durch die Veröffentlichung von Autoren wie Carver, Don DeLillo, Barry Hannah und Richard Ford ausgebaut, und Carver reagierte auf die Neuigkeit von Lishs Abgang bei der Zeitschrift mit einem Tribut. »Der bloße Gedanke an dich hinter deinem Schreibtisch hat mich beim Schreiben inspiriert«, schrieb er Lish. »Du, mein Freund, bist für mich der ideale Leser, du warst es immer und wirst es für immer sein.«

Bei Knopf nahm Lish Carver für seinen nächsten Erzählungsband gegen ein Honorar von fünftausend Dollar unter Vertrag. Carver und Maryann Burk hatten sich getrennt, und er lebte glücklich und nüchtern mit der Dichterin Tess Gallagher zusammen. Außerdem wurden ihm Lehraufträge und Stipendien beschert. Carvers »zweites Leben«, wie er es nannte, hatte begonnen.

Das Lektorat kann vielfältige Formen umfassen. Es beinhaltet die Entdeckung von Talenten in ziemlich obskuren Literaturzeitschriften oder in einem Berg von unaufgefordert zugesandten Manuskripten. Es kann finanzielle und emotionale Unterstützung in schwierigen Zeiten bedeuten. Und ist er einmal mit einem Manuskript konfrontiert, versucht ein Lektor, die Absicht des Schriftstellers zu fördern und Änderungen zu empfehlen – Streichungen, Zusätze, Umstellungen –, die dem Werk am besten dienen. Normalerweise ist die Lektoratsarbeit sehr subtil, aber es gibt durchaus berühmte Fälle von heroischer Hilfestellung: Ezra Pound, der T. S. Eliots ›Das wüste Land‹ um die Hälfte zusammenstrich, als es noch ›He Do The Police In Different Voices‹ hieß; Maxwell Perkins, der eine Struktur für Thomas Wolfes ›Schau heimwärts, Engel‹ fand und das Buch um fünfunddreißigtausend Wörter kürzte.

In den Jahren nach der Veröffentlichung von ›Würdest du bitte endlich still sein, bitte?‹ schrieb Carver eine Reihe von Erzählungen, die sich mit Alkoholismus und kaputten Ehen beschäftigten. Sie wurden letztendlich unter einem Titel veröffentlicht, den Lish empfohlen hatte: ›Wovon wir reden, wenn wir von Liebe reden.‹ Den Professoren William L. Stull und Maureen P. Carroll zufolge, die mit der Hilfe von Tess

Gallagher über Carver geforscht haben, schickte Lish Carver das lektorierte Manuskript im Frühjahr 1980 zu, welches sechzehn der siebzehn Geschichten enthielt, die schließlich im Buch abgedruckt wurden. Lish hatte das ursprüngliche Manuskript um vierzig Prozent gekürzt und das herausgestrichen, was er als unaufrichtige Poesie und Stimmung betrachtete. Während Carver und Gallagher eine Schriftstellerkonferenz besuchten, lektorierte Lish das Manuskript dann noch einmal, ließ es neu abtippen und schickte die Seiten zurück nach Syracuse, wo Carver nun lebte und unterrichtete. Als Carver nach Hause zurückkehrte und das Manuskript durchsah, schrieb er den vergeblichen Brief an Lish.

1998, zehn Jahre nach Carvers Tod, suchte der Journalist D. T. Max die Archive der Lilly Library auf, um den Briefwechsel zwischen Carver und Lish zu untersuchen. Das Resultat war ein Artikel im *Times Magazine*, der diese seltsame und sich wandelnde Beziehung zwischen Autor und Lektor ins öffentliche Licht rückte. Aber es bleibt ein Rätsel, warum, gerade einmal zwei Tage nachdem er Lish angefleht hatte, das Buch zurückzuziehen, Carver ihm einen anderen Brief schrieb, in einer ganz anderen Verfassung, in dem er ruhig relativ kleine Änderungen seines Lektors abhandelte, und mit »in Liebe« unterschrieb. Lish hatte offenbar mit Carver am Telefon gesprochen und so eine länger andauernde Krise vermieden.

Als ›Wovon wir reden, wenn wir von Liebe reden‹ im April 1981 veröffentlicht wurde, erfreute es sich eines enormen Erfolgs bei den Kritikern, gekrönt von einer Besprechung auf Seite eins der *Times Book Review*, eine Seltenheit für einen Erzählungsband. Der Kritiker Michael Wood schrieb, dass

Carver »geschafft hat, was viele der talentiertesten Autoren nicht erreichen: Er hat sein eigenes Land erschaffen, ein Land wie kein anderes, ausgenommen die Welt, wie Wordsworth sagte, die unser aller Welt ist.« Wood schrieb auch: »In Mr Carvers Schweigen wird ein großer Teil des Unsagbaren gesagt.« Viel von diesem Schweigen war das Ergebnis von Lishs Lektorat.

Nach Jahren des Scheiterns, der Krankheit, der Arbeit und Dunkelheit genoss Carver diese Aufnahme selbstverständlich. Das öffentliche Lob sorgte auch dafür, dass er seine ambivalenten Gefühle gegenüber Lishs Art, manche der Erzählungen zu bearbeiten, für sich behielt. Aus der Sicht von Tess Gallagher beeinträchtigte Lish durch seine Arbeit Carvers künstlerische Integrität. »Was würden Sie tun, wenn Ihr Buch ein Erfolg wäre, Sie aber der Öffentlichkeit nicht erklären wollten, dass es Ihnen aufgepfropft worden ist?«, sagte Gallagher vor einiger Zeit. »Er musste weitermachen. Es gab keine Möglichkeit für ihn, das Buch zu verwerfen. Dies zu tun hätte bedeutet, dass alles mit Gordon an die Öffentlichkeit gezerrt würde, und dazu war er nicht bereit. Ray war kein Kämpfer. Er vermied Streit, da Streit ihn wieder mit dem Trinken anfangen hätte lassen.«

In den Jahren nach der Veröffentlichung des Buches schien Carver entschlossen, sich Lish als Freund und »Bruder« zu bewahren, sogar als seinen Lektor, aber er setzte ihm nun schärfere Grenzen. Das Machtverhältnis änderte sich. Carver pochte auf seine Eigenständigkeit. »Bei Gott, Gordon, ich kann es genauso gut jetzt geradeheraus sagen«, schrieb er im August 1982 über die neuesten Erzählungen. »Ich kann mich dieser Art von chirurgischer Amputation und Transplantation nicht unterziehen, die die Geschichten in einen Karton hineinzwängt, so dass ein Deckel darauf passt.«

Carvers folgender Erzählungsband ›Kathedrale‹ wurde 1983 veröffentlicht und war ein noch größerer Erfolg. Wiederum erfuhr er Lob auf der ersten Seite der *Times Book Review*, dieses Mal von Irving Howe, der schrieb, dass man in Carvers expansiverem Werk »einen hochbegabten Autor um einen größeren Bezugsrahmen, eine genauer nuancierte Empfindung kämpfen« sehe. In einem Interview mit der *Paris Review* in jenem Jahr stellte Carver klar, dass er seine neue Expansionskraft vorzog: »Ich wusste, dass ich so weit ich konnte oder wollte, in die andere Richtung gegangen war, alles bis aufs Mark und nicht nur auf den Knochen herunterzuschneiden. Noch weiter in diese Richtung, und ich wäre in eine Sackgasse geraten – ich hätte Sachen geschrieben und veröffentlicht, die ich selbst nicht hätte lesen wollen. Das ist die Wahrheit. In einer Besprechung des letzten Buches hat mich jemand einen ›minimalistischen‹ Schriftsteller genannt. Derjenige meinte das als Kompliment. Aber ich mochte das nicht.«

Tess Gallagher hofft nun, dass alle Erzählungen Carvers aus dem zweiten Buch in derjenigen Form wiederveröffentlicht werden, die sie als die »wahre, ursprüngliche« ansieht. Die Erzählung, die in diesem Band abgedruckt wird, ›Beginners‹, war der Entwurf, den Lish um mehr als ein Drittel kürzte und neu betitelte mit ›Wovon wir reden, wenn wir von Liebe reden‹. Gallagher möchte unbedingt, dass man ›Beginners‹ in der ursprünglichen Fassung liest. Und doch half Lishs Arbeit, eine eher konventionelle Geschichte in ein Musterbeispiel von astringenter und originärer Ästhetik umzuwandeln – die Ästhetik, die Carver von Anfang an eine

Anhängerschaft sicherte. »Ich sehe, was du getan hast, was du daraus herausgeholt hast«, schrieb Carver an Lish über ›Beginners‹ in seinem langen, bedrückten Brief, »und ich bin eingeschüchtert und erstaunt, sogar erschreckt über deine Einblicke.« Carver mag es bis zu einem gewissen Grad durchaus bedauert haben, in welcher Form manche Geschichten in ›Wovon wir reden‹ erschienen. In dem Sammelband seiner Erzählungen, ›Where I'm Calling From‹, der wenige Monate vor seinem Tod erschien, ließ er drei der Erzählungen in ihrer ursprünglichen Fassung abdrucken. Aber die meisten der Erzählungen, inklusive ›Beginners‹, wurden von ihm in der von Lish bearbeiteten Fassung wiederveröffentlicht.

»Eine Autor-Lektor-Beziehung ist privat, und niemand kann sie voll und ganz verstehen«, sagte Gary Fisketjon, der Lektor, der Carver bei der Auswahl für ›Where I'm Calling From‹ behilflich war. »Offensichtlich gab es einen katastrophalen Zusammenbruch, der interessant, aber letztendlich unverständlich ist.« Was verständlich ist, ist, dass Carvers Verhältnis zu Lish Mitte der achtziger Jahre am Ende war. Lish erzählte D. T. Max: »Ich rede nicht gern über die Zeit mit Carver, wegen meines anhaltenden Gefühls, dass er mich verraten hat, und weil es schlechter Stil wäre, darüber zu reden.« Gallagher hingegen dachte, dass Lish sich zu viel davon anrechnete, was Carver geleistet hatte.

1987 schrieb Carver ›Botengang‹, eine Geschichte über den Tod von Tschechow, sein literarisches Idol. Sie wurde im *New Yorker* veröffentlicht. Im selben Jahr fing Carver – wie Tschechow – an, Blut zu husten. Carver war, wie er sagte, immer jemand gewesen, der »eine Zigarette mit einem daran gehefteten Körper« war, und bei ihm wurde Lungenkrebs festgestellt. Er und Gallagher kauften ein Haus auf der Olympic-Halbinsel, von dem man die Juan-de-Fuca-Straße überblickte. Sie heirateten am 17. Juni 1988. An manchen Vormittagen versuchte Carver trotz seiner Krankheit zu schreiben. »Aber ich werde so schrecklich müde«, sagte er. Er starb am 2. August. Er war fünfzig Jahre alt, und ›Botengang‹ war seine letzte Erzählung.

Aus dem amerikanischen Englisch
von Martina Wolff

»HOMBRE, DANKE FÜR DIE GROSSARTIGE HILFE«

Aus dem Briefwechsel Carvers mit seinem Lektor Gordon Lish

Die folgenden Texte sind Auszüge aus Carvers Briefwechsel mit Lish zwischen den Jahren 1969 und 1983.

12. November 1969

Wie der Zufall es will, habe ich gerade ein paar Geschichten parat und schicke sie Dir morgen oder übermorgen zu. Ich hoffe, Du findest etwas nach Deinem Geschmack.

15. Juli 1970

Hombre, danke für die großartige Hilfe bei den Geschichten. Niemand hat so etwas für mich getan, seit ich 18 war, ehrlich. Und es war höchste Zeit. Ich finde die Geschichten jetzt erstklassig, aber was immer daraus wird, ich weiß es zu schätzen, dass Du sie so genau angesehen hast. Bleib am Ball.

19. Januar 1971

Ich finde, es ist eine gute Geschichte. Habe fast alle Deine Änderungen übernommen, an ein paar Stellen noch Ergänzungen gemacht. Hoffe, dass die neugetippte Fassung bis heute Abend kommt, dann geht sie an Dich zurück. Allerspätestens morgen. Danke fürs Bearbeiten. – Weißt Du, da ist etwas, was Du vor langer Zeit einmal gesagt hast: Was zählt, ist allein die Sache. Das stimmt, letzten Endes. Es macht mir nichts aus. Ich war immer ein bisschen schwer von Begriff, schon damals auf der Schule. Aber ich gebe nicht auf, nicht mal in diesem fortgeschrittenen Alter. Also halt Dich nicht zurück, wenn Dir etwas auffällt. Wenn ich nicht einverstanden bin, sage ich es schon, keine Sorge.

11. November 1974

Also ich kann Dir gar nicht sagen, wie froh und so weiter ich bin bei dem Gedanken, dass ein Band von mir unter Deiner Federführung herauskommt ... und noch dazu bei McGraw-Hill. Erster Gedanke war, dass ich zwei Flaschen Champagner besorgen sollte, für ein Sektfrühstück ... Aber darauf kommt es nicht an. Ich bin einfach begeistert, dass eine Sammlung mit Geschichten herauskommt & von jetzt an, Bruder, von jetzt an werde ich die Welt im Sturm erobern, glaub mir ... Ich sage Dir: Du hast auf kein schlechtes Pferd gesetzt ... Zur Überarbeitung von ein paar Geschichten. Sag mir welche, und ich kümmere mich darum. Sag mir nur, um welche es geht. Oder ich überlasse die Entscheidung einfach Dir & Du sagst mir, was Du tun oder getan haben willst.

27. September 1977

Das Beste an diesem Aufenthalt in McKinleyville ist aber, dass ich nüchtern geworden bin und vorhabe es zu bleiben.

In meinem ganzen Leben habe ich nichts getan, was mir so gutgetan hat, wie nüchtern zu werden und zu bleiben. Was soll ich dazu sagen? [Lish hatte seine Stelle beim Esquire aufgegeben.] Du, ganz allein, hast in der amerikanischen Literatur einen Eindruck hinterlassen, der mitgeholfen hat, der amerikanischen Literatur eine neue Richtung zu geben. Und natürlich weißt Du, alter Junge, wie sehr Du mein Leben beeinflusst hast. Der bloße Gedanke an Dich hinter Deinem Schreibtisch hat mich beim Schreiben inspiriert, und Du weißt, dass ich das ehrlich meine. Du, mein Freund, bist für mich der ideale Leser, Du warst es immer und wirst es immer sein. Du warst ein mächtiger Einfluss auf die Literaturszene, und das ist eine Tatsache und zudem die Wahrheit, aber Du hast auch eine mächtige Rolle in meinem Leben, dem bewussten wie dem unbewussten, gespielt.

8. September 1978

Tess Gallagher, das irische Mädchen, stell Dir vor, ich habe mich in sie verliebt. Sie war verreist, aus beruflichen Gründen in Tuscon – sie wird dort im nächsten Jahr unterrichten, für dieses Jahr hat sie ein Guggenheim-Stipendium –, aber sie kam wieder, und wir hatten eine schöne Woche zusammen. Gestern habe ich sie in eine Maschine nach Seattle gesetzt, heute schickt sie ein Dutzend rote Rosen.

1. Februar 1979

Ich gehe mit Tess zum Mardi Gras, und im März kommen die Fords zu einem Frühjahrsurlaub her, und wir fahren zusammen mit dem Zug für eine Woche nach Mexiko … Ich bin glücklich und ich bin nüchtern. Alles läuft bestens hier, Gordon. Ich weiß besser als jeder andere, dass man nie ganz aus dem Schneider ist, aber im Augenblick läuft alles bestens, und das macht mich sehr froh.

10. Mai 1980

Und das Mittagessen, liebe Güte, das war der Höhepunkt meines Besuchs in New York, kein bisschen stumpfsinnig oder albern, zumindest nicht auf Deiner Seite. Ich genieße Deine Gesellschaft, so einfach ist das. Weißt Du, ich fühle mich Dir näher als meinem eigenen Bruder. Seit langem schon, seit Jahren. Wir sehen uns nicht so oft und telefonieren auch nicht jede Woche usw., aber ich weiß, Du bist da, und das ist wichtig für mich. Außerdem bist Du mein Held – weißt Du das nicht? Seit Du PA [Palo Alto] verlassen hast und in die weite Welt hinausgezogen bist und mir von Zeit zu Zeit geschrieben hast, wie es da draußen zuging. Unsere Freundschaft und Deine Fürsorge haben mein Leben bereichert. Du bist sehr wichtig für mich, das steht fest. Du gibst mir Rückhalt. Mann, ich liebe Dich. Und das sage ich nicht einfach nur so dahin … Hab um Himmels willen keine Skrupel den Bleistift zu zücken, wenn Du an den Geschichten noch etwas verbessern kannst, und wenn das jemand kann, dann Du. Ich will, dass sie so gut sind wie nur irgend möglich, und ich will, dass sie das auch auf Dauer bleiben … Ich habe nie erwartet, dass ich reich werde oder auch nur meinen Lebensunterhalt mit Geschichten und Gedichten verdienen kann. Weißt Du, ich bin völlig zufrieden, wenn Knopf ein Buch von mir herausbringt, mit Dir als Lektor. Also worauf wartest Du noch? Volle Kraft voraus.

8. Juli 1980, 8 Uhr morgens

Liebster Gordon,
ich muss einen Rückzieher machen. Bitte hör mir zu. Ich habe die ganze Nacht wach gelegen und darüber nachgedacht, über nichts anderes, glaub mir. Ich habe es von allen Seiten betrachtet, ich habe beide Versionen des lektorierten Manuskripts verglichen – die erste ist besser, da bin ich ganz sicher, wenn ein paar Dinge aus der zweiten in die erste übernommen werden –, und jetzt fallen mir fast die Augen aus dem Kopf. Du bist unglaublich, ein Genie, ganz ohne Zweifel, besser als zwei Max Perkins usw. usw. Und ich habe nicht vergessen, wie viel ich Dir schulde, eine Schuld, die ich nie, niemals zurückzahlen kann. Mein ganzes Leben hier, so viele von meinen neuen Freunden, die Arbeit hier, alles, das alles verdanke ich Dir für »Würdest Du bitte«. Schon jetzt hast Du mir in gewissem Sinne Unsterblichkeit verliehen. Aus so vielen Geschichten in diesem Band hast Du etwas Besseres gemacht, viel besser als sie vorher waren. Und wenn ich allein wäre, ganz für mich, und wenn kein anderer diese Geschichten je zu Gesicht bekommen hätte, vielleicht könnte ich mich dann mit Deinen Versionen anfreunden und Dir freie Hand lassen, weil ich weiß, dass sie in vielen Fällen besser sind als die, die ich Dir ursprünglich geschickt hatte. Aber Tess hat sie alle gesehen und genau gelesen. Donald Hall hat viele von den neuen Geschichten gesehen (und ausführlich mit mir darüber gesprochen und mir angeboten, den Band zu besprechen), und Richard Ford, Toby Wolff, Geoffrey Wolff auch, jedenfalls einige … Wie kann ich diesen Leuten, wenn ich sie treffe, und das werde ich, wie kann ich ihnen erklären, was in der Zwischenzeit mit der Ge-

schichte passiert ist, wenn das Buch einmal veröffentlicht ist? Vielleicht wäre es anders, wenn das Buch erst in 18 Monaten oder in zwei Jahren herauskommen würde. Aber im Augenblick ist alles noch so frisch … Gordon, die Änderungen sind brillant, und die meisten machen die Geschichten besser. Wenn ich mir »Worüber wir reden …« (Anfänger) ansehe und vergleiche, was Du daraus gemacht hast, was Du dem Text entlockt hast, dann staune ich vor Ehrfurcht, bin geradezu bestürzt über Deinen Scharfsinn. Aber ich bin noch zu nah dran an dieser Geschichte. Das hat natürlich viel damit zu tun, dass ich nicht mehr trinke, und mit meinem gerade erst gewonnenen (und noch sehr labilen, das sehe ich jetzt) seelischen Gleichgewicht. Ich will Dir die Wahrheit sagen: Meine geistige Gesundheit steht auf dem Spiel. Das soll nicht melodramatisch klingen, aber ich bin aus dem Grab zurückgekehrt, damit ich wieder schreiben kann. Wie Du wahrscheinlich weißt, hatte ich völlig aufgegeben, hatte die Waffen gestreckt und sehnte mich nach dem Tod, nach der großen Erlösung. Aber dann dachte ich immer, ich warte mit dem Selbstmord noch bis nach den Wahlen oder bis dies oder das vorbei ist, meistens etwas, das noch ein Stück in der Zukunft lag, aber in dieser düsteren Zeit hatte ich den Gedanken an den Tod immer im Hinterkopf, und das ist noch gar nicht so lange her. Jetzt geht es mir um vieles besser, ich bin wieder gesund, habe Geld auf der Bank, die richtige Frau für diesen Abschnitt meines Lebens, einen anständigen Job, bla bla. Aber seit ich Dir die Geschichten gegeben habe, habe ich kein einziges Wort zu Papier gebracht und nur auf Deine Reaktion gewartet, so viel bedeutet mir Deine Reaktion. Und jetzt habe ich Angst, schreckliche Angst, ich habe das Gefühl, wenn das Buch in seiner derzeitigen, bearbeiteten Form veröffentlicht wird, werde ich vielleicht nie wieder eine Geschichte schreiben, so wichtig sind einige dieser Geschichten für mein körperliches und seelisches Wohlbefinden …

Bitte hilf mir, Gordon. Ich habe wirklich das Gefühl, dass ich noch nie in meinem Leben vor einer so wichtigen Entscheidung gestanden habe. Ich bitte Dich um Verständnis. Außer meiner Frau und jetzt Tess warst Du immer der wichtigste Mensch in meinem Leben, und das bist Du noch immer, glaub mir. Ich will wegen dieser Sache Deine Liebe, Dein Ansehen nicht verlieren, auf gar keinen Fall. Das wäre, als ginge ein Teil von mir zugrunde, ein Teil meiner Seele. Gott, jetzt habe ich mich in Rage geredet. Und wenn diese Sache Dir zu viele Schwierigkeiten oder Kummer bereitet und Du womöglich mit Recht enttäuscht und wütend auf mich bist, dann ist das einfach mein Pech, und mein Leben wird nie wieder so sein wie vorher. So ist das. Aber wenn das Buch herauskommt und ich nicht den Stolz und die Freude darüber empfinden kann, die ich mir wünsche, wenn ich irgendwie das Gefühl habe, dass ich zu viele Zugeständnisse gemacht habe, dass ich womöglich zu weit vom Weg abgewichen bin, dann kann ich mir selbst nicht in die Augen schauen und vielleicht nie wieder schreiben; momentan ist die Lage für mich so ernst, und ich glaube, wenn ich nicht vollkommen zufrieden damit sein kann, bin ich erledigt. Ehrlich. Herr im Himmel, ich weiß einfach nicht mehr, was ich sagen soll. Ich bin vollkommen durcheinander und übergeschnappt. Und müde, ja, auch das.

Bitte, Gordon, um Himmels willen, hilf mir und versuche, mich zu verstehen. Hör mir zu. Ich sage es noch einmal: Wenn ich jetzt so etwas wie Ansehen, Geltung oder

Glaubhaftigkeit in der Welt besitze, dann ist das Dein Verdienst. Dir allein verdanke ich dieses doch ziemlich interessante Leben, das ich jetzt führe. Aber wenn ich jetzt so weitermache, dann schade ich mir selbst. Das Buch wird nicht das sein, was es sein soll, ein Anlass zum Feiern, sondern es wird Erklärungen und Entschuldigungen fordern … Ich weiß, dass meine Entscheidung zu keinem schlechteren Zeitpunkt kommen könnte, es ist eine Unverschämtheit, und das treibt mich fast zum Wahnsinn. Und ich weiß, dass es Dir Kummer bereiten wird, Du wirst es erklären müssen, noch mehr Arbeit hineinstecken, wenn Du alles zum Halten bringst und dafür triftige Gründe vorweisen musst. Aber irgendwann wird mein Unbehagen verfliegen, genau wie Deins, wir werden Trauer empfinden – ich spüre diese Trauer schon jetzt –, doch sie wird vergehen. Aber wenn ich jetzt nicht sage, was ich auf dem Herzen habe, wenn ich jetzt nicht die Notbremse ziehe, dann sehe ich schlimme Zeiten für mich kommen. Ich fürchte, die Dämonen, mit denen ich Tag für Tag und Nacht für Nacht ringe, könnten sich kurzerhand erheben und von mir Besitz ergreifen.

Natürlich weiß ich, dass ich den Vertrag nicht hätte unterschreiben sollen, ohne den Band vorher zu lesen, und ich hätte Dir meine Ängste, wenn ich damals schon welche hatte, vorher mitteilen müssen. Was sollen wir jetzt machen? Bitte gib mir einen Rat. Kannst Du alles mir in die Schuhe schieben und mich irgendwie von dem Vertrag loseisen? Kannst Du den Band bis zum Winter oder bis zum Frühjahr 1982 hinausschieben und sagen, dass ich die Erzählungen zuerst in Zeitschriften veröffentlichen will (was tatsächlich stimmt, für einige habe ich Absprachen bis weit ins nächste Jahr)?

Kannst Du sagen, dass ich die Veröffentlichung in Zeitschriften abwarten will und möchte, dass das Buch erst im Frühjahr 1982 erscheint, wenn mein Vertrag hier verlängert werden muss? Können wir die endgültige Entscheidung auf nächstes Jahr verschieben? Oder können und sollten wir jetzt einen Schlussstrich ziehen? Ich könnte den Scheck an Knopf zurückschicken, wenn er schon unterwegs ist, oder ihr schickt ihn einfach nicht ab? Und bis dahin bezahle ich Dir die Stunden, Tage und Nächte, die Du zweifellos damit zugebracht hast? Ach verflucht, die ganze Sache treibt mich zur Verzweiflung. Ich bin mit den Nerven am Ende. – Nein, ich denke, es sollte nicht verschoben werden. Ich glaube, es sollte überhaupt nicht erscheinen.

Wie gesagt, ich fand die Bearbeitung, vor allem in der ersten Fassung, brillant. Die Geschichten, bei denen ich immer noch große Skrupel habe, sind die folgenden: »Dein Wille geschehe« (If It Please You) und »Ein kleiner Segen« (A Small Good Thing); in »What We Talk About When We Talk About Love [Wovon wir reden, wenn wir von Liebe reden]« (Beginners) hätte ich gern mehr über das alte Ehepaar, Anna und Henry Gates. »Wo stecken sie alle?« (Where is Everyone) möchte ich in der derzeitigen Form nicht in dem Band haben. Der Titel der Geschichte »Ruhe« (Distance) sollte nicht in »Everything Stuck to Him [Alles klebte an ihm]« geändert werden. Das Gleiche gilt für den kurzen Text »Popular Mechanics [Volkstümliche Mechanik]« – der sollte den Titel »Meins« behalten. Der Titel »A Serious Talk [Ein ernstes Gespräch]« anstelle von »Pastete« [Pie] geht in Ordnung. »Willst Du mal was sehen« [Want to See Something] ist in Ordnung, das gefällt mir besser als »I Could See the Smallest Things [Ich konnte die kleinsten Dinge erkennen]« … .

Ich habe im Augenblick einfach nicht genug Abstand zu der ganzen Sache. Ich kann überhaupt nicht klar denken. Vielleicht ist es ja insgesamt noch zu früh für einen neuen Erzählband. Jedenfalls bin ich mir sicher, dass Anfang des nächsten Jahres noch zu früh für mich ist. Viel zu früh. Ich denke, ich sollte lieber einen Rückzieher machen, bevor es zu spät ist, Gordon. Ich weiß, dass ich dadurch höchstwahrscheinlich Deine Liebe und Freundschaft verliere. Aber ich fürchte sehr, dass ich tatsächlich meine Seele und meine geistige Gesundheit verliere, wenn ich das nicht riskiere. Ich bin längst noch nicht endgültig genesen; ich versuche, die Alkoholsucht zu besiegen, und ich darf einfach keine Risiken eingehen, die meinen Verstand in Gefahr bringen, nicht in einer Angelegenheit von so großer Tragweite. Darum geht es, um meinen Verstand. Durch Deine kleinen Eingriffe und die Kürzungen hast Du so viele dieser Geschichten besser gemacht. Aber diese drei anderen, ich glaube, ich sterbe, wenn sie in dieser Form herauskommen. Sie sind größere Kunstwerke als die Originale, und sie werden sicher noch in fünfzig Jahren gelesen, aber sie würden mich trotzdem umbringen. Ich meine das ganz ernst; sie sind so eng mit meinem Genesungsprozess verbunden, damit, dass ich ein wenig Selbstachtung und Selbstwertgefühl als Schriftsteller zurückgewonnen habe.

Ich weiß, dass Du wütend sein musst, dass Du glauben musst, ich hätte Dich verraten. Das tut mir entsetzlich leid. Ich kann Dich für die Zeit, die Du dafür aufgewendet hast, bezahlen, aber gegen den Kummer und gegen den Ärger, den ich Dir im Lektorat und im Verlag damit einbrocke, kann ich nichts tun. Bitte verzeih mir. Ich muss einfach eine Zeitlang warten, bevor ich ein neues Buch herausbringe,

18 Monate, zwei Jahre, ich bin zufrieden, wenn ich schreibe und mir das ein gewisses Gefühl vermittelt, dass ich etwas wert bin. Deine Freundschaft und Fürsorge und die Art, wie Du Dich zu jeder Zeit für mich eingesetzt hast, haben mir immer mehr bedeutet, als ich sagen kann, und daran hat sich nichts geändert. Du weißt, dass ich Dir dafür nie genug danken kann. Ich verehre und respektiere Dich, und ich liebe Dich mehr als meinen Bruder. Aber Du musst mir jetzt aus der Klemme helfen, Gordon, glaub mir. Ich kann mit dieser Sache keinen Schritt weiter mehr gehen. Bitte sag mir, was ich tun soll … Wie gesagt, ich bin durcheinander, müde, halb irrsinnig, und ich habe Angst vor den Folgen für mich, wenn der Band in seiner derzeitigen Form veröffentlicht wird. Ich bitte Dich noch einmal: Hilf mir. Bitte mach es mir nicht zu schwer, denn der Gedanke, dass ich Dich verärgert und enttäuscht habe, kann der Anfang vom Ende sein. Gordon, ich flehe Dich an.

Ray

Bitte leite die nötigen Schritte ein, um die Herstellung des Buches zu stoppen. Bitte versuche, mir diesen Vertrauensbruch zu verzeihen.

10. Juli 1980

Bitte sieh Dir die beiliegende Kopie von »Wovon wir reden« an – den ganzen Band. Du wirst feststellen, dass sich meine Vorschläge auf einige wenige Änderungen beschränken, aber ich halte sie für wichtig, und sie finden sich allesamt in der ersten redigierten Fassung, die Du mir geschickt hast. Es geht nur, na ja, »nur« ist natürlich nicht ganz das richtige Wort, es geht darum, einige Passagen wiederherzustellen, die bei der zweiten Fassung gestrichen wurden. Aber mir liegt sehr daran, dass einige der gestrichenen Passagen wieder in die Geschichten aufgenommen werden. In »Gazebo [Pavillon]«, zum Beispiel, der Satz »Auch damit hatte sie recht.« Dieser Schluss ist sehr viel besser und bringt die Geschichte zu einem richtigen, angemessenen Ende: die Trauer des Erzählers über den erlittenen Verlust, und ein pointierter, perfekter Abschluss. Ohne diesen Satz ist der Erzähler ein Schnösel, ein Arschloch ohne jegliches Gespür für alles, was er uns erzählt hat. Ohne diesen Satz würde ich mich fragen, warum er uns die Geschichte überhaupt erzählt.

14. Juli 1980

Ich bin begeistert von dem Buch und davon, dass es jetzt bald erscheint. Das feuert mich an, und ich bin in Gedanken schon beim nächsten. Nicht nur in Gedanken, um ehrlich zu sein. Tatsächlich überlege ich, ob ich im nächsten Semester ein Freisemester nehmen soll, und ich würde mich dann in dieser Zeit und den ganzen Sommer über ausschließlich dem Schreiben widmen … Alles läuft auf Hochtouren, und ich bin einfach aufgeregt, deswegen und ganz allgemein. Ich weiß, dass Du nur mein Bestes im Sinn hast und dass Du alles und noch mehr tun wirst, um meine Interessen zu wahren … Ich will wirklich nicht auf der Sache herumreiten, denn ich weiß, das Buch wird den Leuten gefallen, sie werden es bewundern. Darum nur noch ein paar letzte Bemerkungen in dieser Angelegenheit: Bitte schau Dir die Änderungsvorschläge an, die ich mit Bleistift an den Rand geschrieben habe, und bedenke sie ernsthaft, auch wenn Du Dich am Ende entscheidest, sie zu verwerfen; und wenn Du denkst, dass ich selbst mir der schlimmste Feind bin, na dann bleib bei der Version in der zweiten redigierten Fassung. Aber bitte schau wirklich drei- oder viermal hin. Meine größte Angst ist oder war, dass die Geschichten zu stark beschnitten werden, und ich denke da vor allem an »Dein Wille geschehe« und »Ein kleiner Segen«, denn bei beiden Geschichten sind in der zweiten Fassung mehrere Seiten weggefallen. Ich will, dass sie die geheimnisvolle Schönheit behalten, die sie jetzt haben, aber ich will auch, dass sie die kleinen menschlichen Züge, die sie in Deiner ersten Version noch hatten, behalten. Irgendwie erschienen sie mir in der ersten redigierten Fassung im besten Sinne des Wortes voller, runder. Vielleicht irre ich mich, vielleicht hast Du hundertprozentig recht, aber bitte überdenke die Sache noch einmal. Das ist alles. Das und was ich über »Wo stecken sie alle?« – Mr Coffee, Mr Fixit – gesagt habe.

11. August 1982

Also ich weiß nicht recht, wie wir mit den Meinungsverschiedenheiten umgehen sollen, die wir bei den neuesten Geschichten und bei denen, an denen ich gerade sitze, mit Sicherheit haben werden. Du bekommst das Buch [*Cathedral* (Kathedrale)] zum vereinbarten Termin im November … Wie auch immer, Du bist der beste Lektor, den es gibt, und mit Sicherheit selbst ein Schriftsteller, und Du musst mir offen sagen, wie Du darüber denkst. So soll es sein. Aber ich werde vielleicht nicht Deiner Meinung sein, und das macht mir im Augenblick Sorgen …

Verzeih mir. Aber hör mir zu. So unwahrscheinlich das war und ist, habe ich Kurzgeschichten produziert und schreibe munter weiter, seit es mich in diesen lauschigen Winkel verschlagen hat. Ich habe fünf neue, nein, sogar sechs, wenn ich die mitrechne, von der ich früher am Abend einen zweiten Entwurf getippt habe und die ich vor dem Wochenende hoffentlich fertigbekomme – auf jeden Fall werde ich weiter daran arbeiten. Ich habe geschrieben, als hinge mein Leben davon ab und als gebe es kein Morgen. Und wir wissen beide, dass Ersteres durchaus stimmen kann und dass das Zweite zumindest nicht ausgeschlossen ist. (Von den verfluchten Zigaretten komme ich nicht los.) … Aber eins ist sicher – die Geschichten in dieser neuen Sammlung werden runder sein als die in den früheren Bänden. Und verdammt nochmal, das ist gut so. Ich bin nicht mehr der Schriftsteller, der ich einmal war. Aber ich weiß, dass es unter den vierzehn oder fünfzehn Geschichten, die Du von mir bekommst, einige geben wird, die Dir nicht gefallen werden, die nicht den Vorstellungen entsprechen, die man von einer Carver-Story hat – weder Deiner noch meiner noch derjenigen der Leser oder Kritiker. Aber ich bin nicht die anderen, ich bin nicht wir, ich bin ich. Einige der Geschichten passen vielleicht nicht ganz zu den anderen, sie fügen sich nicht ohne weiteres ein. Aber im Ernst, Gordon, eins sollte ich lieber gleich vorab sagen: Ich kann nicht noch einmal die Art von chirurgischer Amputation und Transplantation aushalten, mit denen Du dafür sorgst, dass sie vielleicht besser in die Schachtel passen und der Deckel sich dann schließen lässt. Es kann sein, dass Gliedmaßen und Haare heraushängen. Mein Herz wird das sonst nicht überstehen. Es wird einfach brechen, und ich meine das wörtlich. Mein liebster Freund, mein Bruder, Du weißt, was ich sagen will, und ich weiß, dass Du mich verstehst. Selbst wenn Du der Meinung bist, dass ich einen schweren Fehler mache …

Ich liebe Dich von Herzen, das musst Du mir glauben. Aber ich kann diese Geschichten nicht schreiben, wenn ich mich dabei nicht frei fühle – wenn ich mich nicht frei fühle, werde ich sie überhaupt nicht schreiben –, wenn ich das Gefühl habe, dass Du, der Leser, den ich am meisten schätze, die Geschichten, wenn Du sie nicht magst, von Grund auf neu schreiben wirst. Wenn ich mir das vorstelle, fällt mir der Stift sofort aus der Hand, und ich kann ihn vielleicht nie wieder aufheben …

Versteh mich nicht falsch, ich will nicht sagen, ja nicht einmal denken, dass diese neuen Geschichten und die aus dem vergangenen Jahr über alle Kritik erhaben sind oder dass sie keinen Lektor brauchen. Das stimmt nicht. Das stimmt beides nicht. Du stehst mir und meinem Werk so nahe, näher könntest Du nicht einmal stehen, wenn Du mein leiblicher Bruder wärest. Du bist die linke Hälfte von mir. Oder die rechte, kannst Du Dir aussuchen. Aber was ich wohl sagen will, das ist, dass wir an diesem Buch sehr eng zusammenarbeiten müssen, dem Buch, das mir von allen am wichtigsten ist, und das in allen Phasen, und dass wir behutsam und verständnisvoll miteinander umgehen sollten. Gordon, das letzte Buch ist mir entglitten wie ein Traum. Das darf bei diesem hier nicht noch einmal passieren, und das wissen wir beide.

3. Oktober 1982

Hör zu, ich habe die Arbeit an dem neuen Erzählungsband für Knopf abgeschlossen. Gestern habe ich die Geschichten vom Schreibbüro zurückbekommen und heute den ganzen Tag damit verbracht, sie noch einmal zu lesen. Das wird eine tolle Sache, das Buch. Ich dachte, ich versuche mal, sie in eine Reihenfolge zu bringen, die Anordnung, in der ich sie gern gedruckt sähe, aber vor ein paar Minuten habe ich aufgegeben. Ich überlasse es Dir. Vor einem Jahr haben wir davon gesprochen, dass wir das Buch ›Cathedral‹ nennen wollen. Das soll mir recht sein, und vielleicht könnte man mit dieser Geschichte anfangen, und zum Schluss käme »Fever [Fieber]«, eine lange Story, oder »Ein kleiner Segen«, ebenfalls lang. Aber die Anordnung der Geschichten überlasse ich Dir. Du weißt, ich will und brauche bei diesem Buch meine Freiheit, und die Geschichten müssen am Ende im Wesentlichen noch genauso dastehen, wie sie jetzt sind. Das soll natürlich nicht heißen, dass wir nicht ein Wort oder einen Satz oder ab und zu eine Zeile ändern können, und auch die Interpunktion, sicher. Aber wenn Du das Buch gelesen hast, komme ich, und wir reden über Titel, Reihenfolge und das, was an Vorschlägen von Dir kommt.

29. Oktober 1982

Wie gesagt, mir wären beide Titel recht, »Cathedral« oder »Where I'm Calling From [Von wo ich anrufe]« … Meine größte Sorge ist, wie Du weißt, dass die Geschichten intakt bleiben. Sicher, natürlich, wenn Du irgendwo Wörter oder Sätze siehst, die noch gestutzt werden können, ist das in Ordnung, dann stutze sie. Du weißt doch, was ich meine. Bitte hilf mir mit diesem Buch als guter Lektor, als der beste … aber nicht als Ghostwriter. Kann gut sein, dass ich das alles falsch verstehe – und wenn das so ist, dann ist es mir letzten Endes egal –, aber ich glaube, dass mir sehr viel Wohlwollen entgegengebracht wird; und dieses Buch, die Geschichten, die werden so anders sein, in so vieler Hinsicht, als so viele von den früheren Geschichten, dass das Buch mit Sicherheit begeistert begrüßt wird, gefeiert sogar. Und ja, ich hätte sehr gern eine Umschlagillustration von dieser Künstlerin, von der Du gesprochen hast. Wirklich gern. Ich hoffe, da wird etwas draus. (Aber in diesen Fragen hast Du das letzte Wort; in Fragen des Texts muss es in diesem Falle meines sein.)

21. Januar 1983

Was ist los, magst Du mich nicht mehr? Ich höre überhaupt nichts mehr von Dir. Hast Du mich schon vergessen? Na, wenn das so ist, dann nehme ich mir das Interview noch mal vor [in der Paris Review] und streiche all das Gute, was ich da über Dich gesagt habe.

Aus dem Amerikanischen übersetzt
von Manfred Allié und Gabriele Kempf-Allié

Raymond Carver

Von wo ich anrufe

Seine besten Stories – ausgewählt von ihm selbst

Aus dem Amerikanischen

von Helmut Frielinghaus

Band 90487

Für ›Von wo ich anrufe‹ stellte Raymond Carver selbst seine besten Stories zusammen. Das Schönste aus ›Wovon wir reden, wenn wir von Liebe reden‹, ›Würdest du bitte endlich still sein, bitte‹ und ›Kathedrale‹ sowie sieben bisher unveröffentlichte Erzählungen. Ein beeindruckender Querschnitt durch Carvers Werk – und ein messerscharfes Porträt Amerikas. Raymond Carver ermöglicht dem Leser einen unverstellten Blick auf die dunklen Seiten des amerikanischen Traums und auf die Menschen, denen der Alltag zu entgleiten droht.

Mit einem Nachwort von Judith Hermann

»Wir sollten den Hut vor Carver ziehen.«
Jens-Uwe Sommerschuh, Sächsische Zeitung

fi 90487 / 1

Raymond Carver

Ein neuer Pfad zum Wasserfall

Gedichte

Band 95005

Das Vermächtnis Raymond Carvers an seine Leser –
Seine letzten Gedichte erstmals auf deutsch

Als der Arzt Raymond Carver mitteilte, er hätte nur noch wenige Monate zu leben, wusste er, dass nur noch Zeit für Gedichte blieb. In ihnen findet sich alles aus seinen Stories wieder: die unerwarteten Wendungen, die Lakonie. Der Leser ist gebannt von der Aufmerksamkeit und Gelassenheit, mit der Carver den Lauf der Welt betrachtet.

»Raymond Carver ist der Schriftsteller
mit dem größten Einfluss auf die amerikanische
Gegenwartsliteratur.«
Verena Auffermann, Süddeutsche Zeitung

Fischer Taschenbuch Verlag

fi 95005 / 1

Raymond Carver – der Meister der amerikanischen Short Story

Ein neuer Pfad zum Wasserfall
Gedichte
Aus dem Amerikanischen
von Helmut Frielinghaus
Band 95005

Kathedrale
Aus dem Amerikanischen
von Helmut Frielinghaus
Band 90389

Wovon wir reden, wenn wir von Liebe reden
Aus dem Amerikanischen
von Helmut Frielinghaus
Band 90388

Würdest du bitte endlich still sein, bitte
Aus dem Amerikanischen
von Helmut Frielinghaus
Band 90390

Call if you need me
Aus dem Amerikanischen von
Manfred Allié, Gabriele Kempf-Allié
und Helmut Frielinghaus
Band 90486

Fischer Taschenbuch Verlag

fi 555 116 / 2